L'ŒIL DU DRAGON

DU MÊME AUTEUR
CHEZ POCKET

LA BALLADE DE PERN

Les Origines :
1. L'AUBE DES DRAGONS
2. LA CHUTE DES FILS

L'Épidémie :
1. LA DAME AUX DRAGONS
2. HISTOIRE DE NERILKA

La Grande Guerre :
1. LE VOL DU DRAGON
2. LA QUÊTE DU DRAGON
3. LE DRAGON BLANC
4. TOUS LES WEYRS DE PERN

Les Harpistes :
1. LE CHANT DU DRAGON
2. LA CHANTEUSE-DRAGON DE PERN
3. LES TAMBOURS DE PERN

Autres mondes de pern :
1. LES RENÉGATS DE PERN
2. L'ŒIL DU DRAGON

LE VOL DE PÉGASE

1. LE GALOP D'ÉSSAI
2. LE BOND VERS L'INFINI
3. LA ROWANE
4. DAMIA
5. LES ENFANTS DE DAMIA (Rendez-vous ailleurs)
6. L'ORGUEIL DES LYON (Rendez-vous ailleurs)

LA TRANSE DU CRYSTAL

1. LA CHANTEUSE CRYSTAL
2. KILLASHANDRA
3. LA MÉMOIRE DU CRYSTAL

LA TRILOGIE DES FORCES
(avec Elisabeth Ann Scarborough)

1. LES FORCES MAJEURES
2. LES LIGNES DE FORCES
3. LE JEU DES FORCES (1998)

LE CYCLE DES PARTENAIRES

1. LE VAISSEAU QUI CHANTAIT

NOUVELLES

1. LA DAME DE LA HAUTE TOUR

RENDEZ-VOUS AILLEURS

Collection dirigée par Jacques Goimard et Patrice Duvic

ANNE McCAFFREY

L'ŒIL DU DRAGON

Traduit de l'américain
par Simone Hilling

POCKET

Titre original :
DRAGONSEYE

Illustration de couverture : W. Siudmak

ISBN : 2-266-08109-8

PROLOGUE

Rukbat, dans le secteur du Sagittaire, était une étoile jaune de type G. Elle avait cinq planètes, deux ceintures d'astéroïdes, et une planète errante qu'elle avait capturée et retenue depuis des millénaires. Quand les hommes s'étaient installés sur la troisième planète de Rukbat et l'avaient appelée Pern, ils n'avaient d'abord guère prêté attention à la planète étrangère, qui tournait autour de son primaire selon une orbite follement erratique – jusqu'au jour où la course désespérée de l'errante l'avait rapprochée de sa sœur d'adoption à son périhélie.

Quand de tels aspects étaient harmonieux et n'étaient pas perturbés par des conjonctions avec d'autres planètes du système, l'errante apportait avec elle une forme de vie qui cherchait à franchir l'abîme de l'espace pour atteindre la planète plus tempérée et hospitalière. Les pertes initiales que ce vorace organisme mycorhizoïde infligea aux premiers colons furent stupéfiantes. Ils s'étaient séparés sans retour de leur planète natale, la Terre, et avaient déjà cannibalisé les astronefs coloniaux, le *Yokohama*, le *Bahrain*, et le *Buenos-Aires*, de sorte qu'ils durent improviser avec ce qu'ils avaient. Il leur fallait avant tout une défense aérienne contre les Fils, ainsi qu'ils avaient baptisé ce fléau. A l'aide de techniques très sophistiquées de bioingénierie, ils créèrent une variété spécialisée à partir d'une forme de vie indigène qui possédait deux caractéristiques inusitées et utiles : l'animal, qu'ils avaient baptisé lézard de feu, avait la propriété de digérer une roche à haute teneur en phosphine dans l'un de ses deux estomacs, et de la restituer sous forme de gaz enflammé qui calcinait les Fils ; et celle de se téléporter et de partager une empathie qui permettait une compréhension limitée avec les humains. Le « dragon » résultant de la bioingénierie – ainsi nommé à cause de sa ressemblance avec les créatures mythiques de la Terre – était apparié à l'éclosion avec un humain empathique, et ils formaient à eux deux un couple symbiotique uni par le respect mutuel et des rapports d'une profondeur exceptionnelle.

Les colons, quittant le Continent Méridional, s'étaient établis sur le Continent Septentrional, où de vastes réseaux de cavernes, baptisées « Forts », leur offraient une protection sûre contre les Fils. Quant à eux, les dragons et leurs maîtres s'installèrent dans d'anciens cratères qu'ils appelèrent « Weyrs ». Le premier Passage des Fils dura près de cinquante ans, et les informations scientifiques que les colons purent rassembler tendirent à indiquer que les Chutes de Fils seraient un phénomène cyclique, survenant tous les 250 ans, quand l'orbite de la planète errante la rapprocherait de nouveau de Pern.

Pendant cet intervalle, les dragons se multiplièrent, chaque génération un peu plus que la précédente ; mais il faudrait encore bien des générations pour qu'ils atteignent leur taille optimale. Et les humains se répandirent sur tout le Continent Septentrional, créant des Forts où habiter, et des Ateliers dans lesquels on enseignait les arts et métiers aux jeunes gens. Parfois, certains oubliaient qu'ils vivaient sur une planète menacée.

Toutefois, dans les Weyrs et dans les Forts, il existait une masse de documents, rapports, journaux et cartes pour rappeler le problème aux Chefs de Weyrs et aux Seigneurs et les conseiller sur l'attitude à adopter lors de la prochaine incursion de la planète vagabonde.

C'est ce qui arriva 257 ans plus tard.

Chapitre I

DÉBUT DE L'AUTOMNE A LA FÊTE DE FORT

Les escadrilles de dragons se survolaient à tour de rôle, plongeaient et remontaient en formation, séparées par la distance de sécurité minimale, de sorte que, parfois, les assistants croyaient voir une ligne ininterrompue de dragons dans cet exercice en formation rapprochée.

Au-dessus du Fort de Fort, le plus ancien établissement humain du Continent Septentrional, le ciel était clair et ensoleillé en ce début d'automne, avec cette clarté spéciale et cette couleur profonde que leurs ancêtres de la Nouvelle-Angleterre, située dans l'Amérique du Nord, auraient immédiatement reconnues. Le soleil faisait luire le cuir sain des dragons et intensifiait la couleur dorée des reines dragons qui volaient au niveau le plus bas, semblant parfois effleurer le faîte des montagnes proches dans les cercles qu'elles décrivaient autour du Fort. C'était un spectacle mémorable, qui faisait toujours frémir de fierté ceux qui le regardaient, à une ou deux exceptions près.

– Eh bien, en voilà assez, dit Chalkin, Seigneur de Bitra, abaissant les yeux avant la fin du spectacle.

Il tourna la tête, et se frictionna le cou que le col brodé de sa plus belle tunique avait écorché. En fait, son cœur s'était arrêté plusieurs fois pendant certaines manœuvres, mais il ne l'avouerait jamais. Les chevaliers-dragons étaient déjà trop pleins d'eux-mêmes sans qu'il aille encore encourager leur ego et l'impression exagérée qu'ils avaient de leur importance : ils venaient tout le temps dans son Fort lui donner des listes de ce qui n'avait pas été fait et *devait* l'être avant les Chutes de Fils. Chalkin émit un grognement dédaigneux. Combien de gens, au juste, se laissaient avoir par ces balivernes ? Les tempêtes de l'année passée avaient été d'une violence exceptionnelle, mais cela n'était pas totalement imprévisible, alors pourquoi de grosses tempêtes auraient-elles constitué le prélude à un Passage ? Hiver signifie tempêtes.

Et toutes ces histoires à propos des éruptions volcaniques. De toute façon, les volcans entraient périodiquement en éruption, c'était un phénomène naturel, s'il se rappelait bien ses cours de sciences. Alors, quelle importance si trois ou quatre venaient de se réveiller ? Cela n'avait pas nécessairement de rapport avec la proximité de leur voisine spatiale ! Il *n'exigerait pas* de ses gardes qu'ils se gèlent pour observer le lever matinal de cette maudite planète ! Et d'autant moins que tous les autres Forts étaient aussi en alerte. La planète orbitait près de Pern, et alors ? Cela ne signifiait pas nécessairement qu'elle était assez proche pour être dangereuse, malgré ce que les anciens radotaient sur ses intrusions cycliques.

Les dragons n'étaient qu'une expérience de plus parmi toutes les extravagances des colons, altérant une espèce avienne pour remplacer les appareils aériens qu'ils avaient eus au départ. Il avait vu un aérotraîneau à la Fonderie de Telgar, pieusement conservé comme une pièce de musée : véhicule d'ailleurs beaucoup plus confortable qu'un dragon, sur lequel on devait endurer le froid intense de la téléportation. Il frissonna. Il détestait ce froid cuisant, même s'il épargnait les fatigues du voyage par voie de terre. Dans toutes ces archives, que l'Université faisait copier par des armées de jeunes, il devait bien se trouver un substitut au carburant utilisé par les anciens dans leurs véhicules. Pourquoi quelque petit génie n'avait-il pas trouvé la réponse avant que le dernier des aérotraîneaux ne soit complètement hors d'usage ? Pourquoi les intellos n'inventaient-ils pas un nouveau type de vaisseau aérien ? Un vaisseau qui ne demanderait pas qu'on le remercie d'avoir simplement fait son devoir !

Il baissa les yeux sur la large route où les échoppes et les tables de la Fête étaient dressées. Les siennes étaient vides : même ses joueurs professionnels regardaient le vol des dragons. Il leur dirait deux mots plus tard. Ils auraient dû être capables de retenir certains clients à leurs divers jeux de hasard malgré le spectacle. Quand même, les courses s'étaient bien passées, et comme tous les preneurs de paris étaient *ses* hommes, son pourcentage lui rapporterait une coquette somme.

Revenant vers son siège, il remarqua que du vin rafraîchissait dans des sauts à glace à toutes les tables. Enchanté, il frotta ses mains couvertes de bagues, les diamants noirs d'Ista flamboyant au soleil. Le vin, c'était la seule raison de sa présence à cette Fête, et encore, il soupçonnait Hegmon de lui avoir menti à ce sujet. On devait servir pour la première fois un vin pétillant semblable au champagne légendaire de la vieille Terre. Et, naturellement, les mets seraient excellents, même si le vin n'était pas à la hauteur de sa réputation anticipée. Paulin, le Seigneur de Fort, s'était attaché à grands frais les services d'un des meilleurs cuisiniers du continent, et le repas du soir ne pouvait manquer d'être succulent, s'il ne lui restait pas sur l'estomac à cause de l'assemblée obligatoire qui suivrait. Chalkin avait voulu engager ce cuisinier, mais Chrislee avait dédaigné sa proposition, refus qui lui était longtemps resté sur le cœur.

Le Seigneur de Bitra passa mentalement en revue toutes les excuses qu'il pourrait faire valoir pour partir tout de suite après le dîner, afin d'en trouver une assez plausible pour être acceptée par ses pairs. Si proche de ces prétendues Chutes de Fils, il ne fallait pas qu'il s'aliène les gens qui comptaient. Maintenant, s'il partait *avant* le dîner... mais alors, il n'aurait pas l'occasion de goûter ce nouveau champagne, et il était bien résolu à le faire. Il avait pris la peine de se rendre au vignoble de Benden dans l'intention d'acheter des caisses de ce vin, mais Hegmon avait refusé de le voir. Oh, son fils aîné s'était répandu en excuses – quelque chose sur un moment critique du processus de vinification qui exigeait la présence d'Hegmon dans les cavernes – mais le résultat, c'est que Chalkin n'avait même pas pu faire inscrire son nom sur la liste des acheteurs de ce pétillant. Comme le Weyr de Benden s'en verrait sûrement attribuer la part du lion, Chalkin devait rester en bons termes avec ses Chefs, de sorte qu'à l'Éclosion, attendue dans quelques semaines, il puisse boire de *leur* vin jusqu'à plus soif. Il y a plusieurs façons de plumer un wherry !

Il s'arrêta pour faire tourner une bouteille dans son nid de glace. Presque parfaitement frappé. Sans doute que des chevaliers-dragons avaient apporté à Paulin de la glace des Hautes Terres. Lui, Seigneur de Bitra, quand il en avait besoin, il ne trouvait jamais un chevalier-dragon prêt à lui rendre ce petit service. Humm. Bien sûr, certaines Lignées jouissaient toujours d'un traitement préférentiel. Le rang n'était pas aussi important qu'il aurait dû l'être, c'était certain !

Il examinait subrepticement l'étiquette d'une bouteille, quand la foule émit un halètement d'appréhension, immédiatement suivi de folles acclamations. Levant les yeux, il constata qu'il venait de manquer une manœuvre dangereuse... Ah, oui, il s'agissait de nouveau d'un sauvetage en plein ciel. Il vit un dragon bronze virer sous un bleu qui mimait une blessure à l'aile, les deux chevaliers maintenant en sécurité sur le cou du bronze. Sans doute ce Chef du Weyr de Telgar qui était un vrai casse-cou.

Les acclamations étaient maintenant ponctuées d'applaudissements et de roulements de tambours, provenant de l'estrade des musiciens, dressée dans la vaste cour s'étendant entre les marches du Fort et ses deux ailes. Une fois de plus, on agrandissait l'infirmerie et l'Université, s'il fallait se fier aux échafaudages. Chalkin émit un reniflement dédaigneux, car les deux bâtisses étaient construites à l'extérieur, grandes ouvertes aux Chutes de Fils censées recommencer bientôt. Ils auraient dû être logiques ! Bien sûr, creuser la falaise aurait pris plus de temps que construire à l'extérieur. Mais trop de gens prêchaient une chose et en pratiquaient une autre.

Chalkin grogna, se demandant si le Chef du Weyr avait approuvé le plan des architectes. Les Fils ! Il grogna de nouveau, souhaitant que Paulin, qui bavardait tranquillement avec les Chefs du Weyr de Benden en les escortant à leur place avec sa Dame, se dépêche. Il mourait d'envie de goûter ce blanc pétillant.

Tambourinant des doigts sur la table, il attendit le retour de son hôte et l'ouverture des tentantes bouteilles des seaux.

K'vin, maître du bronze Charanth, approcha ses lèvres de l'oreille du chevalier bleu assis devant lui.

– La prochaine fois, attends mon signal ! dit-il.

P'tero se contenta de sourire en le regardant par-dessus son épaule, ses yeux bleus pétillant de joie.

– Je savais que tu me rattraperais, hurla-t-il en réponse. Il y avait trop de témoins pour me laisser tomber et trahir les secrets du Weyr !

Puis P'tero adressa un signe à Ormonth, qui volait anxieusement aile contre aile avec Charanth. Bien qu'invisibles du sol, les courroies de sécurité attachaient toujours le chevalier bleu à son dragon. P'tero déboucla les siennes, et elles se balancèrent dans le vide.

– Encore heureux que j'aie levé la tête juste à ce moment-là ! dit K'vin, d'un ton si dur que le jeune impudent rougit jusqu'aux yeux. Regarde la peur que tu as faite à Ormonth !

De la main, il montra le dragon au cuir bleu marbré de taches livides causées par sa récente frayeur.

P'tero hurla autre chose, que K'vin ne saisit pas, alors, se penchant, il approcha son oreille droite de la bouche du chevalier bleu.

– Je n'étais pas en danger, répéta P'tero. J'avais des courroies toutes neuves, et il m'avait regardé les tresser.

– Ha !

Comme chacun savait, les dragons avaient des lacunes dans leur capacité à établir un lien entre la cause et l'effet, de sorte qu'Ormonth n'avait sans doute pas vu le rapport entre les courroies neuves et la sécurité de son maître.

– Oh, merci, dit P'tero, comme K'vin lui passait une de ses courroies à la ceinture.

Ils n'avaient plus qu'à atterrir, mais K'vin voulait bien faire comprendre à P'tero la nécessité de la sécurité.

Tout en approuvant le courage, K'vin n'appréciait pas la folle témérité, surtout si elle mettait un dragon en danger si peu de temps avant le commencement des Chutes. Grâce à une supervision attentive, le Weyr n'avait perdu aucun couple dragon-chevalier, et il avait bien l'intention que ça continue.

Dégringoler de son bleu avant que K'vin n'ait donné le signal était un risque totalement inutile. Heureusement, K'vin avait vu le plongeon de P'tero. Son cœur lui était remonté dans la gorge, tout en sachant que P'tero était équipé d'un harnais spécialement long et solide. Même si lui et Charanth ne les avaient pas sauvés en plein ciel, ces longues courroies auraient empêché le chevalier bleu de s'écraser au sol. Cette manœuvre avait été plus précipitée que bien exécutée. Si Charanth n'avait pas été aussi rapide, P'tero serait en train de dorloter chevilles brisées et contusions sévères pour prix de sa folie. Quelle que fût leur largeur, ces courroies imprimaient des chocs violents en stoppant une chute en plein ciel.

P'tero ne manifestait toujours aucun remords. K'vin espérait seulement que cette acrobatie ait le résultat escompté par l'amoureux P'tero. Son bien-aimé devait avoir assisté à la scène, le cœur dans la bouche, et P'tero récolterait sans doute les fruits de la peur qu'il lui avait faite plus tard dans la soirée. K'vin regrettait qu'il n'y eût pas plus de filles pour conférer l'Empreinte aux dragons verts. Les filles avaient tendance à être plus posées et plus fiables. Mais avec les parents qui souhaitaient ardemment étendre leurs terres en établissant des fortins pour leurs enfants mariés – et les chevaliers-dragons, mâles ou femelles, n'étaient pas autorisés à en posséder – de moins en moins de filles étaient encouragées à assister aux Éclosions.

Les dragons qui avaient participé à l'exhibition déposaient maintenant leurs maîtres sur la large route prolongeant la cour. Puis ils redécollaient pour aller se chauffer au soleil automnal. La plupart se dirigèrent vers les falaises entourant le Fort et se posèrent sur les crêtes, de part et d'autre des panneaux solaires. On pouvait faire confiance aux dragons pour ne pas endommager ces installations inestimables. Celles de Fort étaient les plus anciennes, naturellement, et deux batteries en avaient été perdues au cours des violentes tempêtes de l'hiver précédent. Fort étant le plus ancien, mais aussi le plus vaste des établissements du nord, avait besoin que toutes ses installations fonctionnent parfaitement pour fournir le courant nécessaire au chauffage de son dédale de couloirs et de cavernes, aux unités de ventilation et aux appareils qui marchaient encore. Heureusement, on avait fabriqué d'immenses réserves de panneaux pendant la première grande vague de construction des nouveaux Weyrs et Forts, et ils suffiraient pendant encore des générations.

Les Chefs de Weyrs rejoignirent leurs tables du niveau supérieur, avec les Seigneurs et les savants, tandis que les chevaliers-dragons s'asseyaient selon leurs affinités aux tables dressées dans l'immense avant-cour. Pas un brin de végétation sur toute cette étendue, nota K'vin avec approbation. S'nan, le Chef du Weyr de Fort, avait toujours été très respectueux des règles, et à juste titre.

Les musiciens avaient attaqué un morceau entraînant, et des couples dansaient déjà sur le parquet de bois posé sur les galets. Au-delà de la piste de danse, se dressaient les échoppes, tentes et tables où toutes sortes d'articles se vendaient ou s'échangeaient.

Les affaires allaient bon train depuis le matin, surtout pour les articles indispensables pendant les longs mois d'hiver où les grandes Fêtes se feraient plus rares. Les Artisans seraient contents, et les chevaliers-dragons seraient moins sollicités pour les transports.

Maintenant, Charanth tournait en rond au-dessus des annexes destinées à agrandir l'infirmerie-institut de recherches et l'Université formant les enseignants. Les dortoirs accueilleraient aussi les volontaires qui s'efforçaient de sauver les archives, endommagées le printemps précédent, par l'eau qui s'était infiltrée dans les immenses cavernes souterraines de Fort où elles étaient entreposées. Des chevaliers-dragons s'étaient également proposé d'y consacrer tout le temps qu'ils ne passaient pas à leur entraînement. Quiconque avait une écriture lisible était acceptable, et le Seigneur Paulin s'était mis en quatre pour assurer le confort des copistes. Les autres Forts avaient fourni des matériaux et de la main-d'œuvre.

Les bâtiments extérieurs de l'Université étaient conçus pour être imperméables aux Fils, avec de hauts toits pointus en ardoise de Telgar, et des gouttières menant à des citernes souterraines où les Fils survivants se noieraient. Tous les Artisans concernés, y compris ceux destinés à habiter ces installations, auraient préféré agrandir le réseau des cavernes, mais deux graves effondrements s'étaient produits dans des grottes, et les ingénieurs des mines s'étaient opposés à toute expansion intérieure de crainte de saper toute la falaise. Même les whers de garde, mutants photosensitifs aux ailes atrophiées, avaient refusé de poursuivre les explorations souterraines, ce qui, affirmaient leurs maîtres, signifiait qu'ils percevaient des dangers invisibles pour l'homme. On avait donc construit à l'air libre : murs massifs de près de trois mètres au niveau du sol s'amincissant à deux mètres sous le toit. Avec les mines de fer de Telgar qui fonctionnaient à plein régime, les poutres structurelles nécessaires pour supporter ces poids n'avaient posé aucun problème.

Les nouveaux bâtiments devaient être terminés à la fin du mois. Des équipes avaient même travaillé pendant la Fête, mais elles avaient fait une pause pour admirer le vol des dragons, et elles cesseraient le travail pour prendre part au dîner et aux réjouissances.

Charanth atterrit avec grâce, suivi de près par Ormonth, pour que P'tero puisse ôter les courroies de sécurité avant que personne ne les remarque. Pendant qu'il s'affairait ainsi, M'leng, maître du vert Sith, s'approcha, lui reprochant avec véhémence de lui « avoir fait remonter le cœur dans la gorge ». Et il avait continué à le fustiger bien plus sévèrement que ne l'aurait fait son Chef de Weyr.

K'vin sourit intérieurement, surtout devant l'air penaud de P'tero, pendant cette harangue. K'vin roula ses courroies de vol et les attacha à l'anneau du harnais.

– Profite bien du soleil, mon ami, dit-il, avec une tape amicale sur la vaste épaule de Charanth.

C'est bien mon intention. Meranath est déjà là, dit le dragon bronze d'un ton légèrement suffisant, décollant d'un bond puissant qui arrosa son maître d'une pluie de terre.

L'attitude de Charanth envers Meranath, sa partenaire, amusait et réconfortait son maître. Personne ne s'attendait à ce que K'vin devienne le Chef du Weyr après la mort de B'ner, survenue neuf mois plus tôt. Qui aurait pensé que le vigoureux chevalier, à peine entré dans sa sixième décennie, avait des problèmes cardiaques ? Et pourtant, c'était ça qui l'avait tué, selon les médecins. Aussi, lors du vol nuptial suivant de Meranath, Zulaya, la Dame du Weyr, avait demandé un vol ouvert, laissant les dragons choisir le nouveau Chef. Elle avait déclaré n'avoir aucune préférence personnelle. Elle était sincèrement attachée à B'ner et elle le pleurait sans doute encore. En tout cas, les « prétendants » n'avaient pas manqué.

K'vin avait fait participer Charanth à ce vol parce que tous les Chefs d'Escadrille de Telgar étaient sollicités, de même que les chevaliers bronze des autres Weyrs. Il n'avait pas vraiment envie d'être le chef d'un Weyr pendant un Passage. Il se trouvait trop jeune pour de telles responsabilités. Ayant observé B'ner, il savait que les devoirs d'un Chef de Weyr étaient déjà accablants pendant un Intervalle. Mais *savoir* que tant de jeunes chevaliers seraient blessés ou tués, que la vie de tant de gens dépendait de votre habileté et de votre endurance, c'était trop dur à supporter. Maintenant, certaines nuits, il était tourmenté de rêves terrifiants, et les Chutes n'avaient même pas commencé. En ces occasions où il avait partagé le lit de Zulaya, elle s'était montrée compréhensive et rassurante.

– B'ner se rongeait aussi, si ça peut te consoler, Kev, lui dit-elle, l'appelant par son ancien diminutif et rabattant en arrière ses boucles trempées de sueur, tremblant encore en réaction à ses songes. Lui aussi faisait des cauchemars. Ça vient avec le titre. En général, le matin suivant un cauchemar, B'ner relisait les notes de Sean. Il devait les savoir par cœur. Je t'ai vu faire la même chose. Tu seras à la hauteur quand tu seras au pied du mur, Kev. J'en suis sûre.

Zulaya pouvait avoir l'air tellement *sûre* de ce qu'elle disait, mais il faut dire qu'elle avait près de dix ans de plus que lui et beaucoup plus d'expérience dans le gouvernement d'un Weyr. Parfois, son intuition était carrément surnaturelle : elle prédisait avec précision la taille des pontes, la distribution des couleurs, le sexe des bébés nés au Weyr, et parfois, le type de climat à venir. Mais elle était née et avait grandi au Weyr de Fort, descendante en ligne directe d'une des Premières Dames au Dragon, Aliena Zuleita, et elle *savait* des choses. Curieusement, les reines dragons semblaient préférer les femmes de l'extérieur – mais parfois, défiant la coutume, une reine avait son idée bien à elle et choisissait une native du Weyr.

Toutefois, exactement comme son prédécesseur, il relisait constamment les récits de toutes les Chutes : en quoi elles différaient, et comment juger de cette différence au Front de Chute. La plupart des récits rapportaient sèchement les faits, mais leur langage prosaïque ne pouvait dissimuler le courage de ces premiers chevaliers-dragons, qui avaient dû tout inventer pour combattre les Fils, le plus souvent à la dure et sur le tas.

Le fait qu'il était un petit-neveu à la Énième génération de Sorka Connell, la Première Dame du Weyr – chose que Zulaya rappelait souvent – rassurait subtilement tout le Weyr.

– C'est peut-être pour ça que Meranath s'est laissé rattraper par Charanth, dit Zulaya, le visage mortellement sérieux mais les yeux pétillant de malice.

– Avais-tu... je veux dire... pensais-tu à moi... euh, enfin..., avait bredouillé K'vin, cherchant ses mots, deux semaines après ce vol mémorable.

Le soir même, il était resté confondu de sa réaction passionnée. Mais après, elle s'était montrée très détendue dans leurs rapports, et elle ne l'invitait pas toujours à partager son lit même si leurs dragons étaient inséparables.

– Qui *pense* pendant un vol nuptial ? Mais je suis contente que Charanth ait été si astucieux. Et si l'on peut accorder un crédit quelconque à l'hérédité, avoir pour Chef du Weyr un arrière-arrière-arrière-petit neveu de la Première Dame du Weyr de Fort *et* qui appartient à une famille ayant donné beaucoup de candidats acceptés aux Éclosions, est un avantage pour tous.

– Je ne suis pas mon arrière-arrière-arrière-grand-tante, Zulaya...

– Heureusement, glousssa-t-elle, sinon, tu ne serais pas Chef du Weyr. Enfin, le Sang parlera !

Zulaya était d'une franchise déconcertante mais ne lui donnait aucune indication sur ce que ressentait à son égard la femme, non la Dame du Weyr. Elle était gentille, l'assistait dans sa tâche, faisait des suggestions constructives quand ils discutaient des programmes d'entraînement, mais tellement... impersonnelle... que K'vin en concluait qu'elle n'avait pas encore surmonté la mort de B'ner.

Lui-même était obscurément réconforté que son arrière-arrière-grand-tante ait survécu au Premier Passage, et il tenterait d'en faire autant. Comme, il en était sûr, ses deux frères et quatre cousins qui étaient aussi chevaliers-dragons, bien qu'aucun ne fût Chef de Weyr... pour le moment. Quand même, si le fait qu'il appartenait à la Lignée de Ruatha, qui avait produit Sorka, M'hall, M'dani, Sorana et Mairian, rassurait le Weyr, il s'efforcerait de renforcer ce sentiment à chaque révolution du Passage.

Pour le moment, à ce qui serait sans doute la dernière Fête sans Fils des cinquante prochaines années, il regarda sa Dame du Weyr quitter le groupe de Telgariens avec lesquels elle bavardait, pour s'avancer vers lui à travers la vaste cour.

Zulaya était grande pour une femme et dotée de longues jambes – ce qui était un avantage pour chevaucher l'encolure d'un dragon. Il avait une bonne tête de plus qu'elle, ce qu'elle aimait en lui, disait-elle ; B'ner était juste de sa taille. C'étaient ses cheveux bouclés, noirs comme de l'encre, qui fascinaient K'vin, et qui, libérés du casque de vol, lui tombaient jusqu'à la taille. Ces cheveux encadraient un visage large aux hautes pommettes saillantes, mettaient en valeur sa peau crémeuse et ses grands yeux brillants qui étaient presque noirs ; une bouche large et sensuelle et un menton volontaire donnaient à son visage une force et une détermination qui renforçaient son autorité auprès de tous. Elle marchait à grandes enjambées, contrairement à certaines femmes du Fort qui minaudaient, faisant claquer ses bottes sur les galets, balançant les bras à ses côtés. Elle avait eu le temps d'enfiler une longue jupe fendue sur sa tenue de vol qui s'entrouvrait dans sa marche, révélant une jambe au galbe parfait, moulée dans son pantalon de cuir et ses hautes cuissardes. Elle avait retourné le revers de ses bottes dont la fourrure rouge mettait une touche de couleur dans son costume, rappelée par la fourrure de ses poignets et de son col qu'elle avait ouvert. Comme d'habitude, elle portait le pendentif de saphir dont elle avait hérité en sa qualité d'aînée des femmes de sa Lignée.

– Eh bien, P'tero s'est-il attaché l'affection indéfectible de M'leng par son acrobatie ? demanda-t-elle, d'un ton un peu irrité. Ils sont partis ensemble.

Elle regarda dans la direction des deux chevaliers-dragons qui se dirigeaient vers les tentes dressées près des rangées de lits de camp.

– Tu pourras leur dire deux mots plus tard. Ils ont peur de toi, dit K'vin avec un grand sourire.

– Et ils en auront encore plus peur après ce que je leur dirai de cette stupidité, dit-elle avec entrain, sautillant pour se mettre à sa hauteur. Tu devrais vraiment apprendre à être menaçant dans tes remontrances.

Elle leva les yeux sur K'vin, puis branla du chef en soupirant. Elle l'avait taquiné un jour, disant qu'il était beaucoup trop beau pour avoir l'air authentiquement méchant, avec les cheveux roux, les yeux bleus et les taches de rousseur qu'il tenait des Hanrahan.

– Non, tu n'as pas le physique de l'emploi. Mais Sith va se faire vertement chapitrer par Meranath pour avoir permis à un bleu de se mettre en danger.

– Qu'elle frappe aux endroits sensibles, approuva K'vin, car Meranath était plus efficace qu'aucun humain, même leurs maîtres, auprès de tous les dragons. Stupide témérité.

– Pourtant, dit Zulaya, s'éclaircissant la gorge, les Telgariens ont trouvé ça « absolument merveilleux », ajouta-t-elle en riant. D'autant plus qu'ils n'auront guère d'occasions de revoir ce plongeon en action, termina-t-elle en faisant la grimace.

– Enfin, au moins les Telgariens croient aux Chutes.

– Qui n'y croit pas ? demanda Zulaya, levant les yeux sur lui.
– Eh bien, Chalkin, pour commencer.
– Ah, lui !
Elle n'avait absolument aucune estime pour le Seigneur de Bitra et elle n'en faisait pas mystère.
– S'il y en a un, il peut y en avoir d'autres, malgré ce qu'ils disent devant nous.
– Quoi ? Avec la Première Chute attendue dans quelques mois ? dit Zulaya. Et pourquoi, je te prie, avons-nous des dragons si ce n'est pour assurer la défense aérienne du continent ? Oh, nous assurons les transports, mais cela ne suffit pas à justifier notre existence.
– Du calme, ma Dame. Tu prêches un converti.
Elle émit un grognement écœuré, puis ils se retrouvèrent au bas des marches menant à la Haute Cour. Elle glissa sa main sous son bras, pour qu'ils présentent l'image d'un couple uni. K'vin étouffa un soupir, pensant que leur accord n'était que pour la galerie.
– *Et* Chalkin est déjà tombé dans le nouveau pétillant d'Hegmon, dit Zulaya avec irritation.
– Pourquoi crois-tu qu'il est venu, sinon ? demanda K'vin, l'éloignant prestement du Bitran qui faisait claquer sa langue en regardant son verre avec gourmandise. Quoique, aujourd'hui, l'occasion était belle pour ses joueurs de faire de beaux bénéfices.
– Une chose est sûre, il n'est pas sur la liste d'Hegmon, à ce qu'on m'a dit, remarqua-t-elle comme ils arrivaient à leur table, qu'ils partageaient par choix avec les Seigneurs et les Chefs du Weyr des Hautes Terres et ceux de Tillek. Il y avait aussi le commandant de la flotte de pêche de Tillek et sa nouvelle épouse.
– Quel spectacle vous nous avez donné, dit le jovial Capitaine Kizan ! N'est-ce pas, ma chérie ?
– Oh oui, répondit la jeune femme en joignant les mains.
Le geste pouvait paraître affecté, mais elle était manifestement impressionnée par la compagnie qui l'entourait et tous s'efforçaient de la mettre à son aise. Kizan avait fait savoir qu'elle venait d'un petit fortin de pêche et que, bien que skipper très capable, elle avait peu l'expérience du monde.
– J'ai souvent vu des dragons dans le ciel, ajouta-t-elle, mais jamais d'aussi près. Comme ils sont beaux !
– As-tu déjà volé à dos de dragon ? demanda Zulaya avec bonté.

– Oh, mon Dieu non, dit Cherry, baissant modestement les yeux.

– Ça t'arrivera peut-être, et bientôt, la taquina son mari. Nous sommes venus à la Fête par voie de terre, mais nous verrons si nous avons un certain crédit...

– D'accord, Capitaine, vu que tu n'as pas fait appel à nous la moitié aussi souvent que tu en avais le droit, dit G'don, Chef du Weyr des Hautes Terres.

Mari, sa Dame du Weyr, approuva de la tête et eut un sourire encourageant devant l'air horrifié de Cherry.

– Quoi ? la taquina son mari. La femme qui a piloté son bateau sans se plaindre dans une tempête de Force Neuf aurait peur de voler sur un dragon ?

Cherry voulut répondre, mais ne trouva pas ses mots.

– Ne la taquine pas, dit Mari. Chevaucher un dragon est très différent de piloter son navire, mais je connais peu de gens qui refusent un vol.

– Oh, je ne refuse pas, dit vivement Cherry, interdite.

Comme une enfant craignant de se voir refuser une friandise promise, pensa K'vin, réprimant un sourire.

– Laissez-la tous tranquille, dit la Dame du Fort de Telgar en fronçant les sourcils. Je me souviens de mon premier vol à dos de dragon...

– Tiens, un si lointain souvenir ? dit son mari, le Seigneur Tashvi, la lorgnant d'un œil flegmatique. Et pourtant, tu n'arrives pas à te rappeler où tu as mis ce ballot de couvertures de secours...

– Ne recommence pas avec ça ! l'arrêta Salda, le regardant de travers.

Mais tous les convives, même la jeune Cherry, comprirent qu'ils se livraient souvent à ces chamailleries bon enfant.

– Vous n'avez pas débouché votre vin ? demanda une voix impatiente.

Se retournant, ils virent le vigneron Hegmon – vigoureux, grisonnant, taille moyenne, avec un visage rubicond, et un nez rouge dont il disait plaisamment que c'était un risque du métier.

– Fais nous cet honneur, dit Tashvi, montrant le seau à glace.

Hegmon s'exécuta, et, sous ses mains expertes, le bouchon sauta rapidement avec un joyeux « pop ». Le vin pétilla mais il mit prestement un verre sous le goulot avant qu'il n'en tombe une seule goutte.

– Je crois que nous avons réussi cette fois, dit-il, remplissant les verres qu'on lui présentait.

– Il a l'air alléchant, dit Salda, levant son verre pour regarder monter les bulles.

Thea, la Dame du Fort des Hautes Terres, fit de même, puis huma son verre.

– Oh, là, là ! dit-elle, portant la main à son nez juste à temps pour retenir un éternuement. Les bulles chatouillent.

– Goûtez le vin, les pressa Hegmon.

– Hummm, fit Tashvi, imité par Kizan.

– Très sec, en plus, dit le capitaine. Bois, Cherry, encouragea-t-il sa femme. Ce n'est pas comme les bibines de Tillek qui sont souvent aigres et âcres. Ce vin-là descend facilement.

– Oooh ! Comme c'est bon ! dit-elle, ravie.

Hegmon sourit de sa candeur et accepta les hochements de tête approbateurs de toute la tablée.

– Elle a raison, dit Zulaya, après avoir laissé lentement glisser une gorgée de vin dans sa gorge. Très bon, même.

– Pour moi, je remettrais ça volontiers, dit une voix.

Et Chalkin parut, tendant son verre vide sous la bouteille d'Hegmon.

Hegmon n'inclina pas sa bouteille, et regarda froidement le Seigneur de Bitra.

– Il y en a d'autre à ta table, Chalkin.

– Exact, mais j'aimerais goûter des bouteilles différentes.

Hegmon se raidit, et Salda intervint.

– Allons donc, Chalkin ! Comme si Hegmon était homme à offrir une mauvaise bouteille à quiconque, dit-elle, lui faisant signe de s'en aller.

Chalkin hésita entre le sourire et la grimace, puis, le visage impassible, il s'éloigna. Mais il ne retourna pas à sa table, et s'approcha d'une autre où l'on versait le vin.

– Je pourrais... commença Hegmon.

– Ne lui fournis rien, Hegmon.

– Il commence à me persécuter pour que je lui donne des boutures afin de produire son vin lui-même. D'ailleurs, ça ne réussirait sans doute pas mieux que ses autres entreprises.

– Ignore-le, dit Zulaya, faisant claquer ses doigts. C'est ce que font M'shall et Irène. Quel flagorneur !

– Malheureusement, dit Tashvi en faisant la grimace, il a trouvé des âmes sœurs.

– Nous réglerons le problème à l'assemblée, dit K'vin.

– Je l'espère, dit Tashvi, mais un homme comme lui n'est pas facilement convaincu contre son gré. Et il a des partisans.

– Pas pour les questions qui comptent, dit Zulaya.

– Espérons-le. Ah, voici à manger, ce qui épongera ce bon vin avant que nous soyons tous trop ivres pour garder les idées claires.

– Je doute qu'il y ait là plus de deux verres par personne, dit Zulaya, montrant le seau à glace. Trop peu pour nous enivrer, même si c'est très bon, remarqua-t-elle, buvant à petites gorgées. Hegmon est généreux, mais pas trop. Ah, voilà notre dîner...

Elle se renversa sur son siège tandis qu'une nuée d'hommes et de femmes aux couleurs de Fort posaient des plats fumants sur la table. Et des bouteilles de vin rouge.

– Tu as parlé d'ivresse un peu trop tôt, dit K'vin en souriant, lui servant des tranches de rôti avant de passer le plat.

Ils avaient terminé leur repas et leur vin quand Paulin se leva et fit signe à tous les hôtes de la Haute Cour de le suivre dans le Fort pour l'assemblée. Les danses allaient déjà bon train sur la piste, et la musique accompagna joyeusement leur cortège.

K'vin souhaita que la réunion se termine avant le bal. Malgré sa taille, Zulaya dansait avec tant de légèreté que c'était un plaisir d'être son cavalier et, comme il était plus grand qu'elle, elle n'en voulait pas d'autre que lui. De plus, un orchestre de professionnels jouait bien mieux que les amateurs médiocres, bien qu'enthousiastes, qu'ils avaient habituellement au Weyr. Et ils jouaient aussi une meilleure musique.

– Ah, dit Zulaya d'un ton approbateur quand ils entrèrent dans le Grand Hall de Fort. Tu as magnifiquement restauré les fresques.

– En effet, dit K'vin, s'arrêtant pour admirer et empêchant Chalkin d'entrer. Oh, désolé.

– Peuh ! fit Chalkin, foudroyant Zulaya d'un air acerbe et resserrant sa cape pour ne pas les toucher.

– Considère le personnage, dit K'vin, la voyant préparer un commentaire acide sur le Seigneur.

– Je voudrais être à Bitra lors de la première Chute, dit-elle.

– Alors il a de la chance de ne pas dépendre de notre Weyr, mais de Benden, dit K'vin, ironique.

– En effet, dit-elle, se laissant conduire vers la grande table de conférence et les sièges réservés au Weyr de Telgar. Je me demande si quelqu'un a dormi à Fort de toute la semaine dernière, ajouta-t-elle, caressant la bannière aux couleurs de Telgar qui décorait leur section de la table. C'est très décoratif, murmura-t-elle, tirant son fauteuil, également décoré du champ blanc et des céréales noires de Telgar.

La table était composée de petites unités accolées les unes aux autres, et formait un cercle à nombreux pans coupés. Le Weyr et le Fort de Telgar étaient assis entre ceux des Hautes Terres et de Tillek, étant les établissements les plus septentrionaux. En face d'eux, le Weyr et le Fort d'Ista, et le Fort de Keroon, avec leurs couleurs éclatantes. Le Weyr de Benden était assis avec le Fort de Bitra d'un côté, ceux de Nerat et Benden de l'autre. L'Ingénieur en Chef, le Doyen des Médecins et le Directeur de l'Université assistaient aussi à l'assemblée. Fort, traditionnellement le plus ancien des Forts, était au centre de la table, avec Ruatha à droite et Boll Sud à gauche, et c'était à son tour de présider.

– Eh bien, si nous avons encore notre tête après le bon vin d'Hegmon, finissons-en vite pour aller danser, dit Paulin, regardant les assistants en souriant.

– Oui, oui ! brailla Chalkin, tapant du poing sur la table.

K'vin étouffa un grognement. Le visage congestionné, Chalkin était à moitié saoul, sinon tout à fait.

– Je suis sûr que vous avez tous conscience de l'imminence des Chutes de Fils...

Chalkin eut un borborigme incongru.

– Seigneur Chalkin, dit Paulin, foudroyant le malotru, si tu as trop bu, nous pouvons t'excuser.

– Non, c'est exactement ce qu'il veut, dit vivement M'shall, Chef du Weyr de Benden. Pour pouvoir protester que nous avons tout décidé derrière son dos.

– S'il ne se tait pas, nous pouvons toujours lui tenir la tête sous le robinet le temps qu'il soit suffisamment dégrisé pour se rappeler la simple politesse, dit Irène, Dame du Weyr de Benden. Il n'aime pas mouiller ses habits de Fête.

Son expression donnait à penser qu'elle le savait par expérience.

– Chalkin ! dit Paulin d'un ton glacial.

– Oh, d'accord, dit le Bitran d'un ton maussade, se carrant dans son fauteuil et posant les deux coudes sur la table. Si vous le prenez comme ça...

– C'est toi qui nous y obliges, dit sèchement Irène.

Paulin lui décocha un regard sévère, et elle se tut, tout en continuant à regarder Chalkin, les yeux étrécis.

– Trois calculs indépendants ont été effectués, et il ne fait aucun doute que la Planète Rouge se rapproche... spatialement parlant.

– Y a-t-il un risque de collision ? demanda Jamson des Hautes Terres.

– Bon sang, Jamson, ne remets pas ça sur le tapis !

– Pourquoi pas ? demanda Chalkin en s'éclairant.

– Parce que cette... improbabilité... a déjà été discutée jusqu'à la nausée, dit Paulin. Parmi toutes les informations réunies par nos ancêtres, absolument rien n'indique le moindre risque de collision entre les deux planètes. Ni même qu'ils aient envisagé cette... improbabilité... pour quelque raison que ce soit.

– Oui, mais est-il dit quelque part que c'est impossible ? dit Chalkin, manifestement ravi de cette possibilité.

– Absolument pas, dirent en chœur Paulin et Clisser, ce dernier étant non seulement le Directeur de l'Université mais aussi le doyen des astronomes.

Paulin lui fit signe de continuer.

– Les Capitaines Keroon et Tillek – et il fit une pause révérencielle – ont tous deux annoté les rapports du Siaav, qui incluaient les données des archives du *Yokohama*. J'ai plusieurs fois recalculé les équations en cause, et il en ressort que la planète errante passera près de Pern selon une orbite elliptique qui *ne peut pas* se modifier pour provoquer une collision avec Pern. Tout cela basé sur la mécanique céleste et l'attraction gravitationnelle de Rukbat. J'aurais apporté le diagramme des orbites si l'on m'avait prévenu, ajouta-t-il, foudroyant Chalkin d'un regard écœuré.

– C'est déjà assez regrettable qu'elle nous amène les Fils, tu voudrais aussi qu'elle nous réduise en poussière, Chalkin ? demanda Kalvi, l'Ingénieur en Chef. Moi aussi, j'ai refait les calculs, et je suis d'accord avec Clisser et tous ceux qui ont pris la peine de les faire. Pourquoi n'en fais-tu pas autant si tu t'inquiètes tellement ?

Chalkin ignora la pique, vu qu'il avait la réputation de n'être savant dans aucun domaine. De plus, il était enchanté des réactions provoquées par sa remarque. Quoiqu'ils en disent, il n'y avait aucune preuve qu'ils fussent à l'abri d'une collision.

– Les calculs indiquent que le début du printemps verra la première Chute du Passage. Et plusieurs autres qui pourraient être meurtrières, selon les conditions climatiques, dépendant surtout de la température ambiante au moment de la Chute.

Paulin passa la main sous la table et en ramena une planche sur laquelle les aires des Chutes avaient été méticuleusement délimitées. S'nan s'éclaircit la gorge, et s'agita dans son fauteuil, comme s'il trouvait que Paulin avait usurpé une prérogative du Weyr.

– Les deux premières tomberont sur le territoire du Weyr de Fort. Les deux suivantes sur les Hautes Terres, et les deux d'après sur Benden. La deuxième Chute de Fort et la première des Hautes Terres – différents flux de la même Chute – auront lieu le même jour. Nous savons aussi d'après les archives qu'il y aura des Chutes sur le Continent Méridional environ une semaine avant qu'elles commencent ici, dans le Nord. S'nan, ajouta Paulin, se tournant vers le Chef du Weyr de Fort, peux-tu nous faire part de tes observations ?

S'nan se leva, son omniprésente planchette d'écriture à la main. (Selon la rumeur, elle lui avait été transmise en ligne directe depuis Connell lui-même.) Il baissa les yeux sur ses notes. Le plus vieux Chef du premier Weyr de Pern ressemblait à son arrière-arrière-arrière-grand-père, mais ses cheveux étaient plutôt blonds que roux. A part lui, K'vin ne pensait pas que Sean Connel avait été une telle ganache, même si c'était lui qui avait édicté les règles selon lesquelles les Weyrs continuaient à se gouverner. La plupart n'étaient que règles de simple bon sens, même si S'nan en poussait l'application jusqu'au ridicule.

– La première Chute, commença S'nan, une nuance de fierté dans la voix, commencera sur la mer, à l'est du Fort de Fort, et abordera les terres à l'embouchure de la rivière, traversant la péninsule en diagonale avant de se retrouver au-dessus de la mer, à l'ouest. Les deux suivantes, qui auront lieu trois jours plus tard, se produiront à la pointe méridionale de Boll Sud.

Il prit son style et toucha avec condescendance un point de la carte de Paulin.

– Celle-ci se produira peut-être suffisamment au sud pour ne pas toucher les terres, et, au pire, ne les survolera que brièvement – et sur la pointe ouest des Hautes Terres, se perdant de nouveau dans la mer et ne survolant les terres que peu de temps.

– Les Fils nous donnant l'occasion de nous habituer à les combattre ? demanda B'nurrin d'Igen.

– Ta plaisanterie est déplacée, dit S'nan, mais il y avait trop de sourires autour de la table pour que sa réprimande affecte le jeune et incorrigible B'nurrin.

S'nan s'éclaircit la voix et se relança dans son discours.

– Les deux suivantes seront les plus dangereuses pour des escadrilles inexpérimentées, dit-il, lançant un regard sévère à B'nurrin tout en montrant le trajet de la Chute sur la carte. Elle commencera à l'est au-dessus de la mer, passera sur le Weyr de Benden et le Fort de Bitra, et se terminera non loin d'Igen. La défense devrait être assurée conjointement par les Weyrs de Benden et d'Igen. La seconde commencera à la pointe septentrionale de la péninsule de Nerat, la traversera, passera sur la côte est de Keroon et la pointe est d'Igen et se terminera au large d'Igen. De nouveau, la défense devrait être commune, Benden protégeant Nerat, Igen la partie nord de Keroon, et Ista la partie sud de Keroon...

– Nous savons déjà à quelles Chutes nous participerons, S'nan ? dit M'shall.

– Oui, oui, bien sûr, dit S'nan s'éclaircissant la gorge une fois de plus. Toutefois, ajouta-t-il, reportant son regard sur les Seigneurs présents autour de la table, il fut décidé à la dernière assemblée des Chefs de Weyrs que, puisque ce serait la première Chute de notre expérience, chaque Weyr fournirait deux escadrilles pour l'engagement initial. Ainsi, chaque Weyr aura une expérience de première main.

– Je pense toujours qu'on pourrait acquérir cette expérience en allant combattre les premières Chutes du Continent Méridional, commença B'nurrin. Comme ça, si les dragons ratent les Fils, ils ne tomberont sur personne et ne ravageront pas les terres agricoles.

– B'nurrin ! dit M'shall d'un ton sévère avant que S'nan, stupéfait, n'ait pu ouvrir la bouche.

A part lui, K'vin trouvait que c'était une bonne idée et la soutint, mais l'avis des plus vieux Chefs de Weyrs prévalut. K'vin se dit que s'il emmenait quelques escadrilles dans le Sud pour cette première Chute, il y trouverait sans doute B'nurrin en train de « s'entraîner ».

– Je pense quand même que c'est une bonne idée, dit l'Istan en haussant les épaules.

Feignant de n'avoir pas entendu l'interruption, S'nan poursuivit.

– Comme c'était la coutume lors du Premier Passage, les Seigneurs fourniront des équipes au sol suffisantes, et les rassembleront aux endroits indiqués par les Chefs de Weyrs. Dans ce cas, le Chef du Weyr M'shall.

Il s'inclina légèrement à l'adresse du chevalier bronze.

– Maître Kalvi – et il salua courtoisement de la tête l'Ingénieur en Chef – m'a assuré que sa fonderie avait fabriqué assez de cylindres à HNO pour toutes les équipes au sol, mais que l'HNO3 devra être fourni sur place. Comme lors du Premier Passage, le matériel et le travail seront donnés par le corps des ingénieurs comme participation à leur devoir civique. Vous devriez tous avoir reçu votre allocation complète d'ici la Fin de l'Année.

Comme toujours, S'nan s'exprimait avec précision, dédaignant le mot « révolution » que les jeunes commençaient à utiliser à la place d' « année ».

Kalvi se leva.

– J'ai prévu pour tous les grands Forts des stages de trois jours, en vue de leur enseigner la maintenance et la réparation des lance-flammes, et une session d'entraînement pratique, termina-t-il avec un grand sourire, que vous trouverez à la fois intéressante et complète.

Il modifia sa posture et aurait continué, mais S'nan leva la main et lui fit signe de s'asseoir.

Avec un sourire et un petit grognement dédaigneux, Kalvi s'exécuta.

Puis le Chef du Weyr de Fort tourna son regard vers Corey.

– Je crois que tu as également prévu un séminaire de trois jours pour enseigner aux Forts, grands et petits, le contrôle du feu et... euh... les premiers soins aux brûlures de Fils.

Corey acquiesça de la tête sans se lever.

– Les Seigneurs devront assigner un médecin à chaque équipe

au sol, ou faire instruire l'un de ses membres dans les pratiques du secourisme, et lui fournir une pharmacie contenant pommade antalgique, jus de fellis et autres médicaments de première urgence.

« Maintenant, poursuivit S'nan, rabattant la première feuille, j'ai fait une pré-inspection de tous les Weyrs, et j'ai constaté qu'ils avaient tous les effectifs nécessaires, avec suffisamment de jeunes chevaliers pour fournir les escadrilles en phosphine pendant le Passage. J'ai discuté tous les aspects des tactiques de vol et de maintenance des Weyrs avec les Chefs de Weyrs respectifs...

K'vin s'agita un peu dans son fauteuil, au souvenir de l'inspection minutieuse effectuée par S'nan et Sarai : ils avaient même inspecté l'usine de recyclage ! Puis il remarqua que G'don, le doyen des Chefs de Weyrs, se tortillait aussi sur son siège. Ainsi, le couple de Fort n'avait épargné personne dans sa poursuite zélée de la perfection. Enfin, ils approchaient d'un Passage, et les Chefs du Weyr de Fort avaient raison de s'assurer que les dragons et leurs maîtres étaient préparés au mieux. Le couple n'avait rien trouvé à redire à la reproduction des dragons : Telgar avait eu les pontes les plus abondantes de tous les Weyrs ces trois dernières années, les dragons eux-mêmes réagissant aux préparatifs de l'épreuve future. K'vin espérait que la première couvée de Charanth serait plus nombreuse qu'aucune de celles du Miginth de B'ner : peut-être qu'alors Zulaya se réchaufferait à son égard. Les deux jeunes reines avaient également eu de bonnes pontes, avec beaucoup de verts et de bleus très utiles. Le Weyr de Telgar serait bientôt plein ! Ils devraient peut-être envoyer dans d'autres Weyrs une partie des dragons en excès, mais cela pouvait attendre jusqu'à la revue annuelle.

– Et, en conclusion, permettez-moi de vous dire que nous sommes aussi prêts que nous pouvons l'être.

– Beaucoup plus prêts que ne l'étaient les Premiers chevaliers-dragons, remarqua G'don de son ton ironique.

– C'est vrai, dit Irène de Benden.

K'vin se contenta de sourire. Inopinément, un frisson de peur lui glaça les entrailles. Il se secoua. Il descendait d'une Lignée représentée parmi les Premiers chevaliers-dragons, et qui avait donné aux Weyrs bien des fils et des filles.

Et je suis ta monture, dit Charanth d'un ton ferme. *Je serai for-*

midable dans le ciel. Les Fils voleront dans la direction opposée quand ils verront mes flammes. Ce n'était pas qu'une vantardise de dragon, car à l'entraînement, Charanth avait battu tous les records du Weyr pour la longueur de ses flammes. *Tu ne combattras pas les Fils tout seul; nous serons ensemble. Je serai avec toi, et nous vaincrons.*

Merci, Charrie.

De rien, Kev.

– Tu as ton regard absent, lui murmura Zulaya à l'oreille. Que pense Charanth de tout cela?

– Il lui tarde d'agir, murmura K'vin en retour, puis il sourit, car Charanth avait raison de lui rappeler qu'il ne combattrait pas seul.

Ils seraient ensemble, comme ils l'étaient depuis l'instant où le bronze avait cassé en deux sa coquille et foncé droit sur le garçon de quatorze ans, K'vin des Hanrahan, qui attendait sur les sables brûlants de l'Aire d'Éclosion. Et K'vin avait réalisé que toute sa vie avait tendu vers ce moment de l'Empreinte. Il avait vu son frère aîné conférer l'Empreinte, et aussi sa deuxième sœur et trois de ses quatre cousins actuellement chevaliers-dragons. Dès l'instant où il avait été sélectionné lors de la Quête, il avait été sûr-sûr et certain qu'il serait choisi. Le côté négatif de sa personnalité lui avait pourtant suggéré perversement qu'il resterait peut-être seul sur les sables chauds et qu'il n'oublierait jamais cette expérience humiliante.

– En conclusion, dit S'nan, j'ai le plaisir d'assurer à cette assemblée que les Weyrs sont prêts.

Sur ce, S'nan se rassit au milieu des applaudissements approbateurs.

– J'espère que les Forts le sont aussi?

Non seulement il termina sur une question, mais il haussa d'épais sourcils interrogateurs à l'adresse du Seigneur de Fort.

Paulin se leva de nouveau, cherchant dans ses papiers celui qu'il lui fallait et s'éclaircit la gorge.

– J'ai les rapports de préparation de tous les grands Forts sauf deux, dit-il, regardant d'abord, Franco, Seigneur de Nerat, puis, penchant la tête, Chalkin. Je sais que vous avez reçu les formulaires à remplir...

Le grand et mince Neratien bronzé leva la main.

– Je t'ai parlé du problème que nous avons avec la végétation, Paulin, et nous *essayons* toujours d'en contrôler la croissance...

Il grimaça et reprit.

– Chose difficile avec le beau temps qu'il a fait et les restrictions contre les herbicides chimiques. Mais je peux t'assurer que nous ne renonçons pas. Sinon, nous avons couvert de toits les pépinières, et nous possédons des réserves suffisantes de graines pour refaire les semailles quand ce sera possible. Nous continuons également nos recherches pour miniaturiser les plantes en vue de les cultiver à l'intérieur. Tous les petits fortins ont parfaitement conscience des problèmes et participent à ces actions. Tous se sont inscrits pour le stage des équipes au sol.

Paulin prit note en hochant la tête.

– Les agronomes recherchent toujours un inhibiteur pour tes plantes tropicales, Fran.

– Je l'espère. Ces herbes poussent sur le sable sans aucune culture.

Puis Paulin se tourna vers Chalkin, qui faisait reluire ses bagues avec un air de profond ennui.

– Je n'ai rien reçu de toi, Seigneur Chalkin de Bitra, dit Paulin.

– Oh, nous avons tout le temps...

– Un rapport était demandé pour cette date, insista Paulin.

Chalkin haussa les épaules.

– Vous pouvez tous faire joujou si ça vous fait plaisir, mais moi, je ne crois pas que les Fils tomberont au printemps prochain. Alors, pourquoi ennuyer mes population avec des tâches inutiles...

Il ne put finir sa phrase devant les réactions hostiles des assistants.

– Quand même, Chalkin...

– Pas si vite, bon sang...

– Jusqu'où vas-tu aller...

Bastom s'était levé avec indignation.

Chalkin pointa un doigt boudiné couvert de bagues sur le Seigneur de Tillek.

– Les Forts sont autonomes, non ? Cela n'est-il pas garanti par la Charte ? demanda Chalkin, pivotant vers Paulin.

– En temps ordinaire, oui, dit Paulin, faisant signe aux autres de se calmer.

Il dut élever la voix pour se faire entendre par-dessus les remarques et les protestations coléreuses.

– Toutefois, avec...

– Oui, l'arrivée de vos Fils. C'est vous qui le dites, mais il n'y a pas de preuve, dit Chalkin, avec un sourire suffisant.

– Une preuve ? Quelle autre preuve te faut-il ? La planète ressent déjà les perturbations causées par la planète errante...

Chalkin écarta cet argument d'un haussement d'épaules.

– L'hiver amène toujours des tempêtes, les volcans entrent en éruption...

– Tu ne peux pas nier le fait que la planète devient de plus en plus visible.

– Peuh ! Ça ne veut rien dire.

– Ainsi – et Paulin dut d'abord faire taire les murmures furieux pour se faire entendre – tu ne tiens aucun compte des conseils de nos ancêtres ? Des innombrables preuves qu'ils ont laissées pour nous guider ?

– Ils ont laissé des rapports hystériques...

– *Ils n'étaient absolument pas hystériques*, tonitrua Tashvi. Ils ont affronté le fléau, et nous ont laissé des instructions à suivre lors du retour de la planète. Et la façon de calculer un Passage.

– Du calme, du calme ! cria Paulin, levant les deux bras pour rétablir l'ordre. Je vous rappelle que c'est moi qui préside.

Ce disant, il foudroya Tashvi, jusqu'à ce que le Seigneur de Telgar se rassoie et que le silence revienne.

– Quel genre de preuve exiges-tu, Seigneur Chalkin ? demanda-t-il d'un ton raisonnable.

– Une Chute de Fils... marmonna quelqu'un, qui se tut avant d'être identifié.

– Eh bien, Chalkin ? insista Paulin.

– Une preuve quelconque que les Fils tomberont. Un rapport de ce Siaav dont on nous rebat les oreilles...

– Le Terminus est enseveli sous des tonnes de cendres volcaniques, dit Paulin, s'avisant alors que S'nan demandait la parole.

– Neuf expéditions ont été montées pour dégager les installations du Terminus et recouvrer les données du Siaav, dit S'nan, de son ton posé habituel.

Tout en parlant, il cherchait et trouva une feuille de plastique qu'il leur montra :

– Voici les rapports.

– Et ? s'enquit Chalkin, manifestement enchanté de l'agitation qu'il provoquait.

– Nous n'avons pas pu localiser le bâtiment administratif qui abritait le Siaav.

– Pourquoi ? s'entêta Chalkin. Je me rappelle avoir vu des bandes vidéo du Terminus avant la première Chute de Fils...

– Alors, tu pourras apprécier l'ampleur de la tâche, dit S'nan. Et d'autant plus que les cendres volcaniques couvrent tout le plateau, et que nous n'avons relevé aucun repère nous permettant de déterminer la position du bâtiment administratif. Et comme toutes les maisons étaient identiques, il était impossible de savoir où nous nous trouvions quand nous avons sorti l'une d'elles de vingt pieds de cendres et de détritus. En conséquence, nous n'avons pas pu localiser la position du bâtiment administratif.

– Essayez encore, dit Chalkin, tournant le dos à S'nan.

– Ainsi, tu n'as rien fait du tout pour préparer ton Fort à ce fléau ? demanda Paulin, calme, raisonnable.

Chalkin haussa les épaules.

– Je ne vois pas l'utilité de perdre mon temps et ma peine.

– Et mon argent... murmura le même plaisantin.

– Exactement. Les marks sont assez durs à gagner pour ne pas les gaspiller en vue du cas improbable où...

– *Cas improbable ?* s'écria Tashvi, bondissant sur ses pieds. Tu devras affronter une révolte.

– J'en doute, dit Chalkin avec un sourire matois.

– Parce que tu n'as même pas jugé bon d'avertir tes vassaux ? demanda Tashvi.

– Seigneur Tashvi, dit Paulin, d'un ton réprobateur. C'est moi qui préside.

Puis, se tournant vers Chalkin, il poursuivit.

– Si nous croyons tous – même à tort – aux signes avant-coureurs confirmés par des preuves astronomiques irréfutables, comment peux-tu les nier ?

Chalkin eut un sourire condescendant.

– Un organisme qui franchit l'espace ? Qui tombe sur une grande planète et dévore tout ce qu'il touche ? Alors, pourquoi Pern n'a-t-elle pas été totalement détruite lors de ses premières incursions ? Pourquoi revient-il tous les deux cents ans ? Comment se fait-il que l'Équipe d'Exploration qui a étudié la planète avant d'en confier la colonisation à nos ancêtres... comment se fait-il qu'elle n'en ait relevé aucune trace ? Ah, non, dit Chalkin, écartant la possibilité d'un geste dédaigneux qui fit scintiller ses bagues. C'est ridicule !

– Mes calculs ont été confirmés par... commença Clisser se sentant calomnié.

– Il y avait des indices de Chutes, s'écria Tashvi, se relevant d'un bond. Il y avait des centaines de cercles où la végétation commençait juste à repousser.

– Inconcluant, dit Chalkin, avec le même geste méprisant.

– Eh bien, quand ces indices inconcluants viendront pleuvoir sur ton Fort, ne compte pas sur moi, dit Bastom.

– Et ne viens pas mendier de l'aide dans mon Fort, ajouta Bridgely, totalement écœuré par l'attitude de Chalkin.

– Vous pouvez en être sûrs, dit Chalkin, qui, après un salut ironique à Paulin, quitta la salle sans ajouter un mot.

– Qu'est-ce qu'on va faire à son sujet ? demanda Bridgely. Parce que aussi sûr que la nuit succède au jour, il viendra quémander de l'aide chez moi et chez Franco.

– Il y a des dispositions dans la Charte, dit Paulin.

Jamson des Hautes Terres tourna sur lui des yeux dilatés par l'incrédulité.

– Si seulement il croit à la Charte... dit Bastom.

– Oh, Chalkin croit à la Charte, aucun doute là-dessus, dit Paulin, sardonique. La patente conférant le titre de « Seigneur » aux propriétaires des concessions originelles est ce qui lui donne le droit de gouverner. Et il s'est déjà servi de la Charte pour justifier son autonomie. Je me demande s'il connaît aussi la pénalité encourue par celui qui ne prépare pas son Fort aux Chutes ? Cela constitue une infraction majeure au contrat...

– Qui passe des contrats avec Chalkin ? demanda G'don.

– ... au contrat selon lequel le Seigneur doit protéger ses vassaux en échange de leur travail.

– Ha ! dit Bridgely. Je n'ai pas grande estime pour ses vassaux non plus. Dans l'ensemble, ce sont tous des bons à rien. La plupart exclus des autres Forts pour mauvaise gestion ou paresse.

– Et Bitra est mal géré aussi. En général, nous lui retournons la moitié de ses dîmes, dit M'shall. Le grain est moisi, le bois est vert et les peaux mal tannées. Tous les trimestres, il faut se battre pour être correctement approvisionnés.

– Vraiment ? dit Paulin, prenant des notes. Je n'avais pas réalisé qu'il fraudait sur les dîmes.

M'shall haussa les épaules.

– Pourquoi le saurais-tu ? C'est notre problème. Nous le harcelons. Et nous devrons le harceler pour ça aussi. On ne peut pas tolérer cette négation totale du danger imminent. Il n'y a pas que des bons à rien dans sa population, Bridgely.

Bridgely haussa les épaules.

– Il n'y a jamais que des pommes pourries dans un même panier. Mais ce ne sera pas drôle, le printemps venu, quand les Fils commenceront à tomber et qu'il faudra affronter le problème. Bitra est trop proche de Benden pour ma tranquillité d'esprit.

– Et quelle est la pénalité pour ce que fait Chalkin ? Ou plutôt qu'il ne fait pas ? s'enquit Franco.

– La déposition.

– La déposition ! s'écria Jamson, atterré. Je ne savais pas...

– Article Quatorze, Jamson, dit Paulin. Manquement à ses devoirs de la part d'un Seigneur. Peux-tu m'en faire une copie, Clisser. Peut-être devrions-nous tous nous rafraîchir la mémoire sur ce point.

– Certainement, dit le Directeur de l'Université, prenant note de la requête. Tu l'auras demain.

– Ainsi, vos machines fonctionnent toujours ? demanda Tashvi.

– Des copies des documents officiels les plus importants ont été faites en quantité par mes prédécesseurs, répondit Clisser avec un sourire soulagé. J'en ai la liste, si vous en avez besoin... manuscrite, mais lisible.

Paulin s'éclaircit la gorge pour demander le silence.

– Eh bien, Seigneurs, devons-nous entamer la procédure contre Chalkin ?

– Vous l'avez tous entendu. Quel autre choix avons-nous ? s'enquit M'shall, parcourant l'assistance du regard.

– Pas si vite, dit Jamson, fronçant les sourcils. J'aimerais qu'on me prouve de façon incontestable que son Fort est mal géré et qu'il ne le prépare pas au danger qui nous menace. Je veux dire, la déposition est une mesure de dernier recours.

– Oui, et Chalkin fera tout pour y échapper, dit Bastom, cynique.

– Il doit exister des procédures judiciaires pour de telles éventualités, dit Jamson, regardant anxieusement autour de lui. On ne peut pas le condamner sans lui permettre de se justifier.

– En ce qui concerne la déposition, je crois que l'accord unanime de tous les Seigneurs et Chefs de Weyrs est suffisant, dit Paulin.

– Tu en es sûr ? demanda Jamson.

– S'il n'en est pas sûr, moi je le suis, dit Bridgely, abattant son poing sur la table

Dame Jane, son épouse, hocha la tête avec emphase.

– Je n'ai jamais voulu aborder la question au Conseil... commença Bridgely.

– Il est difficile de lui tenir tête dans le meilleur des cas, dit Irène, pinçant les lèvres de frustration.

Bridgely approuva de la tête et poursuivit.

– Il a tourné ou violé le peu de lois que nous avons sur Pern. Affaires louches, contrats frauduleux, exigences confiscatoires à l'égard de ses vassaux...

– Nous avons reçu des réfugiés de Bitra qui nous ont raconté des histoires à faire dresser les cheveux sur la tête, dit Jane, Dame du Fort de Benden, en se tordant les mains de détresse. J'en ai gardé les rapports...

– Vraiment ? dit Paulin. J'aimerais les voir. L'autonomie est un privilège et une responsabilité, mais pas une licence pour imposer un gouvernement autoritaire et despotique. Et l'autonomie ne donne à personne le droit de priver les administrés de leurs droits fondamentaux. Tel que la protection contre les Fils.

– Mais devons-nous aller jusqu'à la déposition ? demanda Jamson, de plus en plus récalcitrant. Je veux dire, une mesure aussi extrême pourrait démoraliser tous les Forts.

– Il est possible que... dit Paulin.

– En tout cas, l'absence de défense contre les Fils démoralisera sûrement Bitra ! dit Tashvi.

Paulin leva la main en se tournant vers M'shall.

– Donne-moi des cas précis où Bitra n'a pas approvisionné le Weyr. Jane, j'aimerais jeter un coup d'œil sur les rapports dont tu parlais.

– J'en ai quelques-uns, moi aussi, dit Irène.

Paulin hocha la tête et parcourut l'assistance du regard.

– Vu que sa négligence à remplir son devoir fondamental, à

savoir se préparer aux Chutes de Fils, peut mettre en danger non seulement son Fort mais tous les Forts voisins, nous devons examiner le problème aussi vite que possible et le condamner – Jamson leva le bras en signe de protestation, mais Paulin tendit une main conciliante – si nous trouvons de bonnes raisons de le faire. Tout à l'heure, il agissait comme un homme qui a trop bu du nouveau vin d'Hegmon.

– Ha ! s'exclama cyniquement Irène, imitée par toute la tablée.

– Nous ne pouvons pas permettre à nos sentiments personnels de nous influencer en cette matière, dit fermement Paulin.

– Attends d'avoir lu mes notes, dit Irène, ironique.

– Et les miennes, renchérit Bridgely.

– Mais qui le remplacerait ? demanda Jamson d'un ton chagrin.

– Ce n'est pas une tâche qui me plairait si près d'un Passage, reconnut Bastom.

Paulin grimaça.

– Il faudra pourtant que quelqu'un l'assume.

– Si je peux me permettre ? dit Clisser, levant la main. La Charte stipule que nous devons trouver un candidat acceptable dans la Lignée du titulaire...

– Il *a* des parents ? demanda Bridgely, mimant la surprise et la consternation.

– Je crois, dit Franco. En plus de ses enfants. Un oncle...

– S'ils sont de la même Lignée que Chalkin, est-ce que ce serait une amélioration ? s'enquit Tashvi.

– On dit qu'un balai neuf balaie mieux, remarqua Irène. Il paraît que Chalkin l'a frustré de la succession en lui accordant une concession isolée...

– Pour ça, il s'en est débarrassé en vitesse, c'est sûr, dit Bridgely. Dans des montagnes au-delà de nulle part.

– Bitra tout entier est au-delà de nulle part, remarqua Azury de Boll avec un grand sourire.

– La succession n'est pas le problème le plus urgent, dit Paulin, reprenant la direction des débats, si nous arrivons à persuader Chalkin que nous ne pouvons pas être tous dans l'erreur en ce qui concerne les Fils.

Zulaya renifla dédaigneusement à l'évocation de ce revirement improbable.

– Il reconnaîtra qu'il a tort quand les Fils le dévoreront... ce qui résoudrait le problème de la façon la plus expéditive. Bitra se trouve sur le trajet de la Première Chute.

– Malgré ses carences, le Fort de Bitra se trouvera peut-être mieux *avec* Chalkin que sans lui. La gestion d'un Fort ne s'apprend pas du jour au lendemain.

Paulin posa un long regard pénétrant sur le Seigneur des Hautes terres.

– C'est exact, mais il n'a même pas prévenu ses populations de la prochaine arrivée des Fils – et il ouvrit les mains en un geste d'impuissance exprimant sa consternation d'une telle omission. Il s'agit ici d'un manquement caractérisé à ses devoirs. Manquement à son premier devoir et à la raison pour laquelle il faut un Chef en temps de crise. En tant que groupe, nous avons aussi la responsabilité de nous assurer que chacun de nous accomplit les devoirs inhérents à son rang et à sa charge.

Zulaya haussa les épaules.

– Ce serait bien fait qu'il soit surpris dehors lors de la Première Chute.

– Oui, si on veut, dit Paulin, remuant ses papiers. J'accepterai tous les documents sur les irrégularités et les exactions commises par le Seigneur de Bitra. Nous procéderons selon les règles, rassemblant des preuves et établissant un rapport complet sur le problème. Maintenant, finissons l'ordre du jour de la journée. Kalvi, tu veux parler des nouvelles mines ?

Le grand ingénieur au nez busqué se leva d'un bond.

– Avec plaisir. Nous aurons des Chutes pendant cinquante ans, et il nous faudra beaucoup de minerai. Et du minerai plus proche de la surface que celui de Telgar.

– Je croyais qu'il durerait un millénaire, dit Bridgely de Benden.

– Oh, il y en a encore des quantités dans les puits principaux, mais il n'est pas aussi accessible que celui de ces filons montagneux où il peut être extrait plus efficacement.

Il déroula une carte opaque de la Grande Barrière Occidentale, où il avait entouré une région proche des frontières de Ruatha.

– Là. Du minerai à haute teneur en fer, et qui attend presque pour sauter tout seul dans les wagonnets. Et il nous faudra un minerai de cette qualité si nous voulons pouvoir remplacer les lance-flammes. Nous en aurons besoin, dit-il avec résignation. J'ai le personnel compétent prêt à aller s'établir là-haut. Ce que j'aimerais faire avant le début des Chutes. Il ne me manque que votre accord.

– Tu veux établir un Fort là-bas ? Ou juste ouvrir une mine ? demanda Paulin.

Kalvi se gratta le nez et sourit.

– Le trajet serait long pour rentrer à Telgar après le travail, surtout si les dragons sont occupés à combattre les Fils.

Il déroula une autre carte.

– L'une des raisons pour lesquelles j'ai choisi ce site, c'est qu'il y a un bon réseau de grottes accessibles pour les quartiers d'habitation, de même que du charbon non loin pour la fonderie. Les lingots terminés pourront être expédiés par la rivière.

Les assistants discutèrent du projet à voix basse.

– Heureusement que Chalkin est parti, remarqua Bridgely. A la Vallée de Steng, il a des mines qu'il voudrait rouvrir.

– Elles sont dangereuses, dit Kalvi avec dédain. Je les ai visitées moi-même, et il faudrait trop de temps pour étayer les galeries et remplacer l'équipement. Et le minerai est de second ordre. Nous n'avons pas le temps de restaurer ces mines... et encore moins de discuter un contrat avec Chalkin. Vous le connaissez : il chicane sur des détails pendant des semaines avant de prendre une décision, dit-il en faisant la grimace. Si vous me donnez votre accord, j'aurai la possibilité d'en parler ce soir à la Fête, et je verrai si les Artisans indispensables sont disposés à se joindre à nous.

– Je suis pour, dit Tashvi, magnanime, en levant la main.

– Parfait. Maintenant, qui est en faveur de la fondation d'un Fort minier ?

Les mains se levèrent et furent dûment comptées par Paulin.

– Chalkin va dire que c'est un coup monté, remarqua Bastom, caustique. Et que nous l'avons exclu de l'assemblée avant d'aborder le sujet.

– Et alors ? dit Paulin. Personne ne lui a demandé de s'en aller, et il a une copie de l'ordre du jour comme tout le monde.

Il abattit le poing sur la table.

– Motion acceptée. Dis à ton architecte qu'il peut commencer ses travaux. Les Weyrs des Hautes Terres et de Telgar, ajouta-t-il, se tournant vers G'don et K'vin, pourront-ils assurer les transports ?

Les deux Chefs de Weyr acceptèrent. Si l'on fondait un nouveau Fort, autant de chevaliers-dragons que possible devaient se familiariser avec sa topographie.

– Vous n'aurez pas grand-chose de plus à protéger contre les Fils, dit Kalvi, souriant aux deux chevaliers-dragons. Tout sera souterrain ou dans les grottes, et nous n'aurons que des cultures hydroponiques pour nous nourrir au début.

– D'autres questions ? demanda Paulin.

Clisser leva la main, Paulin hocha la tête et il se leva, promenant son regard sur l'assemblée – tombant dans ses manies de conférencier, pensa K'vin.

– L'attitude du Seigneur Chalkin n'est peut-être pas si exceptionnelle, commença-t-il, stupéfiant les assistants qui lui accordèrent leur attention sans réserve. Du moins ne le sera-t-elle pas dans les temps à venir. Ici et maintenant, nous ne sommes pas trop éloignés du Premier Passage. Nous avons des enregistrements visuels de cette époque, dont nous nous servons pour surveiller l'approche de la planète errante. Nous savons que c'est une errante, parce que nous savons, d'après les rapports excellents et complets des Capitaines Keroon et Tillek, qu'il est improbable qu'elle soit issue de notre soleil. Son orbite confirme cette théorie, car elle n'est pas sur le même plan elliptique que les autres satellites de Rukbat.

« J'ai soin d'enseigner, à au moins six étudiants de chaque promotion, les rudiments de l'astronomie et l'usage du sextant, et de m'assurer qu'ils ont les connaissances mathématiques nécessaires pour calculer la déclinaison, l'ascension et le mouvement précis de n'importe quelle étoile. Nous avons encore trois télescopes utilisables pour observer les cieux, mais nous en avions davantage autrefois.

Il fit une pause.

– Comme nous l'admettons tous honnêtement, j'en suis sûr, la technologie que nous ont léguée nos ancêtres se perd de plus en plus. Non par négligence – et il leva la main pour faire taire les objections – mais par l'usure de l'âge et notre incapacité à atteindre, quels que soient nos efforts, le même niveau technique que nos aïeux.

Kalvi grimaça, acceptant le fait à regret.

– C'est pourquoi je propose que, d'une façon ou d'une autre, avec la technologie dont nous disposons encore, nous laissions un témoin aussi permanent et indestructible que possible pour les générations futures. Je sais que certains d'entre nous – il fit une pause, regardant d'un air significatif la porte par laquelle Chalkin était sorti – entretiennent l'idée que nos ancêtres se trompaient en pensant que les Chutes de Fils se produiraient chaque fois que la Planète Rouge passerait près de Pern. Mais nous ne pouvons guère ignorer les perturbations survenant déjà sur notre planète – les températures extrêmes, les éruptions volcaniques et autres phénomènes cosmiques. Au cours des prochains siècles, si trop de sceptiques, voulant préserver une économie florissante et une vie heureuse, venaient à douter du retour des Fils, tout ce que nous avons péniblement accompli, tout ce que nous avons construit de nos mains – et il leva les siennes en un geste théâtral –, tout ce que nous possédons aujourd'hui – et il montra la porte par laquelle leur parvenait la musique étouffée du dehors – périrait.

De bruyantes dénégations éclatèrent.

– Mais cela pourrait arriver, dit-il, levant une main au-dessus de sa tête. Le Seigneur Chalkin en est la preuve. Nous avons déjà perdu une trop grande partie de notre technologie. Des hommes et des femmes irremplaçables, que nous ne pouvions guère nous permettre de perdre à cause de leurs connaissances et de leurs talents, ont succombé à l'âge et à la maladie. Nous devons avoir une sauvegarde contre les Chutes ! Quelque chose qui durera et rappellera à nos descendants de se préparer, d'être prêts et de survivre.

– Y a-t-il une chance que nous retrouvions ce bâtiment administratif ? demanda Paulin à S'nan.

– Nous sommes trop proches du Passage, maintenant, dit M'shall. Et la saison chaude commence dans le Sud, ce qui rend les fouilles épuisantes. Toutefois, je suis complètement d'accord avec Clisser. Il nous faut une sauvegarde quelconque. Quelque chose qui prouvera aux sceptiques tels que Chalkin que les Fils ne sont pas un mythe inventé par nos ancêtres.

– Mais nous tenons des archives... dit Laura du Weyr d'Ista.

– Combien de plasfilm te reste-t-il ? demanda pertinemment Paulin. Je sais que le stock de Fort commence à s'épuiser. Et vous savez tous ce qui est arrivé à notre Entrepôt.

– Exact. Mais nous avons du papier...

Et elle regarda les Seigneurs de Telgar, Tashvi et Salda.

– Mais comment pouvons-nous estimer le nombre d'arpents de forêts qui survivront aux Chutes ? demanda Tashvi, dubitatif. Mes bûcherons travaillent sans relâche, et l'usine produit autant de bois et de pâte à papier qu'elle le peut.

– Vous savez tous que nous ferons de notre mieux pour protéger les forêts, dit K'vin, tout en pensant à part lui qu'il ne savait pas ce que vaudrait leur « mieux » vu qu'un seul Fil s'enterrant dans le sol pouvait dévaster des arpents de forêt en quelques minutes.

– Bien sûr que nous le savons, dit chaleureusement Salda. Et nous stockerons autant de papier que possible avant le Passage. Les vieux chiffons seront toujours les bienvenus.

Puis son visage se fit grave.

– Mais je crois qu'aucun de nous ne sait ce qui survivra ou non. Quand il fonda un Fort, Tarvi Andiyar fit une inspection du terrain et nota que la plupart des montagnes étaient dénudées. Dix ans avant la fin du Passage, il avait des semis dans tous les coins du Fort, prêts à être transplantés. Nous avons eu de la chance que la succession naturelle se produise pendant les trois décennies qui ont suivi la fin du Premier Passage.

– Cela aussi doit être conservé pour les générations futures, dit Clisser.

– L'ultime savoir-faire, dit Mari des Hautes Terres.

– Je te demande pardon ?

– Ce qu'il faut faire après un Passage est encore plus important que ce qu'il faut faire pendant, dit-elle comme une évidence.

– Avant ça, il nous faudra survivre pendant cinquante ans, dit Salda.

– Revenons à notre sujet, dit Paulin en se levant. La présidence admet que nous devons avoir un moyen simple, permanent, indestructible et clair de prévoir le retour de la planète errante. Quelqu'un a-t-il une idée ?

– Nous pouvons graver des plaques de métal et les fixer dans tous les Weyrs, Forts et Ateliers, à des endroits trop visibles pour être ignorés, dit Kalvi. Et y inscrire la position du sextant indiquant le Passage.

– Tant qu'il y aura un sextant et que quelqu'un saura s'en servir, très bien, dit le Seigneur Bastom. Mais qu'arrivera-t-il quand le dernier sera cassé ?

– Ils ne sont pas tellement compliqués à fabriquer, dit Kalvi.

– Et si personne ne sait s'en servir ? intervint Salda.

– Tous les capitaines de ma flotte s'en servent journellement, dit Bastom. En mer, c'est un instrument irremplaçable.

– Les mathématiques sont un cours de base pour tous les étudiants, dit Clisser. Pas seulement pour les pêcheurs.

– Il faut connaître les méthodes pour obtenir les réponses qu'on cherche, dit Corey, la Doyenne des Médecins, prenant la parole pour la première fois. Et savoir comment s'en servir.

Sa profession s'efforçait de maintenir un niveau élevé, mais de plus en plus d'appareils devenaient inutilisables, et les procédés se perdaient.

– Il doit y avoir un moyen de transmettre cette information vitale aux générations futures, dit Paulin, regardant d'abord Clisser, puis tous les assistants. Réfléchissons. Graver des plaques métalliques en est un... et les souder bien en vue dans tous les Weyrs et les Forts, pour qu'on ne puisse pas les enlever et les oublier.

– Une sorte de pierre de Rosette ? dit Clisser, d'un ton qui était plus une affirmation qu'une question.

– Qu'est-ce que c'est ? demanda Bridgely.

Clisser avait l'habitude, qui agaçait certains, de lâcher des références bizarres dans la conversation. Références qu'il était le seul à connaître, et qui provoquaient de longs laïus si on lui en donnait l'occasion.

– Sur la Terre, à la fin du dix-huitième siècle, on découvrit une pierre avec des inscriptions gravées en trois langues, qui permirent de les traduire. Naturellement, nous devons veiller à la pureté de notre langue.

– Nous voilà revenus à la gravure, dit Corey avec un grand sourire.

– Si c'est la seule façon... commença Clisser, puis il fronça les sourcils. Non, il doit y avoir un moyen absolument sûr. Je réfléchirai aux options.

– D'accord, Clisser, mais n'oublie pas, dit Paulin. J'aimerais mieux avoir une centaine de cloches, sifflets et sirènes se déclenchant en même temps qu'aucune alarme du tout.

Les lèvres de Clisser s'étirèrent lentement en un grand sourire.

– Les cloches et les sifflets, c'est facile. Ce sont les sirènes qui prendront du temps.

– Eh bien, c'est tout ? dit Paulin, parcourant la tablée du regard.

La musique de danse n'était maintenant que trop audible, et les plus jeunes commençaient à s'agiter.

– Plus de questions ?

Paulin n'attendit pas la réponse et ferma la séance d'un coup de maillet.

– Ce sera tout pour aujourd'hui. Amusez-vous bien, mes amis.

A en juger sur la rapidité avec laquelle le Hall se vida, c'était bien leur intention.

Chapitre II

LA FÊTE DE FORT

– Grands dieux, qu'est-ce qui t'a pris, Cliss ? demanda Sheledon, les yeux furibonds.

Il était directeur du Département des Arts à l'Université et défendait jalousement les rares loisirs qui lui permettaient de composer.

– Eh bien, dit Clisser, détournant les yeux du regard accusateur de Sheledon, nous avons d'autres archives et nous sommes les plus compétents pour les évaluer. Information et formation, ce sont les raisons d'être de cette Université.

– Notre principale fonction, dit Danja, reprenant la discussion – elle avait besoin de loisirs pour travailler à son quatuor à cordes –, est d'enseigner aux jeunes, qui préféreraient chevaucher des dragons ou acquérir des tas de klicks de terre pernaise, à utiliser l'intelligence avec laquelle ils sont nés. Et d'en convaincre assez d'aller enseigner ce qu'ils savent à notre population en constante expansion.

La musique de danse tourbillonnait autour d'eux, mais Sheledon et Danja étaient tellement irrités qu'ils semblaient ne pas entendre le rythme qui poussait leurs trois compagnons de table à marquer la mesure du pied ou de la main. Danja lança un regard exaspéré à Lozell, et il cessa de tambouriner sur la table de ses doigts calleux de harpiste.

– Ce ne devrait pas être très difficile de trouver un moyen d'indiquer un retour céleste, dit-il, tentant d'apaiser le courroux de Sheledon et Danja.

– Ce n'est pas le « difficile » de la chose qui m'inquiète, dit Danja, acide. Mais quand trouverons-nous le *temps* ?

Elle montra du doigt l'annexe de l'Université encore en cours de construction.

– Et d'autant plus qu'il y a une limite dans le temps : le Solstice d'Hiver, termina-t-elle, avec un regard mauvais à Clisser.

– Ah ! grimaça Lozell. Juste remarque.

– Nous consacrons déjà tous les moments que nous ne passons pas en classe à des problèmes *urgents*, poursuivit Danja, arpentant la longueur de la table en faisant de grands gestes.

Quand Sheledon se sentait menacé, il se repliait sur lui-même, tandis que Danja explosait. Pour l'heure, dans sa nervosité, elle bouscula la chaise sur laquelle elle avait posé son violon, et tendit vivement la main pour empêcher le précieux instrument de tomber sur les galets. Et elle regarda Lozell de travers, comme s'il était responsable.

Sheledon lui prit le violon et l'archet et les posa doucement sur la table, où ne restaient que les verres. Il épongea distraitement une tache de vin près du précieux violon, l'une des rares reliques encore utilisables datant du Terminus. Il le caressa amoureusement tandis que Danja continuait.

– Comme aujourd'hui, dit-elle, se remettant à marcher de long en large. Nous avons enseigné toute la matinée, nous avons avalé quelque chose en vitesse avant de passer l'après-midi à peindre des chambres, pour qu'il y en ait quelques-unes de terminées pour la session d'été. Nous avons eu cinq minutes pour nous changer, et même comme ça, nous avons raté l'exhibition aérienne que moi, pour ma part –, elle fit une pause pour se tapoter le sternum du pouce – j'avais envie de voir.

« Nous avons joué deux fois, continua-t-elle avec sérieux, et nous jouerons sans doute jusqu'à l'aube, et demain sera la répétition d'aujourd'hui, sauf qu'il n'y aura pas de Fête, de sorte qu'on pourra passer une bonne nuit pour nous préparer à faire la même chose, plus peut-être quelques préparations pour le prochain trimestre. Qui commence dans une semaine, et alors nous n'aurons plus une minute vu que nous devons préparer les enseignants qui terminent leurs études à porter la Parole jusqu'aux dernières extrémités du continent.

Elle montra l'est d'un geste théâtral, puis se laissa tomber sur la chaise qu'avait occupée le violon.

– Alors, comment trouverons-nous le temps de faire d'autres recherches, Clisser ?

– Nous trouvons toujours le temps, dit Clisser, dont le ton calme était une critique implicite de cette sortie délirante.

– On pourrait en faire un projet de recherche historique, suggéra Lozell avec bonne humeur.

– Voilà la solution, dit Bethany, qui, à son habitude, avait observé sans rien dire le feu d'artifice coutumier de Danja. J'ai besoin d'un projet de recherche indépendante pour mes troisième année.

– Tant qu'on pourra utiliser la bibliothèque, dit aigrement Danja.

– Mais oui, mais oui, fit Clisser d'un ton encourageant. Pendant l'exhibition aérienne, les ingénieurs de Kalvi travaillaient sur les crêtes à réparer les panneaux solaires. Ils les brancheront demain sur les panneaux principaux. Tu n'as pas été la seule à travailler aujourd'hui, tu sais.

– Belle consolation, dit Danja, acide.

Clisser lui remplit son verre.

– Et il nous faudra quelques airs entraînants accompagnés de paroles adéquates, ajouta-t-il. Pour enseigner aux enfants, dès leur plus jeune âge, les signes avant-coureurs d'un Passage avant qu'ils apprennent à demander ce que c'est.

– « Un et un font deux, deux et deux font quatre » ! chanta Danja, puis elle eut un grand sourire après cette comptine qui lui avait appris à compter.

– Le chant demeure une aide très efficace à l'enseignement, dit Clisser, remplissant son verre. Shel, voudrais-tu coiffer ta casquette de compositeur et nous concocter quelques chansons entraînantes ?

Sheledon accepta avec enthousiasme.

– Voilà des années que je dis qu'il faudrait communiquer davantage de connaissances de base sous forme musicale. Jemmy trouve des petits airs populaires très bien.

Le visage de Bethany s'éclaira d'un grand sourire. Jemmy était son étudiant préféré et elle était sa plus grande admiratrice. Même Danja parut s'adoucir.

– Bon, dit Clisser, ayant résolu l'un de ses problèmes urgents, qu'est-ce qu'on va faire maintenant ?

– Comme ça ? dit Danja. Qu'est-ce qu'on va faire maintenant ? Clisser, descends de ton nuage !

Clisser eut l'air blessé. Bethany se pencha vers lui et lui tapota la main avec un sourire encourageant.

– Que veux-tu dire par là, Danja ? demanda Clisser.

– Ne réalises-tu pas de quelle énorme responsabilité tu viens de nous charger ? dit-elle, levant ses bras en croix et agitant des doigts exaspérés.

– Rien que nous ne puissions résoudre, ma chérie, dit Bethany avec sa douceur coutumière. Avec un peu de temps et de réflexion.

– Et nous voilà revenus au facteur temps. Est-ce que nous avons le *temps* ? dit Lozell, rentrant dans la discussion. Si l'hiver est moitié aussi mauvais que l'année dernière – et il paraît qu'il le sera, avec cette maudite Planète Rouge qui nous menace – comment allons-nous assumer ?

– Nous assumerons. Comme toujours, dit Sheledon avec un soupir résigné. Paulin nous aidera. Et les Weyrs aussi.

Danja le foudroya.

– Tiens, tu ne chantes plus la même chanson ! Je croyais que tu disais que nous n'avions pas le temps.

Sheledon haussa les épaules avec embarras.

– Je pense que l'idée de Lozell, à savoir d'en faire un projet de recherche, résoudra ce problème. Et si Jemmy nous concocte de bonnes paroles, je n'aurai pas de mal à mettre des airs dessus. Ou peut-être que Jemmy pourra faire les deux à ses moments perdus.

Un sourire ironique adoucit le visage de Sheledon. A part lui, il s'était exhorté à ne pas être jaloux de Jemmy, dont les talents étaient aussi nombreux que brillants. Bien que n'étant pas encore officiellement « diplômé », il avait déjà dirigé plusieurs petits groupes d'étude et semblait capable de faire un peu de tout et n'importe quoi – à un haut niveau. Clisser l'appelait le Touche-à-Tout de Génie.

– Et si, en abandonnant ces recherches aux étudiants, qui sont, comme tous les étudiants, des chercheurs médiocres, les faits les plus intéressants leur échappent ? demanda Danja.

– C'est pour ça que nous sommes professeurs, ma chérie, dit Bethany. Pour nous assurer qu'ils ne manquent pas la solution évidente. En tout cas, ils nous épargneront de passer en revue des tonnes de documents et ne nous présenteront que les options les plus valables. Nous pouvons les faire diriger par Jemmy. C'est lui qui lit le plus vite et ses yeux sont jeunes.

Au même instant, les musiciens terminèrent leur dernier morceau et furent salués par une ovation enthousiaste des danseurs en nage et des buveurs à leur table. Ils descendirent de la scène.

– Bon, alors, qu'est-ce qu'on va jouer, Clisser ? demanda Sheledon, vidant son verre en se levant.

– Ces Quatrième année ont joué des danses rapides, dit Clisser. Jouons quelque chose de lent pour permettre aux gens de retrouver leur souffle... comme les vieux airs traditionnels, par exemple. Commençons par « A la claire fontaine ». Ça mettra tout le monde d'humeur sentimentale.

– Hum... et après nous pourrons dîner correctement pendant que les Troisième Année joueront ce qu'ils appellent si improprement « musique », dit Danja, qui n'avait que dédain pour la bruyante musique diatonique à la mode.

– On ne peut pas plaire à tout le monde tout le temps, dit Clisser, prenant sa guitare.

Il tira la chaise de Bethany, qui le remercia d'un sourire pour cette courtoisie. Puis elle prit sa flûte dans sa boîte rigide, ses flageolets dans leurs étuis de cuir, et le petit sifflet de roseau qui, cette année, avait valu un prix à son fabricant. Il avait un son particulièrement doux et clair, que le jeune Jemmy s'était efforcé de reproduire avec d'autres roseaux. Puis elle boitilla de l'avant, apparemment oublieuse de son pied bot et de sa démarche gauche, tête haute, regard fixé droit devant elle.

Jemmy quitta sa table pour les rejoindre et prit machinalement la flûte de Bethany. Dans ce groupe, il était batteur, bien qu'il jouât de la guitare avec d'autres. De physique ingrat, le teint et les cheveux pâles, et un nez trop grand, il était effacé et indifférent à ses succès universitaires. Il n'était pas le moins du monde athlétique, ce qui ne l'avait pas empêché de gagner les courses de fonds aux Jeux d'Été ces trois dernières années. Toutefois, il avait des problèmes relationnels avec les étudiants de son âge. « Ils n'ont pas la même tournure d'esprit que moi », disait-il avec embarras.

C'était vrai, bien sûr, vu qu'il avait fait exploser l'échelle des notations aux tests d'aptitude que passaient tous les candidats étudiants. Ses parents, des pêcheurs de Tillek, ne le comprenaient pas du tout et, à un certain moment, l'avaient même cru débile mental. A quatorze ans, il avait suivi ses frères dans le métier familial. Il avait tenu trois voyages. Il avait révélé des dons pour la navigation, mais il avait constamment le mal de mer – n'ayant jamais été capable d'acquérir « le pied marin » – et il ne servait à rien sur un bateau, chose humiliante pour sa famille. Le Capitaine Kizan s'était intéressé à l'adolescent, avait conseillé qu'il reçoive une formation d'enseignant, et l'avait envoyé à Fort pour passer les tests. Clisser l'avait accepté avec joie – pensant qu'un jeune homme aussi avide d'apprendre était très bon pour le moral. Et, quand Clisser l'avait vu galoper à travers les cours les plus difficiles, il avait établi pour lui un programme spécial. Jemmy avait l'oreille absolue, mais n'avait pas de voix, alors il s'était mis à apprendre à jouer de plusieurs instruments pour compenser. Il n'était pas un instrument dont il ne pût jouer après quelques heures de pratique.

Sa famille, et aussi le Seigneur Bastom, avaient pensé qu'il reviendrait enseigner à Tillek, mais Clisser avait fait valoir que n'importe qui pouvait enseigner les rudiments aux enfants du Fort, qu'il leur enverrait un candidat compétent, mais que Jemmy devait enseigner à l'Université pour que ses connaissances profitent à tout le continent.

Ce que personne ne disait publiquement, c'est que Jemmy semblait savoir intuitivement remplir les lacunes des documents d'archives endommagés par le temps ou mal copiés. Ses notes, claires et concises, étaient des modèles de lucidité. L'Université ne pouvait pas se passer de son intelligence et de ses talents. Il n'était pas bon professeur, car les esprits plus lents que le sien l'impatientaient, mais il pouvait faire et faisait des guides et manuels qui amélioraient ceux que les colons avaient apportés avec eux. Jemmy avait traduit la « Terre » en « Pern ».

Si les jeunes de son âge n'appréciaient pas sa compagnie, en revanche, il appréciait celle de ses maîtres, qu'il dépassait rapidement par ses connaissances théoriques et leurs applications pratiques. On savait aussi, tout en feignant de l'ignorer, qu'il idolâtrait Bethany. Elle était toujours gentille et encourageante avec tous, mais refusait tout partenaire. Elle avait décidé depuis longtemps de ne pas infliger sa malformation à des enfants, et refusait toute relation amoureuse, même stérile.

Pourtant, tout en se dirigeant tranquillement avec elle vers la scène, Clisser se demandait si Jemmy ne parviendrait pas à lui faire renoncer à sa virginité. Assurément Bethany s'était attachée au jeune homme de Tillek plus qu'à personne d'autre depuis trente ans qu'il la connaissait – étudiant ou professeurs. Elle était douce et jolie, et méritait d'aimer et d'être aimée. Comme il existait des moyens de prévenir la conception, sa crainte principale pourrait être écartée. Clisser trouvait que la différence d'âge était sans importance. Et Jemmy avait désespérément besoin de l'équilibre que lui apporterait une expérience affective pleinement vécue.

Clisser et Jemmy soutinrent Bethany pour monter les marches de la scène dépourvues de rampe, puis, dans un grand tourbillon de ses longues jupes qui couvraient son pied difforme, elle s'assit toute seule. Elle disposa sa flûte et ses flageolets à portée de sa main, et le petit sifflet de roseau sur le lutrin. Non que ce groupe de musiciens eût besoin de partitions, mais le précédent ne pouvait pas s'en passer.

Danja coinça son violon sous son menton, leva son archet, et regarda Jemmy qui fredonna un « la » pour lui permettre d'accorder son instrument. Sheledon gratta sa guitare pour vérifier ses accords, et Lozell égrena un arpège sur sa harpe. Le seul piano – son instrument préféré – restant sur le continent était en réparation : les marteaux étaient endommagés, mais ils n'étaient pas encore parvenus à recréer le même feutre qu'à l'origine.

Clisser hocha la tête à l'adresse de Jemmy, qui exécuta un roulement de caisse pour attirer l'attention, puis, sur un signe de Clisser, ils attaquèrent leur premier morceau.

Plusieurs jours s'écoulèrent avant que Clisser ne trouve l'occasion de discuter du projet avec Jemmy.

– Je me suis souvent demandé pourquoi nous n'utilisions pas les ballades pour enseigner l'histoire, dit-il.

– Ce n'est pas l'histoire qu'il s'agit d'enseigner ainsi.

– Oh si, le contredit Jemmy avec sa brusquerie coutumière, à laquelle Clisser avait mis du temps à s'habituer. Enfin, elle le sera pour la prochaine génération... et celle qui suivra.

– C'est possible en effet.

Jemmy se mit à fredonner, puis s'interrompit, se rua vers la table où il s'empara d'une feuille de papier qu'il retourna du côté vierge. Il y traça vivement cinq lignes horizontales, ajouta une clé et se mit à écrire des notes. Clisser regardait, fasciné.

– Oh, dit Jemmy avec désinvolture, tandis que sa main volait sur la feuille, cet air me turlupine depuis des mois. C'est presque un soulagement de le mettre sur le papier maintenant que je sais à quoi il pourra servir.

Il traça une barre de mesure, sa plume s'immobilisant un instant au-dessus du papier, puis repartant de plus belle.

– De toute façon, ça pourra servir de modèle. Ça commence par un soprano – un jeune garçon, qui présentera la scène. Ensuite, entrée des ténors... les chevaliers-dragons, bien sûr, puis les barytons... les Seigneurs avec quelques basses professionnelles... chacun décrivant ses devoirs vis-à-vis du Weyr... et un chœur final, reprise du début : toute la population de Pern confirmant ce qu'elle doit aux dragons. Oui, ce sera pas mal pour un début.

Clisser savait quand il était de trop, et il quitta la salle en souriant dans sa barbe. Maintenant, si Bethany avait raison et que les étudiants de cette promotion étaient capables d'effectuer les recherches de façon satisfaisante, il pourrait tenir la promesse que l'euphorie lui avait fait faire au Conseil. Il espérait que les ordinateurs dureraient encore le temps de terminer les recherches. Ils étaient devenus si erratiques ces derniers temps que leurs résultats étaient souvent suspects. Certaines données étaient mélangées ou définitivement perdues dans les fichiers. Et personne ne savait comment résoudre le problème des pièces de rechange. Bien sûr, les PC étaient si vieux et délabrés que c'était un miracle qu'ils aient tenu si longtemps. Était-il bien utile à leur époque de continuer à donner des cours d'informatique ?

Ce qui lui rappela qu'il avait rendez-vous avec deux couples de parents qui insistaient pour que leurs enfants soient admis au cours d'électronique, car c'était le plus prestigieux de tous. Et celui qui demandait le moins de travail vu le petit nombre d'ordinateurs encore disponibles. Où mettraient-ils en pratique leurs connaissances théoriques ? se demanda Clisser. De plus, aucun des deux candidats en cause n'avaient d'aptitude pour travailler avec des objets mécaniques. Ils *croyaient* qu'ils en avaient envie, c'était tout. Il y avait toujours quelques cas semblables tous les ans. Et un couple de parents qui ne voulaient pas que leur fille soit associée avec « les inférieurs du sérail », comme disait Sheledon.

Comme s'il y avait les bâtiments et le matériel nécessaires à plus d'une école normale. Ou les professeurs particuliers que certains Seigneurs auraient voulu voir donner à leurs enfants à cause de leur haute position sociale. Ha ! Dans la situation actuelle, les enseignants nomades étaient obligés de travailler toute l'année pour enseigner les rudiments dans les endroits les plus écartés. Peut-être qu'un jour ils pourraient créer un second campus – c'était bien le mot ? – sur la côte est. Bien sûr, avec le Passage qui commençait, il devrait revoir tous les programmes, et enseigner aussi à ses itinérants à ne pas se faire dévorer par les Fils. Il avait vu une vidéo d'une vraie Chute – quand le projecteur marchait encore. Il frissonna. Habitué comme il l'avait été toute sa vie à la perspective de ce fléau, il n'en acceptait toujours pas l'inévitabilité. La réalité était presque *sur eux*.

Les Chefs de Weyrs avaient beau discourir à cœur-que-veux-tu sur l'excellente préparation des Weyrs et des Forts, les effectifs des dragons à leur maximum, et l'organisation des équipes au sol, quelqu'un *savait*-il ce que ce serait en réalité ? Se dirigeant vers les chambres qui devaient être prêtes pour recevoir leurs occupants dans cinq jours, il jura entre ses dents. Il travaillerait au programme pendant la pause du déjeuner.

Une idée le frappa brusquement, interrompant soudain sa marche. Ce qu'il leur fallait, c'était une approche totalement nouvelle de l'éducation.

A quoi servait-il d'enseigner aux étudiants des matières devenues totalement inutiles sur Pern ? Comme la programmation des ordinateurs et la maintenance informatique ? A quoi servaient aux jeunes Pernais les anciennes subdivisions géographiques et politiques de Terra ? Connaissances inutiles. Ils n'iraient jamais ! Ces matières n'avaient plus aucune utilité dans leur vie quotidienne. Ce qu'il leur *fallait*, c'était une révision complète des priorités, adaptée à ceux qui étaient fermement et irrévocablement installés sur cette planète. Aujourd'hui, qui avait besoin de connaître les causes profondes de la Guerre Spatiale des Nahti ? Personne n'irait plus dans l'espace – même les dragons étaient limités dans la distance qu'ils pouvaient parcourir sans oxygène. Pourquoi ne pas étudier les cartes spatiales de Pern et oublier celles de la Terre et de ses colonies ? Étudier la Charte et ses provisions applicables aux citoyens de Pern, plutôt que les sociétés et les gouvernements préhistoriques. Enfin, certains faits pertinents pourraient être exposés pour faire comprendre comment leur société s'était développée. Mais il y avait tant de détails insignifiants – pas étonnant si ses enseignants ne parvenaient pas à couvrir les programmes. Pas étonnant si les étudiants s'ennuyaient. La plupart des connaissances qu'ils devaient apprendre n'avaient aucun rapport avec la vie qu'ils vivaient et la planète qu'ils habitaient. L'histoire devrait commencer à l'Atterrissage sur Pern... enfin, avec quelques rudiments sur l'émergence de l'Homo sapiens, mais pourquoi parler des extraterrestres que les explorateurs terriens avaient découverts, alors qu'il y avait bien peu de chances qu'ils arrivent jamais dans le système de Rukbat ?

En outre, décida Clisser, s'échauffant de plus en plus, nous devrions encourager les enseignements pratiques – élever l'agriculture et la science vétérinaire au même niveau de prestige que les sciences informatiques. Savoir élever des animaux dans les conditions climatiques de Pern et contrôler les parasites était plus important que de savoir ce qui avait décimé les troupeaux sur la Terre. Enseigner aux mineurs et aux métallurgistes où les cartes spatiales indiquaient des gisements de minerais. Ne plus enseigner l'histoire de l'art – et d'autant moins que les diapos des Chefs-d'Œuvre s'étaient détériorées au point de n'être plus que des taches floues – mais enseigner à utiliser les pigments, les matériaux, les modèles et les tissus pernais. Enseigner l'océanographie, les Grands Courants, la gestion des stocks de poissons, l'architecture navale, la navigation, et la météorologie aux pêcheurs... et d'ailleurs, pourquoi ne pas séparer les différentes disciplines, de sorte que chaque étudiant apprenne seulement ce qu'il avait besoin de savoir, et non plus des tas de faits, théories et chiffres totalement inutiles ?

Par exemple, Kalvi pourrait prendre des... quel était le vieux mot, déjà ? – ah, apprentis – il prendrait des apprentis pour leur enseigner le travail des métaux. Et il pourrait y avoir un enseignement spécial pour l'extraction minière. Et pour le tissage, l'agriculture, la pêche. Et un aussi pour l'enseignement. Naturellement, l'instruction était destinée à enseigner à résoudre les problèmes de la vie quotidienne, mais pour les spécialités, on pouvait la réduire à l'essentiel. D'ailleurs, ce système d'apprentissage fonctionnait presque partout... avec les parents qui enseignaient leur métier à leurs enfants, ou qui demandaient à un voisin compétent de le faire. Les deux fils de Kalvi travaillaient dans son Usine de Telgar. Il faudrait aussi prévoir des dispositions pour sauver les enfants qui, comme Jemmy, n'avaient aucun don pour les métiers de leur Fort d'origine. A six ans, faire passer un test d'aptitude à tous les enfants, puis un autre, plus spécifique, à onze ou douze ans, pour identifier leurs capacités spéciales, et les placer entre les mains des professeurs qualifiés pour développer au mieux leurs qualités innées.

Même en médecine, il fallait établir un nouveau programme, basé sur ce qui était actuellement disponible sur Pern, et non plus sur ce qu'avaient eu les premiers colons. Corey se lamentait journellement de ne plus avoir tel ou tel médicament, technique ou appareil qui aurait sauvé des vies mais qu'ils ne possédaient plus. Clisser émit un grognement dédaigneux : on perdait trop de temps à regretter « ce qui avait été » et à soupirer « si seulement nous avions encore », au lieu de tirer le meilleur parti de ce qui était disponible ici et maintenant. Que disait l'ancien dicton ?

Peu importe ce qui est juste dans la vie
mais trouvons ce qui peut être adapté à nos besoins.

Il ne se rappelait plus qui avait dit ça, ni à quel sujet. Mais cela s'appliquait à leur situation ! Pern avait de grandes richesses, qui restaient ignorées dans le regret de « ce qui avait été ». Même Corey devait admettre que la pharmacopée indigène était suffisante pour la plupart des maladies les plus communes et même meilleure en certains cas, maintenant que les réserves de produits terriens, si soigneusement gérées, étaient épuisées.

Les règles fondamentales des mathématiques, de l'histoire, de la responsabilité et du devoir devaient à présent être traduites en musique, beaucoup plus facile à transmettre et à mémoriser. N'importe qui capable de gratter un instrument pourrait enseigner les rudiments dans les fortins, apprendre aux petits à lire, à écrire, et à compter, puis les laisser se consacrer à l'apprentissage terre à terre de leur métier. Et la musique avait toujours eu une grande place sur Pern !

Il reprit sa marche, très content de cette révélation. Façon totalement nouvelle d'envisager l'instruction et la formation des jeunes, et parfaitement adaptée à la planète et à ses besoins. Il fallait vraiment qu'il y réfléchisse sérieusement... quand il en trouverait le temps.

Il rit lui-même de ces idées grandioses ; ils devaient réviser et réformer tant d'anciens concepts, alors, pourquoi pas les méthodes selon lesquelles l'enseignement était administré ? Était-ce le mot juste, administré ? Comme un remède ? Il soupira. Il souhaitait que l'instruction ne soit pas acceptée comme une indésirable médication ! Certains, comme Jemmy, prouvaient qu'il est agréable d'apprendre. Mais les insatiables appétits de savoir, tels que le sien, étaient rares.

Clisser finit de monter l'escalier de bien meilleure humeur. Il trouverait le temps, par tout ce qui était encore sacré, il trouverait le temps.

Chapitre III

FIN DE L'AUTOMNE AU WEYR DE TELGAR

Rayonnante, Zulaya sourit à Paulin.

– Oui, elle s'est surpassée, n'est-ce pas ?

Elle se tourna pour regarder affectueusement sa reine dorée qui gardait possessivement les cinquante et un œufs, lesquels devaient, selon tous les indices, éclore dans la journée.

Toute la matinée, les dragons avaient convoyé invités et candidats.

– N'y a-t-il pas une légère surproduction de dragons ? demanda Paulin.

Les Weyrs de Benden et d'Ista avaient également eu une Éclosion le mois précédent. Il avait perdu deux jeunes gens prometteurs au profit du Weyr : perte sensible, car les chevaliers-dragons ne seraient plus aussi libres que pendant l'Intervalle de faire la navette entre Weyr et Fort et d'apprendre à pratiquer d'autres professions.

– Les pontes fréquentes sont un signe certain de l'approche d'un Passage, dit Zulaya, qui, à l'évidence, attendait avec plaisir les jours où les dragons de Pern recommenceraient à faire ce pour quoi ils avaient été créés. As-tu entendu le chant que l'Université nous a envoyé ?

– Oui, dit Paulin avec un grand sourire. Et même, je n'arrive plus à me l'ôter de la tête.

– Clisser dit qu'ils en ont plusieurs autres à nous chanter ce soir.

– Juste de la musique ? demanda Paulin, fronçant les sourcils. C'est un dispositif que nous leur avons demandé... quelque chose de permanent pour que personne ne puisse plus nier l'imminence d'un Passage.

Zulaya lui tapota la main d'un geste encourageant.

– Tu pourras toujours lui demander où il en est de ce projet.

K'vin, arrivant derrière eux, posa la main sur l'épaule de sa Dame, aussi possessif que la reine avec sa ponte. Amusé, Paulin toussota dans sa main et s'excusa.

– Il s'inquiète au sujet du dispositif avertisseur de Passage, dit Zulaya, presque amusée par cette manifestation de jalousie, mais pas femme à le montrer.

– Tu es très belle dans cette nouvelle robe, fit-il.

– Tu trouves ? Merci, Kev, dit-elle, roulant des hanches pour faire virevolter sa jupe. Ce qui me rappelle...

Elle lui tendit un rouleau de brocart qu'elle avait fait faire pour cette Éclosion en ajoutant :

– Fredig suggère des tapisseries à suspendre dans tous les Weyrs et les Forts, et décrivant le retour de l'Étoile Rouge, avec les formules tissées dans l'encadrement. Cela donnerait quelque chose de très décoratif...

– Les couleurs passent et les étoffes s'usent...

– Nous en avons quelques-unes qui ornaient des maisons du Terminus. Cette scène Terre-Lune...

– Tissées, à ce qu'on m'a dit, avec des fils synthétiques, plus durables que ceux de maintenant, en coton, lin et laine. Et même elles ont l'air usées et passées.

– Je les ferai laver...

– Tu détruiras les fils... ouille ! termina-t-il, souriant de ce jeu de mots involontaire.

– ... ce qui n'est pas notre propos. Mais il n'y a aucune raison de ne pas avoir une centaine d'aide-mémoire différents, Kev.

– Quelque chose gravé dans la pierre... dit le Chef du Weyr, reprenant son sérieux.

– Les pierres bougent, elles aussi...

– Seulement avant un Passage. Alors, comment perpétuer cette information critique ?

– Je crois que tout le monde s'inquiète beaucoup trop. Je veux dire, regarde tout ça, dit-elle, englobant le Weyr et l'Aire d'Éclosion dans un geste large. Quelle autre raison d'avoir des dragons ? Et pourquoi fonder des Weyrs spécialement pour leur préservation, sinon pour une très, très bonne raison ? Ils sont la seule défense sûre de la planète.

Un son subliminal les alerta. Il venait de Meranath, qui, dressée sur ses pattes postérieures, étendait ses larges ailes, roulant des yeux vert vif qui brillaient d'excitation.

– Ah, ça commence, dit Zulaya, souriant d'avance. Oh, j'adore les Éclosions !

Main dans la main, les deux Chefs du Weyr coururent à l'entrée annoncer la nouvelle, chose bien inutile car tous les dragons de Telgar réagissaient déjà au roucoulement maternel de la reine par un bourdonnement grave de mâles.

L'agitation devint frénétique dans le Bassin du Weyr, avec les dragons qui atterrissaient, évitant des collisions apparemment inévitables, avec le Maître des Apprentis qui poussait les candidats devant lui, avec les parents et amis des heureux candidats qui traversaient en courant les sables brûlants pour aller s'asseoir sur les gradins, se bousculant pour avoir la meilleure place d'où assister aux Empreintes.

K'vin envoya Zulaya tenir compagnie à Meranath, tandis qu'il faisait entrer les invités, et surveillait les candidats nerveux vêtus de blanc qu'on avait arrêtés près de l'entrée jusqu'à ce que tous les spectateurs soient assis.

– Vous devrez rester debout assez longtemps comme ça sur les sables brûlants, leur dit T'dam, le Maître des Apprentis. Là-bas, vous pouvez vous roussir les pieds...

Cependant, le bourdonnement des dragons s'amplifiait, tous se joignant à Meranath en un chœur de tonalités différentes que Sheledon – et d'autres – s'étaient efforcés d'imiter sans y parvenir tout à fait. Meranath avait la gorge gonflée par le son qui continuait sans faiblir, et, semblait-il, sans qu'elle ait besoin de respirer. Bientôt, le volume s'amplifiant toujours, sa poitrine et son ventre se mettraient à vibrer aussi sous l'intensité de son roucoulement. K'vin ressentit le début de ses réactions habituelles, mélange d'émotions contradictoires, joie à lui faire exploser le cœur, fierté, espoir, peur, nostalgie – et curieusement, faim aussi – et une tristesse qui lui donnait parfois envie de pleurer. Zulaya pleurait toujours aux Éclosions, du moins jusqu'au début de l'Empreinte. Puis elle jubilait, en accord avec l'acceptation de sa reine des choix de sa couvée.

Dans les entrepôts du Fort de Fort, il y avait des fichiers pleins de profils psychologiques quant aux effets d'une Éclosion sur les chevaliers-dragons, sur les dragons, et sur les nouveaux couples candidats-dragonets. Les liens qui s'établissaient étaient d'une telle complexité et d'une telle profondeur qu'aucune autre union ne pouvait leur être comparée : presque accablante aux premiers instants de la reconnaissance, et sans aucun doute l'émotion la plus forte qu'aient jamais éprouvée les jeunes candidats. Certains jeunes n'avaient aucun mal à s'adapter à ce lien intense et pénétrant ; d'autres éprouvaient un sentiment de doute et d'infériorité. Chaque Weyr avait son recueil de recettes indiquant quoi faire en tel ou tel cas. Et tous les apprentis étaient assidûment entraînés et soutenus pendant les premiers mois de ce rapport, jusqu'à ce que les Chefs du Weyr et le Maître des Apprentis les jugent capables de prendre la responsabilité d'eux-mêmes et de leur dragon.

Mais il faut dire qu'un dragon et son maître ne faisaient qu'un, unis en un partenariat si indissociable qu'un dragon se suicidait s'il perdait son maître. Et dans le cas contraire, le maître en faisait autant la plupart du temps. S'il continuait à vivre, il n'était plus que la moitié de lui-même, à jamais endeuillé par sa perte. Les dames-dragons étaient moins susceptibles de se suicider : elles avaient la possibilité de sublimer leur deuil en ayant des enfants.

Quand les petits lézards de feu – qui avaient fourni le matériel nécessaire à la création des grands dragons par bioingénierie – étaient encore disponibles, un ancien chevalier-dragon pouvait trouver quelque adoucissement à sa douleur dans leur compagnie. Mais on n'avait trouvé que trois pontes de lézard de feu à Ista au cours des cinq dernières décennies, et, bien qu'on pensât pouvoir en trouver davantage sur le Continent Méridional, les recherches étaient restées vaines jusque-là. Les vétérinaires avaient décrété que quelque maladie bizarre avait dû infecter ces créatures sur les plages chaudes du nord, réduisant leur nombre et/ou leur ponte. Quelle que fût la raison, personne ne possédait plus de lézard de feu.

Dès que les invités furent assis, T'dam permit aux candidats de se mettre en rond autour des œufs. Il n'y avait pas d'œuf de reine dans cette ponte – fait qui à la fois soulageait et inquiétait les Chefs du Weyr. Ils avaient cinq jeunes reines, ce qui était suffisant pour l'escadrille basse de Telgar. En fait, il n'y avait pas pénurie de reines dans les Weyrs, et le nombre des reproductrices donnait une certaine sécurité.

Cinq jeunes filles figuraient parmi les candidats. Elles auraient dû être six, mais les parents de la dernière avaient refusé les conclusions de la Quête, arguant qu'elle était promise en mariage et qu'ils ne pouvaient pas revenir sur leur engagement. K'vin pensait qu'un bon tiers, ou même une moitié de cette Éclosion pourrait donner le jour à des verts, et il espérait qu'il y aurait assez de candidats acceptables pour tous les dragonets. Les dragons verts étaient très utiles pour leur vitesse et leur agilité, même s'ils n'avaient pas la force et la résistance des dragons plus grands. Quand même, c'était eux qui posaient le plus de problèmes dans la lutte contre les Fils. Les verts pourvus de maîtres mâles avaient tendance à être plus étourdis, à ignorer les ordres du Chef de Weyr dans l'excitation de la Chute – bref, ils avaient tendance à faire inutilement parade de leur courage devant le Weyr. En revanche, les dames-dragons, bien que plus stables, tendaient à être fréquemment enceintes, à moins d'être très prudentes, car les dragons verts étaient sexuellement très actifs. Même les avortements spontanés, dus à l'extrême froid de l'*Interstice,* exigeaient une convalescence raisonnable, de sorte que les maîtresses de verts étaient souvent au repos. « Faire un petit vol dans l'*Interstice* » était devenu l'euphémisme désignant une grossesse non désirée. Quand même, K'vin préférait les candidates pour les verts quand la Quête permettait d'en trouver.

Le bourdonnement des dragons – que Clisser avait baptisé « berceuse prénatale » – atteignit une intensité presque insoutenable, qui arriverait à son maximum à l'éclosion du premier œuf. Les spectateurs étaient aussi excités que d'habitude, sautant sur leurs sièges, pleurant, chantant avec les dragons. Ils se calmeraient quand l'Éclosion aurait commencé.

Et elle commença. Trois coquilles se fendirent simultanément, dont les fragments tombèrent en pluie sur les œufs voisins qui se fendirent à leur tour. K'vin compta neuf dragonets, dont six verts encore humides, et révisa son estimation du tiers en moitié.

Les dragonets étaient dangereux à ce stade, voraces après leur longue encapsulation, et les candidats les plus proches reculèrent devant l'avance cahotante des nouveau-nés. Deux verts semblaient se diriger vers Jule, native du Weyr, mais une blonde d'Ista, connue pour son esprit vif, s'approcha et toutes les deux reçurent l'Empreinte. Trois autres verts se dirigèrent vers des garçons ayant manifesté des préférences homosexuelles dans leurs Forts. Le vert restant s'immobilisa après avoir bondi hors de sa coquille, balançant la tête avec des cris pitoyables.

T'dam cria aux autres filles d'approcher de la dragonette. La petite brune d'Ista s'avança, et, instantanément, la petite verte couvrit la distance qui les séparait, piaillant de soulagement.

K'vin déglutit, une grosse boule dans la gorge : cet instant de reconnaissance lui ramenait toujours le souvenir du choc de l'Empreinte avec Charanth. Et de l'extase de cet esprit incroyablement aimant à jamais lié au sien, la certitude qu'ils n'étaient plus qu'un, cœur, âme et esprit, indissolublement unis.

C'est vrai que nous ne sommes qu'un, hein ? dit Charanth, le ton rauque au souvenir de ce ravissement. Bien que Charanth, comme les autres dragons du Weyr, fût perché près du plafond, K'vin l'entendit « soupirer ».

Zulaya, le visage inondé de larmes dans l'émotion de l'Éclosion, regarda K'vin avec un grand sourire, comprenant ce qui se passait en lui.

Distraitement, K'vin pensa que la masse dorée de Meranath constituait un arrière-fond magnifique pour sa nouvelle robe... rouge sur or.

Puis une nouvelle douzaine d'œufs se fendirent, et les piaillements affamés des dragonets se répercutèrent dans la caverne. Ils criaient comme des âmes en peine. A mesure que les dragonets reconnaissaient leurs maîtres, les cris se taisaient, remplacés par de doux ronronnements. Bientôt suivis d'un impérieux appel « à manger », presque plus dévastateur que les cris précédents. Dans l'empathie du moment, l'estomac de K'vin se contractait toujours.

Le bruit d'une Éclosion était unique, pensa K'vin. Heureusement, parce que les tympans humains n'étaient pas conçus pour supporter une telle cacophonie et tant de décibels, ça ne durait pas longtemps. Il se sentait toujours un peu sourd à la fin d'une Éclosion – en tout cas, il avait mal aux oreilles.

Il prit soudain conscience d'une sorte d'altercation juste à l'entrée de la caverne. K'vin s'efforça de comprendre ce qui se passait, mais voyant que T'dam allait aux nouvelles, il ramena son attention sur l'appariement des derniers dragonets éclos, deux bruns et le dernier vert. Deux garçons fonçaient sur le vert, l'air désespéré. Mais brusquement, le vert se détourna d'eux et chargea résolument vers la jeune fille qui venait d'entrer. K'vin n'en crut pas ses yeux. Il n'y avait que cinq candidates, non ? Bien qu'il ne fût pas fâché d'en voir une autre. Et c'était celle-là que voulait le vert, car il bouscula sans façon le garçon qui tenta de le faire dévier.

C'est alors que trois hommes débouchèrent dans l'Aire d'Éclosion, furieux, tandis que T'dam tentait d'arrêter leur avance menaçante vers le dernier couple ayant reçu l'Empreinte.

– *Debera !* hurla le premier l'empoignant brutalement et l'écartant du dragonet.

Première erreur, pensa K'vin, traversant en courant les sables chauds pour éviter une catastrophe. Bon sang, pourquoi un moment si merveilleux devait-il prendre fin si brusquement ? Les Éclosions auraient dû être sacro-saintes.

Mais avant que K'vin ait pu rejoindre le groupe, le vert réagit à cette tentative de le séparer de son élue. Se dressant sur ses pattes postérieures encore chancelantes, étendant ses petites pattes antérieures toutes griffes dehors, il se jeta sur l'homme.

K'vin n'eut que le temps de voir l'impact sur son visage, la peur sur celui de la jeune fille, et l'homme était déjà renversé, le vert s'efforçant d'ouvrir assez grand la gueule pour pouvoir la refermer sur sa tête.

T'dam, étant le plus proche, se rua à sa rescousse. Debera tentait aussi d'éloigner le dragonet de son père, car c'est ainsi qu'elle appelait l'intrus

– Père, père ! Lâche-le, Morath. Il ne peut pas me toucher maintenant, je suis dame-dragon ! Morath, tu m'entends ?

Bien que s'inquiétant que Morath n'ait déjà blessé le père, K'vin réprima une envie de rire au ton autoritaire de Debera. Elle avait instinctivement adopté la bonne attitude envers son nouvel ami. Pas étonnant qu'elle ait été sélectionnée au cours de la Quête... et dans un fortin à l'évidence assez proche.

K'vin prêta assistance à Debera, tandis que T'dam traînait le père hors de portée du petit vert. Puis ses compagnons l'éloignèrent un peu plus tandis que Morath continuait à brailler et à se démener pour repartir à l'attaque.

Il te battrait. Il te posséderait. Tu es à moi et je suis à toi, et per-

sonne ne se mettra jamais entre nous deux, disait Morath, d'un ton si farouche que tous les chevaliers-dragons l'entendirent.

Zulaya rejoignit le groupe, et appela les médecins, toujours présents aux Éclosions pour soigner les petits bobos qui survenaient inévitablement. Heureusement, Morath n'avait pas encore de crocs, et, bien que les griffes découvertes – malgré leur jeunesse – aient profondément marqué le visage et égratigné le torse, le justaucorps de cuir du père l'avait protégé.

Pendant ce temps, la plupart des nouveaux dragonets étaient sortis et prenaient leur premier repas des mains de leurs nouveaux maîtres. Les spectateurs, quittant les gradins, jetaient un coup d'œil sur le blessé en passant. Nul doute qu'ils ne se fassent un plaisir de raconter l'incident à la moindre occasion. K'vin espérait qu'il resteraient raisonnables dans leur exapération. Pour le moment, il fallait affronter les faits.

– Peux-tu me dire ce que signifie cette scène ? demanda-t-il à Debera, qui, devant les Chefs du Weyr, parut soudain accablée de remords et de doute.

– J'ai été sélectionnée au cours de la Quête, dit-elle avec véhémence, caressant Morath qui cherchait à enfouir sa tête dans son giron. J'avais le droit de venir. Je *voulais* venir. Mais, ajouta-t-elle, avec un geste indigné en direction de son père toujours prostré, ils ne m'ont même pas montré la lettre d'invitation. *Il* voulait que je reste à la maison à cause d'un marché qu'il a fait avec Boris pour un site minier, et avec Ganmar pour qu'il m'épouse. Je ne veux pas de Ganmar, et je ne connais rien à l'extraction minière. J'ai été sélectionnée par la Quête, et j'ai le droit de décider.

Cette tirade indignée fut débitée tout d'un trait, accompagnée par des expressions de dégoût, ressentiment et colère.

– Oui, je me rappelle avoir vu ton nom sur la liste des candidats, dit Zulaya, se plaçant à son côté pour lui manifester subtilement son soutien, ce qui n'échappa point à l'aîné des deux hommes qui veillaient sur le blessé. Tu es Boris ? lui demanda-t-elle. Alors, tu dois être Ganmar, poursuivit-elle, s'adressant au plus jeune. Vous ne saviez pas que Debera avait été sélectionnée au cours de la Quête ?

Ganmar, très mal à l'aise, baissa les yeux, tandis que Boris s'assombrit encore et avança un menton agressif.

– Lavel m'avait dit qu'elle avait refusé.

A ce stade, Maranis, le médecin du Weyr, s'approcha pour jeter un coup d'œil sur le blessé. Cela fait, il envoya chercher une civière puis se mit à soigner les blessures, décollant le justaucorps déchiré du blessé, qui se mit à gémir encore sous le choc.

– Eh bien, Boris, dit Zulaya d'un ton sévère, comme tu sembles le réaliser, Debera a le droit...

– C'est ce que les gens du Weyr disent toujours. Mais c'est nous qui souffrons de ce que vous appelez « le droit ».

– Encore en train de semer la discorde, Boris ? dit le Seigneur Tashvi arrivant à cet instant avec Salda.

– Tu étais d'accord, Tashvi, dit Boris, sans s'embarrasser de courtoisie envers son Seigneur. Tu disais qu'on pouvait ouvrir cette nouvelle mine, et tu étais content qu'on s'en charge, mon fils et moi. Et Lavel était d'accord pour donner sa fille à Ganmar...

– Oui, mais on dirait que la fille n'était pas si d'accord que ça, remarqua Dame Salda.

– Si, elle était d'accord; hein que tu étais d'accord, Deb ? dit Boris, regardant d'un air furibond et accusateur la jeune fille qui soutint son regard et redressa fièrement la tête. Jusqu'à ce qu'ils viennent du Weyr pour la Quête...

– La Quête est prioritaire, dit Tashvi. Tu le sais, Boris.

– On avait tout arrangé dit le père, prenant la parole, sa douleur calmée par la pommade antalgique dont Maranis avait enduit ses blessures. Nous avions tout *arrangé* !

Et il regarda sa fille avec amertume et colère.

– *Vous* aviez tout arrangé entre vous, dit Debera, tout aussi amère, mais sans me consulter, même *avant* la Quête.

Un gémissement de Morath interrompit cette réfutation coléreuse.

– Elle a faim. Il faut que je la fasse manger. Viens, ajouta-t-elle, d'un ton affectueux.

Sans un regard en arrière, elle sortit de l'Aire d'Éclosion avec sa petite verte.

– Dans le cas présent, je dirais que tout n'était pas si bien arrangé que ça, dit Tashvi.

– Mais si, jusqu'à ce qu'ils arrivent, dit Lavel, brandissant le poing à l'adresse des chevaliers-dragons, et qu'ils lui mettent des idées dans la tête, alors qu'elle avait toujours été une fille sage et travailleuse qui faisait tout ce qu'on lui disait. Et puis vous vous amenez et vous lui dites qu'elle est faite pour les dragons ! Je sais ce que ça veut dire, mais Debera est une fille sérieuse, pas comme votre bande de...

– En voilà assez, dit Zulaya, se redressant sous l'insulte.

– Assez, dit aussi Tashvi, fronçant les sourcils avec colère. La Dame du Weyr comprendra que tu n'es pas dans ton état normal, blessé comme tu l'es...

– Mes blessures n'ont rien à voir avec ma juste colère, Seigneur Tashvi. Je sais ce que je sais, et je sais qu'on avait tout arrangé et que tu devrais soutenir tes vassaux, et pas ces gens du Weyr avec leurs coutumes indécentes, et je ne sais pas ce que va devenir ma fille.

À ce stade, il se mit à pleurer, plus de colère et de frustration qu'à cause de la souffrance provoquée par ses blessures.

– C'était une brave fille jusqu'à ce qu'ils s'amènent. Une brave petite, obéissante !

D'un geste péremptoire, Tashvi fit signe aux deux brancardiers de l'emmener. Puis il se tourna vers les Chefs du Weyr.

– J'avais donné mon accord pour l'ouverture de la mine et pour que Boris et Ganmar en soient propriétaires, mais je ne savais pas que Lavel était mêlé au marché. C'est un fauteur de troubles depuis sa jeunesse, dit Tashvi, dansant distraitement d'un pied sur l'autre sur les sables brûlants.

Zulaya lui fit signe de la suivre hors de l'Aire d'Éclosion. Malgré la semelle supplémentaire qu'elle avait mise le matin dans ses bottes, elle commençait à être mal à l'aise, et Tashvi ne portait que de légères sandales.

– Et ce n'est pas comme s'il n'avait que cette fille, dit Salda, prenant le bras de son mari pour marcher plus vite. Il a plus de douze enfants et en est à sa deuxième femme. Au rythme auquel il conclut ces arrangements, il aura bientôt assez de terre grâce à sa parenté pour devenir Seigneur d'un Fort. Non que quiconque en possession de sa raison ait envie de l'avoir pour Seigneur !

Ils s'arrêtèrent à la sortie de l'Aire d'Éclosion. Adroitement, K'vin et Zulaya se positionnèrent de sorte à garder un œil sur les nouveaux dragonets qui, avec l'aide de leurs jeunes maîtres, dévoraient les piles de petits bouts de viande coupés à l'avance pour leur premier repas.

La situation de Debera était inhabituelle. La plupart des

parents étaient heureux d'avoir un enfant sélectionné au cours de la Quête, à cause des avantages qu'un chevalier-dragon apportait à la famille : prestige accru pour la Lignée et accès facile au transport.

Les critiques au vitriol de Lavel sur la vie du Weyr avaient bouleversé les Seigneurs et les Chefs du Weyr. Assurément, certaines coutumes et habitudes avaient été adoptées dans les Weyr pour les besoins des dragons, mais la promiscuité n'était pas encouragée. En fait, il existait au Weyr un code de conduite strictement observé. Il n'y avait peut-être pas de mariages officiels, mais aucun chevalier-dragon ne manquait jamais à sa parole envers une femme, ni ne manquait à contribuer à l'entretien de ses enfants. Et peu d'enfants élevés au Weyr le quittaient pour le fortin de leurs grands-parents même s'ils n'avaient pas conféré l'Empreinte à un dragon.

Entre-temps, les festivités avaient commencé dans la Caverne Principale, avec les musiciens qui jouaient un air plein d'entrain exprimant la joyeuse exaltation d'une Éclosion réussie. Les dragonets nouveau-nés étaient toujours nourris par leurs maîtres, qui les installeraient ensuite dans la caserne des apprentis, mais, cela fait, ceux-ci rejoindraient leurs familles.

Zulaya se demanda si elle devait rappeler à Lavel que les nouveaux chevaliers et dames-dragons étaient logés dans des dortoirs séparés. A l'évidence, il n'avait aucune idée des soins incessants que requéraient les petits dragons de la part de leur maître. La plupart du temps, les apprentis s'affalaient dans leur lit à la fin de la journée, trop épuisés pour faire autre chose que *dormir*. Et devaient être tirés du lit de force par le Maître des Apprentis quand ils n'entendaient pas les appels de leurs dragons affamés.

Le jeune Ganmar boudait, à l'évidence très mal à l'aise dans sa situation présente. Zulaya doutait que l'événement lui eût brisé le cœur. Bien sûr, s'il devait travailler à la mine avec ce père rébarbatif, sans doute qu'avoir une jolie fille dans son lit le soir aurait été une compensation bienvenue.

– Ce que j'aimerais savoir, disait Salda, c'est pourquoi Debera est arrivée si tard, toute seule, avec vous trois qui la poursuiviez de près. Tu réalises, bien sûr – et ses yeux prirent une expression sévère que Zulaya connaissait bien –, que le Seigneur Tashvi et moi-même aurions été fort mécontents de découvrir que Debera se soit vu dénier ses droits de vassale.

– Vassale ? ricana Lavel avec un geste malavisé qui le fit gémir. Elle ne le sera plus maintenant, non ? Elle est perdue pour nous à jamais.

– De même que son droit légal à une concession, dit Salda, feignant la consternation.

Lavel grogna et chercha à se détourner de la Dame du Fort.

– Tu as déjà revendiqué plus de terre que la plupart. Je suppose que Gisa est en bonne santé ? Ou est-elle encore enceinte ? Tu vas finir par la tuer aussi, comme tu l'as fait pour Milla. Mais je suppose qu'il y aura toujours des femmes pour se laisser séduire par tes terres de plus en plus étendues. Tsst, termina Salda, se détournant, écœurée. Ôtez-le de ma vue. Il m'offense. Et gâte l'esprit de la fête.

– Ses blessures ne sont pas telles qu'elles l'empêchent de voyager, dit opportunément le médecin.

– Voyager ! s'exclama Boris, atterré, car il avait jeté un coup d'œil dans les Cavernes Inférieures où l'on servait les rôtis.

– Je pourrais lui trouver un lit pour la nuit... commença Maranis d'un ton hésitant.

Juste à ce moment, quatre jeunes du Weyr ramenèrent les chevaux des visiteurs qu'ils avaient recapturés.

– Ah, voilà vos montures, Boris, dit Zulaya. Je ne voudrais pas vous empêcher de rentrer chez vous tant qu'il fait jour. Vous devriez arriver facilement avant la nuit. Maranis, donne à Lavel assez de jus de fellis pour le trajet. Jeunes gens, aidez-le à se mettre en selle. Viens, K'vin. Nous avons trop tardé à féliciter les heureux parents.

Elle donna le bras à K'vin, et, accompagnés de Dame Salda, ils traversèrent le Bassin.

– Très bonne Éclosion, à mon avis, commença-t-elle, sans un regard en arrière aux trois vassaux congédiés. Dix-neuf verts, quinze bleus, onze bruns et sept bronze. Bonne répartition également. Et aussi, bonne taille pour les bronze. Je crois que chaque ponte produit des dragons un peu plus grands que la précédente.

– Les dragons n'ont pas encore atteint leur taille définitive, dit K'vin, reprenant la balle au bond. Je doute que cela arrive durant notre vie.

– Ils sont quand même déjà très grands ! dit Dame Salda, les yeux dilatés d'étonnement.

Zulaya éclata de rire.

– Plus grands de plusieurs mains que les premiers qui ont combattu les Fils, ce qui nous facilitera la tâche.

– De plus, vous savez aussi ce qui vous attend, dit Tashvi, approuvant de la tête.

Zulaya et K'vin échangèrent un bref regard. Ils espéraient que ce qui les attendait ne leur réservait pas de mauvaises surprises.

– En effet, c'est un avantage que nous avons sur nos ancêtres, dit K'vin avec conviction.

Zulaya lui serra brièvement le bras avant de le quitter pour s'approcher de la première table où dînaient les familles de deux nouveaux chevaliers bruns. K'vin continua avec Salda et Tashvi, qu'il installa à la table d'honneur, où il les rejoindrait avec Zulaya quand ils auraient fait leur obligatoire tournée des tables. Puis, faisant un pari avec lui-même, il commença par l'autre bout de l'immense caverne.

A son quatrième arrêt, il avait gagné son pari : la nouvelle de l'Empreinte inusitée du dernier dragon vert circulait déjà.

– Est-ce *vrai* que cette petite a dû s'enfuir de chez elle ? demanda la mère d'un nouveau chevalier bronze.

Elle et les autres convives de sa table en étaient visiblement atterrés.

– Elle est arrivée à temps, et c'est là l'important, dit K'vin, éludant la question.

– Et si elle n'était pas venue ? dit une adolescente, en proie à une vive curiosité. Le dragon aurait-il...

Elle se tut brusquement, comme si elle avait reçu un coup de pied sous la table, pensa K'vin, réprimant un sourire.

– Ah, dit-il dans la pause qui suivit, je suis sûr que tu as vu les autres garçons qui l'entouraient. Le dragonet aurait choisi l'un d'eux.

Ce n'était pas tout à fait vrai. Raison pour laquelle chaque Weyr avait toujours un nombre de candidats supérieur à celui des œufs sur l'Aire pendant une Éclosion. Dans les premiers temps, les archives mentionnaient cinq dragonets qui n'avaient pas trouvé de personnalité compatible et dont la mort subséquente avait à tel point bouleversé le Weyr que tous les efforts avaient été faits pour éviter la répétition de cette tragédie, y compris l'acceptation d'un spectateur si le dragonet le choisissait.

Il y avait aussi des cas où un œuf n'éclosait pas. Autrefois, quand la technologie était encore disponible, on en faisait l'autopsie pour en établir la cause. Dans la plupart des cas attestés, cela venait du jaune de l'œuf, ou d'une malformation congénitale qui n'aurait pas permis au dragonet de survivre à l'Éclosion. Toutefois, la cause n'avait pas pu être établie trois fois, le fœtus ayant été parfait, sans infirmités ni malformations. Les archives recommandaient de s'en débarrasser immédiatement dans l'*Interstice*, devoir dont se chargeaient le Chef du Weyr et son bronze en ces rares occasions.

– Je l'ai vue arriver à cheval, dit l'adolescente, ravie d'avoir assisté à la scène. Et après, les trois hommes qui essayaient de l'arrêter.

– Alors, tu devais avoir le meilleur siège de la caverne, dit K'vin avec un grand sourire.

L'adolescente embrassa la tablée d'un regard vindicatif.

– Oui alors ! Et j'ai tout vu ! Même quand le dragonet a voulu manger quelqu'un. C'était son père ?

– Suze, en voilà assez, dit le père, et le garçon assis près d'elle dut la pincer, car elle sauta sur son banc et le foudroya du regard.

– Oui, c'était son père, dit K'vin.

– Il ne savait donc pas qu'on ne frappe jamais le maître d'un dragon ? demanda le père de Suze, atterré d'un tel comportement.

– Je crois qu'il a compris son erreur, dit K'vin avec ironie. Qu'est-ce que votre fils – et Charanth, comme toujours, lui transmit le nom du jeune homme si vite que la pause fut presque imperceptible – Thomas a choisi comme nom de chevalier-dragon ?

– Eh bien, je crois que Thomas n'osait pas espérer conférer l'Empreinte, dit la mère, l'air à la fois fière de la modestie de son fils et ravie de son succès.

– Ça ne lui a jamais plu d'être un Thomas, dit l'incorrigible Suze. Il choisira un nouveau nom, ajouta-t-elle, regardant ses parents par en dessous.

– Et le voilà, si je ne me trompe, dit K'vin, montrant un jeune home qui traversait la caverne.

K'vin avait instruit les candidats de leurs responsabilités envers leurs dragonets, de sorte qu'il les connaissait tous. Ce Thomas ressemblait assez à son frère et à sa sœur pour être facilement reconnaissable. K'vin espérait que la ressemblance avec sa sœur s'arrêtait là, car elle semblait être une fameuse commère.

– Compliment, jeune homme, dit K'vin en lui tendant la main. Et comment devrons-nous t'appeler maintenant ?

– S'mon, Chef du Weyr, dit le nouveau chevalier bronze, encore tout rouge d'ivresse.

Il avait une poignée de main ferme.

– J'ai pensé à T'om, mais je n'ai jamais aimé ce nom.

– Tu disais que tu...

Suze reçut un nouveau coup de pied sous la table, car elle glapit, et les larmes lui montèrent aux yeux.

– C'est plus facile à prononcer. Et ça plaît à Tiabeth, dit S'mon, à la fois fier et possessif comme tant d'apprentis pendant qu'ils s'habitaient à leurs nouveaux devoirs et responsabilités.

Ainsi que K'vin s'en souvenait très bien, cela prenait du temps.

– Et il y avait un T'mas dans le premier groupe de Benden.

– Il est mort depuis longtemps, dit son père, pas trop content du choix de son fils. Thomas est un nom traditionnel dans la famille, ajouta-t-il à l'adresse de K'vin. Moi aussi, je m'appelle Thomas, neuvième du nom.

Le garçon regarda son père avec ce curieux mélange d'indépendance et de détachement qu'affichaient toujours les nouveaux chevaliers-dragons, comme pour dire « Tu ne peux plus me commander » et « C'est mon affaire, papa, tu ne peux pas comprendre ».

– À Tiabeth et S'mon, dit K'vin, levant le verre qu'il transportait de table en table pour porter un toast aux nouveaux partenaires.

Les autres l'imitèrent vivement.

– Mange, S'mon. Tu auras besoin de tous les repas que tu auras le temps de manger, ajouta K'vin, avant de s'éloigner pour laisser le jeune homme suivre son conseil.

A toutes les tables où il s'arrêta, il entendit d'autres hypothèses sur l'arrivée tardive de Debera... avec déjà des fioritures dont l'une prétendait que le père avait saigné à mort. Une autre variation suggérait que Debera avait été récalcitrante, et que sa famille l'avait obligée à assister à l'Éclosion, puisqu'elle avait été sélectionnée au cours de la Quête. Finalement, la jeune Suze avait eu le meilleur siège de l'Aire d'Éclosion, bien que trop loin du centre pour bien voir les Empreintes, mais parfait pour voir ce qui se passait dehors. K'vin rétablit donc les faits pour que l'incident ne prenne pas des proportions exagérées. Heureusement, la musique de l'orchestre fournit une joyeuse diversion. La plupart des morceaux étaient nouveaux. Les musiciens de Clisser avaient vraiment bien fait leur travail.

K'vin évita de faire remplir son verre trop souvent, et mangea force tranches de bœuf et de wherry rôti pour éponger les toasts obligatoires aux nouveaux chevaliers-dragons.

Il avait presque terminé sa tournée quand il vit T'dam et les Seigneurs de Telgar entrer avec Debera, et marcher vers la table d'honneur. Salda et Tashvi se levèrent et vinrent à sa rencontre. Elle avait encore l'air hébété et jetait des regards hagards sur la foule de la caverne. Quelqu'un lui avait prêté une robe verte qui mettait en valeur des formes très féminines, et dont la coupe comme la couleur lui seyaient à ravir. Le vert sombre mettait en valeur son teint clair, et ses cheveux bouclés couleur bronze étaient artistiquement coiffés, et non plus échevelés autour de son visage affolé. Aucun doute que Tisha, l'intendante, n'ait mis la main à cette transformation. Zulaya avait dit un jour que Tisha traitait toutes les filles du Weyr comme des poupées vivantes, se délectant à les habiller et à les coiffer. Pourtant, Tisha avait des enfants, mais son excès d'instinct maternel était un avantage pour le Weyr.

Salda lui entoura les épaules de son bras et se mit à bavarder avec elle, à l'évidence bien résolue à compenser l'absence de sa famille à ce qui était généralement une fête pour les membres des Forts et des Ateliers. Debera avait-elle vu sa famille pour la dernière fois ? Peu importait ; elle faisait maintenant partie de la famille élargie du Weyr, où elle leur trouverait des remplaçants plus sympathiques et aimables.

Zulaya présentait Debera à Sarra, la blonde d'Ista décolorée par le soleil, qui bavardait avec tant d'animation que Debera sourit – timidement, pensa K'vin, mais avec de plus en plus d'assurance.

– Morath s'est bien endormie ? demanda-t-il en rejoignant les femmes.

– J'ai cru qu'elle n'arrêterait jamais de manger, dit Debera, l'air un peu anxieux.

Ses yeux verts, remarqua K'vin, étaient mis en valeur par le vert de sa robe. Tisha pouvait être fière d'elle.

– Ils sont voraces, dit Zulaya avec un rire attendri. Et moi aussi. Allons nous asseoir avant qu'il ne nous reste plus rien à manger.

Salda sourit à Debera, avec une grimace amusée de dénégation.

– Peu probable. Nous vous avons envoyé des veaux gras toute la semaine en prévision du banquet.

Se tournant vers Debera au moment de la confier à K'vin, elle ajouta :

– Une chose est sûre, jeune fille. Tu mangeras mieux ici à Telgar que tu n'as jamais mangé chez toi. Et tu n'auras pas à faire la cuisine !

A l'évidence, Debera était si interdite de ces facéties que K'vin la prit par la main et lui fit monter les marches de la plate-forme où la table d'honneur était dressée.

– Je crois que tu seras très heureuse ici, Debera, dit-il avec bonté. Et avec Morath pour amie.

Immédiatement, le visage de Debera s'attendrit et ses yeux s'embuèrent. Sa vulnérabilité émerveillée l'émut si fort qu'il trébucha sur la marche suivante.

– Oh, elle est plus qu'une amie, dit-elle, davantage sur le ton de la prière que de la constatation.

– Viens t'asseoir près de moi, dit Zulaya, lui tirant une chaise et faisant signe à K'vin de prendre la suivante.

Ils n'occupaient pas leur place habituelle au centre de la table, mais un regard entendu à Tashvi et Salda leur fit prendre place comme si cela était normal.

– Écoutez-moi cette mélodie. Ravissante... dit-elle, penchant la tête, tandis que la musique, pas tout à fait martiale, mais entraînante, faisait cesser toutes les conversations.

– Les paroles aussi, dit Salda, les yeux dilatés de surprise et de joie.

Et quand son mari ouvrit la bouche pour parler, elle le fit taire.

K'vin, lui aussi, écoutait avec bonheur.

Sheledon, qui avait insisté pour inaugurer leur nouvelle musique à l'Éclosion de Telgar, était content, lui aussi, que les conversations aient cessé et que tout le monte écoute les paroles. C'était le moment d'asséner le grand coup. Dès qu'ils eurent terminé la coda du morceau que Jemmy avait intitulé « Amour des dragons », il prit la partition de la Ballade du Devoir et la montra à son épouse, la soprano Sydra, qui devait chanter la partie du jeune garçon. Ils n'avaient pas encore trouvé un garçon ayant la voix requise, mais Sydra pouvait prendre une voix d'enfant. Au signal de Sheledon, Bethany joua les notes hallucinantes de l'ouverture, et Sydra se leva.

D'accord, ils n'avaient pas assez de chanteurs entraînés pour faire vraiment impression devant cet auditoire – mentalement, Sheledon *entendait* ce que donnerait un chœur digne de ce nom –, mais l'excellente acoustique de la caverne était un atout. Et la musique était captivante. Sydra parvint à donner l'impression d'un jeune garçon émerveillé... Gollagee fit son entrée de ténor, représentant le chevalier-dragon, puis Sheledon suivit avec la partie de baryton, et enfin, Bethany celle d'alto, avec les musiciens du Weyr qui formaient le chœur pour le finale.

Il y eut une seconde de silence total – du genre qui réjouit les interprètes – puis toute l'assistance se leva, applaudissant, acclamant et tapant des pieds à tout rompre. Même les dragons se joignirent au tintamarre, entraînés par l'enthousiasme de leurs maîtres. Sydra saluait sans interruption, faisant signe à ses camarades de se lever pour accepter les acclamations. Même Bethany se leva, quelques larmes coulant sur son visage dans l'émotion d'un succès si unanime.

Ils bissèrent cinq fois la Ballade – l'auditoire chantait avec le chœur, ayant entre-temps appris les paroles ; quand Sheledon refusa à regret de la rejouer une sixième fois, on réclama « L'Amour des Dragons », qui convenait si bien à la soirée.

L'un dans l'autre, décida Sheledon devant le visage souriant de Sydra, un début très réussi. Jemmy s'était surpassé et Clisser serait ravi. Clisser avait peut-être raison de vouloir modifier le système éducatif, pour perdre moins de temps avec les matières inutiles et enseigner plus tôt le Vrai Sens de la Vie.

Chapitre IV

LE WEYR DE TELGAR ET L'UNIVERSITÉ

Zulaya, la Dame du Weyr, remarqua la première la nervosité de Debera.

– Retourne auprès de Morath, ma chérie. Tu es épuisée et tu as besoin de dormir.

– Merci... euh...

– Nous n'usons pas de titres au Weyr. Retire-toi, c'est tout. Je t'y ai autorisée, si c'est ça que tu attendais si poliment.

Debera murmura ses remerciements et se leva, désirant s'éclipser aussi discrètement que possible. Elle se sentait si gauche et insociable, alors que tous, même le Seigneur et la Dame de Telgar, s'étaient montrés si incroyablement gentils et amicaux à son égard. Elle croyait qu'ils lui demanderaient des explications sur son étrange comportement, mais ils l'avaient soutenue immédiatement. On aurait dit que sa *vraie* vie avait commencé à l'instant où elle et Morath s'étaient regardées dans les yeux.

Et c'était bien le cas, pensa-t-elle, longeant les parois de la caverne, tête baissée pour ne rencontrer aucun regards. Croisant les invités, elle ne vit que des sourires, de courtoisie et sympathie. Et certainement aucune de ces attitudes lascives qui, selon son père, étaient si communes au Weyr.

Bien sûr, il lui avait dit des tas de choses. Et il en avait tu d'autres. Comme l'arrivée de la lettre officielle de la Quête portant son nom, livrée au fortin pour qu'elle sache quand elle devait venir pour l'Éclosion. Non, il avait fallu qu'elle la trouve toute seule, fourrée dans le buffet où l'on mettait toutes les vieilles choses pouvant encore servir. Personne chez elle, et surtout pas son père et sa belle-mère Gisa, n'aurait jeté une feuille de papier dont le verso vierge peut encore être recyclé. Ce qu'elle pouvait détester ce mot ! Cycler, recycler. Utiliser, réutiliser. Cette idée dominait tous les aspects de leur vie. Pourtant, ils n'étaient pas « pauvres », au sens où l'étaient certains vassaux. Mais cet esprit de misérabilisme régnait dans la maison depuis la mort de sa mère.

Elle cherchait tout autre chose quand elle avait trouvé la lettre. Non qu'elle sût la date du jour, mais l'avis avait dû arriver depuis un certain temps, car il y avait des taches sur le papier et les plis en étaient très marqués. Des semaines, peut-être. Elle avait accepté le mariage avec Ganmar pour ne plus vivre dans la maison de son père. Elle savait qu'elle devrait travailler aussi dur, sinon plus, pour fonder un nouveau fortin, le creuser dans la roche au-dessus de la mine, mais il aurait été à elle – et à Ganmar – et elle aurait pu l'arranger à sa guise. Sans croire les promesses extravagantes que lui avaient faites Boris et Ganmar. La seule chose qui les intéressait, c'était un corps vigoureux capable de travailler sans relâche.

Mais la veille, elle avait vu de nombreux dragons dans le ciel, dont la plupart transportaient des passagers. Le fortin de Balan n'était pas très loin du Weyr de Telgar – même par voie de terre. C'est pourquoi, dès qu'elle eut pris connaissance de la lettre, elle fit ses plans sans hésiter. Elle avait été sélectionnée au cours de la Quête. Elle avait le droit d'assister à l'Éclosion. Quelle que fût la vie au Weyr, elle ne pouvait pas être pire que celle qu'elle endurait maintenant. Et si elle pouvait être dame-dragon...

Elle avait fourré le papier dans sa poche et avait vivement refermé le tiroir. Elle était seule dans la cuisine où entraient à flots les rayons du soleil, qui semblait vouloir ajouter sa lumière à sa résolution. Elle ne retourna même pas dans la chambre qu'elle partageait avec ses trois demi-sœurs. Attrapant sa veste, elle se rendit dans le paddock des chevaux de selle. Il n'y avait personne : tous les autres étaient au travail. Les tâches avaient été distribuées au petit déjeuner, et devaient être terminées à midi sous peine de ne pas déjeuner.

Elle n'osa même pas aller chercher une selle et une bride dans la grange, parce que ses frères aînés y réempilaient les balles de foin – jetées n'importe comment la première fois. Elle prit juste une lanière de cuir. Comme c'était elle qui s'occupait des chevaux, elle n'aurait aucun mal à en diriger un avec ces rênes de fortune.

Bilwil serait le plus rapide. Elle avait encore trois heures avant le repas de midi, où l'on constaterait son absence. Mais d'ici là, elle se serait bien rapprochée du Weyr.

Regardant par-dessus son épaule pour voir si personne ne l'observait, elle partit d'un pas vif – comme si elle était en plein travail – vers le paddock. Bilwil n'était pas trop loin de la clôture, qu'elle escalada – la porte était trop proche du potager où deux de ses demi-sœurs désherbaient. Elles étaient rapporteuses et adoraient se plaindre de son « oisiveté » à leur mère ou à son père. Deux frères étaient dans la grange, deux autres dans la forêt avec son père, et sa belle-mère faisait du fromage à la laiterie. Debera était en train de moudre du blé quand une goupille s'était cassée. Et c'est en cherchant un clou ou autre chose dans le tiroir pour la remplacer qu'elle avait trouvé la lettre. De sorte que Gisa ne s'étonnerait pas de son absence avant un bon moment. Car sans farine, il n'y aurait pas de pain, et Gisa, enceinte comme elle l'était, n'avait pas envie de tourner la lourde meule.

Bilwil hennit doucement quand elle s'approcha et le saisit par le toupet. Personne ne l'avait étrillé la veille, et sa robe était encore feutrée de transpiration car il avait charroyé des arbres toute la journée. Elle ferait peut-être mieux d'en prendre un autre. Mais Bilwil avait déjà baissé la tête pour accepter la bride, et elle ne pouvait guère prendre le risque de courir à travers le paddock pour en prendre un autre. Alors elle inséra les rênes, l'attrapa par la crinière et sauta sur son dos. Sauterait-elle sur le dos d'un dragon le lendemain ? Elle se coucha sur l'encolure pour le cas où quelqu'un aurait regardé vers le paddock, resserra les genoux sur ses flancs pour le faire avancer.

Juste avant d'arriver aux haies marquant l'extrême limite de leurs terres, elle se retourna vers le fortin, avec ses fenêtres taillées au ciseau dans le roc, l'entrée de guingois de la salle principale, la porte plus large des cavernes réservées aux animaux. Pas une âme en vue.

– Viens, Bilwil, partons, murmura-t-elle, le talonnant vigoureusement.

Il partit au trot vers la clôture, en un point assez proche d'un des chemins traversant la forêt.

Heureusement que Bilwil aimait sauter, car elle ne lui donna pas beaucoup de champ pour prendre son élan. Mais il bondit agilement et se reçut sans problème. Quelques instants plus tard, ils furent sous les arbres et atteignirent rapidement le sentier. Bilwil essaya de tirer sur la gauche pour retourner au fortin, mais elle le talonna rudement et il partit à droite. Ils étaient assez loin du fortin pour que le bruit de ses pas ne soit pas audible – à moins que quelqu'un n'appliquât son oreille contre le sol, chose peu probable. Les bruits auraient dû venir des meules, qu'elle ne tournait plus. Cette idée la fit sourire, bien qu'elle ne fût pas encore hors de danger.

Dès que le sentier s'élargit, elle mit Bilwil au galop, ravie de s'abandonner à la seule activité qui lui plaisait.

Elle s'arrêta plusieurs fois pour reposer son dos et celui de Bilwil... et cueillit des baies tardives qu'elle mangea. Elle aurait dû emporter le reste du fromage du déjeuner, ou une pomme ou deux pour le trajet.

Ce fut seulement dans la dernière étape du voyage qu'elle prit conscience d'être poursuivie. Ou du moins qu'elle aperçut trois cavaliers sur la route. C'étaient peut-être des invités venant à l'Éclosion, mais il valait mieux prévoir le pire. L'un d'eux pouvait être son père, et les deux autres Boris et Ganmar. Il fallait atteindre la sécurité du Weyr avant qu'ils la rattrapent. Comment avaient-ils pu faire aussi vite ? Quelqu'un l'avait-il vue, finalement, et couru avertir Lavel ?

Un long tunnel avait été creusé dans la paroi la plus mince du Cratère de Telgar, pour la circulation par voie de terre. Il était éclairé par des paniers de brandons. Bilwil était fatigué de la longue montée, faisant suite au dur travail de la veille. Elle crut entendre des voix masculines qui l'appelaient, et elle talonna Bilwil qui se mit péniblement au trot. Mais elle avait beau lui donner des coups de talons dans les côtes, il n'allongeait pas sa foulée. Puis elle entendit le bourdonnement – comme émanant des parois autour d'elle. Elle savait ce que ça signifiait et poussa un cri de désespoir.

Après tous ces efforts, elle arriverait trop tard et il n'y aurait plus de dragonet pour recevoir l'Empreinte... bien qu'elle ait été sélectionnée par la Quête. Comment rentrer dans sa famille ? Elle n'y rentrerait pas. Elle connaissait ses droits. La Quête l'avait choisie, et elle avait le droit de rester au Weyr jusqu'à l'Éclosion suivante. N'importe quoi était préférable à retrouver ce qu'elle venait de quitter. L'union avec Ganmar n'aurait pas été une grande amélioration, même si elle avait été résolue à établir de bons rapports avec le jeune mineur. Il semblait influençable. Sa propre mère lui avait dit qu'il y avait des moyens de manœuvrer un homme, de façon qu'il ne s'aperçoive pas qu'il était manipulé. Mais Milla était morte avant de communiquer cette science à sa fille. Et Gisa, qui avait sans doute renoncé à toute idée d'une seconde union si elle avait accepté son père, était une victime naturelle qui prenait plaisir à être dominée.

D'autres chevaux entrèrent dans le tunnel, et, voulant désespérément atteindre son objectif, elle talonna Bilwil de plus belle. Le vaillant animal se mit lourdement au petit galop, ébranlant tous les os de son corps, mais ils arrivèrent dans le Bassin.

Debera vit alors que l'Aire d'Éclosion était non seulement pleine de monde, mais aussi de dragonets nouveau-nés. Pourtant, en approchant, elle vit aussi qu'il restait quelques œufs non éclos. Ses poursuivants gagnaient du terrain. Elle n'eut pas besoin d'arrêter Bilwil à l'entrée. Il s'arrêta de lui-même dès qu'elle cessa de le talonner. Elle sauta à terre et courut vers l'Aire d'Éclosion, juste comme son père, Boris et Ganmar arrivaient, lui hurlant de s'arrêter, de revenir à la raison... Elle s'arracha aux mains qui voulaient la retenir... juste à temps pour atteindre Morath. Et tout fut consommé.

Maintenant, retournant à la caserne des apprentis, elle était plus fatiguée qu'elle ne l'avait jamais été de sa vie, et beaucoup plus heureuse ! Comme elle secouait la porte dans son impatience à l'ouvrir, T'dam passa la tête par la porte de la caserne des hommes contiguë.

– Te revoilà ? Morath n'a pas bougé un muscle. Et je crois que tu vas en faire autant, non ?

Elle hocha la tête, trop épuisée pour répondre. Elle ouvrit un battant pour livrer passage à des dragonets traînant les ailes, et se glissa à l'intérieur, se retournant pour fermer, mais T'dam la suivit et ouvrit un panier de brandons. Heureusement, car Debera se serait cognée dans les premières couches des dragonets.

C'étaient de simples plates-formes en bois, à un demi-mètre audessus du sol, assez spacieuses pour les dragons jusqu'à ce qu'ils soient assez grands pour être transférés dans leur Weyr définitif. Les apprentis avaient un lit de fortune sur le côté de cette plate-forme, avec espace de rangement dessous et un coffre au pied.

Elle contourna le premier lit, contente de ne pas avoir réveillé son occupante, et arriva au suivant, celui de Morath. Et au sien. Il y avait des vêtements sur le coffre.

– Tisha t'a fait porter ça puisque tu n'as rien pu emporter pour te changer, dit T'dam. Il y a aussi une chemise de nuit, je crois. Ouvre le panier de brandons au-dessus de ton lit, et je fermerai celui-là.

Cela fait, il referma l'autre, plus grand, et tira la porte derrière lui. Dès qu'il fut parti, elle examina Morath, roulée en boule sur sa plate-forme, ailes sur les yeux. Était-ce ainsi que dormaient les dragonets ? S'émerveillant de sa bonne fortune, Debera contempla le dragonet endormi avec autant d'amour qu'une mère contemple un nouveau-né longtemps désiré. Le ventre de Morath était encore distendu par toute la viande qu'elle avait mangée. T'dam avait éclaté de rire quand Debera avait eu peur que sa voracité ne le rende malade.

– Le premier mois, ils répètent le processus six ou sept fois par jour, l'avait-il avertie. Tu finiras par avoir l'impression d'avoir passé ta vie à couper de la viande en morceaux jusqu'à ce qu'elle se stabilise à trois repas par jour. Mais ne t'inquiète pas. Dès la fin de sa première année, elle ne mangera plus que deux fois par semaine – et en plus elle chassera elle-même son gibier.

Debera sourit au souvenir de cette conversation et se dit que T'dam ignorait quel soulagement ce travail serait pour elle, dont l'accomplissement serait une œuvre d'amour reçue avec reconnaissance. Elle leva la main pour caresser sa bien-aimée Morath, mais craignit de troubler son sommeil – d'autant plus qu'elle dormait debout elle-même. Pourtant elle s'attarda encore à regarder la poitrine de Morath se gonfler et s'abaisser doucement, au rythme du sommeil. Puis elle ne put pas résister plus longtemps à la fatigue.

Elle était la seule humaine dans l'écurie des dragonets... non, la caserne. Les autres fêtaient l'occasion avec leurs familles. Qui aurait cru que Debera, du Fortin de Balan, dormirait ce soir avec des dragons ? Sûrement pas elle. Elle ôta sa belle robe verte, lissant l'étoffe soyeuse une dernière fois avant de la plier. Elle s'était sentie très à son aise dedans, et la couleur était si seyante ; elle n'avait jamais rien porté d'aussi beau. Gisa avait pris toutes les robes de sa mère, qui, selon la coutume, auraient dû lui revenir. Debera enfila la chemise de nuit, humant les subtiles odeurs d'herbes qui la parfumaient Autrefois, avec sa mère, elle avait le temps de cueillir des fleurs et des plantes odoriférantes pour en faire des sachets.

Elle rabattit l'épaisse couverture de laine, appréciant des doigts sa douceur mœlleuse, sans regretter une seconde les minces couvertures élimées qu'elle avait partagées avec ses demi-sœurs. L'oreiller était rebondi sous sa joue quand elle y posa sa tête, doux et embaumé d'autres fragrances. Puis elle ne pensa plus à rien.

Sheledon, Bethany et Sydra rentrèrent à l'Université à dos de dragon, encore tout pleins de la réaction enthousiaste dont ils avaient bénéficié au Weyr de Telgar.

– Je ne comprends pas pourquoi nous n'avons pas pensé plus tôt à des Ballades d'Enseignement, dit Sydra, légèrement enrouée d'avoir tant chanté la veille.

– Dommage que nous n'ayons pas été prêts pour les deux autres Empreintes, dit Sheledon, car il voyait invariablement des désavantages partout. Est-ce qu'on en attend d'autres ?

– Eh bien, il y aura les Fêtes de Fin d'Année... dit Bethany.

– En général, nous restons ici pour ces Fêtes, répliqua Sheledon, peu désireux d'être privé des banquets que Christee donnait en ces occasions.

Les professeurs de l'Université figuraient toujours sur la liste des invités et ne manquaient jamais ces réceptions, même s'ils avaient le choix de retourner dans leur fortin natal pour ces trois jours de réjouissances.

– Cette fois, commença Sydra en regardant Sheledon, nous devrions peut-être rentrer chez nous pour répandre la bonne parole.

Bethany fronça les sourcils.

– C'est le chœur et l'accompagnement qui donnent leur force aux paroles...

Sheledon fronça les sourcils.

– Nous pourrons certainement constituer des groupes pour les principaux Forts. Les chevaliers-dragons sont toujours invités, alors ils auront l'occasion de les entendre...

Puis il sourit à sa femme, lui entourant affectueusement les épaules de son bras.

– Tu as très bien chanté le rôle du jeune garçon. Mais je crois qu'il nous faudra trouver une voix juvénile d'ici Les Fêtes de Fin d'Année. Tu es enrouée aujourd'hui.

– Hello tout en bas !

Ils levèrent les yeux et virent Clisser qui leur faisait de grands signes par une fenêtre.

– Ils aiment les ballades ? hurla-t-il, les mains en porte-voix.

Les musiciens se regardèrent, Sheledon battit la mesure, et ils rugirent en chœur :

– ILS ADORENT !

Clisser eut un grand geste approbateur, puis leur fit signe de venir dans son bureau, situé dans la section originelle des bâtiments.

Ils y arrivèrent les premiers, encore ivres de leur succès de la veille, ivresse qui commença à se dissiper devant l'expression de Clisser.

– Qu'y a-t-il ? demanda Bethany, se levant à demi de sa chaise.

– Les ordinateurs se sont éteints, et Jemmy craint qu'ils ne soient complètement fichus maintenant, dit sombrement Clisser, se jetant dans le fauteuil de son bureau, accablé de désespoir.

– Qu'est-ce qui s'est passé ? Ils fonctionnaient parfaitement, dit Sheledon, fronçant les sourcils. Qu'est-ce que Jemmy...

– Ce n'est pas Jemmy, dit Clisser, l'interrompant de la main.

– Encore un étudiant en train de bidouiller, dit Sheledon, dont l'expression annonçait un châtiment sévère.

Clisser secoua la tête.

– Non. La foudre...

– La foudre ? Mais nous n'avons pas eu d'avertissement d'orage...

– Elle a grillé les panneaux solaires, aussi, mais eux, nous pourrons les remplacer. Corey a perdu ses systèmes, enfin, ce qui en restait, y compris les diagnostics qu'elle essayait désespérément de transcrire.

Restant sans voix devant cette catastrophe, Sheledon s'assit lourdement sur un coin du bureau, tandis que Sydra, inconsolable, se soutenait contre le mur.

– Qu'avons-nous perdu ? demanda Bethany, essayant d'évaluer le désastre.

– Tout, dit Clisser, fléchissant les doigts avant de les croiser sur sa poitrine, baissant la tête.

– Mais... mais ce n'est sans doute qu'une question de... commença Sheledon.

– Les processeurs sont calcinés, dit Clisser d'une voix morne. Jemmy a fouillé dans toutes les boîtes de puces qui nous restent, mais il n'y en a pas assez pour retrouver ne serait-ce que quelques mégas, et ce ne serait pas suffisant pour faire fonctionner le système. Ni même une partie du système. Non, c'est fini, dit-il, avec un geste d'impuissance.

Il y eut un long silence, pendant lequel les assistants s'efforçaient d'assimiler l'étendue du désastre.

– Qu'est-ce que les étudiants ont pu... commença Bethany, interrompue par un geste irrité de Clisser. Ils ont sûrement dû sauver quelque chose.

– Quelque chose, mais rien comparé à ce dont nous avons besoin, à ce qui attendait d'être copié – une fraction de ce que nous avons besoin de savoir...

– Bon, Clisser, dit doucement Bethany, qu'est-ce que nous avons perdu au juste ?

Il releva brusquement la tête et la foudroya du regard.

– Ce que nous avons perdu ? Tout !

Sheledon et Sydra regardaient Bethany comme si elle était devenue folle.

– L'histoire que nous commençons à considérer comme inutile pour notre vie *actuelle* ? demanda-t-elle avec douceur. Les descriptions d'appareils archaïques qui n'ont plus aucune utilité sur Pern, puisque nous ne vivons plus dans une société technologiquement avancée ? N'est-ce pas ce que tu voulais faire de toute façon, Clisser ? Changer l'enseignement pour le mettre en accord avec ce dont nous avons besoin à notre époque, sur cette planète, et oublier je ne sais combien de mégabits d'informations qui ne nous servent plus à rien ! Nous n'avons plus à nous soucier de ce fatras, dit-elle, écartant ces pertes d'un geste désinvolte. Nous pouvons aller de l'avant sans prendre la peine de traduire des vétilles inutiles pour la postérité. C'est pourquoi je répète ma question : qu'est-ce que nous avons vraiment perdu ?

Le silence se prolongea jusqu'au moment où Sheledon éclata de rire.

– Elle pourrait bien avoir raison, vous savez. On s'est crevés à recopier des trucs qui n'auront plus jamais aucune utilité sur Pern de toute façon. Et d'autant moins, ajouta-t-il d'une voix dure, que personne sur Terre ne se soucie de savoir ce que nous sommes devenus.

Sydra regarda son mari en clignant des yeux.

– Tu ne vas pas recommencer avec cette vieille histoire du tube de Tubbermann ?

– Quand même, nous savons par... commença Sheledon, sur la défensive.

– ... les archives, termina Sydra avec un sourire malicieux qui fit rougir Sheledon, que le tube à message fut envoyé *sans* l'aval de l'Amiral Benden. Et sans le nom du chef d'une colonie, personne sur Terre n'y aura accordé la moindre attention. En admettant qu'il ait atteint la Terre.

– Quelqu'un aurait pu venir jeter un coup d'œil, dit Sheledon.

– Allons donc, Shel, dit Bethany, amusée par cette soudaine volte-face, car Sheledon avait toujours tourné en dérision la Théorie du Tube de Tubberman. Pern n'est pas assez riche pour que quiconque s'en soucie.

– C'est ce qu'affirment nos chères archives, mais je crois que c'était pour sauver la face. Ils auraient quand même pu venir voir comment on se débrouillait... Après tout, ils se sont montrés sacrément possessifs à l'égard des colonies de Shavia, ce qui fut la cause de la Guerre Spatiale Nathi.

– C'était il y a plus de trois cents ans, Shel, dit Bethany, de son ton patient de professeur.

– Et n'a plus rien à voir avec nous et notre époque, ajouta Sydra. D'accord, la perte des ordinateurs est un coup dur indéniable, mais rien que nous ne puissions pas surmonter.

– Mais la perte de toutes ces informations ! s'écria Clisser, les larmes aux yeux.

– Mon cher Clisser – et Bethany se pencha vers lui et lui tapota doucement la main – il nous reste encore le meilleur ordinateur jamais inventé, dit-elle en se frappant le front de l'index, et bourré de plus d'informations qu'il ne nous en faudra jamais.

– Mais... mais maintenant, nous ne découvrirons jamais le moyen de conserver des informations vitales – telles que l'annonce du retour périodique de l'Étoile Rouge.

– Nous trouverons bien quelque chose, dit-elle, avec tant d'assurance que sa voix pénétra la détresse de Clisser qui s'éclaira brièvement, avant de retomber dans un désespoir encore plus profond.

– Mais nous avons failli à la tâche qui nous était confiée, de conserver toutes les données disponibles...

– C'est absurde ! dit Sheledon avec véhémence, abattant son poing sur le bureau. Nous avons conservé les ordinateurs en état de marche bien après leur espérance de vie maximale. J'ai suffisamment lu les anciens manuels pour le savoir. Depuis un demi-siècle, chaque année de fonctionnement a représenté un miracle. Et nous n'avons pas tout perdu, comme le dit Bethany. Un gadget du passé a rendu l'âme, comme tant d'autres avant lui. Nous devrons nous passer de la facilité d'accès aux données qu'il procurait, et transpirer sur des livres. Des livres ! Et des livres, nous en avons en quantité.

Clisser battit des paupières et secoua la tête, comme pour rejeter mentalement une pensée.

– Nous projetions d'ignorer une grande partie de ces anciens savoirs, dit doucement Bethany. Ce qui est le plus important pour nous, poursuivit-elle, englobant de la main la Pern du présent, a été copié... enfin, en grande partie, rectifia-t-elle quand Clisser ouvrit la bouche pour protester. Si nous n'avons pas eu besoin du reste jusqu'à maintenant, nous n'en aurons jamais besoin.

– Mais nous avons perdu la somme totale des connaissances humai... commença Clisser.

– Ha ! De l'histoire *ancienne*, mon ami, dit Sydra. Nous avons survécu sur Pern, et c'est Pern qui importe. Comme dit Bethany, si nous n'avons pas eu besoin du reste jusqu'à maintenant, nous n'en aurons jamais besoin. Alors, calme-toi.

Clisser se gratta le crâne à deux mains.

– Mais comment l'annoncer à Paulin ?

– La foudre n'est pas tombée aussi sur Fort ? demanda Sheledon, qui répondit lui-même à sa question. Il me semble avoir vu une équipe travailler sur les panneaux solaires des crêtes.

Clisser leva les bras au ciel.

– Je lui ai dit que nous allions évaluer la catastrophe...

– Qui est totale ? demanda Sheledon.

– Totale, répéta Clisser, dont la tête s'affaissa de nouveau sur sa poitrine, en signe de résignation à l'inévitable.

– Ce n'est pas comme si tu avais toi-même fait tomber la foudre, Cliss, dit Bethany.

Clisser la gratifia d'un regard furibond.

– Le réseau était-il branché quand la foudre est tombée ? demanda Sheledon.

– Bien sûr que non, dit Clisser avec force, regardant sévèrement Sheledon. Tu connais la consigne. Tous les appareils électroniques sont éteints quand il y a de l'orage.

– Et ils l'étaient ?

– Naturellement.

Bethany et Sheledon se regardèrent, de l'air d'en douter. Tous deux savaient que Jemmy travaillait toujours jusqu'à s'endormir sur son clavier.

– Je vous l'ai dit, reprit Clisser, tout ce qui était branché a grillé. Heureusement que les générateurs ont tous des disjoncteurs, mais même ça n'a pas sauvé les ordinateurs. La surtension est survenue dans les mémoires, pas dans les lignes électriques.

– De toute façon, les ordinateurs étaient moribonds. Maintenant, ils sont bien morts, dit Sheledon avec fermeté. Qu'ils reposent en paix. J'irai l'annoncer à Paulin, si c'est ce qui t'inquiète.

– Je ne m'inquiète pas pour Paulin, dit Clisser, abattant son poing sur la table. Et c'est à moi de lui annoncer la nouvelle.

– Alors, dis-lui aussi que nos nouvelles techniques d'enseignement sont au point, et que nous n'avons rien perdu qui puisse manquer aux générations futures, dit Sydra.

– Mais... mais comment pouvons-nous savoir de quoi elles auront besoin ? dit Clisser, trahissant son désespoir par cette question rhétorique. Nous ne savons pas la moitié de ce que nous *devrions* savoir.

Bethany se leva et fit deux pas en direction du distributeur de boissons.

– Il ne marche pas non plus, dit Clisser d'un ton ulcéré, montrant l'appareil d'un geste écœuré.

– Cette commodité me manquera, dit-elle.

– Elle nous manquera à tous, dit Clisser, expulsant violemment l'air de ses poumons en ramenant ses cheveux en arrière d'une main impatiente.

– Eh bien, dit Sydra en haussant les épaules, nous reviendrons au gaz. Il chauffe aussi bien, quoique pas si vite. Bon, allons boire une tasse revigorante.

Elle prit Clisser par la main pour le tirer hors de son fauteuil.

– À ton air, tu as besoin d'être revigoré.

– Vous êtes encore ivres du succès d'hier, dit-il d'un ton accusateur, mais il se leva.

– Tant mieux, dit Sheledon. C'est une consolation pour toi, mon vieil ami.

– Clisser, commença Bethany de sa douce voix persuasive, nous savons tous par nos lectures de la Deuxième Traversée que l'intelligence artificielle, le Siaav, s'est éteinte volontairement. Nous savons pourquoi. Parce que, dans sa sagesse, il savait que les gens commençaient à le croire infaillible, qu'il contenait toutes les réponses à tous les problèmes de l'humanité. Et pas seulement toute son histoire. L'humanité avait commencé à le considérer non seulement comme un oracle, mais à dépendre de lui plus qu'il n'était sage. Pour nous. Alors, il s'est tu.

« Nous nous sommes laissé trop longtemps guider par ce que nous pouvions lire et extraire des données laissées dans nos ordinateurs. Nous sommes devenus trop dépendants. Il est grand temps de nous tenir debout tout seuls...

Elle fit une pause, et termina avec un sourire ironique, pour souligner sa propre ambivalence :

– ... et de prendre nos propres décisions. Surtout quand ce que les ordinateurs nous disaient avait de moins en moins de rapport avec nos problèmes actuels.

– Bien dit, Bethany, approuva Sheledon avec la même ironie.

De nouveau, Clisser lissa ses cheveux en arrière et sourit avec tristesse.

– Il aurait mieux valu que cela arrive un tout petit peu plus tard – et il écarta le pouce de l'index pour souligner son propos. Après avoir trouvé ce dont les chevaliers-dragons ont besoin.

– Tu veux dire, un système infaillible pour prouver que l'Étoile Rouge se rapproche ? demanda Sheledon, puis il haussa les épaules. Les meilleurs esprits de la planète travaillent sur ce problème.

– Nous trouverons une solution, dit Bethany, toujours avec la même curieuse assurance tranquille. L'humanité trouve toujours en général, vous savez.
– C'est pourquoi nous avons les dragons, dit Sydra. Je suis prête à tuer pour une tasse de klah.

Chapitre V

CASERNE DES ASPIRANTS, FORT DE BITRA

Une impression de faim dévorante et de plus en plus urgente tira Debera d'un sommeil si profond qu'elle s'éveilla totalement désorientée. Le lit était trop mou, elle y était seule, et les sons et les odeurs qui l'entouraient ne lui étaient pas familiers.

J'ai terriblement faim, et je sais que tu étais très fatiguée, mais mon estomac est vide, vide, vide...

Morath ! Debera s'assit brusquement, et se cogna la tête à la mâchoire inférieure de la dragonette penchée sur elle.

– *Aïe !* Oh, ma chérie, je ne t'ai pas fait mal, au moins ?

Se mettant debout sur son lit, Debora entoura le cou de Morath de bras repentants, lui caressant la tête et les oreilles en murmurant des excuses et des promesses de ne plus jamais lui faire mal.

La dragonette accommoda sa vision, roulant des yeux à peine teintés du rouge de l'inquiétude et de la souffrance, qui se dissipa rapidement sous ces ardentes caresses.

Ta tête est bien plus dure qu'elle n'en a l'air, dit Morath, secouant un peu la sienne.

Debera lui frictionna le dessous de la mâchoire qui avait encaissé l'impact.

– Je suis vraiment désolée, ma chérie.

Puis elle entendit pouffer derrière elle, et se retourna tout d'une pièce, mi-furieuse, mi sur la défensive, et vit qu'elle n'était pas seule au dortoir des apprentis. La blonde d'Ista – elle s'appelait Sarra – était assise au bord de son lit et pliait des vêtements qu'elle mettait dans son coffre. Son dragonet, roulé en boule, dormait encore, en ronflant doucement.

– Pardon, je ne voulais pas t'offenser, dit-elle, avec un sourire si bon enfant que Debora se détendit immédiatement. Tu aurais dû voir vos têtes. Morath a louché quand tu l'as cognée.

Debera se frictionna le crâne en grimaçant, et descendit du lit.

– Je dormais si profondément... sur le moment, je ne savais plus où j'étais...

– Morath a été aussi sage qu'elle l'a pu, dit Sarra. T'dam a dit de s'habiller pour un travail salissant. Nous devrons les baigner et les huiler après la première sieste de la journée.

C'est alors que Debera se rappela la pile de vêtements qu'elle n'avait pas triés la veille.

S'habiller, ça prend longtemps? demanda plaintivement Morath.

– Non, ma chérie.

Et, tournant le dos pour ne pas embarrasser Sarra, Debera ôta sa chemise de nuit et enfila les premiers vêtements de sa pile – pas neufs assurément, mais parfaits pour un dur travail.

Les chaussettes étaient neuves, tricotées en gros coton, et elle les apprécia particulièrement car elle portait les siennes depuis plusieurs jours. Elle fourra ses pieds dans ses bottes et se leva.

– Je suis prête, ma chérie, dit-elle à sa petite verte, qui descendit de sa plate-forme et tomba aussitôt sur le nez.

Sarra sauta par-dessus le lit pour aider à redresser Morath, réprimant si fortement un éclat de rire qu'elle étouffa à moitié. Voyant que Morath n'était pas blessée, Debera sourit à l'Istane.

– Ils sont toujours comme ça?

Sarra hocha la tête.

– C'est ce que T'dam nous a dit. Tu trouveras un seau de viande juste devant la porte... Aujourd'hui, on nous fait une fleur – et elle fronça le nez en une grimace mutine – mais à partir de demain, on sera levées au point du jour pour couper la viande de nos chéris.

Le vert de Sarra émit un long ronflement, et Sarra pivota pour voir si le dragonet se réveillait. Mais le ronflement se termina sur un trémolo aigu « Oooooh », puis reprit son rythme normal.

– Il a fait ça toute la nuit? demanda Debera.

Qu'est-ce que j'ai FAIM...

Debera se confondit en excuses, et Sarra aussi, qui courut à la porte et l'ouvrit devant elles à double battant, s'inclinant avec panache à leur passage. Morath se serra immédiatement contre Debera, la poussant sur la droite, son jeune nez détectant l'odeur appétissante de deux sceaux de viande posés sur une claie devant le dortoir.

Debera en descendit un, tandis que Morath poussait le couvercle avec impatience, et reniflait les morceaux. Debera la laissa s'emplir la bouche, puis abrita le seau de son corps.

– Tu vas mâcher ce que tu manges, Morath, tu m'entends ? Tu pourrais mourir étouffée, et qu'est-ce que je deviendrais ?

Morath la regarda, avec tant de reproche et de surprise peinée que la sévérité de Debera s'adoucit.

– Mâche, dit-elle, jetant une poignée de morceaux dans sa bouche grande ouverte. Mâche ! répéta-t-elle, et Morath mastiqua docilement avant de rouvrir les mâchoires pour la suite.

Debera n'avait pas élevé les animaux orphelins de son fortin sans apprendre quelques ficelles.

Quiconque avait préparé ces seaux, se dit Debera, connaissait la taille précise d'un estomac de dragonet. L'impatience de la dragonette s'était considérablement calmée en approchant du fond du seau, et elle soupira, rassasiée, avant d'avaler les derniers morceaux.

– Je vois qu'elle a eu son petit déjeuner, dit T'dam, apparaissant si brusquement derrière elles que Morath glapit de surprise, et que Debera s'efforça de se relever. La main de T'dam sur son épaule la força à se rasseoir.

– On ne fait pas de cérémonies au Weyr, Debera, dit-il avec bonté. Maintenant, conduis-la au lac, là-bas, dit-il, montrant la droite, et Debera réalisa que les gros monticules étaient des dragonets endormis. Comme ça, quand elle se réveillera après sa digestion, elle sera exactement à l'endroit propice pour la laver et la huiler.

T'dam eut un grand sourire, et ajouta :

– Avant de lui redonner à manger, bien sûr.

Il fit un geste sur sa gauche.

– Tu as le cœur bien accroché ? demanda-t-il.

Debera regarda dans la direction indiquée, et vit six carcasses écorchées se balançant à des crochets de boucher. Des apprentis, munis de couteaux, détachaient la chair des os, ou, à une table, la coupaient en morceaux pour les dragonets.

– Moi ? dit-elle. Naturellement.

– Parfait, approuva T'dam. Ce n'est pas le cas de tous. Viens, Morath, ajouta-t-il d'un ton différent, affectueux et enjôleur. Tu as besoin de repos, et les sables sont chauds au soleil près du lac...

Morath releva la tête, et regarda le Maître des Apprentis avec des yeux bleu-vert.

Il est sympa, dit-elle, et elle se dandina vers le lac, le ventre distendu par son repas.

– Quand tu l'auras installée, Debera, n'oublie pas d'aller déjeuner à la cuisine. Et c'est une bonne chose que tu aies le cœur bien accroché, dit-il en se retournant, son gloussement parvenant aux oreilles de Debera.

Il est drôlement loin le lac, tu ne trouves pas, Debera ? haleta Morath.

– Pas vraiment, dit Debera. De toute façon, le sol est trop rocailleux ici pour que tu y dormes confortablement.

Morath regarda par terre, délogea une pierre de la patte gauche. Et soupira. Elle continua à avancer, encouragée à chaque pas par Debera, jusqu'au terrain sablonneux entourant le lac. Il avait été ratissé récemment, et on en voyait encore les marques entre les traces de pas et de queues des dragonets. Debera fit avancer Morath un peu plus loin, jusqu'à une place vide entre deux bruns, roulés en boule, les ailes sur les yeux pour se protéger du soleil automnal.

Avec un gros soupir, Morath posa son arrière-train sur le sable, l'air de dire « je-ne-ferai-pas-un-pas-de-plus », et roula lentement sur le flanc droit. Elle enroula sa queue autour d'elle, mit sa tête sous son aile gauche, et, avec un roucoulement de bébé, s'endormit.

Une fois de plus, Debera eut du mal à la quitter, émerveillée d'avoir été acceptée par une créature si merveilleusement adorable.

Elle avait longtemps vécu solitaire et sans affection – depuis la mort de sa mère et le départ de l'aîné de ses vrais frères. Maintenant, elle avait Morath toute à elle, et ces longues années d'isolement ne lui semblaient plus qu'un intermède insignifiant.

Elle est parfaitement en sécurité ici, décida finalement Debera, se forçant à quitter Morath et à traverser le Bassin pour se rendre aux cavernes de la cuisine. Des odeurs alléchantes de pain chaud et autres victuailles lui firent presser le pas. Elle espérait se contrôler assez pour ne pas engloutir sa nourriture comme Morath. La caverne de la cuisine au Weyr de Telgar était en réalité une série de grottes, chacune avec son entrée, de taille, largeur et hauteur différentes des autres. Debera s'arrêta à l'entrée de la plus proche et plus petite, et vit une rangée de foyers et de fours, chacun avec sa propre cheminée débouchant sur la face de la falaise. A l'intérieur, les longues tables auxquelles les invités avaient festoyé la veille avaient été réduites au nombre nécessaire pour la population régulière du Weyr. Hommes et femmes s'affairaient à la préparation du repas.

– Le déjeuner est là-bas, lui dit une femme en souriant. Le porridge est encore chaud et le klah tout frais passé. Sers-toi.

Debera regarda sur sa gauche le foyer le plus lointain non loin duquel des tables et chaises vides semblaient l'attendre.

– Et il y aura bientôt du pain chaud. Je t'en apporterai, dit la femme, se remettant à son travail.

Debera venait de se servir une tasse de klah et une montagne de porridge – pas un grumeau, pas une trace de brûlé dedans – quand deux garçons entrèrent, l'air perdu et désorienté.

– Les bols sont ici, les tasses sont là, leur dit Debera, joignant le geste à la parole. Et tenez la marmite avec la serviette quand vous prendrez du porridge. Elle brûle.

Ils la remercièrent d'un sourire hésitant – ils doivent être tout juste assez âgés pour l'Empreinte, pensa-t-elle, se sentant plus vieille et plus sage. Ils parvinrent quand même à se servir de klah et de porridge, non sans en renverser une partie dans le feu, sursautant au sifflement furieux des céréales sur les flammes.

– Venez vous asseoir là, je ne mords pas, dit-elle, tapotant la table à côté d'elle.

En tout cas, ils n'étaient pas boudeurs et grincheux comme ses jeunes demi-frères.

– Tu as une verte, non? dit le premier, aux cheveux noirs presque ras.

– Évidemment qu'elle a une verte, idiot, lui dit l'autre en lui donnant un coup de coude dans les côtes. Moi, je suis M'rak, et Caneth est mon bronze, dit-il avec un sourire de fierté justifiée.

– Mon bronze s'appelle Tiabeth, dit le brun, tout aussi fier de son dragon, bien qu'ajoutant avec modestie : moi, c'est S'mon. Comment s'appelle le tien ?

– Morath, dit Debera, se surprenant à sourire jusqu'aux oreilles.

Est-ce que tous les nouveaux chevaliers-dragons étaient aussi rassotés qu'eux ?

Les garçons s'assirent et se mirent à manger, presque aussi voracement que les dragonets. Debera se força à ralentir le rythme de sa cuillère. Ce porridge était trop bon pour l'avaler tout rond – pas un brin de balle, pas un grumeau. A l'évidence, Telgar payait sa dîme au Weyr avec ses meilleurs produits, y compris l'avoine destinée au porridge. Elle soupira de satisfaction, et pas seulement parce qu'elle avait conféré l'Empreinte à Morath la veille.

Les garçons s'arrêtèrent soudain, cuillère en l'air, alarmés. Debera se retourna vivement et reconnut la silhouette rebondie de Tisha, l'intendante des cuisines, le visage tout plissé d'un sourire aussi avenant qu'elle.

– Comment ça va aujourd'hui ? Vous êtes bien installés ? Vous avez besoin de prendre quelque chose aux magasins ? Les parents vous emballent toujours vos habits de Fête, alors qu'il vous faudrait vos vilaines hardes de travail, dit-elle avec bonne humeur de sa voix vibrante de contralto. Le déjeuner vous plaît ? Le pain vient de sortir du four et vous pouvez en manger tant que vous voulez.

Elle s'était arrêtée près de la chaise de Debera, et, de ses longues mains fuselées, lui tapota les épaules, comme pour lui communiquer un message spécial.

– S'il vous manque quelque chose, demandez-le-moi ou parlez-en à T'dam. Vous autres apprentis, vous ne devez avoir aucun souci à part les soins à vos dragonets. C'est un travail assez dur, c'est moi qui vous le dis, alors, pas de scrupules.

Elle donna à Debera une dernière tape avant de retirer ses mains.

– J'ai oublié de te rapporter la robe que tu m'as prêtée hier, dit Debera, se demandant si c'était l'objet du message.

– Dieu du ciel, mon enfant, dit Tisha, dilatant ses grands yeux dans son visage rond, cette robe est faite pour toi, même si nous ne savions pas que tu viendrais, dit-elle, avec un gloussement qui fit tressauter sa poitrine généreuse.

– Mais elle est bien trop belle, protesta Debera.

De nouveau, Tisha lui tapota l'épaule.

– Et elle te va comme un gant. J'adore faire de nouvelles robes. En fait c'est ma passion, et j'ai toujours un ouvrage à la main. (Tape, tape.) Mais si j'avais pensé à toi l'année dernière en la taillant, je n'aurais pas pu faire mieux. Nous aimons toutes avoir quelque chose de joli à mettre le Septième Jour. Tu sais coudre ? demanda-t-elle, regardant Debera avec espoir.

– Non, j'en ai peur, répondit Debera en baissant les yeux, car elle se rappelait sa mère qui, tous les soirs, cousait et brodait les habits de Fête.

Gisa, elle, parvenait tout juste à raccommoder les accrocs, et aucune de ses filles ne savait confectionner ou ravauder les vêtements.

– Ah, là, là, je ne sais pas à quoi pensent les femmes des fortins de nos jours. Moi, j'avais déjà l'aiguille à la main à trois ans... poursuivit Tisha.

Les yeux vitreux, les garçons commençaient à s'ennuyer du tour que prenait la conversation.

– Et vous apprendrez à coudre les harnais, mes jeunes amis, dit Tisha, les menaçant plaisamment de l'index. Et aussi les bottes et les jaquettes, si vous aimez confectionner vos tenues de vol.

– Euh ? dit M'rak, stupéfait. La couture, c'est pour les femmes.

– Pas au Weyr, dit Tisha avec fermeté. Comme vous le verrez bientôt, ça fait partie de l'état de chevalier-dragon. Vous apprendrez. Ah, voilà le pain, le beurre et un pot de confiture.

Une autre femme rebondie, souriant de plaisir à l'idée de ce qu'elle leur apportait, posa un plateau sur la table.

– C'est très bien, merci, Allie, dit Tisha, tandis que Debera murmurait ses remerciements, et que S'mon se rappelait ses bonnes manières.

M'rak ne perdit pas de temps à ces mondanités, et, cassant un quignon de pain tout chaud, se le fourra dans la bouche.

– Miam ! Super !

– Eh bien, tâche de le garder quand tu prépareras le prochain repas de ton dragonet, dit Tisha, s'éloignant avant que l'apprenti stupéfait n'ait assimilé sa remarque.

– Qu'est-ce qu'elle voulait dire ? demanda-t-il aux autres.

– Tu as été élevé à la ferme ? demanda Debera avec un grand sourire.

– Non. Mes parents sont tisserands. Du Fort de Keroon.

– Nous avons à couper ce que mangent nos dragons, c'est ça ? demanda S'mon, légèrement anxieux. Sur les... sur les cadavres qui pendent dehors ?

– Tu veux dire détacher la viande des os qui la portent ? dit M'rak en pâlissant.

– Exactement, dit Debera. Si vous voulez, je dépècerai pour vous, et vous n'aurez qu'à couper. Marché conclu ?

– Et comment ! dit M'rak avec ferveur.

Il déglutit, ne pensant plus à manger le pain qu'il tenait dans sa main sans force et qu'il posa sur la table.

– Je ne savais pas que ça aussi faisait partie de l'état de chevalier-dragon.

Debera gloussa.

– Je crois que nous allons tous nous apercevoir qu'être chevalier-dragon ne consiste pas seulement à nous asseoir sur leur dos et aller partout où bon nous semble.

Prophétie qui ne se révéla que trop vraie, ainsi qu'elle l'apprit bientôt. Elle ne regretta pas le marché conclu avec les deux garçons – c'était une juste répartition du travail – mais, au cours des semaines suivantes, elle eut l'impression de passer son temps à dépecer, à nourrir et baigner son dragonet, sans avoir le temps de rien faire d'autre que dormir. Elle avait déjà soigné des animaux orphelins, sans doute, mais aucun de la taille et de l'appétit des dragonets. Morath semblait grandir à vue d'œil, comme si elle métamorphosait instantanément en os et en muscles tout ce qu'elle mangeait – ce qui signifiait qu'elle avait encore davantage à frotter, huiler *et* nourrir.

– Je n'arrête pas de me répéter que ça en vaut la peine, murmura un jour Sarra, s'affalant sur son lit.

– Et ça te donne du courage ? demanda Grasella, se tournant sur le flanc en gémissant.

– Quelle importance ? dit Mesla, se débarrassant de ses bottes.

– Toute cette huile m'adoucit les mains, constata Debera, agréablement surprise, remarquant le phénomène pour la première fois.

– Et feutre les cheveux, dit Jule, regardant avec consternation le bout feutré de sa tresse. Je me demande quand j'aurai le temps de me laver la tête.

– Si vous le lui demandez, Tisha vous fera un merveilleux massage, dit Angie, s'étirant sur son lit en bâillant. Mes jambes vont bien mieux.

Elle et Plath étaient tombées l'une sur l'autre, et dans sa chute, elle s'était fait une déchirure musculaire à la cuisse gauche, si douloureuse qu'on avait cru d'abord que l'os était fracturé. Plath était hors d'elle d'inquiétude, jusqu'au moment où Maranis avait déclaré qu'elle s'était seulement froissé les muscles. Les autres filles avaient aidé Angie à s'occuper de Plath.

– Ça fait partie de l'état de chevalier-dragon, avait déclaré T'dam, mais il avait manifesté sa sympathie en se trouvant toujours là pour l'aider. Vous en rirez plus tard.

La pièce dans laquelle le Seigneur Chalkin posait pour son portrait devant le nouvel Artiste diplômé Iantine était plus chaude qu'aucune autre où Iantine fût entré à Bitra, pourtant il soupira de lassitude. Il avait des crampes dans la main et il était très fatigué, mais il se garda de le montrer à son odieux modèle.

Il lui fallait faire un portrait parfait aussi vite que possible, sous peine d'avoir à séjourner jusqu'au printemps dans ce misérable Fort. Heureusement, les premières neiges fondaient, et s'il terminait ce portrait, il partirait avant que la peinture n'en soit sèche. Et *avec* les marks qu'on lui avait promis.

Pourquoi s'était-il pensé capable de régler tous les problèmes pouvant survenir dans l'exécution de cette commande, il ne le savait pas. On l'avait pourtant prévenu, surtout de ne pas jouer avec aucun Bitran, même s'il avait eu de l'argent à risquer. Mais les avertissements étaient restés trop vagues. Pourquoi Ussie ne lui avait-il pas dit combien de gens le Seigneur de Bitra avait escroqués avant lui ? Le contrat lui avait *semblé* bon, tout *paraissait* en règle, et pourtant, le désastre était total. Inexpérimenté et arrogant, voilà ce qu'il était. Trop sûr de lui pour écouter la sagesse, née de l'expérience, que Maître Domaize avait tenté de faire pénétrer dans sa tête de bois. Et Maître Domaize avait la réputation de vous laisser assumer vos erreurs – surtout celles qui n'avaient aucun rapport avec l'Art.

– S'il te plaît, Seigneur Chalkin, pourrais-tu rester immobile un instant de plus ? La lumière est trop bonne pour ne pas en profiter, dit Iantine, avisant une crispation nerveuse dans la grosse joue de Chalkin.

Le Seigneur de Bitra n'avait pas de tics, mais il était aussi incapable que ses enfants de rester tranquille une minute.

Iantine se demanda malicieusement s'il pouvait rendre cette crispation dans sa peinture – c'était déjà assez difficile comme ça de rendre Chalkin présentable. Ses petits yeux trop rapprochés couleur de fange semblaient loucher vers la racine de son gros nez bulbeux – que Iantine avait habilement affiné.

Maître Domaize avait souvent dit à ses élèves qu'il fallait faire preuve de tact dans l'exécution d'un portrait, mais Iantine avait contesté, arguant que le réalisme était nécessaire si le modèle désirait un « vrai » portrait.

– Les vrais portraits ne sont jamais réalistes, avait dit le maître, à lui et aux autres étudiants rassemblés dans l'immense salle de cours. Réservez le réalisme pour les paysages et les fresques historiques, pas pour les portraits. Personne n'a envie de se voir comme les autres le voient. Le portraitiste qui a du succès est celui qui peint avec tact et sympathie.

Iantine se souvenait avoir tempêté contre cette malhonnêteté et ces encouragements à l'ego. Maître Domaize l'avait regardé par-dessus les demi-lunettes qu'il devait porter maintenant s'il voulait voir plus loin que le bout de son nez, et l'avait gratifié du doux sourire entendu dont il avait le secret.

– Ceux d'entre nous qui ont appris que le portraitiste doit aussi être un diplomate gagnent leur vie. Ceux d'entre nous qui veulent peindre la vérité finissent dans un atelier, à peindre des frises.

Quand était arrivée à l'Atelier Domaize une commande du Seigneur Chalkin pour faire les miniatures de ses enfants, aucun preneur ne s'était présenté.

– Qu'est-ce qu'il y a à redire ? demanda-t-il quand la note fut restée au tableau d'affichage sans que personne n'y inscrive ses initiales.

Il passerait bientôt son examen final et espérait bien être reçu.

– Chalkin, voilà ce qu'il y a à redire, lui dit Ussie avec un ricanement cynique.

– Oh, je connais sa réputation comme tout le monde, dit Iantine, avec un geste désinvolte de sa main couverte de peinture. Mais ses conditions sont stipulées dans le contrat, dit-il, tapotant le document, et nous n'en demandons pas plus.

Ussie étouffa de la main un rire moqueur et regarda Iantine

avec cet air condescendant qui l'irritait tant. Iantine *savait* qu'il était meilleur dessinateur et coloriste qu'Ussie. Iantine *savait* qu'il avait plus de talent et qu'il améliorait sa technique, parce que, bien sûr, à l'atelier, chacun avait l'occasion de voir le travail de tous les autres. Les croquis anatomiques d'Ussie semblaient avoir eu un mutant pour modèle, et ses couleurs étaient bizarres. Il réussissait beaucoup mieux dans le paysage, et il était sans égal pour les armoiries, les icônes et ce genre de travaux subalternes.

– Oui, mais tu *devras* vivre à Bitra, et l'hiver n'est pas le bon moment pour s'y trouver.

– Quoi ? Pour faire quatre miniatures ? Combien de temps ça peut prendre ?

Iantine pensait à une septaine. Même pour de jeunes enfants remuants, cela devrait suffire.

– D'accord, d'accord, puisque tu t'arranges toujours pour faire tenir les enfants tranquilles. Mais ceux-là sont les rejetons de Chalkin, et s'ils lui ressemblent, tu auras du fil à retordre avant qu'ils restent sans bouger le temps que tu attrapes la ressemblance exacte. Sauf que je doute fort que la « ressemblance exacte » soit désirée. Et je te connais, Ian, dit-il, agitant l'index avec un grand sourire. Tu ne seras jamais capable d'embellir assez les petits chéris pour satisfaire leur cher papa.

– Mais...

– La dernière fois qu'une commande est venue de Bitra, dit Chomas, se joignant à la conversation, Marcator y est resté neuf mois avant que son travail soit déclaré « satisfaisant ».

Chomas tapota du doigt la clause du contrat commençant par les mots « Après l'achèvement d'un travail satisfaisant », et ajouta :

– A son retour, il était l'ombre de lui-même et plus pauvre qu'en partant.

– Marcator ?

Iantine connaissait ce compagnon, homme de talent doué d'une belle attention au détail, et qui peignait actuellement les fresques du grand Hall au Fort de Nerat. Il s'efforça de trouver une raison qui ait empêché Marcator de s'entendre avec Chalkin.

– Très doué pour les détails, mais pas pour les portraits, dit-il.

Ussie haussa les sourcils dans son long visage, et ses yeux gris pétillèrent de malice.

– Eh bien, accepte la commande et apprends sur le tas. Je veux dire, nous aurions tous besoin de quelques marks de plus pour la Fin de la Révolution, mais pas au point d'aller les gagner au Fort de Bitra. Tu connais leur réputation de joueurs ? Ils s'arrêteraient plutôt de respirer que de jouer.

– Oh, ça ne peut pas être aussi catastrophique qu'on le dit. Et seize marks, logé et nourri, plus les frais de déplacement, c'est le barème.

Ussie égrena ses arguments sur ses doigts.

– Frais de déplacement ? Tu devras payer toi-même pour aller là-bas...

– Mais il spécifie Frais de... protesta Iantine, montrant la phrase du doigt avec impatience.

– Hum, mais tu devras avancer les fonds, et justifier le moindre quart de mark dépensé. Tu en auras pour plusieurs jours rien qu'à régler ça. Chalkin est si radin qu'aucun cuisinier digne de ce nom ne reste à son service ; même chose pour l'intendant, le majordome et les autres domestiques, de sorte que tu devras peut-être faire ta propre cuisine... s'il ne te fait pas payer le carburant pour la cuisson. Le Fort n'a pas le chauffage central, et tu voudras du feu dans ta chambre en cette saison. Et apporte tes couvertures de fourrure pour ton lit, il ne les fournit pas aux domestiques temporaires.

– Domestiques temporaires ? Un portraitiste de l'Atelier Domaize n'est pas un domestique temporaire, dit Iantine avec indignation.

– A Bitra, mon ami, tout le monde est domestique et temporaire, intervint Chomas. Chalkin n'a jamais signé un contrat régulier de sa vie. Et lis *tous les mots du contrat jusqu'au dernier*, si tu es assez fou pour accepter cette commande. Ce que tu refuserais si tu avais le moindre bon sens.

Chomas termina sur un hochement de tête avant de se diriger vers son poste de travail, où il exécutait de la marqueterie sur un bureau.

Iantine avait un besoin pressant des marks que lui vaudrait cette commande. Son diplôme professionnel pratiquement en poche, il désirait commencer à rembourser ce qu'il devait à ses parents. Son père voulait profiter de la terre attribuée à Iantine, mais il n'avait pas les marks nécessaires pour payer au Conseil la taxe de transfert. La somme n'était pas énorme, mais suffisante pour que sa grande famille dût se priver de ses rares petits luxes pour l'économiser. C'était donc pour lui une question d'amour-propre et de fierté de la gagner. Ses parents lui avaient donné un bon départ dans la vie, plus qu'il ne méritait étant donné la rareté de ses séjours au fortin depuis son douzième anniversaire. Sa mère désirait qu'il enseigne, comme elle le faisait avant son mariage. Elle avait enseigné les connaissances de base à lui, à ses neuf frères et sœurs, et à tous les enfants des fortins proches de Benden. Et parce qu'il avait manifesté non seulement une grande soif d'apprendre, mais aussi un talent évident pour le dessin – remplissant le moindre centimètre de son précieux cahier de croquis sur tous les aspects de la vie du fortin de montagne – on avait décidé de l'envoyer à l'Université. Ses bras manqueraient, mais son père avait constaté à regret qu'il montrait plus d'aptitudes pour le crayon et la plume que pour la houlette du berger. Le frère qui le suivait immédiatement par l'âge, et qui montrait des dispositions pour le travail de la ferme, avait été fou de joie d'être promu aux tâches de Iantine.

Une fois à l'Université, son talent certain et son esprit pénétrant furent immédiatement reconnus et encouragés. Maître Clisser avait insisté pour qu'il constitue un portfolio de croquis « animaux, minéraux et floraux ». Cela avait été facile, car Iantine dessinait sans interruption, et avait beaucoup de croquis de camarades, certains exécutés en des moments où il aurait dû faire autre chose. Un en particulier – le préféré de Maître Clisser – de Bethany, penchée sur sa guitare, en train de jouer des accords compliqués. Tout le monde l'avait admiré, même Bethany.

Son portfolio avait été soumis à différents Ateliers enseignant une grande variété de métiers, du travail du cuir à la taille de la pierre, en passant par le travail du bois et du verre. Aucun de ceux de la Côte Ouest n'avait de place pour un étudiant de plus, mais la Maîtresse Tisserande de Boll Sud avait proposé de contacter Maître Domaize de Keroon, l'un des meilleurs portraitistes de Pern, sentant que le talent du jeune homme le portait dans cette direction.

Un beau matin, au grand étonnement de Iantine, un dragon vert était arrivé à l'Université pour l'amener à une interview officielle avec Domaize en personne. Iantine ne savait pas ce qui l'exaltait le plus : le voyage à dos de dragon dans l'*Interstice*, la perspective de rencontrer Maître Domaize, ou l'idée de pouvoir faire de l'Art son métier. Maître Domaize lui avait demandé de le dessiner, puis l'avait accepté comme étudiant, et, le même jour, avait envoyé un message à ses parents pour fixer sa pension.

La famille de Iantine avait été stupéfaite de ce message, et encore plus de la proposition du Seigneur de Benden et de sa Dame, qui offraient de payer plus de la moitié de ses frais.

Maintenant, il devait gagner tout ce qu'il pouvait, aussi vite qu'il le pouvait, pour montrer à ses parents que leur sacrifice n'avait pas été vain. Sans aucun doute, le Seigneur Chalkin serait difficile à satisfaire. Sans aucun doute, il y aurait des problèmes. Mais les marks promis pour la commande paieraient la Taxe de Transfert des Terres. C'est pourquoi il apposa ses initiales sur le contrat, que l'on renvoya au Seigneur Chalkin après en avoir fait une copie pour les archives de Maître Domaize.

Chalkin avait demandé et reçu vérification par le Maître des compétences de Iantine, puis avait renvoyé le contrat signé.

– Tu ferais bien de le relire, Ian, dit Ussie, quand Iantine agita triomphalement le contrat.

– Pourquoi ? dit Iantine, montrant la dernière ligne. Voilà ma signature et celle de Domaize, à côté de celle de Chalkin. Enfin, si ce gribouillage est sa signature, ajouta-t-il, tendant le document à Ussie.

– Hum, elle a l'air authentique, quoique je n'aie jamais vu l'écriture de Chalkin. Bon sang, où ont-ils trouvé cette machine à écrire ? La moitié des lettres ne marquent pas, dit Ussie, rendant le contrat à Iantine.

– Je vais voir s'il y a un autre exemplaire de la signature de Chalkin dans les archives, dit Iantine. Mais je ne vois pas comment – ni pourquoi – il contesterait le contrat qu'il a proposé lui-même.

– C'est un Bitran, et tu sais comment ils sont. Tu es sûr que c'est bien ta signature ?

Ussie sourit en voyant Iantine scruter son nom avec méfiance, puis il éclata de rire.

– Oui, je suis sûr que c'est bien mon écriture. Regarde l'inclinaison de la barre du « t » ; exactement comme je les fais toujours. Où veux-tu en venir ? dit Iantine, ressentant une certaine irritation devant l'attitude d'Ussie.

– Les Bitrans font souvent des faux. Tu te rappelles le Transfert de Terres bidon d'il y a cinq ans ? Non, je suppose. Tu n'étais qu'un écolier à l'époque.

Avec un geste désinvolte, Ussie quitta un Iantine perplexe et inquiet.

Quand il aborda la question devant son maître, Domaize produisit un exemplaire de la signature de Chalkin, sur un document tout froissé et usé. Domaize chaussa ses lunettes et inspecta sa propre signature sur le présent contrat.

– Non, c'est bien mon écriture, et je reconnais la barre de tes « t ».

Il plaça le document dans le plateau « à faire ».

– Nous le recopierons dans notre registre des commandes. Mais si tu as des ennuis au Fort de Bitra, préviens-moi aussitôt. Il est bien plus facile de régler les problèmes à leur début. Et surtout, ajouta-t-il, brandissant un index sévère, ne te laisse pas entraîner dans des jeux de hasard, quelque astucieux que tu te trouves. Les Bitrans gagnent leur vie par le jeu. Tu ne peux pas les concurrencer à leur niveau.

Iantine avait promis sincèrement de s'abstenir de jouer. Cela l'avait toujours laissé indifférent, et il s'intéresserait sans doute plus à dessiner les joueurs qu'à se joindre à leurs jeux. Mais le jeu ne faisait pas partie des « ennuis » dont parlait le Maître. Iantine apprenait peu à peu ce qui faisait partie de cette catégorie, et particulièrement les nuances du mot « satisfaisant ». Ce mot si simple pouvait être mal interprété. Comme il l'avait fait.

Il n'avait pas fait *quatre* miniatures, mais près de vingt, utilisant tout le matériel qu'il avait apporté, de sorte qu'il avait dû s'en faire envoyer par l'Atelier Domaize, car le bois servant aux miniatures devait être bien sec, sous peine de se gondoler, surtout dans un environnement aussi humide que le Fort de Bitra. Il avait peint les quatre premières sur la toile apportée à cette intention, pour découvrir, avec une longue liste d'autres objections présentées par le Seigneur Chalkin et son épouse, Dame Nadona, que la toile n'était pas « satisfaisante » pour ce travail.

– Si ce n'est pas de la meilleure qualité – et elle passa un ongle aigu comme une griffe de dragon sur la toile, qui en tira un fil, ce qui la rendit inutilisable – ça ne durera pas. Du bois de plumeau de ciel, voilà ce qu'il te faut utiliser.

– Mais le bois de plumeau de ciel est très cher...

– Tu es très bien payé pour ces miniatures, dit-elle. La moindre des choses à exiger c'est que tu utilises les meilleurs matériaux.

– Le bois de plumeau de ciel n'était pas mentionné dans le contrat...

– Était-ce nécessaire ? dit-elle avec hauteur. Je m'étais assurée que l'Atelier Domaize avait les exigences de qualité les plus strictes.

– Maître Domaize m'a fourni la meilleure toile, dit-il, poussant le dernier portrait hors de sa portée. Il a dit que c'est ce qu'il donne toujours. Le bois de plumeau de ciel aurait dû être stipulé dans le contrat si c'est ce que tu désirais.

– Bien sûr que c'est ce que je désirais, jeune homme. Le meilleur n'est pas trop bon pour *mes* enfants.

– Y a-t-il de ce bois disponible au Fort ? demanda-t-il.

Au moins, sur du bois de plumeau de ciel il pourrait effacer un travail « non satisfaisant » sans endommager la surface.

– Naturellement.

Ce fut sa première erreur. Mais à ce stade, il désirait encore accomplir le travail au mieux de ses capacités. Et le bois qu'on lui apporta était prévu pour faire des meubles, et beaucoup trop épais pour des miniatures ; des « miniatures » qui avaient maintenant deux fois la taille standard.

Très haut sur la liste des choses « non satisfaisantes » figuraient les poses des enfants, bien qu'elles aient été proposées par la Dame du Fort elle-même.

– Chaldon n'a pas l'air naturel, dit Dame Nadona. Pas du tout. Il a l'air si tendu, avec les épaules voûtées comme ça. Pourquoi ne lui as-tu pas dit de se redresser ?

Iantine s'abstint de mentionner qu'il le lui avait dit fréquemment, et devant Dame Nadona.

– Et ce froncement de sourcils lui donne l'air odieux.

Ce qui était l'expression « naturelle » de Chaldon.

– Un portrait en pied ? suggéra-t-il, grimaçant mentalement à l'idée de les persuader de poser debout.

Il avait eu assez de mal à les faire tenir tranquilles en position assise. Ils étaient, comme Ussie l'avait prévu, très désobéissants, et avec une attention si courte qu'il n'arrivait pas à leur faire prendre la pause ou une expression à peu près avenante.

– Et pourquoi, grands dieux, as-tu peint sur une si petite toile ? Il me faudrait une loupe, avait dit Dame Nadona, tenant le portrait de Chaldon à bout de bras.

A ce stade, Iantine connaissait assez bien sa cliente pour réprimer une remarque sur sa presbytie.

– C'est le format habituel pour une miniature...

– C'est toi qui le dis, répondit-elle d'un ton réprobateur. Je veux quelque chose que je puisse voir quand je suis de l'autre côté de la pièce.

Comme elle était généralement « de l'autre côté de la pièce » quand les enfants étaient là, la nécessité était compréhensible. C'étaient les préadolescents les plus antipathiques qu'Iantine eût rencontrés de sa vie : gros et gras, car indolents de nature ; mal fagotés car la couturière du Fort n'était pas particulièrement habile ; et toujours en train de manger, de préférence quelque chose qui coulait, tachait ou laissait des miettes sur leurs mentons et leurs tuniques. Aucun d'eux ne prenait de bains assez fréquemment, et leurs cheveux étaient longs, graisseux et mal coupés. Même les deux filles ne manifestaient aucun intérêt féminin pour leur apparence. L'une s'était cisaillé les cheveux au couteau... sauf la longue tresse qui lui pendait dans le dos, entremêlée de perles et de clochettes. L'autre avait deux grosses nattes, rarement refaites à moins que le ruban qui les attachait au bout ne soit tombé.

Iantine avait bataillé avec le visage porcin de Chaldon, puis, réalisant que l'enfant ne pouvait pas être représenté « au naturel », il essaya de le peindre suffisamment ressemblant pour que les autres enfants le reconnaissent. Mais ce portrait fut jugé « insatisfaisant ». Seul le portrait du plus jeune, un solide bambin de trois ans, qui ne savait rien dire à part « non » et transportait partout une peluche dont il refusait d'être séparé, fut déclaré « satisfaisant ». En fait, le nounours crasseux était la partie la plus réussie du portrait de Briskin.

Iantine s'efforça de donner un air un peu romantique à l'étonnante coupe de cheveux de Luccha, pour s'entendre dire qu'elle aurait meilleure apparence avec une « coiffure normale », qu'il devrait être capable d'exécuter s'il avait le moindre talent. Et pourquoi avait-elle une expression si gauche, alors qu'elle avait le plus doux des sourires et des dispositions si avenantes ? (Surtout quand elle tentait de réunir tous les chats du Fort en les attachant par la queue, avait pensé Iantine à part lui. Le Fort de Bitra n'avait pas un seul animal indemne, et l'aide-rôtisseur lui avait dit qu'ils avaient perdu sept chiens victimes « d'accidents » rien que cette année.) Luccha avait la bouche de travers, et ses lèvres minces étaient généralement pincées. Lonada, la seconde fille, avait une face de pleine lune, avec deux petits trous noirs pour les yeux, et le nez de son père : assez regrettable chez un homme, mais fatal chez une femme.

Iantine avait aussi dû acheter une serrure au majordome du Fort, pour empêcher que ses fourrures ne quittent la cellule exiguë qui lui servait de chambre. Il savait que ses bagages avaient été fouillés dès le premier jour ; et sans doute plusieurs fois, à en juger par la variété des empreintes laissées sur ses pots de peinture. Comme il n'avait rien apporté de précieux – n'ayant guère de moyens – il ne s'était pas inquiété. En général, il y avait une personne aux doigts déliés dans chaque Fort. Le majordome savait souvent qui c'était, et récupérait ce qui avait été prélevé dans les chambres des invités. Mais quand Iantine trouva ses pots ouverts et la peinture en train de se dessécher, il protesta. Et paya pour avoir une serrure. Non que cela le rassurât complètement, car s'il y avait une clé pour cette serrure, il pouvait en exister des doubles. Mais ses fourrures restèrent sur son lit. Et il était bien content de les avoir, car la fine couverture qu'on lui avait fournie était pleine de trous et aurait dû être déchirée depuis longtemps pour en faire des chiffons.

C'était pourtant le moindre de ses problèmes au Fort de Bitra. Ayant entendu tout ce qui déplaisait dans sa troisième série de miniatures, un tiers plus grandes que les premières, Iantine commença à comprendre comment les parents envisageaient leurs rejetons. La cinquième série se vit presque décerner l'approbation de « satisfaisante ». Presque...

Puis les enfants, l'un après l'autre, contractèrent une maladie infantile, provoquant de telles éruptions qu'il leur fut impossible de poser.

– Eh bien, il faudrait faire quelque chose pour payer ton entretien, dit Chalkin à son portraitiste quand Dame Nadona annonça que les enfants resteraient isolés.

– Le contrat m'assure le gîte et le couvert...

Chalkin leva un index boudiné, avec un sourire rien moins qu'humoristique.

– *Quand* tu honores les termes du contrat...

– Mais les enfants sont malades...

Chalkin haussa les épaules.

– Peu importe. Tu es dans l'impossibilité d'honorer les conditions spécifiées par le contrat. En conséquence, tu n'es pas en droit d'être logé et nourri aux frais du Fort. Naturellement, je peux toujours déduire tes vacances de tes honoraires...

Le sourire s'accusa, vindicatif.

– Mes vacances...

Iantine enrageait à tel point qu'il ne put retenir ce rugissement de protestation. Pas étonnant, pensa-t-il, tremblant de l'effort qu'il faisait pour se maîtriser, que personne de l'Atelier Domaize n'ait voulu signer avec Bitra.

– Eh bien, comment appelle-t-on les jours pendant lesquels on ne se consacre pas à l'exécution d'un contrat ? demanda Chalkin, affectant un ton raisonnable.

Iantine se demanda si Chalkin savait à quel point il avait besoin de cet argent. Iantine n'avait parlé à personne du Fort : ils étaient tous si maussades et renfermés dans leurs meilleurs moments – généralement aux repas – qu'il espérait ne jamais les voir dans leurs plus mauvais jours. Il avait obstinément refusé de « faire une petite partie » avec les cuisiniers ou les gardes, ce qui expliquait en grande partie l'animosité à son égard. Alors, comment quiconque pouvait-il savoir quelque chose de sa vie personnelle ou de ses raisons de travailler ici ?

C'est pourquoi, au lieu de repartir chez lui, son contrat rempli et les marks de la taxe de transfert sonnant dans son escarcelle, Iantine passa ses « vacances » à retoucher les visages des ancêtres de Chalkin sur les fresques du Grand Hall.

– C'est un bon exercice pour toi, avait dit Chalkin, très aimable pour une fois, au cours de son inspection journalière. Tu seras ainsi mieux équipé pour portraiturer la génération actuelle.

Tous avaient des visages porcins, avec le nez bulbeux ancestral, nota Iantine. Curieusement, une ou deux aïeules avaient été très jolies, bien trop jeunes et séduisantes pour les barbons rébarbatifs à qui on les avait mariées. Dommage que les gènes mâles aient été dominants.

Naturellement, Iantine dut préparer des bassines de la peinture spéciale exigée pour les fresques, étant donné qu'il n'avait pas prévu ce travail en venant. Il constata aussi que les séries de portraits « insatisfaisants » avaient radicalement réduit ses provisions de peintures à l'huile. Il avait le choix entre, soit demander à l'Atelier Domaize des fournitures supplémentaires – et payer leur transport, avec l'inconvénient de les attendre – soit trouver les matières premières et fabriquer lui-même ses couleurs. Ce qui était la meilleure option.

– Combien ? s'exclama-t-il, choqué, quand le cuisinier lui annonça la somme à payer pour les œufs et l'huile nécessaires pour lier ses pigments.

– C'est bien ça, et sans la location du matériel, ajouta le cuisinier en reniflant.

Une morve épaisse coulait sans discontinuer de son nez sur sa lèvre supérieure, mais pas, espérait Iantine, dans ses préparations culinaires.

– Tu veux que je te loue tes bols et tes jarres ? dit Iantine, se demandant si la cupidité de Chalkin était contagieuse.

– Ben, si je m'en sers pas et que tu t'en sers, quelqu'un doit bien payer, y m'semble.

Il renifla si énergiquement que Iantine se demanda comment il pouvait encore rester du mucus dans ses sinus.

– T'aurais dû apporter tes trucs avec toi. Le Seigneur verra qu'on utilise des ustensiles de sa cuisine, et un de nous deux devras payer pour ça. Et ça sera pas moi !

Nouveau reniflement ponctué d'un haussement d'épaules crasseuses.

– Je suis venu avec des fournitures suffisantes pour le travail demandé, dit Iantine, réprimant un ardent désir de plonger la tête du cuisinier dans la soupe claire qu'il remuait.

– Et alors ?

Iantine était sorti de la cuisine, raide de fureur. Essayant de se convaincre qu'il apprenait, à la dure, à traiter avec les clients.

Se procurer les matières premières pour ses pigments s'était révélé tout aussi difficile, vu que l'hiver battait son plein dans les montagnes de Bitra. Il trouva une pierre allongée au bout rond pouvant servir de pilon, et une autre, évidée, pouvant faire office de mortier. Il découvrit un versant de colline couvert de buissons de sabsab, dont les racines fournissent un beau jaune ; assez de cobalt pour obtenir le bleu qu'il lui fallait ; et un arbuste dont les feuilles produisaient le plus beau rouge du monde – sans le moindre reflet orange ou violet. Et, par un coup de chance, il découvrit aussi de la terre ocre. Plutôt que de « louer » des récipients, il se servit de tessons déterrés dans les ordures, mais il dut payer le prix fort pour la mauvaise huile que lui vendit le cuisinier. Et il était sûr que ce mark ne finirait pas dans les coffres du Seigneur Chalkin.

Il parvint à trouver assez de soucoupes et de tasses ébréchées – Bitra n'avait que de la vaisselle bon marché – pour ses différentes couleurs. Il n'avait pas tout à fait terminé ses retouches quand Chaldon se remit assez pour recommencer à poser.

Chaldon avait maigri pendant sa maladie. Il était affaibli également, et, tant qu'Iantine trouvait assez d'histoires amusantes à lui raconter, il restait à peu près tranquille. Se reprochant sa bassesse, Iantine le fit ressembler au plus beau des ancêtres qu'il avait retouchés. L'enfant en fut ravi, et courut dire à sa mère qu'il ressemblait à son arrière-grand-père, comme elle l'avait toujours dit.

Il essaya le même stratagème avec Luccha, mais sans le même succès. Elle avait le teint plombé, et elle avait perdu des cheveux et trop de poids pour améliorer sa déjà triste apparence. Il visait la ressemblance avec son arrière-arrière-grand-mère, mais elle n'avait pas la même coupe de visage, et même lui dut convenir que le portrait était insatisfaisant.

– C'est la maladie, marmonna-t-il quand Chalkin et Nadona énumérèrent la longue liste de différences entre leur fille et le portrait.

Il réussit mieux avec Lonada et Briskin, qui, avec quelques kilos de moins, ressemblait à son grand-oncle – visage pincé, joues creuses, et grandes oreilles décollées. Iantine les avait judicieusement réduites, se demandant quel Artiste avait fait accepter ces appendices disproportionnés du grand-oncle.

Il refit le portrait de Luccha après les deux autres : elle avait repris du poids et avait meilleure mine. Il fit les yeux plus écartés que ceux de l'original, ce qui l'avantagea immensément. Dommage qu'il ne pût pas en faire autant avec le modèle. Il se rappela vaguement que les Premiers Colons pouvaient remodeler les nez, refaire les oreilles et autres trucs comme ça.

Ainsi, à regret, et après lui avoir fait retoucher les quatre miniatures qui ne l'étaient plus, au point qu'il avait envie de casser quelque chose – leurs têtes de préférence –, le Seigneur et la Dame du Fort déclarèrent les portraits satisfaisants. La séance finale de critiques s'était prolongée très avant dans la nuit, qui était sombre et venteuse, le bruit du vent pénétrant les murs de trois mètres d'épaisseur.

Redescendant, épuisé mais soulagé, à l'étage de sa cellule, il prit conscience du froid intense régnant à ce niveau inférieur. Dans le Grand Hall, l'air était un peu réchauffé par les feux brûlant dans les quatre grandes cheminées, mais en bas, il n'y avait pas de chauffage. En fait, il faisait si froid que Iantine se contenta de desserrer sa ceinture et ôter ses bottes avant de s'affaler sur la dure surface faisant office de matelas, qui avait l'aspect et la consistance de quelque chose de recyclé datant de la Première Traversée. Il se pelotonna dans ses fourrures, se félicitant plus que jamais de les avoir apportées, et s'endormit.

Le froid polaire glaçant son visage le réveilla. Il avait les joues raides de froid, et, malgré la chaleur de ses fourrures, ses muscles résistèrent quand il voulut s'étirer. Il avait un torticolis, et il se demanda s'il avait bougé pendant la nuit. Il faisait trop froid pour quitter la tiédeur de ses fourrures, mais il devait satisfaire un besoin naturel.

Il enfonça ses pieds dans ses bottes raides de glace, et, resserrant étroitement ses fourrures autour de lui, enfila le couloir jusqu'aux toilettes, le visage mordu par le froid, précédé par la plume blanche de son haleine. Il se soulagea, et retourna dans sa cellule juste le temps d'enfiler sa plus grosse tunique de laine. Jetant distraitement ses fourrures sur ses épaules, il monta plusieurs volées de marches en courant, entre des murs luisants de givre. Il s'arrêta à la première fenêtre du niveau supérieur : totalement obstruée par la neige. Il monta encore un étage et ouvrit une porte qui aurait dû déboucher dans la chaleur relative de la cuisine.

Tous les feux du Fort étaient-ils donc éteints ? Les aides-rôtisseurs avaient-ils gelé sur leurs châlits ? Tournant la tête dans leur direction, son regard tomba sur la fenêtre : la neige arrivait jusqu'au rebord. Il s'approcha et regarda dans la cour, qui n'était plus qu'un tapis de neige immaculé, effaçant la dépression menant jusqu'à la route, devenue elle-même invisible. Personne dehors. Aucune trace indiquant que quiconque avait tenté d'entrer.

– C'est bien ma chance, dit Iantine, totalement déprimé à cette vue. Je pourrais être coincé ici pendant des semaines!

Obligé de payer le gîte et le couvert. Si seulement les enfants n'avaient pas eu la rougeole... Si seulement il n'avait pas encore retouché les fresques... Comment survivrait-il? Quand il quitterait ce misérable Fort, que lui resterait-il de ses honoraires – qui lui avaient semblé généreux au départ?

Plus tard dans la matinée, quand la population du Fort à demi gelée eut commencé à évaluer les conséquences du blizzard, Iantine conclut un nouveau marché avec le Seigneur et sa Dame, dont il pesa soigneusement les termes. Deux portraits d'un mètre carré sur bois de plumeau de ciel fourni par le Fort, l'un du Seigneur Chalkin, l'autre de Dame Nadona en buste et habits de Fête, tous les matériaux et ustensiles nécessaires à la confection des couleurs fournis par le Fort; sa nourriture assurée, et une chambre aux étages supérieurs avec bois pour faire du feu matin et soir dans la cheminée.

Il termina le portrait de Dame Nadona sans trop de difficulté – elle posait sans bouger, n'aimant rien tant qu'une bonne excuse pour ne rien faire. Pourtant, à la moitié du travail, elle désira changer de costume, trouvant que le bleu lui flattait mieux le teint que le rouge. Il n'en était rien, et il parvint à l'en dissuader, mais altéra subtilement son teint rubicond en un rose plus discret, tout en assombrissant ses yeux clairs qui semblèrent alors dominer son visage. A ce stade, il en avait assez entendu sur la prétendue ressemblance entre Nadona et Luccha pour l'accentuer encore en lui donnant une apparence plus juvénile.

Quand elle voulut changer le col de sa robe, il en improvisa un qu'il se souvenait avoir vu sur un portrait des Anciens – un bouillonné de dentelle qui cachait les plis distendus du cou. Non qu'il les ait fait figurer sur son tableau, mais la dentelle adoucissait tout le visage.

Il n'avait pas été aussi heureux avec Chalkin. Il était pathologiquement incapable de rester assis sans bouger – tambourinant des doigts sur ses accoudoirs, croisant et décroisant les jambes, remuant les épaules et la tête, de sorte qu'il était presque impossible de le portraiturer.

Maintenant, Iantine désirait désespérément terminer ce portrait et quitter ce misérable Fort avant la prochaine tempête de neige. Le jeune homme se demandait même si les délais provoqués par Chalkin et les courtes périodes pendant lesquelles il daignait poser n'étaient pas un nouveau stratagème pour le retarder – et récupérer une partie de ses honoraires. Chalkin l'avait même invité dans les salles de jeux – les plus élégantes et les mieux chauffées du Fort – mais Iantine était toujours parvenu à trouver un prétexte ou un autre pour refuser.

– Ne bouge pas, Seigneur Chalkin. Je travaille à tes yeux, et je ne peux pas si tu ne cesses pas de les tourner dans tous les sens, dit Iantine, plus sèchement qu'il ne s'était jamais adressé au Seigneur du Fort.

– Je te demande pardon, dit Chalkin, redressant les épaules avec colère.

– Seigneur Chalkin, si tu ne veux pas que je te peigne en train de loucher, *ne bouge pas pendant cinq minutes*, je t'en supplie.

Quelque chose de sa frustration dut percer dans le ton, car Chalkin, non seulement s'immobilisa, mais foudroya Iantine. Et pendant plus de cinq minutes.

Travaillant aussi vite qu'il le pouvait, Iantine termina le délicat travail des yeux. Il les avait subtilement agrandis dans le visage du modèle, et estompé les cernes livides qui les entouraient. Il avait rendu moins porcin le visage mafflu, et suffisamment affiné le nez bulbeux pour lui donner un petit air romain. Il avait également foncé les cheveux et élargi les épaules pour lui donner une apparence plus athlétique. De plus, il avait méticuleusement reproduit les feux des nombreuses bagues. En fait, les bagues dominaient le tableau, ce qui, pensait-il, devait lui gagner la faveur du Seigneur Chalkin, qui semblait avoir plus de bagues qu'il n'y a de jours dans l'année.

– Là, dit-il, posant son pinceau, et reculant, satisfait d'avoir fait le meilleur travail possible, à savoir celui qui serait déclaré « satisfaisant » et lui permettrait de quitter cet épouvantable Fort.

– Ce n'est pas trop tôt, dit Chalkin, quittant son fauteuil et s'approchant lourdement pour juger du résultat.

Iantine l'observa, notant l'éclair de plaisir qui traversa son visage avant que sa maussaderie habituelle ne reprenne ses droits. Chalkin s'approcha un peu plus, comme pour compter les coups de pinceau – qui ne se voyaient pas, car Iantine était un technicien trop compétent pour en laisser.

– Attention à la peinture, elle n'est pas encore sèche, dit vivement Iantine, levant le bras pour empêcher Chalkin de toucher.

– Hum, dit Chalkin, roulant des épaules pour ajuster sa lourde tunique.

Il affectait l'indifférence, mais la façon dont il ne cessait de contempler son visage apprit à Iantine qu'il était enfin satisfait.

– Eh bien ? Est-ce satisfaisant ? demanda Iantine, incapable de supporter plus longtemps le suspense.

– Pas mal, pas mal, mais...

Et, une fois de plus, Chalkin tendit le doigt.

– Ne brouille pas la peinture, Seigneur Chalkin, dit Iantine, craignant une autre séance pour réparer les dégâts.

– Tu es un grossier individu, peintre.

– Mon titre est Artiste, Seigneur Chalkin, et dis-moi si oui ou non ce portrait est satisfaisant !

Chalkin le regarda nerveusement, la joue agitée d'un tic. Même le Seigneur de Bitra savait quand il avait poussé quelqu'un à bout.

– Il n'est pas mal...

– Est-il satisfaisant, Seigneur Chalkin ? répéta Iantine, mettant dans cette question toute sa frustration contenue.

Chalkin remua une épaule, grimaça d'indécision, puis composa hâtivement son visage pour ressembler à son portrait.

– Oui, je crois qu'il est satisfaisant.

– Alors, dit Iantine, le prenant par le coude et le pilotant vers la porte, allons dans votre bureau régler nos contrats.

– Pas si vite...

– Si le portrait est satisfaisant, j'ai honoré ce contrat, et vous devez maintenant me régler les miniatures, dit Iantine, le guidant dans le couloir glacé vers son bureau, tapant du pied avec impatience pendant que Chalkin cherchait ses clés et ouvrait enfin la porte.

A l'intérieur, le feu était si vif que Iantine sentit la sueur perler à son front. Sur un geste impérieux de Chalkin, il lui tourna le dos tandis que le seigneur tripotait son coffre-fort. Avec soulagement, il entendit une clé tourner dans une serrure, puis le silence. Un couvercle claqua.

– Voilà, dit froidement Chalkin.

Iantine compta les marks, seize en tout, des marks de fermier, mais peu importait puisque Benden les acceptait.

– Les contrats ?

Chalkin le foudroya, mais ouvrit un tiroir et les jeta sur le bureau. Iantine y apposa son nom et les rendit à Chalkin.

– Prends la mienne, dit-il, comme Chalkin faisait mine de chercher une plume adéquate.

Chalkin griffonna son nom.

– Date, dit Iantine, pour éviter des plaintes futures.

– Tu en demandes trop, peintre.

– Artiste, Seigneur Chalkin, dit Iantine, avec un sourire sans humour, se retournant pour partir.

A la porte, il se retourna une dernière fois.

– Et ne touche pas le portrait pendant quarante-huit heures. Je ne reviendrai pas si tu étales la peinture. Il était satisfaisant à mon départ. Veille à ce qu'il le reste.

Iantine alla reprendre ses bons pinceaux, mais laissa les peintures qu'il avait dû fabriquer. La nuit précédente, plein d'espoir, il avait empaqueté le reste de ses affaires. Pour l'heure, il monta dans sa chambre quatre à quatre, rangea soigneusement ses pinceaux, fourra les contrats signés et datés dans son paquetage, roula ses couvertures de fourrure, prit les deux paquets d'une seule main et dégringolait l'escalier quand il rencontra Chalkin au milieu.

– Tu ne peux pas partir maintenant, protesta Chalkin, le retenant par le bras. Tu dois attendre que ma femme ait vu et approuvé mon portrait.

– Oh, non, je n'attends pas, dit Iantine, dégageant son bras.

Il sortit par la grande porte avant que Chalkin n'ait eu le temps d'ajouter un mot, et se mit à courir sur la route entre les congères. S'il était surpris dehors par la tempête, il serait quand même plus en sécurité que s'il passait une heure de plus au Fort de Bitra.

Heureusement pour lui, quand cette tempête éclata, il trouva refuge dans la cabane d'un bûcheron à quelques klicks du Fort.

Chapitre VI

WEYR DE TELGAR, FORT DE FORT

– Devine ce que j'ai trouvé ? s'écria P'tero, poussant sa trouvaille dans la caverne de la cuisine. Tisha, il est à moitié gelé et mort de faim, ajouta le jeune chevalier bleu, traînant la haute silhouette emmaillotée de fourrures vers la cheminée la plus proche et l'asseyant sur une chaise.

Il posa les paquets qu'il portait.

– Pour l'amour des petits dragons, du klah, s'il vous plaît.

Deux femmes arrivèrent en courant, l'une avec du klah, l'autre avec un bol de soupe rempli à la hâte. Tisha traversa la caverne, demandant quel était le problème, qui P'tero avait secouru et d'où il était.

– Personne ne devrait être dehors par un temps pareil, dit-elle en arrivant à la table, et s'emparant du poignet de la victime pour lui prendre le pouls.

– Il a failli geler à mort.

Tisha écarta les fourrures lui enveloppant le cou et lui tendit une tasse. Il l'entoura de ses mains rouges de froid, et souffla dessus avant d'y tremper ses lèvres. Il était agité de tremblements incontrôlables.

– J'ai repéré un SOS dans la neige – heureusement pour lui que le soleil en projetait l'ombre, sinon je ne l'aurais pas vu, disait P'tero, excessivement content de lui. Je l'ai trouvé au-dessous du Fort de Bitra.

– Pauvre homme, s'écria Tisha.

– C'est bien vrai, dit P'tero avec une ferveur ironique. Et il n'est pas près d'y retourner. Non qu'il m'ait tout raconté...

P'tero se jeta sur une chaise quand on lui apporta une tasse de klah.

– Il a échappé aux griffes de Chalkin, reprit P'tero avec un sourire malicieux, puis il a survécu trois jours dans la cabane d'un bûcheron bitran... avec seulement une demi-tasse de vieux porridge pour se sustenter...

Pendant ces explications, Tisha demanda des bouillottes, des couvertures chaudes, puis, après avoir examiné ses doigts, du baume antalgique et de la pommade contre les gelures.

– Je crois que c'est seulement une question de froid, dit Tisha, détachant une main étroitement collée à la tasse chaude, la dépliant et pinçant le bout des doigts. Non, pas de dommage irréversible.

– Merci, merci, dit l'homme, remettant la main sur sa tasse. J'ai eu tellement froid à tracer cet appel dans la neige...

– Et dehors sans gants par ce froid, le tança Tisha.

– Quand j'ai quitté l'Atelier Domaize pour le Fort de Bitra, nous n'étions qu'en automne, dit-il d'une voix enrouée.

– En automne ? répéta Tisha, les yeux dilatés de surprise. Alors, combien de temps as-tu passé au Fort de Bitra ?

– Sept maudites semaines, répondit l'homme d'un ton écœuré. Je pensais y rester une semaine au plus...

Tisha se mit à rire, son ventre tressautant sous son large tablier.

– Et qu'est-ce qui a bien pu te faire aller à Bitra ? Tu es Artiste, non ?

– Comment le sais-tu ? dit-il, étonné.

– Tu as encore de la peinture sous les ongles.

Iantine regarda ses mains, et son visage rouge de froid rougit encore un peu plus.

– Je n'ai même pas pris le temps de me laver, dit-il.

– Tu as aussi bien fait étant donné le prix que demande Chalkin pour des articles de luxe comme le savon, dit-elle, se remettant à rire.

La femme revint avec les articles demandés par Tisha. Pendant qu'elles s'affairaient à l'envelopper de couvertures, il garda toujours une main ou l'autre sur sa tasse de klah. Puis sur son bol de soupe. Les fourrures qui l'avaient empêché de geler à mort furent mises à sécher devant le feu ; on lui ôta ses bottes, craignant qu'il n'eût les pieds gelés, mais là encore, il avait eu de la chance, ne souffrant que de gelures, qu'elles enduisirent de pommade avant de lui envelopper les pieds dans des serviettes chaudes. On appliqua du baume sur ses mains et son visage, puis on le laissa finir de manger.

– Maintenant, dis-nous ton nom et qui nous devons prévenir que tu es sain et sauf, demanda alors Tisha.

– Je suis Iantine, dit-il, ajoutant avec une fierté ironique : portraitiste de l'Atelier Domaize. J'avais accepté un contrat pour faire les portraits miniatures des enfants de Chalkin...

– Première erreur, gloussa Tisha.

Iantine rougit.

– Tu as bien raison. Mais j'avais besoin de l'argent.

– Et il t'en restait un peu en partant ? demanda P'tero, les yeux pétillants de malice.

– Pour ça oui ! répondit le compagnon avec tant de véhémence que tout le monde sourit. Mais j'ai dû en dépenser un huitième à la cabane du bûcheron, soupira-t-il. Il n'avait pas grand-chose, mais il a accepté de le partager.

– Moyennant finances, j'en suis sûre...

Iantine réfléchit un instant.

– J'ai eu de la chance de trouver un abri pour attendre la fin de la tempête. Et il a partagé ce qu'il avait...

Il haussa les épaules, et soupira, l'air abattu.

– Et c'est lui qui m'a donné l'idée de tracer un signe dans la neige pour attirer un chevalier-dragon. J'ai de la chance que l'un d'eux l'ait aperçu, dit-il, remerciant P'tero de la tête.

– Pas de problème dit le chevalier bleu avec désinvolture. Je suis content de l'avoir vu, ajouta-t-il, se penchant vers Tisha pardessus la table. Un jour de plus, et il était mort.

– Tu as attendu longtemps ?

– Deux jours après la fin de la tempête. Mais je passais les nuits avec le vieux Fender. Et quand on a assez faim, même les serpents de tunnel semblent bons, dit-il.

Depuis quand n'avait-il pas fait un repas digne de ce nom ?

– Ah, le pauvre enfant, dit Tisha, ordonnant qu'on lui apporte immédiatement une double portion de ragoût, du pain, du sucre, et des fruits qu'ils venaient de recevoir de Ista.

Quand il eut fini son repas, Iantine eut l'impression d'avoir rattrapé le temps perdu depuis quatre jours. Ses pieds et ses mains le picotaient, malgré le baume et la pommade. Et quand il se leva pour aller se soulager, il chancela et dut se retenir à une chaise.

– Attention, petit. Te remplir l'estomac ne supprime que la moitié du problème, dit Tisha, s'approchant pour le soutenir avec bien plus de promptitude que n'en laissait présager sa corpulence.

Elle fit signe à P'tero de l'aider.

– J'ai besoin de... commença Iantine.

– C'est sur le chemin de la caverne-dortoir, dit Tisha, passant l'un de ses bras sur son épaule.

Elle était aussi grande que lui.

P'tero reprit les paquets, et, à eux deux, ils amenèrent Iantine aux toilettes. Puis dans une chambrette vide. Tisha vérifia l'état de ses pieds, appliqua une nouvelle couche de baume, puis sortit sans bruit. Iantine n'eut que le temps de s'assurer que ses paquets – et les précieux honoraires – étaient avec lui dans la chambre avant de sombrer dans un profond sommeil.

Pendant qu'il dormait, des messages partirent, vers l'Atelier Domaize, et le Weyr et le Fort de Benden, puisque Iantine en était originaire. Iantine ne conserverait pas de séquelles de son aventure, mais M'shall y vit un nouvel exemple de la cupidité de Chalkin, toujours prêt à exploiter les gens. Irène avait déjà envoyé une longue liste d'abus et irrégularités commis par Chalkin dans ses rapports avec les autres – généralement vis-à-vis de personnes n'ayant aucun recours contre ses diktats. Il n'avait pas de tribunal où l'on pouvait régler les problèmes, et pas d'arbitres impartiaux.

Les gros commerçants, sur l'impartialité desquels on pouvait compter, évitaient Bitra, et citaient de nombreux exemples d'injustices commises par Chalkin depuis qu'il était devenu le Seigneur de Bitra, quinze ans plus tôt. Les petits marchands qui s'aventuraient une fois à Bitra y retournaient rarement.

Après la Fête et la décision de considérer la déposition de Chalkin, M'shall demanda à ses chevaliers patrouilleurs de se rendre dans tous ses petits fortins pour voir s'il avait dûment informé la population de l'imminence des Chutes. Aucun ne l'était, bien que Chalkin eût augmenté la dîme due par chaque foyer. Et la manière dont cette dîme supplémentaire était prélevée donnait à penser qu'il amassait des provisions à son usage, et non à celui du Fort tout entier. Les fortins isolés auraient sans doute du mal à se procurer le strict nécessaire. Ce qui constituait un abus flagrant de sa situation de Seigneur.

Quand Paulin lut le rapport de M'shall, il demanda si les vassaux de Chalkin témoigneraient contre lui. M'shall répondit que cette première inspection des petits vassaux révélait un manque certain de civisme. Chalkin était si craint de sa population que personne ne voudrait l'accuser – surtout à l'approche d'un Passage – car il avait encore le pouvoir de chasser les contestataires de leur fortin.

– Ils changeront peut-être d'avis quand les Fils commenceront à tomber, dit K'vin à Zulaya.

– Trop tard, à mon avis, pour faire des préparatifs efficaces.

K'vin haussa les épaules.

– Cela ne nous regarde pas, ce dont je me félicite. Au moins, nous avons sauvé Iantine.

– Pauvre garçon, gloussa Zulaya. Commencer sa carrière à Bitra ? Ce n'est pas l'endroit rêvé !

– Peut-être qu'il ne pouvait pas espérer mieux, dit K'vin.

– Pas s'il est de l'Atelier Domaize, rétorqua Zulaya, acide. Je me demande combien de temps ses mains mettront à guérir ?

– Tu penses à un nouveau portrait ? demanda K'vin, amusé.

– Eh bien, il lui manque le huitième de ce qu'il lui faut, dit-elle.

K'vin la regarda, étonné.

– Tu le paierais...

– Bien sûr, dit-elle, légèrement irritée. Il a besoin d'avoir un peu d'argent dans sa poche. J'admire un garçon qui a supporté Bitra, quelle qu'en soit la raison. Et son désir de payer la taxe de transfert était une raison honorable.

– Mets ta robe rouge de l'Éclosion quand tu poseras pour lui, dit-il.

Puis il se frictionna le menton.

– Tu sais, je me ferai peut-être aussi faire mon portrait.

Zulaya le gratifia d'un regard insistant.

– Il aura peut-être autant de mal à quitter le Weyr de Telgar que le Fort de Bitra.

– Mais avec une escarcelle plus rebondie, et sans ponctions pour le gîte et le couvert...

– Et du savon, de l'eau chaude et des repas décents, dit Zulaya. D'après Tisha, il a besoin de se remplumer. Il n'a que la peau sur les os.

Des chants le réveillèrent, et Iantine en fut totalement désorienté. Personne n'avait chanté une note au Fort de Bitra. Il avait chaud ! Et l'air lui apportait de bonnes odeurs de cuisine. Il s'assit dans son lit. Ses mains, ses pieds et son visage étaient encore raides, mais ne le picotaient plus. Et il avait une faim de loup.

Le rideau fermant la cellule glissa, et une tête de jeune garçon apparut.

– Tu es réveillé, Artiste Iantine ?

– Effectivement, dit Iantine, cherchant ses vêtements du regard.

Quelqu'un l'avait déshabillé et il ne voyait pas ses habits.

– Je suis là pour t'aider si tu en as besoin, dit le garçon, ouvrant le rideau à moitié. Tisha t'a préparé des vêtements propres. Elle dit que les tiens sentaient plutôt le faisandé, ajouta-t-il, fronçant le nez.

– C'est probable, gloussa Iantine. J'avais fini mon savon depuis trois semaines.

– Tu étais à Bitra. Ils font tout payer là-bas, dit l'enfant, levant les bras au ciel d'un air dégoûté. Je m'appelle Léopol, ajouta-t-il.

Puis il prit des pantoufles sur les vêtements posés sur le tabouret.

– Tisha dit que tu dois mettre ça, mais pas tes bottes. Et il faut d'abord y mettre de la pommade, dit-il en lui tendant le pot. Le dîner est prêt, ajouta-t-il en se léchant les lèvres.

– Et tu dois attendre que je sois prêt pour manger, hein ?

Léopol hocha solennellement la tête, puis sourit.

– Ça ne fait rien. J'en aurai encore plus parce que j'aurai attendu.

– Est-ce qu'on manque de nourriture dans ce Weyr ? demanda Iantine en plaisantant tout en commençant à s'habiller.

Curieux comme des choses simples, telles que des vêtements propres, semblent luxueuses quand on a dû s'en passer.

Léopol l'aida à appliquer le baume sur ses pieds, encore sensibles au toucher. Le seul fait d'étaler le baume le démangea, mais heureusement, ses propriétés antalgiques réduisirent la démangeaison.

Après s'être soulagé, et s'être lavé le visage et les mains avec précaution, il suivit Léopol à la Caverne Inférieure où le repas du soir était commencé.

Léopol le conduisit à une table écartée près de la cheminée, où deux couverts étaient mis. Instantanément, des cuisinières arrivèrent avec des assiettes débordantes de nourriture, du vin pour lui et du klah pour Léopol.

– Voilà, l'Artiste, dit la cuisinière, hochant la tête avec approbation en le voyant attaquer le rôti. Mange, et ensuite, le Chef du Weyr voudrait te parler si tu n'es pas trop fatigué.

Iantine murmura des remerciements et se concentra sur son repas. Il aurait bien repris du plat principal, mais il avait l'estomac barbouillé : trop de bonnes choses après plusieurs jours de jeûne presque total, sans doute. Léopol lui apporta une grosse portion de dessert, mais il ne put pas la terminer car il avait la gorge à vif. Il serait bien retourné se coucher alors, mais il vit les Chefs du Weyr s'avancer vers lui. Léopol s'éclipsa discrètement, avec un sourire rassurant. Iantine voulut se lever par courtoisie pour ses hôtes, mais il chancela sur ses pieds empommadés et retomba sur sa chaise.

– Nous ne faisons pas de cérémonies ici, dit Zulaya lui faisant signe de rester assis tandis que K'vin lui avançait une chaise.

Il apportait une outre de laquelle il remplit tous les verres. Iantine en but une petite gorgée par politesse – c'était un excellent vin sec – mais cette unique gorgée lui tourna l'estomac.

– Nous avons envoyé des messages pour annoncer ton sauvetage, dit K'vin, souriant au dernier mot, et reçu les réponses. Maître Domaize commençait à s'inquiéter, et cela lui a épargné d'envoyer un messager à Bitra.

– C'est très aimable à vous, Zulaya, K'vin, dit Iantine, se félicitant que ses études à l'Atelier Domaize aient inclu la connaissance des noms importants de tous les Forts, Weyrs et Ateliers. Et je suis très reconnaissant à P'tero de m'avoir sauvé.

Zulaya eut un grand sourire.

– Il va nous en rebattre les oreilles le restant de l'année. Mais cela prouve l'utilité des patrouilles même pendant un Intervalle.

– Vous devez savoir, balbutia Iantine, que le Seigneur Chalkin ne croit pas qu'il y aura un Passage.

– Bien sûr que non, répondit K'vin d'un ton tranquille. Cela l'arrange. Mais M'shall et Bridgely aimeraient que tu leur fasses un rapport sur ton séjour à Bitra.

– Tu veux dire qu'il y a quelque chose à faire contre lui ? dit Iantine, stupéfait.

Les Seigneurs étaient autonomes à l'intérieur de leurs frontières. Il ne savait pas qu'il existait des recours.

– Il est possible qu'il cause lui-même sa perte, dit Zulaya, avec un sourire sinistre.

– Ce serait merveilleux, dit Iantine. Sauf, ajouta-t-il honnêtement, qu'il ne m'a *rien* fait à proprement parler...

– Waine, notre Artiste du Weyr, n'est peut-être pas une autorité en la matière, mais il m'a dit qu'il ne faut pas sept semaines pour faire quatre miniatures...

– En fait, j'en ai peint vingt-deux avant qu'ils en trouvent quatre à leur goût, dit sombrement Iantine. Le piège du contrat, c'était le mot « satisfaisant ».

– Ah ! firent en chœur Zulaya et K'vin.

– Je me suis trouvé à court de toile et de peinture, parce que je n'avais apporté que ce que je *croyais* nécessaire...

Il leva les mains, puis les frictionna car elles recommençaient à le démanger.

– Puis les enfants ont contracté la rougeole, alors, plutôt que de payer pour mon hébergement, j'ai accepté de retoucher les fresques... sauf que je n'avais pas les peintures qu'il fallait, et j'ai dû les fabriquer...

– T'a-t-il fait payer la location des ustensiles ? demanda Zulaya, à la stupéfaction de Iantine.

– Comment le sais-tu ?

Elle se contenta de rire, lui faisant signe de la main de continuer.

– Alors j'ai fouillé dans les ordures pour trouver ce qu'il me fallait.

– Très bien, dit-elle, ravie de son ingéniosité.

– Heureusement, je n'ai pas eu de mal à me procurer la matière première pour les pigments. Je n'ai eu qu'à chercher les ingrédients adéquats et à fabriquer les couleurs. Ce que j'aurais dû faire de toute façon. Maître Domaize nous a bien appris ces techniques. Puis je suis parvenu à leur faire accepter les portraits, qui n'étaient d'ailleurs plus des miniatures, juste avant que le premier blizzard me coince là-bas.

Iantine rougit. Il jouait vraiment le rôle du débile dans ce récit.

– Alors, qu'as-tu fait pour le contrat suivant ? demanda Zulaya, avec un regard entendu à K'vin.

– A ce stade, j'étais un peu moins naïf ; du moins je le pensais, dit-il, faisant la grimace, avant de leur détailler les conditions qu'il avait imposées.

– Il t'a logé au niveau des domestiques ? dit Zulaya, atterrée. Toi, un Artiste diplômé ? Il y avait de quoi protester ! Tous les Weyrs et les Forts accordent toujours certains privilèges aux compagnons des Ateliers, et encore plus à un Artiste.

– Alors, quand le Seigneur Chalkin a finalement accepté son portrait, j'ai filé sans demander mon reste !

K'vin lui serra l'épaule, souriant de la ferveur avec laquelle il avait prononcé cette dernière phrase.

– Mon sort ne s'est pas beaucoup amélioré, ajouta-t-il vivement. Jusqu'à ce que P'tero vienne à ma rescousse, termina-t-il en souriant.

Il s'éclaircit la gorge qui ne cessait de s'enrayer.

– Je tiens à vous en remercier, ajouta-t-il. J'espère que cela ne lui a pas fait négliger son service.

– Non, non, dit K'vin. Je ne sais pas trop ce qu'il faisait au-dessus de Bitra, mais c'est tant mieux qu'il soit passé par là.

– Comment vont tes mains ? demanda Zulaya, le regardant serrer les poings.

– Il ne faut pas que je me gratte, hein ?

– Léopol, va chercher le baume antalgique pour Iantine, s'il te plaît, dit Zulaya par-dessus son épaule.

Le jeune compagnon n'avait pas remarqué la présence discrète de l'enfant, mais il fut bien content de ne pas avoir à retourner dans sa cellule chercher le baume.

– C'est juste le contrecoup du froid, dit-il, regardant ses doigts, et remarquant – comme Tisha avant lui – qu'il avait de la peinture sous les ongles.

Il les replia vivement, honteux d'être à une table du Weyr avec des mains sales. Et un violent frisson lui parcourut l'échine.

– Je me demandais, Iantine, commença Zulaya, si tu te sentirais en forme pour faire un ou deux portraits de plus. Le Weyr paye le tarif normal, sans aucune déduction.

– Je ferai volontiers ton portrait gratuitement, Dame du Weyr, protesta Iantine. Car c'est de toi que tu parlais, n'est-ce pas ?

Le premier frisson fut suivi d'un autre, qu'il réprima de son mieux.

– Tu ne le feras que si tu es payé au juste prix, jeune homme, dit Zulaya d'un ton sévère.

– Mais...

– Il n'y a pas de « mais », dit K'vin. Avec tous les préparatifs du Passage, ni Zulaya ni moi n'avons eu le temps de commander nos portraits. Mais puisque tu es là... si tu acceptes ?

– J'accepte de grand cœur, mais vous ne connaissez pas mon travail, et je viens juste d'obtenir mon diplôme...

Zulaya lui prit les mains, car il faisait des gestes désordonnés, provoqués à la fois par l'excitation et le désir de dissimuler un nouveau spasme.

– Compagnon Iantine, si tu as fait quatre miniatures, deux portraits et retouché les fresques de Bitra, tu es plus que *qualifié*. Tu ne savais pas qu'il a fallu cinq mois à Marcator pour terminer le tableau des noces de Chalkin ?

– Et qu'il a dû emprunter pour finir de payer ses « dettes » ? ajouta K'vin. Ah, voilà Waine qui vient te saluer. Mais tu ne commenceras le travail que lorsque tu seras complètement remis du froid.

– Oh, je suis remis, dit Iantine, se levant en même temps que les Chefs du Weyr, bien décidé à contrôler ses frissons.

Ils le présentèrent au petit homme nommé Waine, puis ils le quittèrent pour circuler entre les tables du Weyr qui se détendait.

Par-dessus le bourdonnement des conversations, on entendait les bruits joyeux des chants avec accompagnement de guitare parvenant de l'autre bout de la caverne. Voilà autre chose, qui, Iantine le réalisait seulement, avait manqué à Bitra : la musique, les conversations, la détente après un jour de travail.

– Paraît que ça s'est mal passé avec Chalkin, dit Waine avec un grand sourire.

Il baissa la tête et sortit de derrière son dos un rouleau de grandes feuilles de papier soigneusement lié d'une faveur, et une poignée de crayons.

– Je me suis dit que tu pourrais en avoir besoin. Paraît qu'il ne te reste plus rien après Bitra.

– Merci, dit Iantine, passant des doigts connaisseurs sur le beau papier, et remarquant que les mines des crayons représentaient toutes les qualités de graphite. Combien je te dois ?

Waine se mit à rire, révélant une mâchoire édentée.

– Tu es resté trop longtemps à Bitra. J'ai des peintures aussi, mais pas beaucoup. Juste les couleurs de base.

– Alors, je vais te fabriquer toute la gamme, dit Iantine avec reconnaissance, serrant les dents pour réprimer un nouveau frisson. Tu sais où trouver les matières premières par ici, et je t'apprendrai à fabriquer les couleurs.

Nouveau sourire édenté de Waine.

– C'est un bon marché, dit-il, lui serrant la main et manquant lui écraser les doigts dans son enthousiasme.

Mais par la même occasion, il perçut les tremblements presque incontrôlables de Iantine.

– Dis donc, tu as froid.

– Je suis juste devant le feu et je ne peux pas m'arrêter de trembler, dit Iantine, s'abandonnant enfin à ses frissons.

– TISHA !

Iantine fut embarrassé par cet appel au secours tonitruant, mais il ne résista pas quand on le ramena dans sa cellule après avoir appelé le médecin, tandis que Tisha demandait des couvertures, des bouillottes, et des herbes aromatiques à faire bouillir pour lui dégager les voies respiratoires. Il n'opposa aucune résistance au traitement qu'on lui prescrivit immédiatement, parce que, entre temps, sa tête avait commencé à lui faire mal. Et aussi ses os.

La dernière chose qu'il entendit avant de sombrer dans un sommeil agité, ce furent les paroles de Maranis, le médecin, à Tisha :

– A Bitra, j'espère qu'ils auront tous la fièvre qu'ils lui ont donnée.

Par la suite, Léopol lui dit que Tisha était restée trois nuits à son chevet tandis qu'il délirait de la fièvre des montagnes, empirée par son exposition au froid. Maranis pensait que le vieux bûcheron était un porteur sain : immunisé lui-même, mais capable de transmettre la maladie.

Quand il reprit ses sens, Iantine fut surpris de trouver sa mère près de lui. Elle avait les yeux rouges d'avoir pleuré, et elle fondit de nouveau en larmes quand elle réalisa qu'il ne délirait plus. Léopol lui dit aussi que Tisha, voyant sa fièvre se prolonger, avait insisté pour qu'on aille chercher sa mère.

A son grand étonnement, elle n'eut pas l'air aussi contente de recevoir le montant de la taxe de transfert qu'il ne l'était de le donner.

– Ça ne vaut pas ta vie, dit-elle, finalement, voyant qu'il craignait qu'elle regrettât le huitième qu'il avait dû donner au bûcheron. Et il a failli te tuer pour ce huitième.

– C'est un bon fils que vous avez là, dit Tisha, légèrement irritée, qui a tant travaillé pour arracher cet argent à Chalkin.

– Oh oui, dit vivement la mère, comprenant soudain qu'elle devait manifester plus de gratitude. Mais je ne comprendrai jamais pourquoi tu as tenté de satisfaire ce vieux radin.

– La paye était bonne, dit Iantine d'une voix faible.

– Ne prends pas ça trop à cœur, Ian, lui dit Tisha quand sa mère dut rentrer chez elle. Elle s'inquiétait plus de toi que des marks. Ce qui prouve qu'elle a le cœur bien placé. On réagit parfois bizarrement sous le coup de l'inquiétude, ajouta-t-elle, lui tapotant l'épaule. Elle voulait te ramener à la maison pour te soigner, poursuivit-elle d'un ton rassurant. Mais on ne pouvait pas risquer tes poumons dans le froid de l'*Interstice*. Je crois que ça ne lui plaisait pas de te laisser ici en convalescence.

Elle eut un grand sourire.

– Les mères ne font *jamais* confiance à personne dans ces cas-là, tu comprends.

Iantine parvint à lui sourire.

– Oui, ce doit être ça, je suppose.

Ce fut Léopol qui rendit à Iantine sa sérénité.

– Ta mère est vraiment sympa, tu sais, dit-il, s'asseyant au bord de son lit. Elle était malade d'inquiétude de te laisser ici, et P'tero a dû lui promettre de retourner la chercher si tu faisais une rechute. Elle n'avait jamais voyagé à dos de dragon.

– Non, en effet gloussa Iantine. Elle a dû avoir peur.

– Pas autant qu'à l'idée que tu étais malade au point qu'on vienne la chercher, dit Léopol, penchant la tête en agitant l'index. Et elle a dit à P'tero que ton père serait rudement content d'avoir les marks que tu as gagnés. Super content. Et le pauvre P'tero avait la tête comme une citrouille à force de l'entendre crier partout qu'elle avait toujours su que tu réussirais et que soutirer cet argent à Chalkin était un véritable exploit.

– C'est vrai ? dit Iantine en s'éclairant. Ma mère chantait mes louanges ?

– Ça pour sûr, dit Léopol, hochant la tête avec force.

Au Weyr, Léopol semblait tout savoir sur tout. Et il ne

rechignait jamais à faire les commissions de Iantine pendant sa convalescence.

Maître Domaize vint le voir, lui aussi. Et ce fut Léopol qui apprit au convalescent la raison de cette visite.

– Ce Seigneur Chalkin a porté plainte auprès de Maître Domaize, disant que tu avais filé sans prendre poliment congé, et qu'il pensait sérieusement à demander le remboursement d'une partie des honoraires, parce que tu étais nouveau dans ton Art, et que c'était le tarif d'un peintre d'expérience et non d'un débutant prétentieux.

Léopol sourit jusqu'aux oreilles à la réaction furieuse de Iantine.

– Oh, ne t'en fais pas. Ton Maître n'est pas né de la dernière pluie. M'shall en personne l'a transporté au Fort de Bitra, et ils ont dit qu'il n'y avait rien à redire à tous les travaux que tu avais exécutés à Bitra.

Léopol pencha la tête, avec un regard entendu.

– Il y a des tas de gens au Weyr qui veulent poser pour que tu fasses leur portrait. Tu le savais ?

Iantine secoua la tête, essayant de digérer l'injustice des plaintes de Chalkin. La fureur lui coupait la voix. Léopol sourit une fois de plus.

– T'en fais pas, Iantine. C'est plutôt Chalkin qui devrait se faire du mouron de t'avoir traité comme ça. Ton Maître et le Chef du Weyr de Benden n'ont pas caché au Seigneur ce qu'ils pensaient de lui. Tu es qualifié, et tu avais droit à tous les privilèges dont tu n'as pas joui à Bitra. Heureusement que tu n'es pas tombé malade avant que K'vin et Zulaya n'aient entendu ton histoire. Remarque, *personne* n'aurait cru Chalkin, quoi qu'il dise. Tu savais que même les wherries ne nichent pas à Bitra ?

Son infection pulmonaire exigea une longue convalescence, et Iantine s'irritait de sa faiblesse.

– Je n'arrête pas de m'endormir, se plaignit-il un matin à Tisha qui lui apportait sa potion. Jusqu'à quand je devrai avaler ce truc ?

– Jusqu'à ce que Maranis entende que tes poumons sont dégagés, répondit-elle d'un ton sans réplique.

Puis elle lui tendit le papier et les crayons que Waine lui avait donnés son premier soir au Weyr.

– Refais-toi la main. C'est ce que tu fais le mieux, et au moins, tu peux le faire assis.

Ça lui sembla bon de retrouver crayons et papier. Ça lui sembla bon de se remettre à dessiner dans les Cavernes Inférieures, surtout quand le sujet ne savait pas qu'il était croqué sur le vif. Son œil n'avait rien perdu de son acuité, et si la faiblesse lui donnait de temps en temps des crampes dans les doigts, ils retrouvaient peu à peu leur force. Il finit par perdre la notion du temps, sans remarquer tous ceux qui venaient regarder son travail par-dessus son épaule.

Waine arriva avec mortier, pilon, huile et œufs, plus du cobalt pour confectionner un beau bleu. Il avait glané quelques procédés techniques ici et là, mais cela ne remplaçait pas les exercices intensifs auxquels Iantine avait été soumis ; exercices qu'il méprisait à l'époque, mais dont il se félicitait maintenant qu'il voyait les conséquences de leur absence.

L'hiver s'était installé, mais au premier jour de soleil, Tisha l'emmaillota à toute force dans un cocon de fourrures et l'installa dans le Bassin, pour qu'il prenne « un bon bol d'air pur ». C'était l'heure du bain des dragonets, et Iantine fut immédiatement fasciné par leurs ébats, et commença à comprendre quel dur travail c'était que de s'occuper d'eux. C'était aussi la première occasion qu'il avait de voir des dragonets. Il connaissait la grâce et la puissance des dragons adultes, et leur apparence impressionnante. Maintenant, il voyait des dragonets espiègles – et même polissons quand l'un renversa son jeune maître dans l'eau – et excessivement inventifs. Aucun de la dernière Éclosion n'était encore prêt à voler, mais certains de la couvée précédente commençaient à assumer des fonctions d'adultes et il put observer par lui-même leurs performances maladroites.

Le lendemain, il vit P'tero et son bleu Ormonth au milieu d'une sorte de grande classe. En s'approchant, il vit que non seulement les dragonets des trois dernières Éclosions étaient là, mais aussi tous les garçons au-dessus de douze ans. Ormonth avait déployé une aile et la regardait attentivement, comme s'il ne l'avait jamais vue avant. C'en était trop pour l'artiste qu'était Iantine, et il ouvrit son carnet de croquis et se mit à dessiner la scène. P'tero le remarqua, mais la classe était extrêmement attentive. Ce que disait T'dam pénétra lentement jusqu'à l'esprit de Iantine, pourtant concentré sur son ouvrage.

– Les archives nous apprennent que les pires blessures surviennent au bord des escadrilles, surtout quand les Fils tombent en paquets, et que les partenaires ne sont pas assez adroits pour les éviter. Un dragon peut voler avec un tiers de sa voilure extérieure endommagée, dit T'dam, passant la main au bord de l'aile d'Ormonth. Mais... si tu veux bien replier un peu ton aile, dit T'dam, regardant Ormonth qui s'exécuta. Merci.

T'dam dut se mettre sur la pointe des pieds pour atteindre l'intérieur de l'aile.

– Les blessures survenant dans cette partie sont beaucoup plus graves, car, selon l'angle de Chute, les Fils peuvent pénétrer de l'aile dans le corps. Ici se trouvent les poumons, poursuivit-il, passant sous l'aile et tapotant le flanc d'Ormonth. Et les blessures en cet endroit peuvent être... fatales.

Le demi-cercle des aspirants émit en chœur un soupir horrifié.

– C'est pourquoi votre vigilance ne doit jamais se relâcher en vol. Plongez dans l'*Interstice* à l'instant même où vous *soupçonnez* que vous avez été touchés.

– Comment le *savoir* ? demanda quelqu'un.

– Ha ! fit T'dam, passant les pouces dans sa large ceinture de cuir. Les dragons sont de vaillantes créatures, étant donné tout ce que nous leur demandons. Mais, poursuivit-il, caressant Ormonth en manière d'excuse, ils ont des réactions excessivement rapides... surtout à la douleur. Vous saurez !

Il fit une pause.

– Certains d'entre vous étaient là quand Missath s'est cassé un os de l'aile ? reprit-il, parcourant l'assemblée du regard jusqu'à ce que quelques mains se lèvent.

– Vous vous rappelez ses cris ?

– C'était comme si on m'avait scié la tête, dit un grand garçon avec un frisson convulsif.

– Elle criait au moment où elle perdit l'équilibre, et avant même que son os soit cassé. Elle *savait* qu'elle serait blessée à l'instant même où elle tombait. Vous n'aurez pas ce genre de surprise pendant une Chute, car vous marcherez à l'adrénaline. Mais vous saurez. Ce qui me ramène à un point que nous répétons constamment pendant l'entraînement : ayez *toujours,* TOUJOURS en tête un point de retour à visualiser. Pendant une Chute, il vaut mieux que ce soit le Weyr, puisque tout le monde ici sera prêt à vous aider, dit-il, englobant dans un large geste toute l'assistance, y compris les non-chevaliers. *Ne commettez pas la faute* d'arriver à trop basse altitude. Le passage dans l'*Interstice* aura empêché les Fils de s'enfoncer plus loin dans votre dragon...

Des murmures effrayés accueillirent cette déclaration.

– ... de sorte que vous pourrez faire un atterrissage aussi bien réglé que le lui permettront ses blessures. Ce qu'il faut éviter, c'est un atterrissage en catastrophe, capable d'aggraver la blessure originelle. Commencez à réconforter votre dragon à l'instant même où vous saurez qu'il a été touché. Naturellement, vous pouvez être touchés aussi, je le sais, mais vous êtes des chevaliers-dragons, capables de dominer votre souffrance tout en calmant celle de votre dragon. De vous deux, c'est *lui* l'important, ne l'oubliez pas. Sans lui, vous n'existez pas en tant que chevaliers.

« Et maintenant, l'important, poursuivit-il, parcourant de nouveau l'assemblée du regard, c'est de badigeonner !

Il prit une large brosse dans un seau posé à ses pieds, et, la maniant d'un geste vigoureux, se mit à enduire l'aile d'Ormonth de... d'eau, à la façon dont ça dégoulinait. Le bleu considérait l'opération d'un œil légèrement tournoyant.

– Badigeonnez, badigeonnez, badigeonnez, poursuivit T'dam, soulignant chaque répétition d'un long coup de brosse. Vous ne pourrez jamais mettre trop de baume antalgique sur une blessure de dragon, mâle ou femelle – et il sourit aux maîtresses de vertes – et la douleur disparaîtra en trois secondes... du moins dans la partie externe. Il faut plus de temps pour que le baume agisse à travers l'épiderme qui passe pour la partie germinative de la peau d'un dragon. De sorte que vous aurez peut-être à convaincre votre dragon qu'il ou elle n'est pas aussi grièvement blessé qu'il ou elle le croit. Votre dragon blessé aura besoin de tout le réconfort que vous pourrez lui apporter...

« Quelle que soit la gravité de la blessure, gardez-vous de laisser votre dragon pénétrer votre pensée. Dites-lui qu'il est un vaillant dragon, que le baume agira et que la douleur disparaîtra.

– Et si c'est un os qui a été touché par les Fils ? demanda quelqu'un.

– Ouah, on dirait que P'tero est vivant, dit une voix impressionnée à l'oreille de Iantine, et il jeta un coup d'œil sur le grand garçon debout derrière lui.

C'était M'leng, maître du vert Sith, et ami très intime de P'tero. Iantine les avait vus, toujours ensemble, dans la caverne de la cuisine.

– Je pourrais avoir ce coin-là ? dit-il, tapotant la partie de la feuille représentant P'tero et Ormonth.

M'leng était un beau jeune homme aux yeux verts en amande dans un visage anguleux. La légère brise soufflant dans le Bassin ébouriffait ses boucles brunes.

– Comme je dois la vie à P'tero, je vais te faire un dessin plus grand...

– Tu ferais ça ? dit M'leng, un sourire éclairant son visage plutôt solennel. On peut se mettre d'accord sur un prix ? J'ai assez de marks pour te traiter mieux que Chalkin, dit-il, prenant sa bourse.

Iantine protesta, arguant qu'il était redevable à P'tero.

– Il faisait simplement son devoir pour une fois, dit M'leng, avec un soupçon d'acidité. Mais j'aimerais avoir un vrai portrait de lui. Tu comprends, avec les Chutes qui vont commencer et tout ça, j'aimerais avoir quelque chose si...

M'leng s'interrompit, déglutit avec effort, puis se remit à plaider sa cause.

– J'ai une commande des Chefs du Weyr, dit Iantine.

– C'est la seule ? dit M'leng, l'air étonné. J'aurais cru que tout le Weyr te courrait après...

– Tisha ne m'a pas encore déclaré bon pour le service, dit Iantine en souriant.

– Oh, elle, dit M'leng avec un geste dédaigneux. Elle est tellement mère poule par moments. Mais ta main et ton œil ne sont pas malades... et ce croquis de P'tero appuyé contre Ormonth... c'est lui tout craché.

Iantine se sentit revivre à ce compliment, car son croquis du chevalier bleu était bon – meilleur que tous les dessins frauduleux qu'il avait faits à Bitra. Il avait encore honte de la façon dont il avait pactisé avec sa conscience et s'était abaissé à faire des portraits obséquieux pour plaire. Le compliment de M'leng était un véritable baume pour son ego.

– Je peux faire mieux que ça...

– Cette pose me plaît. Tu ne peux pas la faire en plus grand ? Je veux dire – et M'leng regarda n'importe quoi sauf Iantine – j'aimerais mieux que P'tero ne sache pas... je veux dire...

– Tu veux lui faire une surprise ?

– Non, ce sera juste pour *moi* ! dit M'leng, se frappant la poitrine du pouce d'un air de défi. Comme ça, je l'*aurai*...

Iantine resta perplexe devant tant d'intransigeance, mais accepta vivement craignant que M'leng ne parvienne plus à dominer son émotion. Il avait les yeux pleins de larmes et serrait les dents.

– Je le ferai, bien sûr, mais une séance de pose aiderait...

– Oh, je pourrai arranger ça de façon qu'il ne se doute de rien. Tu dessines tout le temps, ajouta-t-il, d'un ton presque accusateur.

Grâce à la conférence qu'il venait d'entendre, Iantine était beaucoup plus conscient qu'avant des dangers que les dragons et leurs maîtres affronteraient bientôt. Si un portrait de son ami pouvait réconforter M'leng, il ne pouvait faire moins qu'accéder à sa demande.

– Ce soir, poursuivit M'leng, obstiné dans la poursuite de son objectif, je m'arrangerai pour qu'on s'assoie près de ta table habituelle. Je lui ferai mettre sa plus belle tunique pour que tu le peignes à son avantage.

– Mais suppose... commença Iantine, se demandant comment il pourrait empêcher P'tero de s'apercevoir qu'il le portraiturait.

– Occupe-toi du portrait, et je me charge de P'tero, dit M'leng, lui tapotant le bras pour faire taire ses objections. Aussi longtemps qu'il vivra, ajouta-t-il entre ses dents.

Ce petit *a parte* coupa le souffle à Iantine. M'leng était-il donc si sûr que P'tero allait mourir ?

– Je ferai de mon mieux, M'leng, tu peux en être certain.

– Oh, j'en suis certain, dit M'leng, relevant la tête pour rejeter ses boucles en arrière. Je t'ai regardé travailler, tu comprends, ajouta-t-il avec un sourire entendu.

Il tendit une main adoucie par l'huile des onctions aux dragons. Iantine la prit, et s'étonna de sa force.

– Waine dit qu'une bonne miniature – et c'est ce que je veux, dit-il, tapotant sa poche poitrine pour montrer où il voulait la mettre, par un bon compagnon, coûte quatre marks. C'est bien ça ?

Iantine hocha la tête, incapable de parler car il avait la gorge serrée. M'leng dramatisait certainement. Mais était-ce bien sûr ?

En bruit de fond, il entendait T'dam instruisant ses auditeurs du type et de la gravité des blessures et des premiers secours à donner à chaque cas.

Quelle conférence cruelle à faire à des apprentis ! Et pourtant – et cette idée l'interloqua – n'était-ce pas plus charitable d'être véridique maintenant, pour atténuer le choc de ce qu'ils vivraient peut-être ?

– Ce soir ? dit M'leng d'un ton ferme.

– Ce soir, dit Iantine, hochant la tête.

Eh bien, voilà ce qu'il pouvait faire en remerciement de la gentillesse de tout le Weyr à son égard – il allait dessiner toutes les personnes qui vivaient actuellement au Weyr de Telgar.

Chapitre VII

FORT DE FORT

Le même jour, des cours avaient lieu à Fort. Dans la grande salle de conférence de l'Université, Corey, en sa qualité de Doyenne des Médecins, dirigeait un séminaire de trois jours à l'intention de tous les guérisseurs venus à dos de dragon, incluant une session consacrée aux premiers soins à donner aux dragons et à leurs maîtres. Elle était assistée de N'ran, médecin du Weyr de Fort, qui avait étudié la médecine vétérinaire avant de conférer l'Empreinte à son brun Galath par inadvertance. Pour l'heure, Galath se chauffait au soleil, tandis qu'un vert, assez petit pour entrer dans la salle, servait de sujet de démonstration comme Ormonth à Telgar.

– Nous avons pu faire des copies des dossiers des docteurs Tomlinson, Marchane et Lao, comprenant quelques photos décolorées de blessures. L'heure du déjeuner est heureusement assez éloignée, dit-elle avec un sourire hésitant. Les descriptions verbales sont pires, mais il est indispensable que tous ceux qui auront à traiter les blessures soient pénétrés de la rapidité – et elle leva un doigt – et de l'horreur des Fils – second doigt puis un soupir – et de la nécessité d'agir vite – longue pause – pour limiter les souffrances.

Un concert de murmures lui répondit, et elle vit que certains avaient pâli. D'autres avaient l'air provocant.

– D'après ce que nous avons pu déterminer, moi-même et mon équipe, poursuivit-elle, montrant les auditeurs de la première rangée, nous n'avons pas beaucoup d'options. Nous ne pouvons pas plonger dans l'*Interstice* comme le font les dragons... Oui ?

– Pourquoi pas. Si c'est une alternative...

– Pour les dragons, pas pour nous. Parce que toutes les archives insistent sur la rapidité avec laquelle les Fils... consomment l'organisme. Trop vite pour appeler un dragon, même s'il y en avait dans votre voisinage. Une vache entière disparaît en moins de deux minutes.

– Mais, ça ne donne même pas le temps de... commença un homme qui laissa sa phrase en suspens.

– Exactement, dit Corey. Si un membre est touché, il faut amputer avant que les Fils ne se répandent dans tout l'organisme.

– Bon sang, on ne peut pas...commença un autre.

– Si l'amputation assure la survie, il faut la pratiquer.

– Mais seulement s'il y a un médecin sur place.

Corey reconnut le médecin d'un grand fortin de Nerat.

– Beaucoup d'entre nous seront sur place, dit Corey avec fermeté. Au côté des équipes au sol, partageant leurs dangers... et, espérons-le, sauvant autant de vies que possible.

Elle eut un sourire ironique.

– N'importe quelle étendue d'eau sera un auxiliaire appréciable vu que les Fils s'y noient. Et vite, selon les archives. Selon le site de la blessure, l'eau peut retarder suffisamment la progression des Fils pour permettre l'amputation. Même une auge est suffisante.

Elle jeta un coup d'œil sur ses notes.

– Les Fils ont besoin d'oxygène autant que de matières organiques. Ils se noient en trois secondes.

– Et s'ils sont enfoncés dans les chairs ?

– Trois secondes. Les muscles ne contiennent pas l'oxygène libre nécessaire à la vie des Fils. La glace aussi peut retarder leur progression, mais il n'y en a pas toujours de disponible.

« Supposons que nous avons, d'une façon ou d'une autre, arrêté la progression des Fils, mais que nous avons une brûlure grave, ou une amputation. Baume antalgique à volonté. Et bénissons la planète d'avoir inventé un remède dont elle ne savait pas que nous aurions besoin. En cas d'amputation, appliquez les procédures classiques, naturellement, y compris la cautérisation. Au moins, cela éliminera les derniers vestiges de Fils. Il y aura de nombreux traumatismes, pour lesquels le fellis est recommandé... si le patient n'a pas perdu connaissance.

Elle consulta ses notes.

– Tomlison et Marchane indiquent également que le taux de mortalité par apoplexie ou arrêt du cœur est élevé. Lao, qui a exercé jusqu'à la fin du Premier Passage, note que des patients légèrement brûlés et guéris, sont morts du traumatisme d'avoir été brûlés. En préparant vos groupes à ce problème, insistez bien sur le fait que les brûlures de Fils peuvent être guéries.

– Si nous intervenons assez vite, dit un plaisantin.

– C'est pourquoi il est important qu'un médecin accompagne les équipes au sol chaque fois que ce sera possible. Et c'est pourquoi aussi les techniques de premiers secours doivent être enseignées à tous les Forts et Ateliers de votre voisinage. Notre nombre est limité, mais nous pouvons enseigner à beaucoup ce qu'il faut faire, et réduire ainsi les pertes.

« Et, poursuivit Corey, il faut bien faire comprendre à tous les gens non engagés dans une équipe au sol, qu'ils doivent rester à l'abri à l'intérieur jusqu'à ce que tout danger soit écarté.

« Maintenant, nous allons aborder les blessures des dragons, puisqu'il y en aura fatalement, et que les équipes seront appelées à porter secours au dragon et à son maître. Ils ont sur nous l'avantage de pouvoir aller dans l'*Interstice*, ce qui gèle les Fils. Mais les brûlures n'en sont pas moins douloureuses.

« La plus grande partie des blessures des dragons surviennent sur la surface des ailes... s'il te plaît, Balzith, dit-elle, se tournant vers le patient petit vert qui déploya docilement une aile tandis qu'elle continuait son exposé.

Quand ils s'arrêtèrent pour le déjeuner, avant d'aborder d'autres problèmes – tels que l'assainissement et l'hygiène dans les petits fortins, où les installations n'étaient pas aussi efficaces que dans les grands centres de population – Joanson de Boll Sud et Frenkal du Fort de Tillek, tous deux médecins confirmés, vinrent trouver Corey.

– Corey, quelle est ta position vis-à-vis de... l'euthanasie, demanda Joanson d'un ton pensif.

Elle considéra un long moment sa haute silhouette.

– Ce qu'elle a toujours été, Joanson. Comme tu le réalises, bien des membres de l'auditoire n'ont pas reçu de formation médicale. Je ne peux pas leur demander de faire ce qui me serait à moi très, très difficile : pratiquer l'euthanasie.

Elle regarda longuement Joanson, puis jeta un coup d'œil sur Frenkal qui semblait s'amuser de son dilemme.

– Nous avons juré de préserver la vie. Nous avons aussi juré de préserver une certaine qualité de vie chez ceux confiés à nos soins.

Elle sentit ses lèvres frémir, au souvenir de certains cas où ces deux préceptes s'étaient trouvés en conflit.

– Chacun de nous doit réfléchir à la façon d'affronter ces situations désespérées : abréger ou non une agonie si nécessaire, et même sur le plan éthique. Je ne crois pas que nous aurons beaucoup le temps de penser à la morale, à l'éthique, à la bonté ou à la cruauté, au moment où nous serons forcés de... d'agir.

Elle fit une pause, prit une profonde inspiration.

– Je me souviens avoir vu des films de l'Infirmerie, montrant un animal dévoré vivant par les Fils...

Elle vit Tomlinson grimacer.

– Oui, dévoré vivant, parce que les Fils l'avaient touché à l'arrière-train. Je crois que s'il s'agissait de quelqu'un que vous connaissiez, vous opteriez... pour la fin la plus rapide.

Comme ils ne furent pas les seuls à la questionner à ce sujet, elle accueillit avec soulagement la fin de la pause, pour reprendre la question moins angoissante de l'amputation. Tous avaient besoin de rafraîchir leurs connaissances sur le sujet, surtout en situation d'urgence où le temps manquerait pour les préliminaires permettant d'obtenir de beaux moignons. Elle avait aussi les nouveaux coupe-os – à distribuer à la fin du séminaire. Kalvi les lui avait apportés lui-même.

– C'est le meilleur tranchant qu'on ait pu obtenir pour un outil chirurgical, Corey, lui dit-il avec fierté. On les a testés à l'abattoir. Ça coupe les muscles et les os comme du fromage. Mais il faut les affûter de temps en temps, quand même. Et je leur ai fait des étuis, pour que personne ne se sectionne un doigt par erreur.

Les chirurgiens, pensa Corey, n'étaient pas les seuls à pratiquer l'humour noir.

Pendant ce temps, dans le Grand Hall du Fort de Fort, le Seigneur Paulin ayant pris place à la première rangée, le même Kalvi, devant ceux qui composeraient les équipes au sol du Fort, faisait une démonstration de l'usage et de l'entretien des cylindres à HNO3, depuis l'assemblage des pièces jusqu'à la rapide énumération des principaux problèmes pouvant survenir sur le terrain. Tous les petits vassaux du Fort étaient là, et beaucoup avaient amené leurs aînés. Tous étaient venus à pied, les leurs ou ceux de leurs chevaux, le Weyr de Fort, comme les cinq autres, commençant à restreindre les transports à dos de dragon. Le Seigneur Paulin comprenait et approuvait cette mesure.

– Nous avons eu la vie beaucoup trop facile, à nous servir des dragons comme nos ancêtres se servaient de leurs machines aériennes, l'entendit-on dire à l'un de ses vassaux qui se plaignait de s'être vu refuser le transport par la voie des airs. Nous n'élevons pas des chevaux uniquement pour les courses. Les chevaliers-dragons ont été bien trop accommodants. Ça nous fera du bien de marcher et chevaucher. Naturellement, vous avez agrandi vos étables pour abriter toutes vos bêtes ?

Question qui fut accueillie par un concert de gémissements, chacun se plaignant que les ingénieurs n'aient pas consacré assez de temps à essayer de reproduire les merveilleux tranche-pierre avec lesquels leurs ancêtres avaient excavé les falaises pour y habiter.

Critiques que Kalvi avait écartées d'un haussement d'épaules.

– Nous avons une liste de priorités, et les tranche-pierre n'y figurent pas. Et c'est normal. Nous avons encore deux aéro-traîneaux dans le nord, mais pas de carburant pour les faire voler. Nous n'avons jamais découvert ce qu'ils utilisaient, dit-il. Et pas moyen non plus de reproduire les batteries, car dans le cas contraire, je suis sûr que nos ancêtres l'auraient fait. Sinon, pourquoi auraient-ils créé les dragons ? D'ailleurs, les ressources renouvelables sont plus utiles.

Après l'exposé principal, suivi du déjeuner, ils se rassemblèrent dehors pour un exercice de tir. C'était bien plus intéressant qu'écouter Kalvi radoter sur la façon de régler les valves pour obtenir une langue de feu longue et étroite, ou une flamme large et courte. Ou sur la façon de nettoyer le bec obstrué par les Fils.

– Vous pouvez varier vos flammes presque autant qu'un dragon, dit Kalvi, passant ses réservoirs à la bretelle, la voix un peu étouffée par son équipement de sécurité. Toi, là-bas, le casque n'est pas fait pour les chiens. Coiffe-le, et abaisse la visière !

Le coupable s'exécuta immédiatement sous le regard sévère de Kalvi.

– La portée de cet appareil est de six mètres pour les flammes longues, deux mètres pour les courtes. C'est la limite de sécurité.

Il tripota la lance.

– Ce maudit truc est coincé...

Il sortit un tournevis et fit un petit réglage.

– Pointez *toujours* la lance dans la direction opposée à votre corps, dit-il d'une voix ferme, joignant le geste à la parole. Le bec ne doit *jamais* non plus être dirigé vers vos camarades. Nous calcinons les Fils, pas les gens. Ne commencez *jamais* à mélanger les deux gaz sans regarder dans quel sens votre lance est pointée. Car vous pourriez brûler, flétrir et calciner sans le vouloir. *N'est-ce pas, Laland?* dit-il à l'un de ses compagnons.

L'homme sourit, dansant nerveusement d'un pied sur l'autre sans regarder son Maître.

– Maintenant, fais signe aux équipes d'en haut, Paulin, dit-il, se campant fermement sur ses deux pieds et levant sa lance.

Paulin agita un mouchoir rouge, et soudain un paquet de « quelque chose » fut catapulté de la falaise, coupant le souffle à tous les assistants. Certains levèrent leur lance, sur la défensive, d'autres restèrent bouche bée quand le « paquet » se sépara en longs brins argentés, certains fins, d'autres épais, tombant à des vitesses différentes. Dès qu'ils furent à portée, Kalvi activa son lance-flammes.

Pendant une seconde, la flamme sembla s'arrêter aux extrémités des torons, puis se mit à courir le long du matériau, dont il ne resta bientôt plus que des petits flocons de cendres noires. Un rugissement approbateur s'éleva et des applaudissements éclatèrent.

– Pas mal, dit Paulin, souriant devant la vigilance accrue des assistants.

– Nous avons visé au réalisme, dit Kalvi, fermant ses réservoirs. En utilisant un câble retardateur. Nous avons de nombreuses descriptions de la façon dont tombent les Fils, et c'est ce que nous avons pu faire de plus approchant.

« Maintenant, poursuivit-il, se tournant vers ses élèves, il vaut mieux calciner les Fils avant qu'ils ne touchent ou vous ou le sol. Les Fils sont de deux sortes : ceux qui se dévorent eux-mêmes, et qui ne sont pas un problème, même s'ils sont nombreux et dégoûtants. Et ceux qui trouvent quelque chose à ingérer, ce qui leur permet de passer au deuxième stade de leur cycle de vie ; nos ancêtres n'ont jamais pu beaucoup les étudier. Ils savaient seulement qu'ils existent. Nous le savons aussi, parce qu'il y a certaines régions dans le nord où le sol est encore stérile, deux cents et quelques années après la dernière Chute. Si ce type de Fils trouvent ce dont ils ont besoin, en plus des matières organiques, ils peuvent se propager, se diviser ou autre chose. C'est pourquoi il nous faut des équipes au sol. C'est ce type qu'il faut absolument empêcher de s'enterrer. Nos ancêtres pensaient que les Fils avaient besoin d'un minéral ou d'un élément quelconque qu'ils trouvent dans le sol, mais comme ils n'ont pas découvert ce que c'était, nous ne le saurons sans doute jamais non plus, soupira Kalvi. C'est pourquoi nous incinérons tous ceux qui échappent aux dragons.

Il fit une pause et regarda le haut de la falaise, où les équipes attendaient près de leurs catapultes.

– PRÊTS, LÀ-HAUT ? cria-t-il, les mains en porte-voix.

En réponse, des drapeaux rouges s'agitèrent à intervalles réguliers le long de la falaise.

– Maintenant, rangez-vous par groupes de cinq parallèlement à ces drapeaux rouges. Quand vous serez tous en place – et hors de portée de vos lances respectives – dit Kalvi avec un sourire ironique, je donnerai le signal et on verra comment vous vous débrouillez.

Les résultats furent plutôt mitigés : certains avaient tout de suite trouvé le coup de main, tandis que d'autres n'arrivaient même pas à mélanger correctement les deux gaz pour obtenir une flamme.

– Enfin, ce sont des choses qui arrivent, dit Kalvi d'un ton patient et résigné. Je devrais leur faire remonter les Fils en haut de la falaise.

– Ça leur servirait de leçon, dit Paulin.

– Ce serait trop long. ENVOYEZ LES FILETS, rugit Kalvi, puis souriant à Paulin, il ajouta : je pensais bien qu'on aurait des problèmes, alors j'ai prévu de refaire servir nos faux Fils.

– Combien en as-tu apporté ?

– Des kilomètres, dit-il, souriant toujours.

Le temps que le court après-midi hivernal fasse place à la nuit, tous avaient eu l'occasion de « calciner » des Fils, malgré à-coups et ratages. La provision de faux Fils s'épuisa avant qu'ils ne perdent leur intérêt pour l'exercice.

– Maintenant, n'allez pas vous exercer tout le temps, dit Paulin à ses vassaux en retournant vers le Fort.

L'exercice avait eu lieu à quelque distance du Fort sur la Route du Nord, où il n'y avait ni bêtes ni gens qui auraient pu être brûlés.

– L'HNO3 n'est pas très difficile à fabriquer, mais il n'en est pas de même des lance-flammes. Alors, ne les usez pas prématurément.

Pendant l'exercice, on avait dressé des tables dans le Grand Hall, et les participants étaient aussi affamés qu'un jour de Fête.

– Demain, nous nettoierons le matériel, annonça Kalvi pendant qu'on servait le klah. Puis vous démonterez et remonterez les appareils, pour que je sois sûr que vous savez ce que vous faites. Le Seigneur Paulin offre une récompense au plus rapide.

Des acclamations emplirent le Hall.

– Le moral est bon, dit Paulin à Kalvi, qui hocha la tête, satisfait de cette première séance d'instruction.

Si toutes les réunions qu'avait prévues l'ingénieur en chef pour les autres grands Forts se passaient aussi bien, il pourrait même prendre quelques jours de vacances pour aller pêcher dans les eaux d'Ista. Dans leurs recherches frénétiques en vue de la préparation du Deuxième Passage, ils avaient découvert quelques bobines de solide fil de Nylon pour la pêche. Le code-barre du carton était endommagé, de sorte qu'il n'y avait pas moyen de savoir quand il avait été fabriqué, mais il tardait à Kalvi de le tester à la pêche au gros dans les eaux tropicales d'Ista. Ce genre de matériau synthétique était extrêmement durable, et supporterait sans doute le poids d'un thon, qui pouvait être substantiel.

Un troisième groupe, composé d'enseignants – novices et expérimentés – était rassemblé dans le spacieux réfectoire de l'Université. Aujourd'hui, ils avaient la tâche plus agréable d'apprendre et de répéter les nouvelles ballades qui seraient utilisées dans l'enseignement des jeunes. Le deuxième jour, le Chef du Weyr enseignerait aux professeurs itinérants les meilleures façons de se protéger s'ils étaient surpris dehors par une Chute. Clisser était submergé de plaintes sur les restrictions apportées aux vols des dragons, jusqu'alors le moyen de transport habituel. Tous les enseignants ne savaient pas monter les lourds chevaux élevés pour les longs voyages dans la montagne. Il allait être obligé de réaffecter beaucoup d'entre eux. Nouveau casse-tête.

Mais pendant cette session de trois jours, l'accent serait mis sur la musique et les nouveaux programmes. Non qu'ils n'aient pas provoqué de réactions contestataires. Clisser commençait à penser que Bethany avait raison de dire que, comme les Premiers Colons, ils étaient devenus trop dépendants des ordinateurs. Curieusement, c'étaient les professeurs âgés qui approuvaient le plus les nouvelles méthodes.

– Il est grand temps que nous nous mettions à la page, en accord avec la vie que nous menons ici, et non pas avec ce que nos ancêtres avaient à l'époque, dit Layrence de Tillek. Ce sont des choses que nous n'aurons jamais, alors, pourquoi les étudier ?

– Mais nous avons des traditions à maintenir, dit Sallisha, fronçant les sourcils.

Ce qui fit réaliser à Clisser que sa réputation de franchise n'était pas sans mérite.

– Des traditions qu'ils doivent comprendre pour apprécier ce que nous avons...

– Oh, Sallisha, dit Bethany, avec son sourire conciliant, nous incorporons ces traditions dans les Ballades, mais en *insistant* sur ce qu'ils ont besoin de comprendre de notre vie actuelle.

– Mais notre glorieux passé... commença Sallisha.

– Est passé, dit Sheledon avec force, fronçant les sourcils à son tour. *Tout* le passé a disparu, alors pourquoi nous attarder sur des contacts que nos ancêtres ont rompus pour de bonnes raisons.

– Mais.. mais... ils devraient *savoir...* insista Sallisha.

– S'ils veulent en savoir plus, ils n'auront qu'à le lire dans les livres, dit Sheledon. Pour le moment, ils doivent affronter le problème des Fils...

– Et *ça,* c'est bien plus important que de savoir quelles planètes ont survécu aux bombardements des Nathis et qui gouvernait le monde en 2089, dit Shulse. Ou comment calculer une trajectoire parabolique autour d'un primaire.

Sallisha foudroya du regard le prof de maths.

– Bien sûr, poursuivit Shulse, nous approuvons l'histoire quand elle nous parle du Gouverneur Emily Boll ou de l'Amiral Benden, parce qu'ils font partie intégrante de l'histoire *pernaise.*

– Mais il faut leur montrer le tableau d'ensemble, insista Sallisha qui était l'obstination incarnée.

– Et certains élèves seront vivement intéressés, j'en suis certain, répondit Shulse. Mais je suis d'accord avec Clisser pour élaguer les matières à étudier et les limiter à ce qui concerne *ce* monde et *notre* civilisation.

– Civilisation ? dit Sallisha avec mépris.

– Quoi ? Tu ne trouves pas « civilisé » ce que nous avons accompli ici ? dit Sheledon, qui aimait taquiner l'esprit prosaïque de Sallisha.

– Pas comparé à ce que faisaient nos ancêtres.

– Et tout ce qui accompagne une société de haute technologie – comme les drogués préadolescents, les gangs de rues, les épidémies, et les fraudes technologiques si fréquentes que les gens s'étaient remis à stocker leurs crédits sous leurs matelas pour protéger leurs ressources, les...

– Fais-moi grâce de la suite, dit Sallisha avec dédain, et concentre-toi plutôt sur les aspects positifs...

– Sais-tu à quel point c'était dangereux d'être enseignant sur la vieille Terre ? gloussa Sheledon.

– Sottise. Notre civilisation – et elle insista lourdement sur le mot – révérait les enseignants à tous les niveaux.

– Seulement après la réintroduction de la discipline... commença Sheledon.

– Et l'introduction des pistotranks, ajouta Shulse.

– Ce n'est pas un problème sur Pern, dit Sallisha avec hauteur.

– Et nous avons bien l'intention que ça continue, dit fermement Clisser, en ajustant notre enseignement à ce qui intéresse nos classes et en supprimant l'inutile.

– C'est ce que *tu* décides qui est utile ? dit Sallisha, pivotant vers Clisser.

Clisser lui montra les fichiers alignés le long d'un mur de la bibliothèque où ils se trouvaient.

– J'ai adressé des questionnaires à tous les enseignants, et à tous les fortins, grands ou petits, pour leur demander leur avis. Je l'ai reçu, et ce programme, dit-il, levant un gros volume dans sa main, en est le résultat. Vous en avez tous un exemplaire. Et les Ballades d'Enseignement feront partie des documents que vous recevrez pendant cette session.

Sallisha se retira de mauvaise grâce, boudant comme l'aurait fait toute étudiante indocile. Il se demanda si elle avait conscience de la similitude de comportement. Pourtant, Sallisha était excellent professeur, capable de transmettre ses connaissances à tous les niveaux, et, en conséquence, elle dirigeait les études dans tout le sud-est de Pern. Mais elle avait ses petits défauts – comme tout le monde.

Faire apprendre par cœur les Ballades d'Enseignement aux enfants améliorerait leur mémoire, faculté que la technologie avait fait négliger, réalisait maintenant Clisser. Et les Colons avaient choisi Pern et ses ressources limitées en partie pour s'affranchir de la technologie. Il avait lu quelque part que certaines personnes ne quittaient jamais leur village natal, vivant comme des ermites, contactant leurs semblables uniquement par l'électronique. Moins par peur du monde extérieur que par indolence. Personne ne pouvait être indolent sur Pern, se dit Clisser, et il sourit. Quel gâchis que de passer toute sa vie à la même place ! Sur Pern, peut-être que les événements – tels que les Chutes de Fils – les avaient fait descendre plus bas sur l'échelle technologique que les Colons ne l'avaient prévu, mais ils s'étaient adaptés à Pern et l'avait adaptée à leur usage. Et ils affronteraient la menace avec des forces aériennes bien développées et entièrement renouvelables.

Il espérait... Clisser ravala son air en une sorte de sifflement inversé. Chacun sur la planète – à une exception notable – se ceignait les reins et préparait son foyer à cette attaque. Se préparer était une chose, mais endurer cinquante ans de Chutes en était une autre. Brièvement, il relut les récits publiés par les colons assiégés de Sirus III et Vega IV quand les Nathis avaient commencé à bombarder leurs planètes. Jour après jour, d'après les films historiques, des missiles sales avaient plu sur ces planètes, rendant la surface inhabitable. Des générations entières avaient grandi dans des abris souterrains... Clisser sourit à part lui – c'était peu différent des grottes et excavations dans lesquelles vivaient les Pernais. Et en fait, ces installations avaient bénéficié de l'expérience acquise sur Sirus et Vega – utilisant le noyau de magma pour fournir de la chaleur, et les panneaux solaires pour produire de l'électricité. Les humains avaient survécu dans des conditions bien pires que celles régnant sur cette planète. Sur Pern, on savait au moins où et quand les Fils tomberaient, et l'on pouvait prévoir des défenses efficaces. Pourtant, sur Pern, l'étendue des Chutes était terrifiante, et l'échec à les contrôler avait des conséquences effroyables.

Comme généralement tous les échecs.

C'est pourquoi Clisser espérait que la musique tonique qui avait été composée aurait l'effet désiré : remonter le moral de la population et encourager l'effort. Il se demanda brièvement ce qui serait arrivé sur la vieille Terre à l'époque des Nationalismes, si un ennemi extraterrestre était intervenu pour unir les différentes races.

En tout cas, Jemmy et Sheledon avaient composé des airs entraînants, martiaux en même temps qu'encourageants. Certaines mélodies moins ambitieuses avaient tendance à devenir des scies, de sorte qu'on s'éveillait en les sifflotant ou en les fredonnant mentalement. Marque d'une mélodie réussie, selon Clisser. Et ils avaient écrit des partitions pour instruments solistes ou pour des combinaisons des plus courants, de sorte que même des musiciens inexpérimentés de fortins isolés pourraient accompagner les chanteurs.

Les énigmes chantées de Jemmy étaient un vrai régal. Clisser n'avait pas encore trouvé toutes les réponses, mais elles seraient utiles pendant les Chutes, pour distraire les gens de ce qui se passait dehors. La lamentation de Bethany – le premier chant qu'elle eût jamais composé – suivait sur le programme, et il se renfonça dans son siège pour l'écouter.

Mais son esprit, angoissé au sujet de son nouveau programme, refusait de se concentrer sur la musique. Entre autres choses, *qu'est-ce* qu'il allait faire au sujet du Fort de Bitra ? Le dernier instituteur qu'il avait envoyé là-bas était parti, résiliant son contrat avec Chalkin – non que Clisser eût blâmé Issony après avoir appris la façon dont il avait été humilié par Chalkin et menacé par les enfants indisciplinés du Fort – mais les enfants *devaient* recevoir au moins une instruction élémentaire. On ne pouvait pas se permettre le luxe de laisser une province entière retomber dans l'illettrisme.

Assurément, les enfants apprenaient tous à un rythme différent : il le savait, et l'enseignement devait être aussi intéressant que possible, pour servir de fondation à des études plus poussées, et aussi pour la vie elle-même. Car c'était bien là le but de l'enseignement : développer les compétences permettant de résoudre les problèmes. Et utiliser le potentiel disponible chez tous – même chez un Bitran, ajouta-t-il amèrement.

Il devrait peut-être réaffecter Sallisha à Bitra. Puis il gloussa. Peu probable. Elle avait assez d'ancienneté pour refuser carrément.

C'est alors qu'il décida, aux accents mélodieux de la Ballade de Bethany, d'aborder le problème de Chalkin, Seigneur de Bitra, au prochain Conclave. Il *fallait* faire quelque chose à son sujet.

Pendant le dernier dîner qui réunit les trois groupes dans la cour du Fort autour de trois bouvillons rôtis, Clisser entendit prononcer le nom de Chalkin et fonça sur le groupe qui en parlait.

– Ce n'est pas tout, disait M'shall, son visage généralement souriant creusé d'un pli profond. Il a posté des gardes à ses frontières, et ceux qui veulent partir ne peuvent emporter que leurs vêtements. Rien d'autre, pas même les animaux qu'ils ont élevés eux-mêmes.

Clisser n'avait pas réalisé que le Chef du Weyr de Benden était là, mais sa présence était sans doute fortuite.

– Tu parles de Chalkin ? demanda-t-il, quand les autres remarquèrent sa présence et élargirent leur cercle pour lui faire place.

M'shall rit avec dérision.

– Qui d'autre irait chasser les gens de leur fortin en ce moment ?

– Je viens d'avoir des nouvelles d'Issony, l'un de mes instituteurs itinérants. Il a quitté Bitra, et rien n'a pu le persuader d'y retourner. Mais même les Bitrans doivent apprendre à lire.

– Ha ! railla M'shall, imité par tous les autres.

– Les heures de classe éloignent les Bitrans d'autres activités qui rapportent plus à leur Seigneur. Qu'est-ce qu'il a fait à Issony ?

– Il te le racontera en long et en large si tu le lui demandes. En fait, ça lui ferait du bien. Il paraît qu'un de tes chevaliers-dragons lui a porté secours.

– Nous effectuons beaucoup de sauvetages à Bitra, dit M'shall, l'air assez mécontent de cette nécessité. Mais seulement de non-Bitrans, ajouta-t-il.

– Écoutez-moi bien, dit Bridgely, l'air prêt à exploser. Je ne secourrai pas tous ses réfugiés. Et je ne lèverai pas le petit doigt pour l'aider quand son Fort sera arrosé par les Fils.

– N'aurions-nous pas l'air bête s'il finissait par avoir raison ?

dit Farley, l'un des petits vassaux. Aïe, je vois que ce n'est pas la chose à dire, ajouta-t-il sous les regards froidement réprobateurs.

– Chalkin a toujours été contrariant de nature. Mais jamais positivement idiot comme maintenant.

– Il dépasse même « l'idiot invétéré », dit Bridgely. Cet Issony, il est ici ? Eh bien, amène-le à Fort. Nous allons prendre des mesures définitives vis-à-vis de Chalkin.

– Tout de suite ? dit Clisser, qui ne put s'empêcher de jeter un coup d'œil aux bouvillons qui rôtissaient, et humant les odeurs succulentes qui s'en échappaient.

– J'ai l'intention de manger aussi, rectifia Bridgely.

– Je viens de finir de dîner à Benden, dit M'shall, dont les narines frémissaient pourtant aux bonnes odeurs. Bah, je peux toujours manger un morceau avec vous pour vous permettre de dîner tranquillement.

– Tu as bien minuté ton arrivée, hein ? dit Farley, souriant devant leur intérêt évident pour les rôtis. Est-il *possible* de faire quelque chose à l'encontre d'un Seigneur irresponsable ?

– Lis ton exemplaire de la Charte, Farley, dit Clisser.

– Et depuis quand les gardes-frontières...

Paulin fit une pause, indigné de cette mesure.

– ... sont-ils en place ?

Il avait réuni tous les intéressés dans son bureau après le dîner. Issony attendait à côté, au cas où l'on aurait besoin de lui.

– Pour autant que nous puissions en juger, depuis environ sept jours, dit M'shall. Comme tu le sais, nous avons quadrillé tout Bitra pour voir si la population avait été prévenue de l'imminence des Chutes.

– Ha ! s'exclama Bridgely. Très peu de Bitrans savent quand et où se tiennent les Fêtes, et encore moins y assistent.

– Ce n'est pas normal, dit Paulin, branlant du chef.

– Franchement, Paulin, les dîmes qu'il prélève sont punitives. Aucun d'eux ne semble avoir un mark à dépenser même quand ils apportent des articles à vendre aux Fêtes de Benden. Et on ne les encourage pas à voyager.

– Même pour aller à une Fête ? dit Paulin qui ajouta, répondant à sa propre question : non, il ne peut pas les encourager, hein ?

– Pas s'il a peur qu'ils comparent leur condition à celle des autres Forts. Et il n'aime pas non plus que les marks bitrans sortent de ses frontières.

– Mais il empoche tous ceux que les flambeurs perdent aux amicales petites parties qu'il organise, dit M'shall.

– J'avoue que j'ignorais à quel point il est restrictif, dit Paulin d'un ton pensif.

– Comment le saurais-tu ? dit Bridgely, l'absolvant de cette ignorance. Tu vis sur la Côte Ouest. Nous, nous sommes au courant parce que nous voyons très peu de Bitrans aux Fêtes de la Côte Est. Oh, ses joueurs n'en ratent pas une...

– Oui, on peut même dire qu'ils sont partout, murmura Paulin. Mais la fermeture de ses frontières semble indiquer que certains de ses vassaux ont paniqué en apprenant l'imminence des Chutes.

– Effectivement, dit sombrement Bridgely. Et quand une délégation a eu le courage de lui en parler, il les a fait chasser de leurs fortins à coups de fouet. J'ai vu les marques, alors je sais qu'ils ne mentent pas. Ils ont dit qu'ils ne l'avaient jamais vu dans une colère pareille. Il leur a dit que les chevaliers-dragons cherchaient à faire augmenter les dîmes sous ce prétexte en répandant de fausses rumeurs. Et il enrageait au sujet de la nouvelle mine qu'on va ouvrir au-dessus de Ruatha, alors que les Bitrans auraient pu exploiter celles de la Vallée de Steng.

– Le monde entier est ligué contre les Bitrans ? demanda Paulin d'un ton cocasse.

– Tu as tout compris, dit M'shall.

– Chalkin a également refusé de prendre livraison des cylindres à HNO3, dit Kalvi.

– Il n'a pas voulu les payer, tu veux dire, intervint M'shall. C'est ce que les chevaliers-dragons de Telgar ont dit aux miens.

– De toute façon, il n'aura pas d'équipes au sol. Je crois qu'il est allé assez loin pour justifier sa déposition, dit lentement Paulin. En sa qualité de Seigneur, c'est son devoir d'informer et de préparer sa population aux Chutes. C'est pourquoi notre système de gouvernement a été instauré : pour donner aux gens un chef fort afin de les guider pendant une Chute et fournir les secours d'urgence. En fermant ses frontières, il a également abrogé l'une des dispositions majeures de la Charte : la liberté de mouvement. Il a transformé l'autonomie en despotisme. J'enverrai ces informations à tous les Seigneurs et Chefs d'Ateliers... Oh, ajouta-t-il, regardant Clisser avec consternation, nous ne pouvons plus faire de copies, n'est-ce pas ?

– Un chevalier-dragon peut contacter tous les autres Seigneurs, dit M'shall. Ou un messager sur votre côte et un sur la nôtre. Ce qui ne demanderait que deux copies.

– Je demanderai un chevalier-dragon à S'nan, dit Paulin, cherchant un bloc-notes.

– S'nan en sera ravi, dit M'shall, car il est très mécontent de l'arrogance de Chalkin. Cela ne se fait pas, vous comprenez, ajouta-t-il, imitant le ton compassé de S'nan.

– Il faut agir immédiatement contre Chalkin, dit Paulin, plutôt qu'attendre le prochain Conclave de Fin d'Année. Le temps presse.

Puis Paulin se tourna vers Clisser.

– A propos, Clisser, tu as trouvé une méthode irréfutable pour prédire le retour des Fils ?

Clisser sortit de sa somnolence.

– Nous avons plusieurs possibilités, dit-il, s'efforçant d'avoir l'air plus convaincu qu'il ne l'était. Mais avec la perte des ordinateurs, il nous faut plus longtemps pour examiner les options.

– Eh bien, continuez à y travailler, conjointement avec toutes vos autres activités, dit-il en souriant. Au fait, les chants d'enseignement sont vraiment très bons.

Il s'enfonça un doigt dans l'oreille et tourna, comme pour se vriller la cervelle.

– Les enfants les chantent sans arrêt, dit-il en souriant. Et pas seulement en classe.

– C'était l'idée, dit Clisser avec une satisfaction cocasse. Dois-je attendre pour rédiger ton message ?

– C'est inutile, mon ami, mais merci de la proposition. J'aurai grand plaisir à le rédiger moi-même.

Le Seigneur de Fort eut un grand sourire.

– Et je n'oublierai pas d'en garder une copie pour les Archives. A propos, il n'existait pas un vieux moyen de faire des copies... quelque chose permettant de transposer le message sur la feuille du dessous ?

Clisser pencha brièvement la tête pour réfléchir.

– Je crois que tu fais allusion aux copies carbone. Nous n'avons pas de ce papier, mais Dame Salda aura peut-être des idées. Il nous faut trouver un moyen de faire des copies multiples, ou nous passerons des heures à copier.

Il poussa un profond soupir de regret.

– Je te fais confiance, Clisser, dit Paulin. Merci à tous. Maintenant, sortez, dit-il en regardant l'assistance, et profitez du reste de la soirée pendant que je m'occuperai du message. Non que ce ne soit pas un grand plaisir pour moi, ajouta-t-il, prenant une plume dont il examina la pointe.

Ainsi poliment congédiés, ils sortirent du bureau. Clisser trouva qu'Issony avait l'air déçu qu'on ne l'ait pas appelé pour réciter sa longue litanie de plaintes contre le Seigneur Chalkin. Il veilla donc à ce qu'Issony puisse boire autant qu'il voulait du bon vin de Fort.

Chapitre VIII

WEYR DE TELGAR

Au prochain jour ensoleillé, Iantine redemanda à sortir, de sorte qu'il était dans le Bassin à l'arrivée des marchands itinérants. Toute la population des cavernes afflua dehors pour les accueillir. Iantine croquait furieusement les grands chariots poussiéreux et leurs attelages d'énormes bœufs spécialement créés pour ce travail. Ils constituaient l'une des dernières expériences en bioingénierie de Fleur du Vent, dont la grand-mère avait réalisé l'exploit de créer les dragons de Pern.

Iantine voyait les marchands aller et venir sur les routes depuis son enfance, et se rappelait avec joie les rares occasions où le groupe de Benden arrivait dans leur fortin écarté. Il se souvenait surtout des bonbons aux goûts des fruits poussant si abondamment à Nerat, et que les marchands distribuaient à poignées. Une fois, il y en avait eu au citron, régal insurpassé pour lui-même, ses frères et ses sœurs.

Pour un fortin écarté, la visite des marchands était presque aussi divertissante qu'une Fête. A la surprise de Iantine, les gens du Weyr se montrèrent tout aussi ravis. Ils trouvaient généralement un dragon pour les emmener où ils voulaient, mais l'arrivée des marchands fut encore mieux accueillie que les convois de dîme. (L'arrivée de la dîme, c'était différent, vu que chacun devait mettre la main à la pâte pour entreposer les dons assurant la vie du Weyr.) Et les marchands apportaient des nouvelles de tous les Forts et Ateliers où ils s'étaient arrêtés en chemin. Iantine remarqua que les gens bavardaient autant qu'ils examinaient les articles exposés dans les échoppes qu'avaient dressées les Liliencamp. On sortit des tables et des chaises de la caverne de la cuisine, et l'on servit le klah, du pain chaud et des gâteaux.

Léopol, qui ne quittait guère Iantine, lui apporta une collation et s'accroupit près de lui pour lui donner les dernières nouvelles.

– Ils ont installé des abris tout le long de la route, dit-il entre deux bouchées de gâteau. Ils ne veulent pas arrêter leur commerce juste parce que les Fils vont tomber. Mais ils se préparent. En ce moment, la moitié de ce qu'ils transportent dans leur chariot, c'est du matériel de sécurité. Bien sûr, ils pourront utiliser les grottes qu'ils trouveront, mais plus de bivouac à la belle étoile. Ça va changer leur style de vie, c'est sûr, dit-il avec un grand sourire. Mais c'est comme ça. Regarde, dit-il, pointant un doigt poisseux de miel sur un groupe d'hommes et de femmes assis avec les Chefs du Weyr, tous penchés sur des cartes déployées sur la table. Ils repèrent les sites, pour qu'on sache où les chercher s'ils sont surpris dehors par une Chute.

– Qui fait commerce avec Bitra ? demanda Iantine avec ironie.

– Personne, à moins d'être fou, grogna Léopol avec dédain. Tu savais que Chalkin a fermé ses frontières pour empêcher ses gens de s'en aller ? Tu savais que Chalkin ne croit pas que les Fils vont tomber ? poursuivit-il, écarquillant des yeux incrédules devant de telles énormités. Et qu'il n'a pas prévenu sa population ?

– C'est bien l'impression que j'ai eue quand j'y étais, dit Iantine. Surtout à cause de ce qui n'était pas dit et pas fait. Je veux dire, même l'Atelier Domaize faisait des réserves de nourriture en prévision des Chutes. Mais à Bitra, ils parlaient beaucoup d'enjeux et de probabilités, mais pas un mot des Fils.

– Ils sont arrivés à t'embobiner pour te faire jouer ?

A son air excité, Léopol brûlait d'entendre une réponse positive. Iantine sourit en secouant la tête.

– Pour commencer, on m'avait prévenu. Est-ce qu'on ne met pas tout le monde en garde contre les Bitrans ? Et ensuite, je n'avais pas de marks à risquer dans un jeu de hasard.

– Sinon, tu aurais complètement perdu tes honoraires, murmura Léopol, les yeux ronds d'horreur rétrospective à l'idée de la catastrophe qu'il avait évitée.

– A mon avis, Chalkin fait le mauvais pari s'il pense qu'ignorer les Fils les empêchera de tomber, dit Iantine. Les abris devront être immenses, ajouta-t-il, montrant les énormes bêtes de trait que l'on menait boire au lac.

Ou bien les énormes bêtes avaient l'habitude de voir des dragonets, ou bien elles étaient trop flegmatiques pour s'en émouvoir. En revanche, les dragonets n'avaient jamais vu de ces mastodontes pendant leur courte vie ; pris de peur, ils se mirent à pousser de tels cris que les dragons, endormis au pâle soleil d'hiver sur leurs corniches, se réveillèrent pour voir la raison de ce tapage. Iantine sourit jusqu'aux oreilles, et croqua rapidement la scène dans un coin de sa page. A ce rythme, sa généreuse provision de papier ne durerait pas longtemps.

– Ils ont utilisé plein de feuilles de tôle pour les toits des abris, tu sais, dit Léopol. Le Weyr en fournit une partie, parce que les Liliencamp doivent faire un détour pour venir jusqu'ici.

Iantine n'avait jamais réfléchi au système d'entretien du Weyr et de ses dragons. Il avait toujours pensé que les dragons et leurs maîtres ne vivaient que des dîmes, mais il avait de plus en plus de respect pour l'organisation de cette institution. Contrairement à ce qu'il avait vu à Bitra, tout le monde au Weyr travaillait dans la joie à quelque travail que ce fût, et était toujours fier d'y participer. Tout le monde aidait tout le monde, et tout le monde était heureux.

Assurément, Iantine avait récemment compris que sa petite enfance avait été relativement insouciante et heureuse. Ses années à l'Université avaient été aussi bonnes que productives, de même que son apprentissage à l'Atelier Domaize, malgré des hauts et des bas dans ses efforts pour maîtriser les techniques et parvenir à une pleine compréhension de l'Art.

Son séjour à Bitra lui avait ouvert les yeux. Le Weyr également, bien sûr, mais de façon beaucoup plus positive. Iantine réalisa sombrement qu'il faut avoir connu des épreuves pour apprécier son bonheur. Il sourit avec ironie, tandis que sa main droite terminait rapidement le croquis des Chefs du Weyr en profonde conversation avec les chefs du convoi Liliencamp.

Cette Lignée avait été la première des marchands itinérants, qui apportaient ravitaillement et messages d'un fortin isolé à un autre. Il y avait eu un Liliencamp parmi les premiers Colons les plus en vue. Iantine pensait bien avoir vu son portrait sur la grande fresque du Fort de Fort : petit homme aux cheveux noirs et aux yeux pénétrants, représenté avec un bloc-notes quelconque pendu à sa ceinture, et – Iantine n'avait pas manqué de le remarquer – plusieurs instruments d'écriture dans sa poche poitrine, et un autre coincé derrière l'oreille. L'endroit lui avait paru si logique pour poser un crayon qu'il avait lui-même adopté cette habitude.

Il examina plus attentivement les chefs du convoi. Oui, l'un d'eux semblait bien avoir un crayon sur l'oreille – et aussi une aumônière vide à sa ceinture : celle qui contenait sans doute le bloc-notes posé devant lui sur la table.

Même avec ces refuges en bordure des routes, ces marchands pourraient-ils continuer leur négoce pendant les cinquante années du Passage ? Faire un plan, c'était une chose, mais c'était une toute autre histoire que de le réaliser, ainsi que Iantine l'avait récemment appris à ses dépens. Il en résulterait d'énormes difficultés pour transporter les marchandises d'Atelier en Fort et en Weyr, d'autant plus que les dragons seraient occupés à temps plein dans la protection des terres. On ne pourrait pas leur demander d'exécuter des tâches anodines. Après tout, les dragons n'avaient pas été créés pour assurer les transports. Ils avaient été « bioingénierés » pour constituer une force défensive. Le transport des biens et des personnes n'était qu'accessoire, et réservé aux années d'un Intervalle.

Il se demanda si les marchands auraient du papier à dessin dans leurs grands chariots. Non qu'il eût encore en poche le moindre quart de mark, mais peut-être qu'ils accepteraient un ou deux croquis en échange.

Aussi vite qu'il le put, il fit un montage qui couvrit entièrement sa dernière feuille : le convoi entrant dans le Bassin du Weyr, les gens accourant à leur rencontre, l'exposition des marchandises, les marchandages, avec, au centre, les Chefs du convoi discutant des abris avec les Chefs du Weyr. Il prit sa feuille à bout de bras et l'examina d'un œil critique.

– C'est magnifique ! dit une voix derrière lui qui le fit se retourner. Et tu as fait ça en un clin d'œil !

Son dragon vert couché près d'elle, la jeune fille sourit avec embarras, ses yeux verts brillant d'admiration. L'autre jour, Léopol lui avait montré la jeune fille en lui racontant les circonstances de son arrivée précipitée à l'Éclosion.

– Debera ? dit-il, se rappelant son nom.

Elle en resta souffle coupé et recula d'étonnement. Son dragon se redressa immédiatement, les yeux tournoyant d'inquiétude.

– Oh, je ne voulais pas...

– Du calme, Morath, il ne me veut pas de mal, dit-elle au dragon, avant de lui adresser un sourire rassurant. J'étais étonnée que tu connaisses mon nom, c'est tout...

– Léopol me disait tout ce qui se passait au Weyr pendant ma convalescence, dit Iantine, pointant son crayon sur le garçon qui marchandait gravement avec un enfant du convoi d'à peu près son âge.

– Ah, oui, dit-elle, se détendant tandis que son sourire s'élargissait. Je le connais. Il a des oreilles partout. Mais il a bon cœur, ajouta-t-elle vivement. Toi aussi tu as eu des aventures, à ce que dit Léopol.

Puis elle revint au dessin.

– Tu as fait ça tellement vite ! Et on croirait les entendre discuter, dit-elle, montrant un marchand bouche ouverte.

Iantine considéra son travail d'un œil critique.

– La rapidité n'est pas nécessairement une garantie de qualité.

Il ajouta prestement un pli à la tunique d'un marchand, là où elle bouffait par-dessus sa ceinture.

– Voyons si ça plaira au modèle.

Il fut surpris de son ton inquiet. Elle le regarda d'un air entendu.

– Si c'est ce que tu peux faire rapidement, dit-elle, rassurante, je voudrais bien voir ce que tu fais quand tu prends ton temps.

Il ne put résister, et lui montra un croquis la représentant en train d'huiler Morath.

– Oh, je ne me rendais pas compte que tu nous dessinais...

Elle tendit la main pour toucher le dessin, mais il en était déjà à la page où il l'avait croquée avec Morath en train d'écouter la conférence de T'dam. Elle avait un bras négligemment posé sur le cou de son dragon, et il trouvait qu'il avait bien rendu le lien subtil ayant provoqué cette posture.

– C'est merveilleux.

Et Iantine, stupéfait, vit qu'elle avait les larmes aux yeux.

Les yeux rivés sur le dessin, elle lui saisit le bras d'un geste spontané pour l'empêcher de tourner la page.

– Comment...

– Ça te plaît ?

– Oh oui, dit-elle, lui lâchant le bras et croisant les mains derrière son dos en rougissant furieusement. Oui ça me plaît.

Elle se mordit les lèvres et se balança d'un pied sur l'autre.
– Qu'est-ce qu'il y a ?
– C'est que je n'ai pas le moindre soupçon de mark...
Il arracha la feuille du cahier et la lui tendit.
– Je ne peux pas... je ne peux pas... dit-elle en reculant, malgré le désir que Iantine lut dans ses yeux.
– Pourquoi pas ? dit-il avec insistance tandis qu'elle continuait à résister. Je t'en prie, Debera ! J'ai dû me refaire la main après ma maladie, et ce n'est qu'une étude.
Elle le regarda nerveusement, une certaine crainte dans ses ravissants yeux verts.
– C'est toi qui dois l'avoir, pour te rappeler Morath à cet âge.
Elle sortit une main de derrière son dos et la tendit vers le dessin qu'elle prit du bout des doigts comme craignant de le salir.
– Mais je n'ai rien pour te payer...
– Si, dit-il, frappé d'inspiration en lui montrant les marchands. Tu peux jouer la cliente satisfaite et m'aider à tirer un autre cahier de dessin de ces marchands en échange du croquis que j'ai fait d'eux.
– Mais...
Elle lança un coup d'œil craintif vers les marchands, puis, changeant brusquement d'humeur, se secoua et caressa de sa main libre la tête de son dragon, comme pour se rassurer. Le dragonet tourna sur elle des yeux adorateurs. Puis le regard de Debera devint vitreux, comme, avait remarqué Iantine, chaque fois qu'un chevalier-dragon parlait à sa monture. Elle expira avec force et le regarda d'un air résolu.
– Je serai contente d'intervenir pour toi auprès de Maître Jol. D'ailleurs, c'est un cousin de ma mère.
– Vraiment ? dit Iantine, ravi. Alors, allons voir si la parenté est utile en affaires.
- Bien sûr, je ne peux rien te promettre, dit-elle honnêtement tandis qu'ils avançaient vers le groupe, le vent faisant voleter le dessin dans sa main. Oh, mon Dieu...
– Roule-le, suggéra-t-il. Tu veux que je le fasse ?
– Non, merci, je peux me débrouiller.
Et elle roula la feuille, beaucoup plus serré qu'il ne l'aurait fait.
La conversation était terminée et les participants commençaient à se disperser.

– Maître Jol ? dit Debera d'une voix enrouée qui portait peu. Maître Jol ? répéta-t-elle plus fort.

Iantine se demanda si elle craignait que le marchand ne la reconnût pas.

– C'est bien Debera ? dit le marchand, la regardant comme s'il n'en croyait pas ses yeux.

Puis un large sourire éclaira son visage, et il vint à sa rencontre, mains tendues. Debera semblait intimidée par cet accueil chaleureux.

Iantine lui posa discrètement la main sur la taille et la poussa en avant.

– Oui, et voilà Morath, répondit-elle, ses manières soudain fières et assurées.

Le dragon et sa maîtresse échangèrent un de ces regards attendris que Iantine trouvait si touchants.

– Je te salue, jeune Morath, dit-il, s'inclinant cérémonieusement devant le dragonet, dont les yeux se mirent à tournoyer plus vite.

Debera lui donna une tape rassurante.

– Maître Jol est un cousin de ma mère, expliqua-t-elle à Morath.

– De sorte que je suis aussi le tien, ma belle, lui rappela Jol. Et très fier d'avoir une dame-dragon dans la famille. Ah, comme tu ressembles à ta mère ! Tu le sais ?

Le visage de Debera s'attrista.

– Je ne voulais pas te faire de peine, mon enfant, dit Jol, consterné. Et comme elle serait heureuse de te voir...

Il s'interrompit pour s'éclaircir la gorge, et Iantine comprit qu'il modifiait hâtivement la fin de sa phrase.

– ... ici et maîtresse d'un dragon.

– Et affranchie de l'autorité de mon père, ajouta Debera avec une amertume cocasse. Tu sais cela aussi, Maître Jol ?

– Effectivement, dit Maître Jol dont le sourire s'élargit, ses yeux pétillant de malice. Et j'ai été bien content de l'apprendre, oui, bien content. Maintenant, qu'est-ce que je peux faire pour toi ? Tu veux une robe de Fête, des bottes fourrées... connaissant ton père, tu n'as pas dû arriver avec grand-chose.

Cette franchise parut embarrasser Debera, mais son dragon se pressa contre elle, rassurant.

– Le Weyr m'a donné tout ce qu'il me fallait, Maître Jol, dit-elle avec une dignité tranquille.

– Maître ? Je ne suis pas « cousin » pour toi, jeune fille ? dit-il, affectant la sévérité.

Elle retrouva son sourire.

– Cousin, je te remercie, mais j'ai une faveur à te demander...

– Et qu'est-ce que ça peut être ?

Debera déroula son dessin et le lui montra.

– Iantine ici présent a fait ce croquis de moi, et il en a un de toi...

Avec un synchronisme parfait, Iantine lui tendit son carnet de croquis, ouvert à la page du montage.

Maître Jol le prit, adoptant instantanément l'attitude critique du marchand. Mais il avait à peine jeté un coup d'œil au dessin qu'il reporta son regard sur l'artiste.

– Iantine, tu as dit ?

Et comme lui et Debera acquiesçaient de la tête, un sourire fit frémir sa bouche généreuse.

– Maintenant, je situe le nom. C'est toi qui es parvenu à échapper sans dommage aux griffes de Chalkin ? dit Jol en lui tendant la main. Compliments, mon garçon. J'ai eu vent de ton aventure.

Il lui fit un clin d'œil, l'air approbateur.

– Nous autres marchands, nous entendons bien des histoires, et nous apprenons à séparer la vérité des cancans.

Puis il revint au dessin, l'examinant soigneusement, passant d'une scène à l'autre en hochant la tête. Il eut un grognement amusé en se découvrant, crayon sur l'oreille.

– Tu m'as pris sur le vif, crayon et tout, dit-il, touchant le crayon pour s'assurer qu'il était à sa place. Tu permets ? demanda-t-il courtoisement, avant de regarder les autres pages.

– Certainement, dit Iantine, s'inclinant poliment, et se sentant chanceler

Il aurait pu se battre !

– Allons, mon garçon, tu n'as pas encore complètement récupéré de tes épreuves, dit Jol, le soutenant. Asseyons-nous pour regarder à loisir tout ce que contient ce carnet.

Ignorant les protestations de Iantine, il le conduisit à la table qu'il venait de quitter et le poussa sur un tabouret. Debera, l'air très contente de cette conversation, suivit avec Morath.

Jol passa le carnet en revue aussi attentivement que Maître Domaize l'aurait fait, faisant des commentaires sur les gens du Weyr qu'il connaissait, hochant la tête et souriant fréquemment. Il savait également distinguer les dessins inachevés.

– Maintenant, que veux-tu, Artiste Iantine ?

– Du papier, surtout, dit Iantine d'un ton hésitant.

Jol hocha la tête.

– Je crois avoir un carnet de papier de cette qualité, mais plus petit. J'en apporte pour Waine de temps en temps. Je peux, bien sûr, t'avoir des feuilles plus grandes...

– Ce n'est pas comme si j'allais rester au Weyr jusqu'à ton prochain passage...

Maître Jol écarta cette considération.

– J'ai des magasins au Fort de Telgar, et je peux t'en faire apporter dans un jour ou deux.

Il gratifia Iantine d'un long regard pensif.

– A mon avis, tu ne partiras pas de sitôt.

Il prit son crayon derrière son oreille, et, de l'autre main, le bloc pendu à sa ceinture.

– Qu'est-ce que tu désires exactement, Artiste Iantine ?

– Euh...

– Il veut faire les portraits de tous les dragons du Weyr et de leurs maîtres, dit Léopol, qui s'était approché discrètement pour écouter.

– Ainsi, tu as déjà beaucoup de commandes, n'est-ce pas ? dit Maître Jol d'un ton approbateur, le crayon sur son bloc

– Enfin, pas exactement... balbutia Iantine.

– Tu en as trois que je connais, dit Léopol. P'tero pour M'leng, et les Chefs du Weyr...

Iantine faillit lui arracher le nez d'un coup de dent.

– Les Chefs du Weyr, c'est différent. Je ferai leurs portraits à l'huile. Mais les croquis, c'est pour remercier les gens du Weyr qui ont été si bons pour moi.

– Faire les portraits de tout un Weyr c'est une entreprise d'envergure, dit Maître Jol, griffonnant quelque chose. Il te faudra beaucoup de papier et des tas de crayons. A moins que tu préfères de l'encre ? J'en ai un stock de très bonne qualité. Garantie contre la décoloration et les pâtés.

Il regarda Iantine, en attente.

– Mais je n'ai que ce croquis à vous donner en échange, dit Iantine.

– Mon garçon, tu as un crédit ouvert auprès des Entreprises Jol Liliencamp, dit Jol avec bonté, lui poussant l'épaule de son crayon. Je ne m'appelle pas Chalkin, n'oublie pas.

Et il éclata d'un rire si contagieux que Iantine sourit malgré lui.

– Maintenant, dis-moi franchement ce qu'il te faut. Et, pour te mettre à l'aise, si tu finissais ça à l'aquarelle, dit-il en tapotant le montage, je serais prêt à t'en donner deux marks. Oh, et j'aimerais celui de T'dam faisant sa conférence, pour montrer à certains que les chevaliers-dragons ne font pas que planer dans le ciel. Un mark et demi pour celui-là...

– Mais... mais... bredouilla Iantine, cherchant à organiser ses idées et à déterminer ses besoins.

Debera souriait jusqu'aux oreilles.

– Je n'ai pas d'aquarelles... dit-il, voulant montrer son désir de déterminer le montage.

– Ah, mais j'en ai justement avec moi, raison pour laquelle j'ai fait cette suggestion, dit Jol, souriant toujours. Cette conversation est des plus satisfaisantes, ajouta-t-il, englobant Debera dans son sourire. Et ça, poursuivit-il, touchant le croquis d'un doigt possessif, avec un peu de couleur et mis sous verre fera très bon effet dans mon chariot-bureau. Vraiment. Je crois que les Anciens auraient dit plutôt « bonne publicité ».

– Maître Jol ? cria quelqu'un d'un chariot. Tu as une minute ?

– Je reviens, mon garçon, alors, reste-là. Toi aussi, Debera. Je n'en ai pas fini avec vous.

Tandis que Debera et Iantine échangeaient un regard stupéfait, il partit au petit trot voir ce qu'on lui voulait, tout en remettant son crayon derrière l'oreille et en refermant son bloc.

– Il est incroyable, dit Iantine, branlant du chef, mais un peu affaibli et essoufflé.

– Tu te sens mal ? demanda Debera, se penchant vers lui à travers la table.

– Je me sens *surleculté,* dit Iantine, se rappelant l'une des expressions favorites de son père. Complètement *surleculté.*

– Moi aussi, dit Debera avec un sourire entendu. Je ne m'attendais jamais...

– Moi non plus.

– Pourquoi ? Tu te méfies des marchands ? dit Léopol, d'un ton défensif.

– Je ne me méfie pas des marchands, dit Iantine avec un rire hésitant. Mais je ne m'attendais pas à tant de générosité.

– Tu es resté longtemps à Bitra ? demanda Debera, acide, avec un regard pénétrant.

– Assez longtemps pour apprendre quelques nouvelles acceptions du mot « satisfaisant », grimaça Iantine.

Debera fronça les sourcils.

– Je t'expliquerai, dit-il, lui tapotant la main. Et merci de m'avoir présenté à ton cousin.

– Dès qu'il a vu ton croquis, tu n'avais plus besoin de moi, remarqua-t-elle, presque timide.

– Je crois que tu as commandé ces articles, dit une voix de baryton.

Debera et Iantine levèrent des yeux stupéfaits sur un marchand qui déposait une brassée de matériel sur la table : deux carnets de croquis, dont l'un plus grand que l'autre, une jolie boîte en bois contenant une grande bouteille d'encre, un faisceau de plumes et un paquet de crayons.

– Livraison urgente.

Avec un grand sourire, il pivota sur lui-même et repartit d'où il venait.

– Maître Jol est fier de la rapidité de son service, dit Léopol, souriant jusqu'aux oreilles.

– Voilà ! Tu as tout ce qu'il te faut ! dit Debera.

– C'est pourtant vrai, répondit Iantine sur le ton de la prière.

Chapitre IX

FORT DE FORT ET FRONTIÈRES DE BITRA
DÉBUT DE L'HIVER

Le message du Seigneur Paulin aux Chefs de Weyrs et aux autres Seigneurs reçut un accueil mitigé : tous n'étaient pas favorables à la déposition, malgré les preuves présentées. Paulin en fut à la fois contrarié et frustré, car il avait espéré une décision unanime, afin que Chalkin puisse être déposé avant que sa population ne soit totalement démoralisée. Jamson et Azury trouvaient que la question pouvait attendre le Conseil de Fin d'Année ; on savait que Jamson était conservateur, mais Paulin s'étonna des réserves d'Azury. Les habitants des zones tropicales comprenaient rarement les problèmes posés par l'hiver. Assurément, il serait plus difficile de préparer le Fort de Bitra en plein hiver, mais des progrès pouvaient être faits pour le préparer à l'assaut printanier des Fils. Les préparatifs auraient dû y commencer – comme dans tous les autres Forts – depuis deux ans : surfaces plus grandes ensemencées, constitution de réserves de nourriture, entretien général des bâtiments et des terres arables, construction d'abris d'urgence pour les voyageurs et les équipes au sol.

Inconvénient supplémentaire : la population de Bitra était léthargique dans son ensemble, mais ce ne devait pas être un prétexte pour leur cacher la nouvelle du problème imminent.

Et qui succéderait à Chalkin à la tête du Fort ? Considération certainement grosse de problèmes.

Dans sa réponse, Bastom faisait une bonne suggestion : nommer immédiatement un suppléant ou un régent jusqu'à ce que l'un des fils de Chalkin soit en âge de gouverner ; fils qui seraient élevés fermement et spécifiquement pour administrer proprement leur Fort. Non qu'il fût obligatoire de choisir le nouveau Seigneur dans la Lignée, mais le respect des coutumes de l'héritage exposées dans la Charte calmerait les Seigneurs les plus nerveux. Pour Paulin, la compétence primait avant tout dans le choix d'un successeur, et elle n'était pas toujours transmise dans les gènes des Lignées.

Pour sa part, l'aîné des neveux de Paulin montrait des dispositions certaines pour le gouvernement. Sidny était dur au travail, juste, et bon juge des caractères et des capacités. Paulin était à moitié tenté de le recommander pour gouverner Fort quand il disparaîtrait. Il avait quelques réserves au sujet de son fils, Mattew, mais Paulin savait qu'il était plus critique que d'autres pour son Sang.

De toute façon, il présenterait l'idée de Bastom au Conseil : ce serait une bonne expérience pratique pour les filles et les fils de Seigneurs. Étant donné l'état de désorganisation de Bitra, il faudrait sans doute toute une équipe pour redresser la situation, et cet expédient empêcherait qu'on ne l'accuse de népotisme. Et donnerait aux jeunes l'occasion de montrer leur initiative et leurs capacités.

Quand la dernière réponse arriva, Paulin confia au jeune chevalier vert un message pour M'shall de Benden, l'informant du résultat de la consultation. Le Chef du Weyr serait sans aucun doute aussi déçu que lui. Il tenta de se convaincre qu'ils pouvaient encore préparer Bitra à temps pour le début des Chutes. Mais plus vite ce serait fait, mieux ça vaudrait. Il espérait pouvoir conférer avec M'shall en vue de localiser l'oncle du Bitran, et de déterminer s'il était capable de gouverner. Sinon, il faudrait organiser une Quête, afin de chercher les héritiers légitimes de...

– Impossible, marmonna-t-il, repoussant son fauteuil avec un profond soupir de frustration.

Impossible maintenant de procéder à une Quête rapide grâce au programme des Lignées qui permettait d'obtenir une généalogie complète. Mais c'était sans doute un programme que Clisser avait copié et édité.

– Il nous faudra un exemplaire de tous les dossiers reproduisant ce programme, soupira-t-il une fois de plus.

Pour se ragaillardir, il relut le rapport sur les travaux de la nouvelle mine.

Ils demandaient l'autorisation d'appeler le nouveau fortin CROM, acronyme des noms des fondateurs : Chester, Ricard, Otty et Minerva. Paulin n'avait aucune objection à cela, mais pour la forme – surtout en ce moment – la requête devait d'abord être présentée au Conseil. Pendant l'Intervalle, beaucoup de règles s'étaient relâchées, et ils supportaient maintenant les conséquences de cette négligence, notamment l'acceptation de Chalkin comme Seigneur. Sa seule consolation, c'est que c'était son père, feu Seigneur Emilin, qui avait voté en faveur du Bitran. Cette erreur de jugement ne venait pas de lui, même si c'était à lui qu'il incombait maintenant de redresser la situation.

On tambourina à la porte, qui s'ouvrit brusquement avant qu'il ait eu le temps de réagir, et, passant devant Mattew, M'shall, Chef du Weyr de Benden, entra.

– Il faut faire quelque chose immédiatement, Paulin, dit sombrement le Chef du Weyr tout en ôtant ses gants et en ouvrant sa veste de vol.

– Tu as vite reçu mon message... Apporte du klah, Mattew, dit Paulin, faisant signe à son fils de se hâter.

M'shall avait le visage pincé, et pas seulement par le froid de l'*Interstice*.

– Je l'ai reçu en effet. Mais ce n'est pas tout. Il fait mauvais temps à Bitra, et les gens meurent de froid parce qu'ils ne veulent pas franchir les frontières, annonça M'shall.

– Ils ne veulent pas ou ils ne peuvent pas ?

– Ils ne peuvent pas, pour la plupart. Bien que Chalkin ait décidé qu'aucun des « ingrats contestataires » ne pourrait réclamer ses terres – les punissant ainsi de le défier – indépendamment du fait que c'est sa façon de gouverner qui met leur vie en danger.

– Combien de personnes sont concernées ? demanda Paulin, de plus en plus alarmé.

M'shall ébouriffa ses cheveux grisonnants, aplatis par le casque.

– L'sur dit qu'il y en a plus d'une centaine au poste frontière principal conduisant à Benden ; femmes, enfants et vieillards en majorité. Il y en a autant ou plus aux autres points de passage, et aucun abri, à part ceux des gardes. Les réfugiés ont été rassemblés dans des enclos de fortune. Mais le plus atroce, c'est que L'sur a vu plusieurs corps pendus par les pieds, qui semblent avoir servi de cible de tir. Le Weyr de Benden ne peut pas tolérer tant de barbarie, Paulin !

– Non, et le Fort de Fort non plus ! dit Paulin, marchant de long en large. Si c'est cela qu'il appelle gouverner, il faut le déposer !

– C'est bien mon avis, dit M'shall, se passant nerveusement la main dans les cheveux. Encore une nuit pareille, et ces gens seront morts de froid et de faim. Bridgely est d'avis, comme moi, qu'il faut faire quelque chose tout de suite, aujourd'hui. Et cette nuit, il fera froid là-bas. Je viens te demander l'aval du Conseil, car Bridgely dit qu'il faut agir aussi régulièrement que possible...

Il s'interrompit, amer.

– Une telle situation n'est pas censée se produire. Ces gens ne se révoltent pas contre lui, ils sont terrifiés, c'est tout, et cherchent désespérément un peu de sécurité... qu'à l'évidence ils ne trouveront pas à Bitra.

Il se redressa dans son fauteuil.

– Le problème, Paulin, c'est que si nous leur apportons des vivres, qu'est-ce qui empêchera les gardes de s'en emparer dès que nous aurons tourné le dos ? J'ai bien pensé à laisser deux chevaliers-dragons pour les protéger... mais Chalkin ne manquera pas de se plaindre de l' « interférence du Weyr ».

Paulin en avait la nausée. Ce genre de situation reproduisait l'histoire sanglante que les Colons avaient fuie, en établissant un code d'éthique qui rendrait de tels événements improbables ! Cette planète avait été colonisée dans l'idée qu'il y avait assez de place pour tous ceux acceptant de travailler la terre héritée de plein droit selon les dispositions de la Charte.

– Il n'y a pas d'interférence si tes chevaliers-dragons restent de ton côté de la frontière. De plus, Bitra dépend de Benden pour sa protection...

– Sa protection contre les Fils, rectifia M'shall.

– D'une certaine façon, dit Paulin avec un sombre sourire, il s'agit bien là de protection contre les Fils. Si leur Seigneur ne la leur assure pas, qui pourrait la leur procurer, sinon le Weyr ? Non, poursuivit Paulin, abattant son poing sur la table, tu es dans ton droit... si tu trouves des volontaires pour cette tâche.

– L'sur est resté là-bas, c'est du moins ce que son dragon a dit à Craigath.

– Mais pas de pierre de feu, dit Paulin, levant un index d'un air sévère, quelque tentante que soit cette démonstration de force.

– Oh, ne crains rien, j'ai été très clair sur ce point, dit M'shall avec un rictus amer. Et comme nous ne nous sommes pas entraînés à Benden ces derniers temps, les dragons ne peuvent pas cracher la moindre étincelle. Pour ce qui est de donner une bonne leçon aux gardes, un long passage dans l'*Interstice* aurait ma préférence, mais...

Il leva les deux mains pour assurer Paulin de sa modération.

A cet instant, Mattew revint avec un plateau chargé de tasses de klah, de soupe et de petits pains chauds. Il le posa sur la table et sortit.

M'shall n'attendit pas l'invitation de Paulin mais s'empara d'un bol de soupe et souffla dessus avant d'en boire une gorgée prudente.

– Ça fait du bien, et si tu en as une marmite, je l'emporterai volontiers en partant, sourit-il en se léchant les lèvres. C'est en tout cas assez chaud pour survivre à un vol dans l'*Interstice*.

– Tu peux l'avoir, marmite et tout. L'sur est resté là-bas, dis-tu ? Et si tu mettais des dragons aux autres postes frontière ? demanda Paulin, remuant de l'édulcorant dans son klah.

M'shall hocha la tête.

– D'accord. Leur présence devrait arrêter la perpétration d'autres violences.

Cette présence constituait une dissuasion, non une assistance. Il aurait fallu leur envoyer davantage que de la soupe mais, à ce stade, sa position aurait pu être compromise, même s'il assurait la présidence du Conseil.

– Au moins, le Weyr a le droit d'agir, de même que Bridgely, dit Paulin pensivement, tapant du poing sur la table. Mais j'irai voir personnellement Jamson et Azury, d'autant plus que Chalkin a eu recours à des mesures aussi extrémistes. J'aimerais bien en connaître la raison.

M'shall haussa les épaules.

– Les gens de Fort ont toutes les raisons d'avoir confiance en toi, Paulin. Mais les Bitrans n'en ont aucune de se fier à Chalkin.

– Ce que j'aimerais, c'est amener sur place les indécis comme Jamson et Azury, pour leur montrer ce qui se passe à Bitra. Ils pensent sans doute que nous exagérons.

– Que nous exagérons ! répéta M'shall avec indignation, posant son bol sur la table avec tant de force que la soupe se serait renversée s'il n'avait été vide, heureusement. Désolé. Ils sont fous ?

– Ils ne se comporteraient pas ainsi. Et ils doivent trouver impossible qu'un autre Seigneur agisse différemment.

– Eh bien, c'est possible, et il l'a fait, gronda M'shall.

Un coup discret fut frappé à la porte, que Matt ouvrit devant K'vin.

– Il paraît qu'il y a des problèmes à la frontière, M'shall. La Meranath de Zulaya a parlé à Maruth, alors Charanth et moi nous sommes venus te rejoindre ici, dit le jeune Chef de Weyr, l'air aussi sombre que celui de Benden.

– Ainsi, il a fermé aussi la frontière ouest ?

K'vin hocha la tête.

– Telgar n'a aucune raison de s'opposer à la fermeture de la frontière, mais il tue ses gens en les mettant dehors par ce temps. Je ne peux pas permettre... et je ne permettrai pas, qu'on traite les gens comme ça, conclut-il, regardant Paulin avec espoir.

– Nous venons de discuter de cette situation intolérable, M'shall et moi. J'ai déjà consulté tous les Seigneurs en vue d'une action immédiate. Les réponses n'ont pas été unanimes, alors, même en ma qualité de Président du Conseil, je ne peux pas faire grand-chose – officiellement s'entend. Mais comme l'a souligné M'shall, le Weyr a certaines responsabilités, dont la protection des gens. En sollicitant un peu les termes, on pourrait même dire qu'ils sont abandonnés aux Fils, dit Paulin avec un sourire ironique, fuyant un Fort qui n'est pas préparé aux Chutes. Les Weyrs peuvent donc intervenir là où le Conseil ne le peut pas.

– C'est tout ce qu'il me fallait savoir ! dit K'vin, claquant ses gants contre sa cuisse pour renforcer son approbation.

– Naturellement, ajouta Paulin, levant une main modératrice, naturellement, vous ne devez pas donner prétexte à Chalkin de se plaindre de la violation de l'autonomie d'un Fort...

– Pas si cela doit lui permettre de maltraiter une population qu'il a déjà abusée, dit K'vin, élevant la voix dans son inquiétude.

– Ce n'est pas le moment de compromettre la neutralité des Weyrs, vous le savez, dit Paulin, les regardant à tour de rôle. Les Chutes n'ont pas encore commencé.

– Allons donc, Paulin... commença M'shall.

– Je suis moralement d'accord avec vous, mais en ma qualité de Président du Conseil, je dois vous rappeler – abstraction faite de mon opinion personnelle – que nous n'avons pas le droit d'interférer dans le gouvernement d'un Fort.

– Peut-être pas toi, Paulin, dit K'vin. Mais M'shall et moi, si. Il y a du vrai dans ce que tu dis sur l'obligation des Weyrs à protéger les gens des dangers...

– Des Chutes de Fils... rappela Paulin au jeune Chef de Weyr.

– Des dangers, répéta K'vin avec force. Geler à mort sans abri est un péril aussi grand que les Fils.

Paulin approuva de la tête.

– J'oublierai peut-être que vous êtes venus me voir ce matin, dit-il en souriant. M'shall, tu ne saurais pas par hasard où se trouve le dernier oncle de Chalkin ?

– J'y ai déjà pensé, mais il n'est pas chez lui. L'endroit est vide. Trop vide. Et pourtant, je sais que Vergelin était vivant et en bonne santé l'automne dernier.

– Que veux-tu dire par « trop vide » ? demanda Paulin, notant le nom de l'oncle.

– L'endroit avait été nettoyé trop complètement. Pas comme on vide une maison après la mort de son occupant, mais comme pour prouver que personne n'avait jamais habité là. Vergerin avait nettoyé sa cour de toute végétation, comme le font tous les gens sensés. Quelqu'un avait jeté des détritus partout pour masquer le vide des lieux.

– Chalkin aurait-il prévu notre action ? demanda Paulin de façon rhétorique.

Puis il regarda les chevaliers-dragons à tour de rôle.

– Sauvez ces gens avant que le froid ou les brutes de Chalkin ne les tuent. Et aussi, j'aimerais les interroger quand ils n'auront plus peur de parler à des étrangers.

Comme M'shall avait la main sur la poignée de la porte, Paulin ajouta :

– Et pas la moindre étincelle, s'il vous plaît. Que la rumeur enflerait à la dimension d'un brasier.

K'vin feignit la stupéfaction. M'shall regarda autour de lui.

– Je n'ai pas entendu ça, Paulin, dit M'shall, raide de dignité.

– Comme si nous allions... dit K'vin à M'shall en sortant du Fort.

– Ça me plairait pourtant, dit M'shall d'une voix tendue, et c'est là le problème. Mais je connais Chalkin depuis plus longtemps que toi.

Craigath et Charanth étaient déjà dans la cour, attendant leurs maîtres.

– Tu te charges des postes frontière nord et ouest, K'vin ? demanda M'shall quand ils se séparèrent pour rejoindre leur bronze respectif. Tu as une idée du nombre à transporter ?

– Oui, et j'ai fait faire des patrouilles depuis que Chalkin a fermé ses frontières. Zulaya préviendra Tashvi et Salda de notre action. Nous amènerons tout le monde au Weyr dans un premier temps. Nous nous sommes organisés dans ce sens.

– Félicitations, K'vin, dit M'shall, souriant à son jeune confrère. Alors, allons-y !

Le Chef du Weyr de Benden sauta sur l'épaule de son dragon et se cala entre les dernières crêtes du cou.

On va aider ? demanda Charanth à K'vin.

Oui. Dis à Meranath que Zulaya doit mettre en œuvre notre plan. Je rejoindrai mon escadrille à la Route des Chutes. Et je crois qu'il faudrait emmener Iantine avec nous.

Quand K'vin arriva au Weyr de Telgar, la première vague de sauveteurs était prête à s'envoler à son signal. Il s'arrêta le temps de prendre Iantine en croupe avec lui sur Charanth.

– Dessine en noir et blanc tout ce que tu pourras, Iantine. Je veux avoir des preuves pour confondre Chalkin.

Iantine ne fut que trop heureux d'accéder à cette requête. Ce serait une façon de rendre la monnaie de sa pièce à l'arrogant Seigneur. Mais Iantine n'avait pas plutôt pris pied sur la neige compacte du poste frontière que sa joie se transforma en horreur. Avec une extrême économie de moyens, il croqua les « enclos » – cordes enroulées autour des arbres, et groupes d'hommes et de femmes grelottants, obligés de rester debout dans la gadoue de l'espace trop exigu. Il dessina les visages hagards, les corps d'enfants recroquevillés de froid, et ceux blottis les uns contre les autres pour se réchauffer. Certains avaient été dépouillés de tous leurs vêtements à part leur slip, et leurs camarades les entouraient pour les empêcher de geler à mort. Certains se tenaient pieds nus sur les hardes ou les bottes de leur voisin, les chairs bleues marquées de gelures. Les enfants pleuraient de froid et de faim, ou étaient tombés en tas dans la boue, inconscients, aux pieds des adultes. Trois vieillards s'étaient raidis dans la mort. Les visages sanglants et les yeux tuméfiés étaient plus nombreux que les faces indemnes.

Mais les gardes, couverts comme des oignons, avaient bien

chaud devant les feux où cuisaient à la broche les animaux des réfugiés. D'autres étaient attachés en vue de futurs repas. Les pauvres biens des réfugiés étaient maintenant empilés près de la maison des gardes, ou dans des brouettes et charrettes alignées derrière. Iantine dessina fidèlement les bagues et bracelets – et même quelques boucles d'oreilles – ornant les gardes.

L'arrivée des chevaliers-dragons les avait alarmés, et ils avaient battu en retraite dans leur maison, ce qui avait beaucoup facilité le sauvetage. Bien sûr, beaucoup de réfugiés étaient en état de choc et de terreur, et ils eurent presque aussi peur des dragons et de leurs maîtres que de la brutalité des gardes.

Zulaya avait amené des habitants du Weyr, et leur présence en rassura beaucoup. De même que les couvertures et les vestes chaudes. Et la soupe, premier repas qu'ils faisaient depuis qu'ils avaient quitté leurs fortins.

Iantine ne put mettre sur le papier les bruits et les odeurs. Et pourtant, il y parvint dans une certaine mesure... dans les bouches ouvertes des hommes terrifiés, dans leurs yeux hantés, dans les contorsions de leurs corps suppliciés, dans leurs haillons, dans leurs biens et leurs charrettes abandonnés, dans les tas d'excréments humains, car les gardes n'avaient rien prévu pour satisfaire ce besoin naturel.

Maintenant qu'il voyait de véritables privations, Iantine réalisa la chance qu'il avait eue pendant son bref séjour chez le Seigneur de Bitra.

Iantine rentra avec le dernier groupe, ne reposant sa main que dans l'*Interstice*, mais continuant à dessiner en vol, son carnet appuyé contre le dos de P'tero.

– Tu n'as pas arrêté une minute, lui cria P'tero par-dessus son épaule. Tu vas te geler les mains là-haut, tu sais.

Iantine les agita pour prouver leur souplesse, et continua à dessiner. Il ajoutait des détails aux cadavres des hommes pendus par les pieds et qui avaient servi de cibles de tir. On les avait détachés – l'une des premières actions des sauveteurs. Iantine n'avait eu que le temps d'en dessiner les contours, mais les détails – malgré tous les autres croquis qu'il avait faits ce jour-là – étaient encore très nets dans sa tête, et il voulait les noter car, sinon, il aurait l'impression de les avoir trahis.

Quand le jeune chevalier bleu le déposa devant la caverne inférieure, Iantine, encore trop maigre, s'arrangea pour s'asseoir à une table près du feu, afin de se réchauffer – et d'améliorer la fluidité de son trait. Ses doigts s'assouplirent peu à peu et son coup de crayon s'accéléra.

Une tape sur son épaule le fit sursauter.

– C'est Debera, dit-elle, posant devant lui du klah et un bol de ragoût. Tous les autres ont mangé. Tu ferais bien d'en faire autant, dit-elle sévèrement, lui arrachant son crayon d'une main et son carnet de l'autre. Tu as une mine à faire peur, ajouta-t-elle, scrutant son visage.

Il tendit le bras vers son carnet, mais elle lui tapa la main et le mit hors de sa portée.

– Non, mange d'abord. Tu n'en dessineras que mieux. Oh, mon Dieu ! dit-elle, portant la main à sa bouche, les yeux dilatés d'horreur à la scène qu'il dessinait. Comment ont-ils pu faire ça ?

– J'ai dessiné ce que j'ai vu, dit-il avec un soupir qui lui remontait des entrailles, avant de humer la bonne odeur de son ragoût.

Il baissa les yeux sur son bol, plein de légumes et de morceaux de viande. Vraiment, ils faisaient des miracles ici avec le wherry. Il prit sa cuillère et se mit à manger, réalisant seulement qu'il mourait de faim. Il en avait mal à l'estomac et faillit ne pas terminer son repas. Et les réfugiés de Chalkin étaient restés trois ou quatre jours sans manger.

– Ils ont tous bien mangé maintenant, murmura-t-elle.

Il la regarda, stupéfait, et elle lui tapota l'épaule d'une main rassurante comme elle faisait souvent avec Morath.

– J'ai ressenti la même chose quand j'ai dîné tout à l'heure, dit-elle, s'asseyant en face de lui. On s'est tous décarcassés pour les nourrir, quand Tisha nous a fait arrêter pour que nous mangions aussi.

Elle se mit à feuilleter le carnet, l'air de plus en plus désolée à chaque nouvelle scène de tragédie.

– Comment a-t-il pu faire ça ?

Iantine lui prit doucement le carnet, et le posa, fermé, entre eux.

– Il a donné les ordres... commença Iantine.

– Sachant ce qui arriverait, je le sais. J'ai rencontré certains de ses... « gardes ». Même mon père n'en voulait pas autour de son fortin. Personne ne peut ignorer ce genre de preuves, ajouta-t-elle, tapotant le carnet.

Iantine eut un grognement dédaigneux.
– Pas avec les chevaliers-dragons qui peuvent confirmer ce qu'il y a là-dedans !
Il termina son ragoût puis étira ses jambes sous la table, et frictionna son visage qui le piquait encore après les longues heures passées dans le froid terrible du poste frontière.
– Va donc te coucher, Iantine, dit Debera en se levant.
Elle embrassa du regard la caverne où ne restaient plus que quelques chevaliers-dragons terminant leur repas.
– Les réfugiés ont été répartis partout, et tu auras de la chance si tu gardes ta chambre pour toi seul. Je vais me coucher aussi. Ah, cette Morath ! Elle se réveille toujours affamée, quelles que soient les quantités que je lui donne !
Iantine sourit de l'affection qui adoucissait sa voix. Il se leva en chancelant un peu.
– Tu as raison. J'ai besoin de dormir. Bonne nuit, Debera.
Il la regarda sortir de la caverne, à longues enjambées résolues, la tête haute, les épaules droites. Elle avait beaucoup changé depuis qu'elle avait conféré l'Empreinte à Morath. Il sourit, prit son carnet, et se dirigea lentement vers sa chambre.
Il ne la partageait avec aucun réfugié, mais Léopol était couché sur une paillasse le long du mur, et il ne remua même pas quand Iantine se prépara pour la nuit.

Le nombre des réfugiés dépassa les premières estimations, et, les ressources des deux Weyrs s'épuisant, les Seigneurs leur envoyèrent immédiatement des vivres supplémentaires et proposèrent d'en abriter une partie, mais certains étaient trop mal en point après leurs épreuves pour être transportés immédiatement dans les sanctuaires offerts par les Forts de Nerat, Benden et Telgar.
Zulaya avait dirigé une équipe de sauvetage composée des reines et des dragons verts. Elle revint, bouillonnant de rage.
– Je savais que c'était un imbécile cupide, mais je ne le savais pas sadique. Il y avait trois femmes enceintes au poste frontière de la Route de la Forêt, qui avaient été violées parce que, bien entendu, elles ne pouvaient pas attaquer les gardes en recherche de paternité.
– Comment vont-elles ? demanda K'vin, atterré de ce nouvel exemple de brutalité. Nous sommes arrivés au Poste Nord juste à

temps pour épargner à trois garçons... des attentions très déplaisantes des gardes. Où Chalkin va-t-il chercher des individus pareils ?

– Dans les fortins qui les ont chassés pour comportement antisocial ou activités criminelles, naturellement, répondit Zulaya, s'étranglant presque de colère. Et le blizzard s'est levé. Nous sommes arrivés juste à temps. Sinon, la plupart de ces gens auraient été morts au matin. On ne leur donnait absolument rien ! Pas même la chaleur d'un feu !

– Je sais, je sais, dit-il, aussi révolté qu'elle de ce comportement sadique. Nous aurions dû donner à ces gardes un avant-goût du froid absolu. Un long arrêt dans l'*Interstice*. Sauf qu'ils en seraient morts.

– Il n'est pas trop tard pour le faire, dit Zulaya d'une voix rauque.

Il la regarda, stupéfait. Elle le foudroya du regard en serrant les poings.

– Oh, je sais que nous ne pouvons pas, mais ça ne m'empêche pas de le souhaiter. As-tu emmené Iantine avec toi ? J'ai pensé trop tard qu'il serait bien utile d'avoir des dessins pris sur le vif.

– En fait, c'est lui qui a demandé à venir, et il a tout ce qu'il faut à montrer au Seigneur Paulin et au Conseil.

K'vin déglutit au souvenir des dessins d'un réalisme cru emplissant tout un carnet. La main rapide de Iantine avait capturé la réalité, rendue encore plus expressive par l'économie du trait, fixant sur le papier d'horribles scènes de cruauté.

Les Chefs du Weyr se présentèrent aux réfugiés et commencèrent par interroger un vieux couple.

– Le grand-père de mon grand-père était venu à Bitra avec le Seigneur de l'époque, dit l'homme, les regardant nerveusement l'un après l'autre.

Il ne cessait d'agiter ses doigts bandés, bien que N'nan l'eût assuré que la douleur et la démangeaison étaient atténuées par le baume antalgique et le fellis.

– J'm'appelle Brookie, et ma femme, Ferina. On est fermiers. On a jamais eu d'raisons d'se plaindre, sauf que le Seigneur augmente tout le temps la dîme, et qu'y a des limites à c'que la terre peut produire, même si on arrête pas de labourer. Mais il avait le droit.

– Pas de prendre ta truie, dit sa femme d'un air rebelle. On en avait besoin pour faire les porcelets pour payer sa dîme. Il a pris notre fille aussi, pour travailler au Fort, et on a pas pu avoir son attribution de terre. Il a dit qu'on travaillait pas assez bien ce qu'on avait déjà pour nous en donner plus.

– Vraiment ? dit Zulaya avec une douceur trompeuse, lançant à K'vin un regard entendu. Voilà qui est intéressant, Ferina.

K'vin envia la capacité de Zulaya à se souvenir des noms.

Tu pouvais me le demander, dit Charanth, serviable.

Tu écoutais ?

Les gens ont besoin de l'aide des dragons. J'écoutais. On écoute tous.

Si la pitié des dragons a également été éveillée, cela justifie assez ce que nous avons fait, pensa K'vin, au cas où le Conseil s'en formaliserait. Il faudrait penser à le dire à Zulaya.

– Il a dit qu'on n'avait rien compris, et qu'on n'avait pas eu de prof pour nous expliquer, disait l'homme. Et ça, c'est encore autre chose – il faudrait des profs pour les gosses.

– Qu'ils sachent au moins lire la Charte pour connaître les droits que vous avez tous, dit fermement Zulaya. J'en ai une copie que je peux vous montrer pour rafraîchir vos souvenirs.

Ils échangèrent un regard alarmé.

– En fait, poursuivit-elle d'un ton suave, je vais demander à quelqu'un de vous lire vos droits... car il te serait difficile de tourner les pages avec des mains bandées, Brookie. Et tu n'es guère en meilleur état, Ferina.

Ferina eut un sourire nerveux.

– Ça me plairait vraiment bien, Dame du Weyr. Vraiment bien. Comme ça, nos droits sont imprimés ? Dans la Charte et tout ça ?

– Vos droits font partie de la Charte, dit Zulaya, avec un nouveau regard désolé à K'vin. Détaillés dans ses différents articles.

Elle se leva brusquement.

– Venez donc vous asseoir au soleil, Brookie, Ferina, dit-elle, montrant le mur est où certains vieillards du Weyr se réchauffaient au soleil déclinant.

– Vous allez en écouter la lecture, et après, vous pourrez poser toutes les questions que vous voudrez.

Elle les aida à se lever et leur fit traverser le Bassin tandis que K'vin appelait Léopol d'un coup de sifflet.

– Va me chercher notre copie de la Charte, petit.
– Tu veux aussi que je la leur lise ? demanda l'enfant, les yeux brillants, en partie de malice, et en partie parce qu'il s'amusait à deviner le but de ses commissions.
– On fait le malin, hein ? dit K'vin. Non, c'est T'lan qu'il nous faut pour ça.
Il montra le chevalier brun aux cheveux blancs qui servait le klah aux réfugiés.
– Va juste chercher la Charte. Je m'arrangerai avec T'lan.
Léopol partit en courant comme d'habitude, et K'vin alla parler à T'lan. Il avait exactement l'attitude qu'il fallait pour s'adresser à des paysans nerveux et craintifs.

Bridgely arriva au Weyr de Benden, le visage congestionné, partagé entre la fureur et l'hilarité.
– Le culot de cet homme, le culot monstrueux ! s'exclama-t-il, jetant son message sur la table.
Il atterrit plus près d'Irene que de M'shall, alors ce fut elle qui le prit.
– De Chalkin ? s'écria-t-elle, levant les yeux sur Bridgely.
– Lis donc... et verse-moi du vin, s'il te plaît, M'shall, dit le Seigneur, prenant place sur une chaise. Je sais qu'il a de l'aplomb, mais avoir la présomption... avoir le toupet...
– Chut, dit Irene, les yeux de plus en plus dilatés à mesure qu'elle lisait. Oh, c'est incroyable ! Écoute donc ça, M'shall. « Ce Fort a droit à des dragons messagers. La bannière rayée de rouge a été ignorée, bien que mes gardes aient vu des dragons assez proches pour qu'ils se rendent compte qu'il y avait un message urgent à livrer. Je dois donc ajouter... »
Elle regarda la page manuscrite de plus près.
– Quelle écriture abominable ! ... Ah, « négligence »... Comment a-t-il le front de se plaindre de négligence ! « ... ajouter négligence dans le service aux autres plaintes que je me vois forcé de faire valoir à leur encontre. Non seulement ils ont interféré avec le gouvernement de ce Fort, mais ils farcissent de mensonges la tête de mes fidèles vassaux. J'exige qu'ils soient immédiatement réprimandés. Ils ne sont pas assez fiables pour accomplir les devoirs confiés à leurs capacités limitées. » Limitées ? s'écria Irene, pâle de fureur. Tu vas voir, je vais te dé-limiter, moi !

– Surtout quand les oreilles nous tintent encore de la façon dont il traite ses « fidèles vassaux »... dit M'shall, plus sombre que jamais. Une minute. De quand date cette lettre ?

– De cinq jours, dit Bridgely avec un sourire malicieux. Il a dû faire porter son message par un cavalier. Il m'a dit que Chalkin avait aussi envoyé des messagers à Nerat et à Telgar. Tu verras dans ce passage, Irene, dit-il, montrant cette partie de la missive, « que je l'envoie par messager fiable au Seigneur Paulin, afin de faire enregistrer ma plainte auprès du Président du Conseil ». Je suppose, ajouta-t-il avec un sourire cocasse, que j'en recevrai un autre quand il découvrira le sauvetage aérien d'hier.

– Cet homme...

Irene se tut, incapable de le qualifier.

– Quand je pense à la façon dont il traite ces pauvres gens...

– Et quand on lui demandera des comptes, il prétendra sans doute que ses gardes ont dépassé ses instructions... et qu'il les a tous licenciés, dit Bridgely, cynique.

– Oh, pas tous, dit gaiement M'shall.

Il se gratta la tête.

– Ils voulaient savoir pourquoi ils ne pouvaient pas être transportés à dos de dragon quand les miséreux l'étaient.

– Oh, M'shall, tu ne les as pas jetés en route, non ? dit-elle, les yeux brillant d'anticipation.

– Non, dit M'shall, l'air de le regretter. Mais j'ai pensé qu'il serait sage de... séquestrer ? Oui, c'est le mot. D'en séquestrer certains au cas où le Conseil voudrait leur demander quels ordres ils avaient reçus exactement.

– Oh ! fit Bridgely, pensif.

– Je les ai soigneusement sélectionnés, dit M'shall, l'air sombre. J'ai découvert par les témoins ceux qui avaient participé aux tueries. Même des gardes agissant sur ordre d'un Seigneur ne peuvent pas tuer sans rendre des comptes à la justice.

– Effectivement, et tu as agi avec modération, dit Bridgely, approuvant de la tête. Vraiment, je ne pense pas que cela puisse attendre jusqu'à la Fin de l'Année. Et j'en informerai Jamson et Azury.

– Je me ferai un plaisir de t'y emmener moi-même, dit M'shall, et de leur parler au nom du Weyr. En fait, ajouta-t-il, reprenant le message de Chalkin, tu pourrais leur apporter ça par la même occasion.

– Tu es la considération même, Chef du Weyr, dit Bridgely avec un salut plein de panache, l'air excessivement content.

– Tout le plaisir sera pour moi, Seigneur, répondit M'shall, avec un salut aussi pompeux.

– Quand tes devoirs te permettront-ils de t'absenter un moment, Chef du Weyr ?

– Je crois que mes devoirs me permettent de m'absenter une heure ou deux maintenant, et d'autant plus que l'heure est bien choisie pour visiter la partie occidentale du continent...

– Vous allez arrêter vos sottises et partir ! dit Irene d'une voix rieuse, malgré ses efforts pour prendre un ton sévère.

Mais leurs bouffonneries avaient détendu l'atmosphère.

Chapitre X

WEYRS DES HAUTES TERRES, BOLL, ISTA
FORTS DES HAUTES TERRES,
FORT DE TELGAR

– Non, vraiment, M'shall, Bridgely, dit Jamson, tripotant ses robes en remuant avec embarras dans son fauteuil.

Il faisait toujours froid au Fort des Hautes Terres, et aujourd'hui, le bureau particulier de Jamson ne faisait pas exception. Le Seigneur de Benden se félicita d'avoir mis ses fourrures de vol, n'ouvrit pas sa veste et ne déganta pas sa main gauche après la poignée de main rituelle avec Jamson. Il remarqua que M'shall faisait de même.

– Je ne peux pas croire qu'un Seigneur traiterait ainsi les vassaux dont il dépend. Pas en plein hiver.

– Je l'ai vu de mes propres yeux, Seigneur Jamson, dit M'shall d'un ton sans équivoque. Et j'ai jugé bon de demander à plusieurs gardes de rester au Weyr, afin qu'ils puissent te dire eux-mêmes quels étaient leurs ordres.

– Mais ici, Chalkin se plaint que tu ne lui aies pas accordé la courtoisie du transport, dit Jamson, fronçant les sourcils.

– Si tu avais vu ce que j'ai vu, Seigneur Jamson, tu trouverais difficile de l'obliger, dit M'shall impassible.

– Vraiment, Jamson, ne sois donc pas si pointilleux, dit Bridgely, qui n'était pas obligé à la même modération envers un pair. Nerat et Telgar hébergent des réfugiés, comme Benden. Tu peux les interroger si tu veux déterminer par toi-même l'étendue de sa cruauté...

– Et je vous emmènerai volontiers partout où vous voudrez aller, proposa M'shall.

– J'ai mon propre Weyr si j'ai besoin de me déplacer, dit Jamson avec raideur. Mais ce n'est pas un temps à voyager sauf en cas d'absolue nécessité.

Ce qui était vrai, vu que le Fort des Hautes Terres était enseveli sous une couche de neige aussi dure que de la glace.

– C'est vrai, dit Bridgely, réprimant un frisson, et se demandant si Jamson voulait économiser son bois ou si le système de chauffage des Hautes Terres était une nouvelle victime de l'obsolescence technologique. Tu reconnaîtras donc que seule une nécessité absolue m'amène ici, pour te demander de changer d'avis et d'accepter d'agir immédiatement contre Chalkin. Ses gens seraient morts de froid aux frontières de Bitra la nuit dernière ! dit-il, montrant l'est avec force.

– Il n'en parle pas ici, dit Jamson, regardant la lettre sur la table.

– Aucun doute qu'il ne rédige une lettre plus longue sur ce sujet, dit Bridgely, lourdement ironique. Mais ce que j'ai vu exigeait que j'accorde mon aide sans délai.

– Comme tu le sais, Seigneur Jamson, intervint M'shall, les Weyrs sont autonomes eux aussi, et peuvent refuser leurs services si c'est justifié. Et j'ai ample justification de lui refuser cette courtoisie élémentaire. Viens, Bridgely. Nous faisons perdre un temps précieux au Seigneur Jamson. Bonne journée.

Avant que le Seigneur des Hautes Terres se soit remis de sa stupéfaction devant un comportement si impérieux, les deux hommes sortirent.

– Ma parole ! Et moi qui avais toujours considéré M'shall comme un homme raisonnable ! Dieu merci, G'don est un Chef de Weyr sérieux et prévisible... On ne dépose pas un Seigneur du jour au lendemain ! Pas si près d'un Passage !

Il enfonça ses mains plus loin dans les manches de sa veste doublée de fourrure.

Azury, quant à lui, fut si choqué qu'il ne fit même pas de commentaire sur la « négligence dans le service » de M'shall.

– Vraiment, je n'avais pas idée de tout cela, dit-il.

Contrairement aux Hautes Terres, il faisait chaud à Boll Sud, assez pour faire regretter à Bridgely de n'être pas plus légèrement vêtu. Bien qu'abrités du soleil matinal sous une treille d'où pendaient des grappes de fleurs parfumées, il dut ouvrir son col et rouler ses manches pour être à son aise. Azury avait commandé des jus de fruits, et quand ils arrivèrent, Bridgely avait la gorge assez sèche pour en apprécier le goût agréablement frais et acidulé.

– Je sais que Chalkin n'est pas exactement... fiable, dit Azury avec un sourire ironique. Et j'ai perdu assez de marks à ses petits jeux de hasards pour avoir des doutes sur son honnêteté. Mais...

Il branla du chef et poursuivit.

– Un Seigneur ne tient pas sa population dans l'ignorance d'un événement aussi critique pour la survie que les Chutes. Croit-il vraiment qu'elles ne se produiront pas ? Que nous sommes tous débiles et idiots ?

– C'est lui qui est débile et idiot, dit Bridgely. Pour quelle autre raison nos ancêtres auraient-ils bioingénieré les dragons ? Et fondé une société absolument unique pour nourrir et entretenir l'espèce, si ce n'était en vue d'un besoin futur ?

Il jeta un coup d'œil à M'shall, qui se contenta de hausser les sourcils.

– Ce n'est pas comme si nous n'avions pas des preuves patentes de l'existence des Fils, qui ont fait partie de notre éducation. Ni des tonnes d'archives de documentation sur le problème. Ce n'est pas quelque chose que nous avons inventé pour incommoder Chalkin de Bitra.

– Tu prêches un converti, Bridgely, dit Azury. Il est dix fois plus fou que je ne le croyais s'il pense convaincre la planète sur ce point. Mais, ajouta-t-il, se penchant dans son fauteuil d'osier qui craqua légèrement, les vassaux inventent souvent de gros mensonges...

– Je sais repérer un contestataire et un fauteur de troubles aussi bien que toi, Azury, dit Bridgely, s'avançant au bord de son fauteuil qui grinça. Tu peux interroger n'importe lequel des réfugiés que nous avons recueillis... et le plus tôt sera le mieux ; tu pourras ainsi juger par toi-même dans quel état ils étaient quand nous les avons sauvés.

– Effectivement, je crois que je ferais bien d'aller voir par moimême.

Il leva vivement une main.

– Non que je ne vous croie pas. Mais déposer un autre Seigneur... il y a de quoi être nerveux.

– Peut-être, mais avoir un Fort totalement non préparé aux

Chutes – et qui est contigu au mien, dit Bridgely, se frappant la poitrine -, il y a de quoi être encore plus nerveux.

– Je te comprends, reconnut Azury.

Il regarda par-dessus son épaule et fit signe à un serviteur, lui demandant d'apporter sa tenue de vol.

– Vous dites que Jamson est réticent ? Mais la déposition d'un Seigneur n'exige-t-elle pas une décision unanime ?

– Si, dit Bridgely, pinçant les lèvres.

Azury sourit, et remercia le serviteur qui lui avait promptement apporté ses affaires.

– Alors, tu as aussi besoin que j'ajoute mon poids à une seconde délégation aux Hautes Terres ?

– Tu crois que tu pourras faire changer d'avis Jamson ?

Azury enfila ses bottes.

– Celui-là est juste assez pervers pour rester sur ses positions, mais nous verrons. Tashvi, Bastom et Franco sont d'accord, et je sais que Paulin est ébranlé. Qui reste-t-il ? Richud d'Ista ? Je crois qu'il se rangera au côté de la majorité.

Il se leva.

– Maintenant, partons avant que je nage dans ma propre sueur.

Azury interrogea chacun des quatorze réfugiés encore hébergés à Benden, car n'étant pas en état d'être transportés ailleurs. Il bavarda aussi avec trois gardes.

– Non qu'ils aient été d'humeur causante, dit-il, ses yeux clairs étincelant de colère dans son visage bronzé. Ils réfléchiront peut-être à deux fois sur ce que vaut leur fidélité à Chalkin. Ils prétendent, sourit-il, ses dents se détachant très blanches sur sa peau brune, qu'ils ont été submergés par le nombre des fous délirants, et qu'ils ont dû recourir à la force pour les maîtriser en attendant les ordres du Fort.

– Ce qui est en contradiction avec ce qu'affirment les fous délirants, non ? répondit M'shall.

– Assurément, dit Azury avec un sourire sans humour. Et je m'étonne que les gardes soient sortis indemnes de cette foule de fous dangereux, tandis que les fous eux-mêmes sont couverts de blessures. A l'évidence, la vérité est déformée. Mais elle est devant nous, lumineuse comme toujours, pour l'œil qui voit et l'oreille qui entend.

– Bien dit, approuva Bridgely.

Il fut plus difficile de trouver le Seigneur d'Ista parce qu'il avait pris son après-midi pour aller à la pêche – son occupation favorite. Le Capitaine du Port fut incapable de leur dire dans quelle direction le chercher.

– Les dauphins sont partis avec lui... tourne en rond avec ton dragon pour voir s'il le repère. C'est un petit sloop à voile rouge, avec beaucoup de dauphins. Richud prétend qu'ils le comprennent. Il a peut-être raison.

Et le vieux Capitaine se gratta la tête, amusé à cette idée.

– C'est pourtant vrai, d'après les archives, dit Azury. Mes pêcheurs les cherchent toujours dans les Courants.

– Possible, dit le Capitaine du Port, retournant à l'ennuyeuse comptabilité des prises de la semaine précédente.

Craigath monta à haute altitude avec ses passagers, décrivant une large spirale en partant du Port d'Ista. C'est lui qui repéra l'embarcation, et, repliant ses ailes, piqua dessus.

Malgré le large harnais de sécurité le maintenant en place, Azury s'accrocha frénétiquement à Bridgely, assis devant lui, et Bridgely se demanda avec inquiétude si sa poigne n'allait pas laisser des bleus sur le chevalier-dragon.

M'shall tourna juste la tête pour leur sourire. Les mots qu'il prononça – car sa bouche remuait – se perdirent dans le vent de la descente. Bridgely, regardant la mer approcher de plus en plus, arqua le dos en arrière. Il avait assez souvent volé pour ne plus s'alarmer des facéties des dragons, mais il n'avait jamais plongé à cette vitesse et sous un tel angle. Il resserra son harnais et s'exhorta à ne pas fermer les yeux. Juste au moment où il semblait que Craigath allait s'empaler sur le mât du bateau – pas si petit que ça aux yeux de Bridgely – le bronze se mit à planer, stupéfiant les deux matelots qui regardaient Richud batailler avec sa prise, sa ligne presque pliée en deux.

– Quand tu auras un moment, Seigneur Richud, cria M'shall, les mains en porte-voix.

Richud jeta un coup d'œil par-dessus son épaule, et perdit le contrôle de sa canne et de son poisson – le moulinet tournant follement une fois la tension relâchée.

– Ne me tombez pas dessus comme ça ! Regardez ce que vous avez fait ! Bon sang, je ne peux même pas avoir un après-midi tranquille ? Enfin, quelle catastrophe nous arrive ? Ça doit être grave pour vous amener tous les trois si loin dans le sud.

Il tendit sa canne à un matelot et vint à tribord, mais il y avait encore quelque distance entre lui et ses visiteurs.

– Je vous inviterais bien à bord, mais le bronze nous ferait couler.

– Pas de problème, dit M'shall, et ses yeux devinrent vitreux car il parlait à son dragon. *Tu peux nous rapprocher un peu, Craigath ?*

Craigath, les yeux virant au bleu et tournoyant assez vite, se posa sur l'eau, les ailes repliées, saisit la lisse de sa griffe gauche et tira, rapprochant ses passagers du bateau, qui prit un peu de gîte.

La voile se dégonfla, et le bout-dehors se mit à brinquebaler, puis, tout aussi brusquement, la voile reprit le vent et le bateau retrouva sa vitesse.

M'shall éclata de rire et tapota affectueusement le cou de Craigath en remerciement de la manœuvre.

– Ça alors, qu'est-ce qu'il a fait? Comment fait-il ça? dit Richud, regardant tour à tour le dragon, le bateau et M'shall, complètement désorienté.

– Il pagaye sous l'eau pour ne pas arrêter ta marche, dit le Chef du Weyr de Benden.

Ça m'amuse. Ça me plaît, l'informa Craigath.

– Ça l'amuse, dit M'shall.

– Il ne va pas casser la lisse, au moins ? demanda Richud, regardant avec appréhension l'énorme patte serrant la rambarde.

Le dragon secoua la tête. *C'est fragile, alors je ne serre pas fort.*

- Bravo, dit M'shall après une courte pause. Il dit qu'il a parfaitement conscience de sa fragilité.

– Fragilité ? Il n'a pas dit ça, répondit Richud, branlant du chef.

– C'est le mot qu'il a employé. Craigath a beaucoup de vocabulaire. Tu sais comment parle Irene... alors, il faut bien qu'il se maintienne au niveau de Maruth !

Le dragon approuva de la tête.

– Ça alors ! Je n'ai jamais vu Ronelth ou Jemath nager comme ça, murmura Richud. Bon, quel problème urgent vous amène ?

– Chalkin doit être déposé le plus vite possible. Un Fort est autonome tant qu'il n'excède pas ses droits, dit Bridgely, qui poursuivit par le récit du comportement criminel du Seigneur de Bitra.

– Je n'avais pas idée qu'il en avait mis autant à la porte. C'est l'hiver là-haut, et ils seraient en danger de mourir de froid.

– Oui, et certains en sont morts, dit M'shall.

– Ils étaient dans un état pitoyable, Richud, dit Azury. Je suis allé moi-même à Benden pour les voir. Et les gardes...

Il eut un geste méprisant.

– Tu connais le genre d'individus que Chalkin engage...

– Oui, des durs, des ruffians, des vauriens et des voyous, comme les croupiers qu'il envoie aux Fêtes. Est-ce qu'on a déjà utilisé cette clause permettant la déposition ?

– Non, c'était une simple précaution de sécurité. Et il y a des tas de gens à Bitra qui ont besoin de sécurité... surtout à l'approche d'un Passage.

– Exact. Je marche avec vous. Mais, ajouta-t-il d'un ton pressant, plus jamais quand je pêche !

Craigath lâcha la lisse, et les deux groupes s'éloignèrent lentement. Soudain, le bronze frissonna de la tête à la queue.

Ça me plaît. Recommencez.

A qui parles-tu, Craigath ? demanda M'shall, qui avait dû se cramponner à une crête de cou et, comme ses passagers, lever les jambes au-dessus des vagues qui clapotaient soudain contre les flancs de Craigath

Les dauphins se frottent contre moi.

Ils sont joueurs, hein ? Mais une autre fois, mon ami. Nous avons encore du travail.

– Désolé, dit-il à ses passagers. Les dauphins chatouillaient Craigath.

– Les dauphins sont chatouilleux ? demanda Bridgely, stupéfait.

– Au ventre, oui.

Les dauphins sortirent alors de sous le dragon, sautèrent en l'air et replongèrent avec précision pour se lancer à la poursuite du bateau.

– Bon, qu'est-ce qu'on fait maintenant ? On retourne affronter Jamson ? demanda M'shall, caressant affectueusement le cou du bronze.

Il vit que Richud avait repris sa canne et appâtait son hameçon, et cela l'amusa.

– On serait sans doute obligés de le traîner de force à Benden pour qu'il se rende compte par lui-même, comme toi Azury, dit Bridgely, frissonnant à l'idée de retourner dans le froid glacial des Hautes Terres.

Emportez les images, suggéra Craigath à la stupéfaction de son maître. Les dragons donnaient rarement leur avis sans qu'on le leur demande, mais M'shall considérait Craigath comme très intelligent.

– Quelles images ? demanda-t-il.

– Images ? fit Bridgely en écho. Quelles images ?

Maruth dit qu'il y a des images. A Telgar.

– Ah oui, ce jeune peintre, dirent en chœur M'shall et Bridgely.

– Quel jeune peintre ? s'enquit Azury.

Bridgely lui expliqua.

– Très bonne idée. Si toutefois Jamson les accepte comme preuves authentiques, dit le Seigneur de Boll Sud, sceptique.

Et c'est exactement ce qui arriva.

– Comment être sûr que ces images sont authentiques ? dit le Seigneur des Hautes Terres après avoir feuilleté le carnet de croquis de Iantine. Je pense que tout cela est exagéré et hors de proportion, ajouta-t-il, refermant à moitié le carnet sur l'image des pendus.

– Et tu n'as pas confiance en ma parole, Jamson ? dit Azury. Je suis allé là-bas et j'ai parlé à ces gens...

Il feuilleta le carnet et s'arrêta à l'image d'un homme qu'il avait interrogé.

– Cet homme, par exemple. Je lui ai parlé et je ne doute pas de la sincérité de ce qu'il m'a dit. Il a passé quatre nuits dans un enclos pour animaux, sans nourriture et avec de la neige pour toute boisson, avec sa femme et ses vieux parents. D'ailleurs ils sont morts de froid, malgré tout ce qu'a pu faire le Weyr de Benden pour les ranimer.

– Je ne vois pas pourquoi tu ne te contentes pas de gouverner ton propre Fort, Azury, dit Jamson, de son ton le plus pompeux. Et laisse Chalkin gouverner le sien. Il en a le droit.

– Mais pas le droit d'infliger des traitements barbares à sa population, répondit Azury avec véhémence.

Jamson le regarda froidement.

– Quelques vassaux paresseux...

– Quelques ? explosa Bridgely, frustré, sachant que sa réaction violente allait à l'encontre de son propos. Ce serait plutôt quelques centaines, Jamson. Et pour une foule pareille, nous devrions tous nous remuer !

– Eh bien, pour ma part, je ne me remuerai pas. Et c'est définitif.

Il croisa les bras et foudroya ses visiteurs.

– Jamson... commença Azury avec calme, contrôlant soigneusement sa voix.

Il écarta Bridgely et, par-dessus le bureau, se pencha vers Jamson, emmailloté dans ses fourrures.

– Moi aussi j'était sceptique quand Bridgely est venu me voir ; je n'ai pas cru son rapport, et encore moins accepté la solution qu'il proposait. On n'attaque pas à la légère l'honneur d'un pair, et je n'arrivais pas à comprendre pourquoi Bridgely était si agité au sujet de quelques insignifiants petits vassaux. De plus, Bitra est trop éloigné de mon Fort pour l'affecter, bien que j'accepte son argument selon lequel on ne doit pas laisser les Fils s'enterrer en aucun point du Continent Septentrional sans chercher à les détruire. Alors, j'ai pensé qu'il était de mon devoir, de ma responsabilité, de vérifier personnellement ces allégations.

« Maintenant, j'ai vu de mes yeux et entendu de mes oreilles. Et constaté la différence entre ce que disent les gardes et le témoignage de mes yeux. La situation est grave à Bitra et doit être rectifiée. En tant que gouvernants intelligents et responsables, nous ne pouvons pas permettre qu'une telle situation se propage et s'envenime. Elle affecte les racines mêmes de notre société, les bases qui la soutiennent. Nous ne pouvons pas l'ignorer en en faisant un problème interne d'un Fort autonome. En tant que Seigneur honorable, tu te dois d'enquêter sur la situation. Tu pourras alors te faire une idée claire des événements. Au moins, fais taire tes doutes en allant à Benden, comme je l'ai fait, pour te faire une opinion par toi-même.

– Je n'ai aucun doute, affirma Jamson. La Charte stipule qu'un Seigneur est autonome à l'intérieur de ses frontières. Ce qu'il fait, c'est son affaire, et c'est comme ça. Personnellement, je n'aimerais pas qu'on vienne mettre le nez dans mes affaires. Alors, je vous suggère d'emporter ailleurs vos nez fouineurs et vos fausses accusations. Immédiatement !

Cette fois, il sonna, et quand son fils aîné se présenta, il lui dit :

– Ils s'en vont. Raccompagne-les.

Bridgely prit une profonde inspiration, mais un bon coup de coude dans le ventre donné par Azury lui coupa le souffle, tandis que le Seigneur de Boll Sud l'entraînait hors de la pièce.

– Quoi que tu dises, Jamson n'est pas d'humeur à écouter, dit Azury, rajustant la veste de Bridgely en un geste d'excuse tacite.

– Le Seigneur Azury a raison, j'en ai peur, dit M'shall.

– Vous êtes venus au sujet de Bitra ? demanda le fils, s'appuyant contre la lourde porte du bureau pour s'assurer qu'elle était bien fermée. Je suis Gallian, le fils aîné, et intendant en titre.

– Tu as entendu ?

– Hmmm, la porte était légèrement entrouverte, dit Gallian, sans faire mystère de son indiscrétion. Et aussi à votre dernière visite. La mémoire de mon père n'est plus très sûre, alors nous faisons en sorte que l'un de nous soit toujours là lors des visites importantes. Quelquefois, il brouille les détails.

– Et y a-t-il quelque espoir de les dé-brouiller pour obtenir sa coopération ?

– Je peux voir les dessins ?

– Certainement, dit Bridgely, lui mettant le carnet dans la main.

– Affreux, dit Gallian, branlant du chef devant certaines scènes et s'attardant sur d'autres. Et ces représentations sont exactes ? demanda-t-il à Azury.

– Oui, dans la mesure où j'ai pu vérifier l'état de ces gens au Weyr de Benden, dit Azury.

La sonnette tinta. Gallian rendit le carnet à Azury.

– Je ferai ce que je pourrai. Et pas seulement parce que je considère Chalkin comme un tricheur et un voleur. Il faut que j'y aille. Vous connaissez le chemin ?

– Oui, pas de problème.

– Que peut faire ce jeune homme ? s'enquit M'shall, dégringolant les marches et sortant dans l'air glacé.

– On ne sait jamais, dit Azury. Bon sang, mais il fait plus froid que dans l'*Interstice*, ici ! Ramenez-moi sous mon soleil aussi vite que possible.

– Un arrêt à Fort serait-il trop te demander ? dit Bridgely, souriant de le voir claquer des dents.

– Non, car je suppose que c'est une nécessité tactique dans ce combat contre Chalkin.

M'shall approuva de la tête, et, sautant sur le dos de Craigath, tendit la main aux deux autres pour les aider à monter.

Au Fort de Fort, il faisait assez froid, mais nettement plus chaud qu'aux Hautes Terres. Et l'accueil de Paulin les réchauffa encore plus. Entendant le récit de leur journée, le Seigneur de Fort leur proposa du vin chaud.

– Je ne pense pas que Jamson changera d'avis, surtout maintenant qu'on le lui a spécifiquement demandé, dit Paulin, quand ses visiteurs furent assis près du bon feu qui ronflait dans la cheminée de son bureau. Jamson a toujours eu l'esprit de contradiction.

– Alors, il est peu probable que son fils parvienne à le convaincre ? demanda Bridgely, déprimé à l'idée qu'ils avaient renforcé l'opposition de Jamson.

– Gallian est un jeune homme prometteur, dit Paulin, temporisant. La vérité, c'est que Jamson devient vieux aussi bien que bizarre, et que Gallian le remplace dans la plupart de ses activités.

– Vraiment ? s'étonna Bridgely, car, bien que regrettant son intransigeance, il savait que le Seigneur des Hautes Terres jouissait d'une bonne réputation, dont attestait le bon gouvernement de son Fort.

– Oui. Entre nous, mes amis, Gallian et sa mère sont venus me trouver l'année dernière, ayant remarqué que Jamson avait des trous de mémoire, au point de révoquer des ordres qu'il avait écrits lui-même.

– Mais dans cette affaire – la déposition, je veux dire – Jamson devrait être présent ?

Paulin se frictionna pensivement le menton.

– Et il faut agir d'urgence, ajouta Bridgely. Comment attendre que Gallian ait persuadé son père qu'il a fait le contraire de ce qu'il vient de nous dire ?

– Nous pouvons attendre quelques semaines... maintenant que nous avons soustrait les réfugiés à... euh... à la bienveillante attention de Chalkin, dit Paulin, une lueur rassurante dans les yeux.

Bridgely ouvrit la bouche et la referma. Il valait mieux garder ses pensées – et ses questions – pour cuisiner Paulin sur son plan.

– Permettez-moi de regarder ces preuves que Iantine a eu l'intelligence de dessiner, dit le Seigneur de Fort, et Azury lui tendit le carnet.

Il examina attentivement tous les croquis.

– Ce garçon a un talent remarquable. Si peu de lignes pour exprimer tant de choses : le froid, la saleté, la souffrance et l'endurance pathétique de ces malheureux. Issony nous a dit qu'une des restrictions imposées par Chalkin était l'interdiction d'enseigner la Charte.

– Non ! s'exclama Azury, levant les yeux de son vin chaud.

– Cela explique que la plupart de ses vassaux ignorent jusqu'à son existence, dit M'shall d'une voix tendue. Et qu'ils ne connaissent pas leurs droits.

– Au fait, le nouveau programme de Clisser résoudra ce problème avec élégance, dit Paulin, se levant pour resservir ses hôtes à l'aiguière maintenue au chaud près du feu. Les enfants apprendront leurs droits dès qu'ils apprendront à les chanter.

– Vraiment ? fit Bridgely, intrigué.

– Avec le nouveau Passage qui approche, il est bon de redéfinir pas mal de paramètres, y compris l'éducation que nous donnons aux jeunes, dit Paulin. La mémorisation dès l'enfance – aidée par la musique – sera fort utile, maintenant que nous ne pouvons plus taper sur un clavier pour obtenir des informations.

Iantine travaillait au portrait de Zulaya quand K'vin lui rendit son carnet de croquis.

– M'shall l'a rapporté, et te fait dire que ces dessins l'ont énormément aidé, dit K'vin, concentrant toutefois son attention sur Zulaya qui posait.

Elle était assise sur la couche de pierre de Meranath, qui dormait, tête posée sur ses pattes et tournée vers sa maîtresse. K'vin constata avec plaisir que sa compagne portait sa robe de Fête en brocart rouge, aux plis artistement disposés pour en mettre les motifs en valeur. Elle avait une coiffure très sophistiquée, avec ses cheveux relevés et maintenus en place par les peignes qu'il lui avait offerts à la dernière Fin de Révolution, et dont les diamants noirs étincelaient quand elle bougeait la tête. Ce qu'elle fit à cet instant, ouvrant la bouche pour parler.

– Ne bouge pas... s'il te plaît, dit Iantine, accentuant les derniers mots comme s'il était fatigué de les répéter.

Elle referma la bouche et reprit la pose.

K'vin recula derrière Iantine, qui continua à travailler au visage, à petits coups de pinceau minutieux. K'vin ne vit pas de différence, mais Iantine eut l'air satisfait et s'attaqua aux reflets des cheveux.

Le jeune homme avait bien saisi le caractère de son modèle, légèrement impérieux, bien que la courbure des lèvres suggérât le sens de l'humour. K'vin savait que Zulaya trouvait amusant de poser pour un portrait, et elle le taquinait sur ce qu'il devrait porter pour être immortalisé. K'vin savait aussi que Iantine voulait faire des miniatures de tous les chevaliers-dragons. Projet ambitieux, étant donné qu'ils étaient près de six cents en ce moment. D'un côté, K'vin lui était reconnaissant de cette galerie-souvenir, mais de l'autre, il redoutait de revoir ceux qui ne reviendraient pas.

– Est-ce que ce serait plus facile de ne pas avoir leurs images ? avait demandé Zulaya un soir qu'elle l'avait vu préoccupé. Nous n'avons rien pour nous rappeler les premiers occupants de ce Weyr, et je le regrette. Cela donne une continuité à la vie.

Sans doute, avait pensé K'vin, décidant d'adopter une attitude plus positive.

– Ce n'est pas comme si nous savions déjà qui sera absent l'année prochaine à la même époque, avait-elle ajouté. Mais ce sera réconfortant de savoir qu'ils ont été ici.

– Encore combien de temps, Iantine ? demanda Zulaya d'un ton plaintif.

Les doigts de la main posée sur sa cuisse commençaient à s'engourdir.

– Je ne sens plus ma main et mon pied gauches.

Iantine poussa un profond soupir et posa sa palette, se grattant la tête de sa main maintenant libre et jetant son pinceau sur la table.

– Désolé, Zulaya. Il y a un bon moment que nous aurions dû faire une pause, mais la lumière était parfaite et je voulais en profiter.

– Aide-moi à me lever, K'vin, dit Zulaya en lui tendant une main. Ce n'est pas souvent que j'ai l'occasion de rester si longtemps assise...

K'vin se fit un plaisir de l'aider, et elle était si raide que ses premiers pas furent chancelants. Puis elle retrouva sa mobilité et s'approcha du chevalet d'un pas ferme.

– Ma parole, tu as bien avancé aujourd'hui ! Tu as terminé toute la robe et... tu m'as fait loucher ?

Iantine éclata de rire.

– Non. Pousse-toi un peu de ce côté. Maintenant, recule. Est-ce que ton regard te suit ?

Zulaya secoua la tête en écarquillant les yeux.

– Mais oui ! Comment arrives-tu à faire ça ? J'avoue que ça ne me plaît pas trop de me surveiller partout où j'irai.

– Tu ne te surveilleras pas, gloussa K'vin. Mais ta présence dans la Caverne Inférieure encouragera les paresseux à travailler plus vite.

– Je ne suis pas sûre que ça me plaise davantage que de me sourire tout le temps ici.

Elle se tourna vers la table, en grande partie couverte par le matériel de Iantine.

– J'ai fait apporter du klah il y a un bon moment, dit-elle, avec un regard accusateur au jeune peintre. J'espère qu'il est encore chaud.

Elle dévissa le couvercle, et de la vapeur s'éleva docilement du récipient.

– Oui, c'est encore chaud. Je vous sers ? dit-elle, joignant le geste à la parole.

– Je devrais peut-être me retirer ? dit Iantine, les regardant à tour de rôle.

– Non, dit-elle vivement.

– Je voulais m'assurer que tu avais récupéré tes croquis, dit K'vin en s'asseyant.

– Ont-ils résolu le problème ? demanda Zulaya, mettant de l'édulcorant dans les tasses et lui tendant la sienne. Viens t'asseoir, Iantine. Tu dois être plus fatigué que moi. Je suis restée assise toute la journée.

Iantine sourit, totalement à l'aise avec la Dame du Weyr, nota K'vin avec un pincement de jalousie. Peu étaient dans ce cas, sauf Tisha, qui traitait chacun comme un enfant, et Léopol, qui était impudent avec tout le monde.

– Alors ? Quel est le résultat ? dit-elle, lui indiquant du geste qu'il pouvait parler devant le portraitiste.

– M'shall est écœuré. Ils ne sont pas parvenus à obtenir une décision unanime au sujet de la déposition. C'est Jamson qui résiste.

– Il n'a pas toujours toutes ses billes, dit Zulaya. C'est du moins ce que m'a dit Mari, du Weyr des Hautes Terres. Et cela ne s'arrange pas. Thea prend les choses en main quand elle le peut, et son fils aîné...

– Gallian a mon âge, s'exclama K'vin. Il ne peut pas le remplacer ?

– Pas à moins d'obliger Jamson à abdiquer. Du moins selon ma connaissance de la Charte. Que je viens juste de rafraîchir, ajouta-t-elle, avec un sourire cocasse. J'ai profité de la lecture de T'lan pour l'écouter. J'en avais oublié la moitié moi-même. Est-ce que tu l'as relue récemment ?

– Oui, dit K'vin, se félicitant de l'avoir fait. Et il y a beaucoup plus de liberté d'interprétation que je ne le pensais. Beaucoup plus d'autonomie accordée...

– Et dont il est facile d'abuser par erreur, dit Iantine. J'ai emprunté ton exemplaire. Il fait le tour du Weyr.

– Quelle que soit la façon dont Chalkin tente d'interpréter les privilèges d'un Seigneur, il ne peut nier qu'il a abrogé pratiquement tous les droits que les vassaux sont censés avoir... par exemple, l'obligation de les faire juger par un tribunal de leurs pairs avant de les chasser de leurs fortins... et de leur imposer des conditions de vie inacceptables. Il n'y a pas eu de collusion ni de mutinerie. Ils ne lui ont même pas présenté un cahier de doléances.

– Ils ne savaient pas qu'ils le pouvaient, dit Iantine, l'air intransigeant. J'ai dû leur expliquer le mot « mutinerie », et leur montrer qu'ils n'étaient pas des mutins.

– Et Jamson refuse de bouger ? dit Zulaya.

K'vin hocha la tête.

– Il ne veut même pas venir parler aux réfugiés ?

– Il trouve qu'il n'a pas le droit d'interférer dans le gouvernement d'un Fort autonome, dit K'vin.

Iantine émit un grognement écœuré.

– Je parie qu'il n'a pas cru que mes dessins étaient authentiques, dit-il.

K'vin acquiesça de la tête.

– Même après qu'Azury l'eut informé que tu avais gommé certaines des blessures les plus affreuses ?

– Ou certains traitements invisibles, comme le viol des femmes, ajouta Zulaya, les yeux flamboyants d'indignation.

– Comment vont-elles ? demanda K'vin.

– L'une a accouché prématurément, mais elle et le bébé sont sauvés. Les autres... Tisha fait ce qu'elle peut... elle les fait parler pour que ce souvenir ne s'infecte pas trop dans leur tête.

– Elles peuvent porter plainte contre les gardes... commença Iantine.

– Elles l'ont fait, dit Zulaya d'une voix dure avec un sourire mauvais. Et nous avons les gardes. Dès que les femmes seront assez fortes pour témoigner, nous convoquerons un tribunal ici. Et M'shall veut juger pour meurtre les gardes qu'il détient à Benden.

– Deux procès, donc ?

– Oui, un pour viol et un pour meurtre. Ça nous changera de nos activités d'hiver, non ? dit Zulaya d'un ton cocasse.

– Est-ce que le Fort de Telgar se joindra à nous ? demanda K'vin, car le Weyr de Fort devait être représenté en la circonstance.

La Charte était très détaillée, ce qui l'avait étonné car il n'en avait que des souvenirs brumeux. Dans ce cas particulier, ils avaient affaire aux vassaux d'un autre Fort, pour des événements survenus à l'intérieur de ce Fort, et non d'un incident survenu au Weyr de Telgar ou dans la juridiction du Fort de Telgar.

– Mais ce sont des Bitrans. Avons-nous le droit de les juger ?

– Nous sommes effectivement dans notre droit, répondit Zulaya avec fermeté. La justice peut être dispensée partout, pourvu que les circonstances le justifient. Comme les victimes résident actuellement au Weyr, de même que leurs bourreaux, la loi nous autorise à les juger. De plus, nous aurons soin d'inviter des représentants des autres Forts et Weyrs qui s'assureront que tout est fait dans les formes.

– Comment faire pour que Jamson y assiste ? demanda K'vin avec quelque malice.

– Cela modifierait peut-être les idées de ce vieux fou sur l'autonomie, répondit Zulaya avec un grand sourire.

– Et Chalkin ? dit Iantine, les yeux brillants d'anticipation.

– Nous verrons, gloussa K'vin. Peut-être que sa présence résoudrait le problème.

– Ou le supprimerait, dit Zulaya, branlant du chef. Il est trop malin pour se faire pincer à cause de ce qu'ont fait ses gardes. Ou pour venir s'il sait de quoi il retourne.

– Personne ne le lui dira, non ? dit K'vin.

– Je n'y compterais pas trop, dit Iantine d'un ton lugubre. Incroyable la quantité de choses qu'il est censé ne pas savoir et qu'il sait quand même.

– Alors, gardons pour nous ce dont nous venons de discuter, et, ajouta-t-elle, pointant fermement le doigt vers les étages inférieurs, pas un mot, à personne. D'accord, Iantine ?

– D'accord, dit Iantine, hochant la tête avec conviction.

Chapitre XI

LES PROCÈS AUX WEYRS DE TELGAR ET DE BENDEN

Il se trouva que les montagnes de l'est et la totalité de Bitra étaient ensevelies sous la neige à l'ouverture du procès. Bitra était balayé par des vents d'une telle force qu'aucun dragon ne pouvait y voler. Heureusement, la tempête n'avait pas encore atteint le Weyr de Benden, de sorte que des représentants de tous les Weyrs et Forts étaient présents – à l'exception du Seigneur Jamson des Hautes Terres, qui avait une fièvre respiratoire. Dame Thea vint pourtant, contrariée qu'il ait une excuse légitime pour ne pas assister aux débats et qu'il ait envoyé son fils Gallian à sa place.

– Cela aurait fait du bien à cette tête de bois d'entendre comment Chalkin gouverne son Fort. Oh, il aurait continué à radoter sur l'autonomie, mais il n'est pas homme à tolérer qu'on maltraite les bébés dans le ventre de leur mère, dit Dame Thea, avec un regard significatif à Zulaya, lui rappelant ainsi qu'elle avait donné quatorze enfants au Seigneur Jamson pendant ses années de fertilité, suffisamment pour accroître substantiellement le territoire du Fort quand ils avaient été en âge de revendiquer leurs concessions de terres.

Les audiences eurent lieu dans la vaste Caverne Inférieure du Weyr de Benden, et le premier procès se déroula dans le calme. A une époque, il y avait eu des juristes professionnels sur Pern, mais ils avaient disparu par manque de travail. La plupart des litiges étaient réglés par compromis négociés, ou, quand toutes les négociations avaient échoué, par combat d'homme à homme. Il fallut donc trouver un défenseur pour les gardes Un enseignant du Fort de Fort, spécialisé dans les contrats et les actes de vente, accepta à contrecœur de les représenter.

Gardner n'avait pas été très chaud pour se commettre, même brièvement, avec des violeurs, mais il reconnut la nécessité d'un défenseur, et il fit de son mieux. Pour la forme, il avait interrogé les victimes sur l'identité de leurs prétendus assaillants, et avait tenté d'affaiblir leur témoignage. Mais les trois femmes n'étaient plus les épaves terrorisées et affamées qui avaient été violées. Leur séjour au Weyr avait fait merveille pour leur courage, leur amour-propre et leur apparence. Gardner alla même jusqu'à prétendre qu'on leur avait fait répéter leurs témoignages, mais cela ne constitua pas une circonstance atténuante aux sévices physiques et psychologiques qu'elles avaient subis

– Bien sûr que j'ai répété, dit la plus âgée avec force. Dans ma tête, jour et nuit, comment j'ai été culbutée et... abusée par des voyous qui n'auraient pas osé entrer dans un fortin décent avec des idées pareilles. J'en ai encore mal de répéter ce qu'ils m'ont fait, encore, encore et encore, cracha-t-elle, claquant son poing dans sa paume pour souligner ses paroles.

Gardner renonça à cet argument.

A la fin, il parvint à obtenir une petite concession en faveur des accusés : le droit de retourner dans leur Concession originelle après le procès, plutôt que de rentrer à Bitra.

– Ça leur fera une belle jambe, murmura Zulaya entre ses dents. Chalkin déteste les perdants, et ces vauriens ont perdu bien plus que leur contrat avec lui.

– Je me demande quel ton prendra la prochaine lettre de protestation de Chalkin, glousse malicieusement Irene.

Paulin avait reçu une longue épître du Seigneur de Bitra quand il eut découvert « l'interférence inqualifiable de différents chevaliers-dragons dans ses affaires et l'enlèvement à leurs foyers de ses fidèles vassaux ».

– S'il ose protester... Oh, pourquoi a-t-il fallu qu'il neige tant ? se lamenta Paulin. J'aurais aimé voir sa tête quand ses gardes ont dit qu'ils exécutaient « juste les ordres d'empêcher personne de sortir ». M'shall n'en aurait fait qu'une bouchée !

M'shall avait assumé le rôle du procureur, revendiquant ce droit puisque ses chevaliers-dragons avaient été les premiers sur les lieux. Il s'était montré extrêmement précis dans ses manières et dans ses questions.

– Il s'est plongé dans l'étude de la Charte et de tous les livres que Clisser a pu lui procurer sur les procédures légales, dit Irene à Zulaya avec un grand sourire. Ça lui a fait beaucoup de bien. En l'empêchant de penser... au printemps.

Zulaya avait approuvé de la tête.

– Il aurait fait un bon juriste... mais on ne disait pas plutôt « avocat » ?

– Oui, ils traitaient avec les juges et s'occupaient de toutes les procédures légales.

– Gardner n'était pas mal du tout. Il a fait de son mieux, remarqua Zulaya. Je lui pardonne même d'avoir demandé la clémence pour ces misérables. Après tout, il fallait bien qu'il ait l'air de travailler pour ses clients, ajouta-t-elle avec tolérance. Je suis contente que Iantine ait assisté aux débats. Il me tarde de voir ses croquis du procès. Si seulement il était aussi rapide pour mon portrait.

– Ton portrait, ce n'est pas la même chose que des croquis d'audience. Et quand il aura fini les vôtres, il viendra faire les nôtres à Benden.

La fierté qu'elle perçut dans le ton d'Irene parlant de Iantine fit plaisir à Zulaya. Iantine était originaire de Benden.

– Quand il aura fini de dessiner tous nos chevaliers-dragons, tu veux dire.

Irene eut un sourire de regret, teinté de tristesse.

– Tu seras contente qu'il l'ait fait. Je me demande s'il ferait la même chose pour nous, à Benden.

– S'il en trouve le temps, j'en suis sûre. Ce jeune homme a plus de travail qu'il n'en peut exécuter.

– S'il peut tout terminer... ah, le jury revient.

Les douze hommes et femmes, tirés à la courte paille parmi les observateurs, avaient écouté toutes les preuves. Tashvi, Bridgely et Franco servaient de juges. Le silence descendit sur la salle, si profond qu'un accès de toux fut bien vite étouffé.

Les trois violeurs furent reconnus coupables, et trois autres furent condamnés comme complices, car ils avaient aidé à maintenir les femmes. Le châtiment pour un viol était la castration, qui devait être exécutée immédiatement. Les autres devaient recevoir quarante coups de fouet, appliqués par les vigoureux majordomes de Telgar.

– Ils ont de la chance que le Passage n'ait pas commencé, dit Zulaya à Irene, Dame Thea et K'vin. Sinon, ils auraient pu être condamnés à être attachés dehors pendant une Chute.

Thea frissonna malgré elle.

– Et c'est sans doute la raison pour laquelle nos archives ont enregistré si peu de cas de viols.

– Pas étonnant, dit K'vin, recroisant les jambes.

Zulaya avait remarqué sa posture défensive, et ses lèvres frémirent. Il se détourna. Sa compagne avait presque acclamé à l'audition de la sentence.

– Vous pouvez pas me faire ça ? rugit l'un des gardes, réalisant à retardement le sens du verdict.

C'était le chef des gardes de la frontière est. Les autres prévenus étaient trop assommés, leurs bouches remuant sans émettre un son, et Morin de toute façon assez bruyant pour couvrir leurs plaintes.

– Vous trois, vous êtes pas mon Seigneur, vociféra-t-il à l'adresse des trois Seigneurs faisant office de juges. Vous avez pas le droit de faire ça.

– Et toi, tu n'avais pas le droit de violer des femmes enceintes !

– Mais Chalkin est même pas là ! dit l'homme, se débattant entre ses gardes.

– La présence de Chalkin n'aurait rien changé au procès ni au verdict, dit Tashvi d'un ton sévère.

– Mais il aurait dû être là ! protesta Morin.

– Il a été invité à venir, dit Tashvi sans regret.

– Y doit savoir. Vous pouvez rien faire si y sait pas. J'ai un contrat avec lui.

– Pour humilier, violer et torturer ? demanda Bridgely d'un ton trop suave.

Morin ferma la bouche. Il se débattit plus violemment entre les gardes qui l'entraînaient vers la sortie. Et son châtiment. Non qu'il pût échapper à la sentence ou au Weyr. Les deux autres étaient encore trop accablés pour résister aux gardes les conduisant à l'infirmerie où la condamnation serait appliquée. Ceux qui devaient être fouettés furent amenés dehors, mais tout l'auditoire ne suivit pas pour assister au châtiment corporel.

Cette affaire terminée et les hommes emmenés pour soigner leurs blessures, les observateurs rentrèrent dans la Caverne Inférieure. Bien que ce ne fût pas un joyeux événement, mis à part que justice avait été faite, un repas substantiel avait été préparé. Le vin fut le premier élément demandé et servi.

– Tu as été magnifique, M'shall, dit Irene à son compagnon qui la rejoignait, une outre ouverte de vin de Benden à l'épaule. Donne-m'en un verre, s'il te plaît. Bien que je sois sûre que tu en as plus besoin que moi. Très gentil à Bridgely de le fournir, ajouta-t-elle à l'adresse de Zulaya.

– Je crois que nous en avons tous besoin, dit la Dame du Weyr de Telgar, regardant vers l'endroit où les trois plaignantes fêtaient leur victoire avec un enthousiasme considérable. Tant mieux pour elles. Et maintenant, qu'est-ce qu'on va faire ?

– Eh bien, il y a encore le deuxième procès, dit M'shall. J'espère qu'il se passera aussi bien.

– Mais pas avec elles, dit sa compagne, montrant les trois femmes.

– Oh, elles ! Elles veulent retourner chez elles. Pour ne pas laisser Chalkin prendre leurs fortins sous prétexte qu'elles ne les occupent pas. Elles ne retrouveront pas grand-chose, ajouta-t-il avec une grimace. Les brutes de Chalkin ont brûlé tout ce qui était brûlable, et démoli le reste. Mais, poursuivit-il, un sourire remplaçant la grimace, elles savent maintenant qu'elles sont propriétaires de ce qu'elles cultivent. Ça leur donnera peut-être un peu plus de ressort la prochaine fois qu'elles seront attaquées, et plus de fierté de ce qu'elles font. Et elles ont aussi demandé à suivre l'entraînement des équipes au sol.

– Rien de tel que perdre quelque chose – même brièvement – pour apprécier ce qu'on a, dit Thea. Maintenant, sur le plan pratique, je crois que les Hautes Terres pourront fournir le matériel de base. Quelqu'un s'occupe d'organiser les équipes ? Vous avez le nombre des gens à protéger ? demanda-t-elle en regardant les autres.

– Effectivement, dit Zulaya, incluant Irene d'un signe de tête dans sa réponse. Trois cent quarante-deux... non, quarante-trois, avec le bébé prématuré. Merci de ton offre, Thea.

– J'ai relu la Charte, moi aussi, et je connais mes devoirs envers mon prochain. Sauriez-vous combien de malheureux vivent à Bitra ?

C'est M'shall qui avait la réponse.

– Bien sûr, Chalkin a peut-être magouillé le dernier recensement, mais il est censé y avoir 24 657 habitants.

– Vraiment ? dit Zulaya, étonnée.

– Mais il faut dire que Bitra est l'un des plus petits Forts, et n'a pas d'industrie indigène – à part quelques revenus forestiers. Les mines pourvoient seulement aux besoins locaux. Il y a quelques tisserands, mais pas de nature à faire concurrence à Keroon ou Benden.

– Et les jeux, dit Thea avec un reniflement dégoûté.

– C'est l'industrie principale de Chalkin.

– Eh bien, il a beaucoup perdu sur ce dernier pari.

– Tu crois ? fit K'vin.

Le deuxième procès fut presque de la routine. De nouveau, Gardner représenta les sept prévenus, accusés « d'avoir infligé de graves dommages corporels, dont certains ayant entraîné la mort », à cinq innocents, hommes et femmes.

Gardner stipula une fois de plus que les hommes n'avaient fait que suivre les ordres leur enjoignant de « retenir par tous les moyens » quiconque essayant de passer la frontière. Mais on lui opposa que des moyens inutilement sévères avaient été utilisés pour les retenir, et avaient causé la mort de personnes à qui l'on n'aurait pas dû refuser le droit « légal » d'émigrer, ni l'exercice de la liberté de mouvement garantie par la Charte.

Les mutilations et (ou) tortures subséquentes perpétrées par les sept n'étaient pas « inhérentes à l'ordre de les retenir par tous les moyens ». Chalkin n'avait pas le droit de mort sur ses vassaux sans juste cause et (ou) jugement par jury.

Le jury se retira, et, une demi-heure après, rendit un verdict de culpabilité. Les hommes furent condamnés à être transportés dans les Iles du Sud à dos de dragon, avec des vivres pour sept jours, ce qui était le châtiment habituel des meurtriers.

– Ils sont nombreux dans ces îles ? demanda Thea. Je veux dire, d'autres criminels y ont été exilés. Même des familles entières, paraît-il. Mais c'était il y a des années.

Zulaya haussa les épaules.

– Telgar n'a jamais eu personne à y envoyer, alors je ne sais pas.

– Benden non plus, du moins depuis que nous dirigeons le Weyr.

– Mon père en a exilé deux, dit Paulin. Et je crois que Nerat et Ista y ont expédié des meurtriers.

– Chalkin aussi, dit Gallian, surprenant tout le monde. Il y a quatre ans environ. Je ne sais plus où je l'ai appris. Des hommes ayant causé de graves troubles dans son Fort, il avait demandé à Ista de les transporter car ils étaient originaires de ce Fort.

– Oh, je me rappelle maintenant, dit Irene. M'shall avait dit qu'il était bien content de n'avoir pas été chargé de leur transport.

– Peut-être que nous devrions renvoyer ses hommes à Chalkin quand ils seront en état de voyager, dit Zulaya.

– Non. Il faut lui montrer que nous ne tolérerons pas ses méthodes de gouvernement, dit Irene, d'un ton implacable. Peut-être que ça le fera revenir à la raison.

– Je voudrais bien voir ça ! dit Zulaya, facétieuse.

Quand la neige eut suffisamment fondu pour permettre les déplacements, Chalkin envoya à Paulin une nouvelle épître pleine de protestations enflammées, annonçant son intention de demander compensations au Conclave de Fin d'Année pour la « mutilation rituelle d'hommes n'ayant fait que leur devoir ». Cette fois pourtant, un chevalier vert alla prendre le message quand il vit flotter la bannière d'urgence en haut du Fort. F'tol dut supporter une longue harangue de Chalkin, le prévenant qu'il ferait bien de remettre sa lettre à qui de droit, que les chevaliers-dragons étaient des parasites à la face de Pern, et qu'il fallait que ça change, sinon... F'tol n'en fut ni intimidé, ni impressionné. Il prit la lettre et la porta à son destinataire.

On ignorait si Chalkin savait que les réfugiés avaient réintégré leurs fortins, ni s'il s'en souciait. F'tol était raisonnablement sûr qu'il aurait inclus cette plainte dans sa harangue, vu qu'il n'avait oublié aucune peccadille, erreur ou péché véniel commis par un chevalier-dragon.

Les Weyrs de Telgar et de Benden visitaient journellement les réfugiés rentrés dans leurs foyers, pour les rassurer et rassurer leurs sauveteurs. Bien sûr, les conditions météorologiques à Bitra, où des congères hautes comme des dragons bloquaient les routes et les cols, rendaient le déplacement des sbires de Chalkin très improbable, et encore plus leur apparition dans des fortins très écartés. Les Weyrs de Benden et de Telgar devinrent les dernières victimes de l'hiver, quand le blizzard qui avait soufflé sur Bitra se dirigea vers l'est, couvrant de neige la côte jusqu'au nord de Nerat, qui n'en avait pas vu depuis l'établissement de l'Amiral Benden, au début du Premier Passage.

Les dragons étaient les seules créatures vivantes à ne pas se plaindre de la température, vu que l'épaisseur de leur cuir les rendait insensibles au froid, celui de la neige comme celui de l'*Interstice*. Les batailles de boules de neige des gens du Weyr les amusaient beaucoup, et ils se prélassaient avec délices dans la chaleur du soleil intensifiée par la réverbération,

Malgré sa situation plus septentrionale, le Weyr de Telgar ne reçut qu'un empan de neige, et dut s'en contenter. Les jeunes dragons étaient fascinés par cette matière, et par le fait d'avoir à briser la glace pour se baigner dans le lac. Baigner un dragonet était devenu dangereux, mais T'dam demandait aux apprentis de savonner leur bête et de la rincer dans l'eau glaciale. Ces bains quotidiens n'avaient rien d'agréable pour les jeunes chevaliers-dragons.

– J'ai encore des engelures, se plaignit Debera à Iantine, lui montrant ses doigts boudinés quand il vint la regarder soigner Morath.

Il adorait prendre la petite verte pour modèle, parce que, dit-il à Debera, « elle a une variété d'expressions incroyable, et elle adopte des postures extraordinaires ».

Debera était bien trop rassotée de son dragon pour contester cette opinion « impartiale ». Elle figurait sur tous les dessins, mais ne le remarqua pas, pourtant cela n'échappa pas à ses camarades.

– Tu devrais demander du baume à Tisha. Ça m'a stoppé les démangeaisons comme ça ! dit Iantine, faisant claquer ses doigts.

– Oh, j'en ai, répondit-elle.

– Ça ne te sert à rien dans le pot, tu sais.

– Oui, je sais, dit-elle d'un ton d'excuse en baissant la tête.

– Hé, je ne te grondais pas, dit-il doucement, lui relevant le menton. Qu'est-ce que j'ai fait de mal ?

– Rien, dit-elle, écartant son doigt avec un sourire trop radieux. Des fois, j'ai des idées idiotes. N'y fais pas attention.

– Oh, je n'y fais pas attention, répliqua-t-il, avec tant d'entrain qu'elle lui jeta un regard étonné. Continue à savonner ta bête...

Il tourna une page de son carnet et prit son crayon derrière son oreille.

– Continue...

– Iantine a le béguin pour toi, Debera, dit Grisella, lorgnant sa compagne de dortoir d'un air futé.

– Iantine ? Il ne pense qu'à dessiner. Il dessinerait son gros orteil s'il n'avait pas d'autre modèle, répondit Debera. En plus, il va bientôt partir pour Benden...

– Est-ce qu'il te manquera ? demanda Jule d'un air finaud.

– Me manquer ? fit Debera, étonnée.

Il me manquera à moi, dit Morath d'un ton si lugubre que tous les autres dragonets se tournèrent vers elle, leurs yeux tournoyant de désarroi.

– Qu'est-ce qu'elle a dit pour les bouleverser tous ? demanda Jule.

– Mais ma chérie, il n'est pas né au Weyr, dit Debera à son dragon, lui caressant la joue. Il ne peut pas rester ici indéfiniment.

– Si on me le demandait, je dirais que ça ne déplairait pas à Iantine, intervint Sarra.

– Mais personne ne te le demande, rétorqua Angie, acide.

– Est-ce qu'il a jamais fait quoi que ce soit avec toi, Debera ? A part dessiner, je veux dire, demanda Jule, les yeux brillants de curiosité.

– Non, bien sûr. Pourquoi ? dit Debera, rougissante et contrariée.

C'était l'inconvénient d'avoir à coucher avec les autres. Elles pouvaient devenir terriblement indiscrètes parfois, même si elles étaient mieux intentionnées que sa mère et ses sœurs. Elle, elle ne cherchait pas à savoir où elles étaient allées le soir, quand elles rentraient tard.

– Elle est désespérante ! s'écria Jule, levant les bras au ciel, exaspérée. Le plus beau célibataire du Weyr, et elle est aveugle !

– Elle est amoureuse de Morath ! intervint Sarra. Remarque, on n'a rien a dire !

– La plupart d'entre nous... – et Jule fit une pause significative – savent que nos dragons sont la part essentielle de notre vie, mais qu'ils ne sont pas *tout.* Même T'dam a une compagne de Weyr.

– Nous n'avons pas encore de Weyr, dit Mesla, parlant pour la première fois, car elle interprétait tout littéralement. Impossible d'amener quelqu'un ici, avec vous toutes pour reluquer.

Debera sentit qu'elle rougissait : elle avait les joues en feu.

– En tout cas, ça ne t'a pas retenue, *toi*, dit Sarra à Jule, penchant la tête d'un air entendu.

Jule eut un sourire énigmatique.

– En ma qualité de seule résidente de ce dortoir élevée au Weyr, permettez-moi de vous assurer que nos préférences peuvent influencer celles de nos dragons.

– Ils n'auront pas de vol nuptial avant huit ou neuf mois, dit Angie, qui, à l'évidence, avait soigneusement enregistré la remarque de Jule. Mais suppose que ton dragon en aime un autre dont tu ne peux pas souffrir le maître ?

– Tu veux parler d'O'ney ? dit Jule, souriant de l'embarras d'Angie.

Elle domina pourtant sa gêne et rétorqua vivement :

– Il est impossible, même pour un chevalier bronze. Vous l'avez entendu se vanter que son escadrille est toujours la meilleure dans les concours ? Comme s'il n'y avait rien d'autre d'important !

– Pour lui, sans doute que non, dit Grasella. Mais ce sont plutôt les chevaliers bleus qui me tracassent, Jule. Je veux dire, certains sont très sympa, mais sans les offenser, la plupart n'aiment pas les filles.

– Oh, fit Jule haussant les épaules avec indolence, c'est encore plus facile. Tu t'arranges avec un autre chevalier-dragon quand ta verte est en chaleur. Puis le chevalier bleu fait ça avec son copain s'il en a un, ou un autre qui est d'accord – et vous pouvez être sûres que tout le monde est d'accord quand les dragons participent. Alors vous couchez avec celui qui vous plaît, le chevalier bleu avec son chéri, et tout le monde est content !

Les filles digérèrent cette information, diversement enthousiastes ou écœurées.

– Ce que vous faites, ça ne dépend que de vous, vous savez, poursuivit Jule. Et nous ne sommes pas non plus limitées à ce Weyr. Oh, termina-t-elle avec un profond soupir, ce que je serai contente quand nous pourrons voler où nous voudrons !

– Mais je croyais que tu t'entendais bien avec T'red ? dit Mesla, les yeux dilatés de consternation.

– Oui, mais ça ne veut pas dire que je ne peux pas trouver mieux dans un autre Weyr. Les vertes sont chaudes, vous savez.

– Ah, mais pourrons-nous aller dans les autres Weyrs ? dit

Sarra, brandissant un index malicieux. Dans quatre ou cinq mois, les Chutes vont commencer, et *alors* nous n'aurons plus une minute, avec les sacs de pierre de feu à porter aux combattants.

Ses yeux brillèrent à cette idée, et elle croisa les bras sur ses épaules.

– Activité plus exaltante que d'avoir un seul homme et des flopées d'enfants.

Debera détourna la tête, ne voulant pas participer à cette discussion ridicule.

Quelque chose te tracasse, dit Morath, baissant lentement la tête pour la poser sur les genoux de la jeune fille. *Je t'aime et je te trouve merveilleuse. Iantine aussi.*

Cette confidence stupéfia Debera. *Tu crois ?*

Je crois ! dit Morath avec force. *Il aime tes yeux verts, ta démarche, et ce petit rire contenu quand tu parles. Comment tu fais ça ?*

Debera porta la main à sa gorge, se sentant toute bête pour le coup. *Tu peux lui parler à lui aussi ? Ou juste écouter ce qu'il pense ?*

Il pense très haut. Surtout près de toi. Je ne l'entends pas aussi bien quand tu es loin. Il pense très haut à toi.

– DEBERA, cria Sarra, interrompant cette intéressante conversation.

– Quoi ? Je parlais avec Morath. Qu'est-ce que tu as dit ?

– Sans importance, répondit Sarra avec un grand sourire. Tes robes pour la Fin d'Année sont prêtes ?

– J'ai encore un essayage, dit Debera, que ce sujet embarrassait également.

Elle avait tenté de convaincre Tisha que la belle robe verte de l'Éclosion lui suffirait. Mais Tisha l'avait ignorée, et avait exigé qu'elle choisisse deux couleurs parmi les échantillons disponibles : une pour le soir, une autre pour la journée. Tout le monde au Weyr, semblait-il, avait de nouveaux vêtements pour la Fin de la Révolution. Et pourtant, quelque chose en Debera se délectait à l'idée d'avoir deux robes neuves que personne n'avait portées avant elle. Elle s'avoua qu'elle avait espéré que Iantine la remarquerait dans ces beaux atours. Maintenant, après les informations de Morath, elle se demanda s'il verrait seulement qu'elle avait une robe neuve.

– A propos de Weyrs... commença Mesla.

– Ça remonte à une demi-heure, Mesla, protesta Angie. Alors ?

– Il n'y en a plus beaucoup, et les grands dragons choisiront les premiers, non ?

– T'en fais pas, dit Jule. Certains se libéreront d'ici qu'on en ait besoin.

Puis elle porta la main à sa bouche, réalisant ce qu'elle venait de sous-entendre.

– Ce n'est pas ce que je voulais dire. Je ne dirais jamais ça. Je veux dire, je n'irais jamais déménager dans...

– Alors, tais-toi, Jule, dit Sarra d'un ton calme mais sans réplique.

– Qui a le baume ? demanda Grisella de la couchette voisine, rompant le silence presque insoutenable. Mes doigts recommencent à me démanger. Personne ne m'avait dit qu'on attrape des engelures en s'occupant d'un dragon.

Angie trouva le baume dans ses fourrures et le lui passa.

– Après toi, dit doucement Debera en le donnant à Angie.

Les bavardages rieurs furent terminés pour la nuit.

– Je n'ai pas eu beaucoup de temps, dit Jemmy de son ton le plus rébarbatif, quand Clisser lui demanda où il en était des ballades historiques. J'ai dû étudier tous ces trucs juridiques. Pourquoi avoir pris tant de peine pour ces salauds de gardes ? On aurait dû les exiler tout de suite dans les îles. Sans ces comédies de jugements.

– Ces procès n'étaient pas des comédies, Jemmy, dit Clisser, d'un ton réprobateur si peu habituel que Jemmy leva les yeux sur lui, stupéfait. Ces procès étaient nécessaires. Pour prouver que, nous, nous n'agissons pas de façon arbitraire...

– Pas comme Chalkin, tu veux dire ? dit Jemmy avec un grand sourire, ses dents mal plantées donnant un air plus rusé que jamais à son long visage.

– Exactement.

– Vous perdez trop de temps avec lui, dit Jemmy, se remettant à sa lecture.

– Qu'est-ce que tu cherches ?

– Je ne sais pas. Je cherche, parce que je *sais* qu'il y a quelque chose qui *peut* nous servir pour déterminer la position de la Planète Rouge... quelque chose de si simple que j'enrage de ne pas me le rappeler. Je sais que je l'ai vu quelque part...

Il repoussa son livre avec irritation.

– Ça aiderait beaucoup si les copistes avaient eu des écritures lisibles. Je passe trop de temps à les déchiffrer.

Brusquement, il tendit le bras vers l'appui de la fenêtre, pardessus son bureau encombré, et posa devant lui un nouvel appareil.

– Voilà ton nouvel ordinateur.

Il sourit à Clisser qui regardait l'objet – des perles de couleur enfilées sur dix baguettes, réparties en deux portions inégales.

– Qu'est-ce que c'est ? s'écria Clisser, prenant l'objet et constatant que les perles se déplaçaient sur les baguettes.

– Ils appelaient ça un abaque. Un compteur. C'est ancien et ça fonctionne toujours.

Jemmy reprit l'appareil à Clisser et lui fit une démonstration.

– Ça remplacera les calculateurs. La plupart sont hors d'usage maintenant. Et j'ai aussi trouvé les plans de ceci.

Il fouilla dans ses papiers et en sortit un instrument composé d'une règle avec une partie centrale coulissante, les deux surfaces gravées d'échelles logarithmiques.

– On peut faire des calculs assez compliqués avec la règle à calcul, comme ils l'appelaient. Presque aussi vite qu'on tape sur une calculette.

Clisser regarda les deux objets l'un après l'autre.

– Ainsi, voilà à quoi ressemble une règle à calcul. Elle était mentionnée dans un traité sur les premiers calculateurs, mais je n'aurais jamais cru que nous aurions un jour à recourir aux anciens appareils. On y parlait aussi de l'abaque. Tu n'as pas perdu de temps à les réinventer.

– Et je trouverai aussi cet appareil que je cherche si tu me laisses tranquille et que tu ne m'accables pas d'autres recherches.

– J'espère, dit Clisser de son ton le plus diplomatique, que tu me donneras quelque chose à montrer pour le Solstice d'Hiver et la Fin de la Révolution.

Jemmy se redressa brusquement, pencha la tête et regarda Clisser, qui se pencha vers lui avec espoir, retenant son souffle pour ne pas perturber la concentration du jeune homme.

– Bon sang, s'écria Jemmy, s'avachissant et tapant du poing sur la table. Ça a quelque chose à voir avec les solstices.

– Eh bien, puisque tu es retourné aux abaques et aux règles à calcul, pourquoi pas un cadran solaire ? dit Clisser, facétieux.

Jemmy se redressa de nouveau, encore plus raide que la première fois.

– Pas un cadran solaire, dit-il lentement, mais une horloge cosmique... une pendule des étoiles comme stone... stone *quelque chose...*

– Stonehenge ?

– Qu'est-ce que c'est que ça ?

– Un monument préhistorique de la vieille Terre. Sallisha t'en dira beaucoup plus si tu le lui demandes, dit finement Clisser, récompensé par un geste dédaigneux de Jemmy. On découvrit finalement que c'était un calendrier étonnant, prédisant les éclipses avec précision et vérifiant le lever du soleil aux solstices.

Clisser se tut, regardant, les yeux dilatés, Jemmy dont la mâchoire s'était affaissée pour former un « O » silencieux, stupéfait de ces paroles.

– Seulement, c'était un cercle de pierres... dans une plaine... bredouilla Clisser, dessinant du geste menhirs et linteaux.

Grommelant entre ses dents, il s'approcha des rayons pour chercher le texte auquel il pensait.

– Nous l'avons sans doute copié. Nous *devons* l'avoir copié...

– Pas nécessairement, le contredit Jemmy, car vous vous intéressiez essentiellement aux faits historiques importants. Nous devrons l'adapter à *nos* besoins, qui sont d'encadrer la Planète Rouge quand la conjonction se produit.

Il fouillait dans le désordre de son bureau à la recherche d'une feuille de papier vierge et d'un crayon. Il ne trouva d'abord que trois bouts de crayons cassés.

– Voilà autre chose qu'il nous faudra réinventer... le stylo.

– Le stylo ? répéta Clisser en écho. Jamais entendu parler.

– Je t'aurai ça demain. Laisse-moi seulement réfléchir...

Jemmy s'interrompit le temps de sourire d'un air diabolique devant l'étonnement de Clisser.

– ... je crois que j'aurai quelque chose pour la Fin de la Révolution. Mais seulement si tu t'en vas *immédiatement.*

Clisser sortit, ferma doucement la porte derrière lui et s'arrêta un instant.

– Je crois que je viens de me faire chasser de mon propre bureau, dit-il, regardant la porte sur laquelle on avait récemment repeint son nom. Humm.

Il tourna une petite pancarte NE PAS DÉRANGER et s'éloigna en sifflotant le chœur de la Ballade du Devoir.

Il attraperait Sallisha avant qu'elle monte à son bureau. Cela lui ferait plaisir. Enfin, peut-être.

Il descendit vivement l'escalier et la rencontra comme elle rentrait.

– Je ne suis pas en retard, dit-elle d'un ton caustique, resserrant les bras convulsivement sur un énorme registre.

Il était bon pour une engueulade.

– Je n'ai pas dit que tu étais en retard. Allons donc nous asseoir confortablement dans la salle des professeurs.

– Mes conclusions ne doivent pas être discutées en public, dit-elle avec un mouvement de recul.

Elle était peut-être l'un de ses meilleurs professeurs – même si l'on disait que les jeunes apprenaient leurs leçons pour se tirer de ses griffes – mais elle était totalement hostile à son programme d'actualisation.

Clisser sourit aussi aimablement qu'il le put.

– Elle est déserte pour le moment, et le sera encore pendant deux bonnes heures.

Elle eut un reniflement dédaigneux, mais quand il s'effaça courtoisement devant elle, elle s'ébranla en faisant claquer ses talons. Comme Morinst vers son... Clisser frissonna et se hâta de la suivre.

La salle était vide, et un bon feu crépitait dans la cheminée. Un pichet de klah était posé sur le chauffe-plats, et, pour changer, il y avait des tasses propres. Il se demanda si Bethany avait fait le ménage. Il y avait même du sucre dans le sucrier. Oui, c'était sûrement Bethany, s'efforçant de faciliter cette entrevue.

Avant de fermer la porte, il retourna aussi la pancarte NE PAS DÉRANGER, puis donna un tour de clé. Sallisha s'était assise dans le fauteuil le moins confortable – cette femme jouissait positivement du martyre ! Elle serrait toujours son précieux registre sur son cœur.

– Tu ne peux pas supprimer l'histoire grecque des études, dit-elle, agressive, se lançant dans un discours manifestement préparé à l'avance. Ils doivent comprendre d'où vient notre forme de gouvernement pour l'apprécier. Tu dois inclure...

– Sallisha, cela peut être enseigné avec des rudiments, pas toute la culture, commença Clisser.

– Mais c'est la culture qui a déterminé la forme du gouvernement... dit-elle, atterrée par son manque de compréhension.

– *Si* un étudiant est assez curieux pour désirer en savoir plus, personne ne l'en empêchera. Mais il est inutile de forcer des laboureurs et des bouviers à apprendre des choses sans aucun rapport avec leur mode de vie.

– Tu les rabaisses en parlant ainsi.

– Non, je leur épargne des heures d'études ennuyeuses en les remplaçant par l'histoire de Pern...

– Elle n'est pas assez longue pour mériter le nom d' « histoire ».

– Hier est histoire aujourd'hui. Mais tu veux que je le répète ? L' « histoire », c'est ce qui est arrivé dans la vie et l'évolution d'un peuple... de nous – il se frappa la poitrine – les Pernais. Et le récit systématique de ce qui nous est arrivé – il se refrappa la poitrine – accompagné d'analyse et d'explications. *Depuis* le commencement de la colonie de Pern... ça c'est de l'histoire, noble et exaltante, que cette survie dans des conditions incroyables, contre un ennemi implacable, cette audace, cette ingéniosité, ce courage, et c'est l'histoire de *cette* planète, non d'un endroit qui n'est qu'un nom. C'est mieux que notre histoire ancienne – si c'est bien enseigné.

– Est-ce que tu doutes de ma...

– Jamais de la vie, Sallisha, et c'est pourquoi j'ai besoin de ta totale coopération pour les nouveaux programmes, enrichis et plus orientés vers la vie pratique. En moyenne, tes étudiants ont de meilleures notes aux examens que ceux des autres professeurs, y compris les laboureurs et les bouviers, mais ils ne se servent plus jamais des connaissances que tu leur as communiquées. La vie sur Pern est assez difficile... avec l'ennemi extérieur que nous devons combattre... Qu'ils aient la fierté de leurs ancêtres... de leurs ancêtres les plus récents. Et non l'indifférence confuse et torturée qui suivit les premiers Colons. De plus, poursuivit-il implacablement comme elle ouvrait la bouche pour parler, les procès de Telgar et Benden ont prouvé que nous ne passons pas assez de temps à enseigner à notre population les droits que leur confère la Charte...

– Mais j'ai passé...

– Toi, certainement, mais tous doivent insister – et il claqua son poing dans sa paume – sur les droits qu'ont les vassaux par rapport à leur Seigneur, sur la façon de revendiquer leur allocation de terres, et les moyens de prévenir ce qui s'est passé à Bitra...

– Aucun autre Seigneur n'est aussi *mauvais,* dit-elle, sa bouche se tordant de dégoût en prononçant ce dernier mot. Ne va pas te mettre en tête de m'y envoyer maintenant qu'Issony en est parti ! dit-elle d'un ton farouche en brandissant l'index.

– Pas toi, Sallisha. Tu es bien trop précieuse pour gaspiller tes dons à Bitra.

Pour Bitra, il faudrait un enseignant de caractère plus souple et compatissant que Sallisha.

– Mais je m'étonne du nombre de gens qui ignoraient les droits que leur donne la Charte. Et ce n'est pas bon. Non que les misérables Bitrans aient osé les faire valoir auprès de Chalkin... même s'ils les avaient connus. Je parle des gens venus assister aux procès, et il est consternant de constater que très peu d'entre eux savaient que les petits vassaux avaient droit à la liberté de mouvement et de réunion, et le droit d'en appeler à un médiateur en cas de litige sur les dîmes.

– Pourquoi les Seigneurs ne l'ont-ils pas déposé ? s'enquit-elle, sa virulence s'en prenant à une nouvelle victime. A l'évidence, il est incapable de gouverner un Fort, et encore moins pendant un Passage. Je ne comprends pas leurs hésitations.

– Sallisha, il faut une décision unanime pour déposer un Seigneur, lui dit-il, légèrement réprobateur.

– Et qui fait de la résistance ?

– Jamson.

Elle fit claquer sa langue avec irritation.

– Et c'est un autre endroit où je ne veux pas aller. Le froid aggraverait mes problèmes d'articulations..

– Je le sais, Sallisha, et c'est pourquoi je me suis demandé si tu accepterais d'aller à Nerat Sud cette année.

– Combien de déplacements ? demanda-t-elle, encore méfiante.

– Six grands fortins, et cinq villages plus petits, mais tous à des distances raisonnables. Et tes déplacements auraient tous lieu les jours sans Chutes, naturellement. Excellent logement et contrat très avantageux. Gardner a veillé à ce que toutes les conditions concordent avec tes souhaits.

Il porta la main à la poche de son justaucorps et en sortit le document.

– Tu veux m'amadouer, c'est ça ? dit-elle avec quelque coquetterie, prenant le document qu'il lui tendait.

– Tu es mon meilleur professeur, Sallisha.

– Mais cela ne me fera pas approuver davantage ton massacre de l'histoire pré-pernaise, Clisser.

– Ce n'était pas l'idée. Mais nous ne pouvons pas te mettre en danger dans les plaines de Keroon...

– J'ai promis d'y retourner...

– Ils comprendront...

– Ils ont quelques très belles intelligences là-bas...

– Tu en trouveras partout où tu iras, Sallisha, car tu as le don.

Puis il prit une liasse de papier, beaucoup plus épaisse que la première : le nouveau programme.

– Tu t'apercevras qu'il est beaucoup plus facile à transmettre aux élèves.

Elle le regarda comme s'il eût été un serpent.

Chapitre XII

FORTS DES HAUTES TERRES ET DE FORT

– Eh bien, y a-t-il un moyen de le faire changer d'avis ? dit Paulin à Thea et Gallian, dans le solarium confortablement chaud des Hautes Terres où la Dame du Fort recevait son hôte.

Thea haussa les épaules.

– Pas par des arguments logiques, c'est certain. Il était indigné qu'on ait ignoré « le droit d'un Seigneur à juger ses gens » pour ces deux procès. Non qu'il ait eu des objections envers les sentences...

– « Ce n'est que justice, et ils auraient aussi dû être exilés dans les îles, car maintenant, ils vont provoquer d'autres troubles », intervint Gallian, imitant la voix catarrheuse de son père. S'il m'autorisait seulement à traiter *toutes* les affaires du Fort, ajouta-t-il, levant les mains en un geste d'impuissance. Il est trop malade...

– Une minute. Il *est* malade, l'interrompit Paulin. Et votre climat ne fait qu'aggraver ses problèmes respiratoires, n'est-ce pas ?

Thea dilata les yeux en comprenant où il voulait en venir.

– Si on l'envoyait en convalescence à Nerat, il serait bien forcé d'autoriser Gallian... commença-t-elle.

– Exactement.

– Que se passera-t-il quand il sera guéri et découvrira ce que j'ai fait, connaissant ses vues sur la déposition, ainsi qu'il s'en est assuré ? demanda Gallian à sa mère. Et qu'il s'apercevra que j'ai agi contrairement à sa volonté ? Je pourrais très bien perdre mes chances de lui succéder.

– Très peu probable, mon chéri. Tu sais comme il enrage de la stupidité de tes cadets, dit Thea, rassurante, posant la main sur le bras de son fils. Tu sais exactement quand tu peux le contredire. Tu as toujours eu du flair pour traiter avec les gens. Quant aux neveux...

Elle leva les mains en un geste de désespoir, puis son visage s'assombrit.

– Ces constantes infections pulmonaires m'inquiètent. Franchement, je crois qu'il n'en a plus pour longtemps.

Elle poussa un profond soupir.

– Il a toujours été un bon mari...

– Peux-tu convaincre le médecin de lui recommander un climat plus chaud ? demanda Paulin avec sympathie.

– Il le fait depuis longtemps, dit Thea, pinçant les lèvres d'un air résolu. Je le convaincrai ! D'une façon ou d'une autre. Je ne pourrais plus me regarder en face si je ne le faisais pas. Dans son intérêt comme dans celui de ces malheureux.

Gallian semblait hésitant.

– Ne t'inquiète pas, mon garçon, dit Paulin. Tu es déjà très bien noté dans mes papiers pour ta coopération. Et, tant que je serai Président, tu bénéficieras de mon soutien. Le Conclave n'est pas obligé de respecter les souhaits d'un défunt quant à son successeur. Mais nous devons agir *immédiatement*. Attendre la Fin de la Révolution serait dangereux. Nous avons sauvé ces réfugiés, nous avons fait respecter leurs droits dans un jugement légal, et ça n'a pas dû plaire à Chalkin, dit-il avec un rire sans joie. Nous ne pouvons pas le laisser exercer sur eux sa vengeance, ou nous aurons perdu en vain beaucoup de temps et d'efforts. Avec le dégel qui commence, il va pouvoir se déplacer. Et nous savons tous qu'il cherchera à se venger.

Thea frissonna, son corps potelé frémissant sous sa robe chaude.

– Je ne veux pas avoir *ça* sur la conscience, quoi qu'en dise mon Seigneur et époux, dit-elle en se levant. Jamson a passé une mauvaise nuit. Je vais tâcher de le convaincre maintenant, avant qu'il n'élève d'autres objections à son départ. Une chose est certaine, il n'a pas envie de mourir. Il aime Richud plus que Franco, alors je lui proposerai le Fort d'Ista. Ça ne me déplairait pas de passer l'hiver là-bas. En fait...

Elle redressa les épaules et poursuivit en reniflant :

– Che crois que che suis en train de m'enrhuber boi-bêbe. Il acceptera peut-être pour me faire plaisir, alors qu'il refuserait pour lui-même. Si vous voulez bien m'excuser...

Les deux hommes s'étaient levés en même temps qu'elle, et Gallian alla lui ouvrir la porte, par laquelle elle sortit avec grâce, arborant un sourire malicieux. Gallian revint à son hôte, branlant du chef.

– Je n'ai jamais contrecarré mon père jusqu'à présent, dit-il anxieusement, l'air malheureux.

– Et je ne te conseillerai jamais de le faire, mon garçon. Je respecte tes doutes, mais *doutes*-tu de ce que fera Chalkin ?

– Non, soupira Gallian, avant de se retourner vers le Seigneur de Fort, l'air résolu. Je suppose que je dois m'habituer à *prendre* les décisions, et pas seulement à les exécuter.

Paulin lui serra l'épaule en un geste encourageant.

– Exactement, Gallian. Et je te garantis que les décisions que tu seras appelé à prendre ne seront pas toutes les bonnes. Être Seigneur n'empêche pas de commettre des erreurs ; tâche seulement de prendre les bonnes mauvaises décisions.

Paulin sourit au jeune homme qui s'efforçait de digérer cette idée.

– Si tu as raison la plupart du temps, tu es gagnant. Et tu as raison dans le cas présent, pour les bonnes raisons que ton père refuse de voir.

Gallian hocha la tête, puis il demanda d'un ton plus joyeux :

– Prendras-tu un verre de vin, Seigneur Paulin ?

– Tu es bien comme ta mère, dit Paulin, acceptant la proposition. Ce qui, tu t'en apercevras, est un avantage. Non que je veuille critiquer les manières de ton père.

– Non, bien sûr que non, dit Gallian avec un bref sourire.

Puis il s'éclaircit la gorge.

– Qu'adviendra-t-il de Chalkin après qu'il sera déposé ? Je veux dire, on ne peut pas l'exiler dans les Iles du Sud, non ?

– Pourquoi pas ? répondit Paulin d'un ton égal. Non, ajouta-t-il vivement devant l'air consterné de Gallian. Ce serait le placer sur le même plan que les meurtriers. Mais il y a toute une chaîne... un archipel d'îles...

– Elles ne sont pas volcaniques ?

– Seulement l'Ile de Young, sinon, les autres sont de climat tropical et tout à fait habitables. Et l'on est certain que le condamné ne pourra pas les quitter pour recommencer à provoquer des troubles. Ce que ferait Chalkin sans aucun doute si on lui permettait de rester sur le continent. Non, la solution la plus raisonnable et humaine, c'est de le mettre en un lieu où il ne pourra pas commettre plus de méfaits qu'il ne l'a déjà fait.

– Et qui reprendra le gouvernement de Bitra ?

– Ses enfants sont trop jeunes, mais il y a un oncle, guère plus âgé que Chalkin. La rumeur prétend que Vergerin et Chalkin avaient fait un pari, avec la succession pour enjeu.

– Mon père en a parlé, quand la question de la déposition a commencé à se poser. Il dit qu'il aurait dû insister pour que Vergerin gouverne, malgré ce que désirait le vieux Seigneur de Nerat. L'épouse de Chalkin est la sœur de Franco, tu le sais.

– Je l'avais oublié. Étonnant, ajouta Paulin. Franco est totalement différent. Mais sa mère était la première femme de Brenton.

Ils continuaient à discuter du problème toujours intéressant de l'hérédité, quand la porte s'ouvrit brusquement, livrant passage à Thea, presque pliée en deux.

– Grands dieux, Mère ! s'écria Gallian, se précipitant pour l'assister. Qu'est-ce qu'il y a ? Tu es toute rouge...

Elle claqua la porte derrière elle, écarta son fils du geste, et se jeta dans un fauteuil en pleurant de rire.

– Qu'est-ce qu'il y a de si drôle ?

– Ton père, mon chéri...

Elle essuya ses larmes, et par la même occasion une partie de sa « rougeur ». Après avoir regardé le mouchoir, elle se frotta les joues plus vigoureusement, et reprit son teint habituel, riant encore.

– Nous avons réussi. Il accepte d'aller au soleil. Je l'ai laissé en train d'écrire à Richud pour lui demander l'hospitalité. J'ai dit que j'allais faire hisser la bannière à messages, mais ton chevalier pourra sans doute lui apporter sa lettre, Paulin ? En te ramenant à Fort ?

– Bien sûr... ou plutôt, je l'apporterai moi-même, et je demanderai à Richud d'entrer dans notre petit complot et d'empêcher Jamson de savoir ce qui se passe hors de l'île, dit Paulin, souriant de soulagement.

– Mais pourquoi ris-tu ainsi, Mère ? Et pourquoi ce rouge ?

– Eh bien, commença-t-elle, souriant en agitant son mouchoir, ce qu'il ne voulait pas faire pour lui, il l'a accepté pour sa compagne malade. J'ai commencé par demander à ta sœur d'aller chercher Canell d'urgence. J'ai demandé à Canell d'entrer dans mon jeu, et c'est lui-même qui a suggéré le rouge. Puis je me suis présentée chez ton père, gémissant que j'avais mal partout, que mes douleurs m'étaient venues pendant la nuit... Et éternuant sans discontinuer... Heureusement, je suis sujette aux éternuements, alors je sais comment les imiter... Puis Canell a pris la relève – il a été très convaincant. Il s'est inquiété de la rapidité de mon pouls et de ma rougeur. Il a fait tout un numéro sur l'état de mes poumons et la fatigue imposée à mon cœur. Bref, à nous deux, nous avons décidé Jamson à m'emmener à Ista jusqu'à ce que je sois complètement rétablie. Et voilà ! termina-t-elle avec un grand sourire, ravie.

– Mère ! Tu es la santé incarnée !

– Naturellement, dit-elle avec condescendance.

Puis elle les surprit tous les deux en éternuant.

– Oh mon Dieu !

– Voilà ce qui arrive quand on fait des mensonges, dit Gallian avec une feinte sévérité. On attrape vraiment ce qu'on feignait d'avoir.

– Il a envoyé quelqu'un te chercher, alors...

On frappa poliment à la porte, que Gallian alla entrouvrir juste assez pour voir qui c'était.

– Dis au Seigneur Jamson que j'arrive tout de suite, fit-il, refermant aussitôt le battant.

– Je vais attendre avec le Seigneur Paulin jusqu'à ce que tu aies la lettre, Galli, dit-elle en se servant du vin. Cela et pour guérir mon rhume et éviter les rechutes... Encore un verre, Paulin ? Pour fêter mes débuts d'actrice ?

– Je regrette que tu n'aies pas pensé plus tôt à ce stratagème.

– Moi aussi, soupira-t-elle. Mais jusque-là, le besoin ne me semblait pas si pressant. Ces pauvres gens ! Qui succédera à Chalkin quand vous l'aurez déposé ? Et que ferez-vous de lui ?

– C'est encore à décider.

– Nous en parlions justement, Mère. Il y a Vergerin, un oncle paternel.

– Mais Vergerin a joué la succession aux dés, dit-elle d'un ton réprobateur.

– Tu as entendu la rumeur, toi aussi ?

– Eh bien, tu connais cette Lignée, dit Thea. Tous des joueurs invétérés. Ils parient sur les choses les plus ridicules, avec les enjeux les plus bizarres. Mais parier sur une succession ! dit-elle, l'air écœurée.

– Peut-être que la leçon aura servi à Vergerin, dit Gallian, un rien condescendant, trouva Paulin.

– Peut-être, dit Paulin. Si nous le retrouvons vivant.

– Oh non, dit Thea, portant la main à sa gorge dans sa consternation.

– Si le Conseil vote la déposition...

– Pas *si*, Gallian, *quand,* rectifia Paulin.

– *Quand* ils auront voté la déposition, comment s'y prendront-ils pour faire sortir Chalkin de Bitra ? demanda Gallian.

– Cela demandera réflexion et organisation, dit Paulin. Mais maintenant, va voir ton père, Gallian. Il ne faut pas le faire attendre ; il pourrait changer d'avis.

– Pas quand la santé de ma Mère est en jeu, dit Gallian en souriant, et il sortit.

– Promets-moi, Paulin, que les chances qu'a Gallian de succéder à son père ne seront pas compromises par ce stratagème, dit gravement Thea en lui serrant le bras.

– Je te le promets, Thea, dit-il en lui tapotant la main.

Quatre jours plus tard, quand Dame Thea et le Seigneur Jamson eurent été transportés à Ista, le reste des Dames et Seigneurs des Forts, et les Chefs de Weyrs se réunirent en session extraordinaire au Fort de Telgar, afin de déposer officiellement le Seigneur Chalkin, pour négligence de ses devoirs et responsabilités envers le Weyr de Benden, pour traitement cruel envers d'innocents vassaux (on montra à tous les dessins de Iantine et les minutes des récents procès), pour interdire qu'on enseigne la Charte à ses vassaux, les tenant dans l'ignorance de leurs droits et de leurs responsabilités (Issony témoigna sur ce point), et pour priver ses vassaux de ces droits sans raison valable.

Gallian vota « oui » à son tour après avoir montré l'acte rédigé par son père, l'autorisant à agir en son nom en tout ce qui concernait le Fort des Hautes Terres.

– Et maintenant ? dit Tashvi, croisant les mains devant lui avec soulagement après cette décision difficile.

– Eh bien, nous informons Chalkin et nous le déménageons, dit Paulin.

– Il n'aura pas un procès ? demanda Gallian, étonné.

– Il vient juste de l'avoir, dit Paulin. Avec ses pairs pour juges et jurés.

– Ce serait aller à l'encontre de tous les précédents que d'employer des chevaliers-dragons à cette tâche, déclara S'nan sans ambages.

Tout le monde se tourna vers le Chef du Weyr de Fort, manifestant à différents degrés surprise, dégoût, colère et incrédulité à cette sotte déclaration.

– La Déposition aussi va à l'encontre de tous les précédents, S'nan, dit M'shall, parce que c'est la première fois que cette clause est invoquée depuis sa rédaction, deux cent cinquante et quelques années plus tôt. Mais cela fera maintenant jurisprudence. Toutefois, je ne suis pas d'avis que les chevaliers-dragons restent en dehors de l'exécution de la sentence. Bon sang, S'nan, l'une de nos principales raisons de nous débarrasser de lui, c'est qu'il n'a rien fait pour préparer son Fort, que l'honneur *nous* commande de protéger. J'irai le chercher moi-même s'il le faut.

A son côté, Irene hocha la tête avec force pour exprimer son soutien, puis elle foudroya S'nan du regard. Sarai, la compagne de S'nan, la regarda, horrifiée.

– Si on ne l'arrête pas tout de suite, il est capable de nous échapper dans le dédale de son terrier, et alors, qui sait les troubles qu'il pourra fomenter ? dit Irene.

Puis elle pencha la tête et cligna des yeux, perplexe.

– Mais je ne connais pas assez la disposition du Fort pour savoir où le trouver, et encore moins avec tous les gardes du corps qui l'entourent. Franco ?

– Quoi ? répondit nerveusement le Seigneur de Nerat. Je ne peux pas vous parler de la disposition de Bitra. Je n'ai jamais dépassé les pièces de réception, bien que Nadona soit ma sœur.

– Comme c'est curieux, dit Bastom.

– Et que ferons-nous quand il sera parti ? demanda Franco. Qui gouvernera ? Ses enfants sont trop jeunes.

– Son oncle Vergerin... commença Paulin.

– Et si nous instaurions une régence jusqu'à ce qu'ils soient en âge ? proposa Azury, interrompant Paulin.

– Ou un cadet prometteur d'un Fort bien géré ? proposa Richud d'Ista avec entrain.

– Nous savons que la Lignée est tarée par le vice du jeu, intervint Bridgely.

– Ce penchant peut être guéri par une discipline stricte et une bonne éducation, dit fermement Salda de Telgar. Comme la graine est semée, elle pousse.

– Vergerin... répéta Paulin, élevant la voix pour se faire entendre par-dessus ces différentes propositions.

– Lui ? Il a joué aux dés ses droits à la succession, dit Sara du Weyr de Fort de son ton le plus sévère.

– Chalkin a triché, dit M'shall. Comme dans toutes les parties importantes auxquelles il a participé, d'après ce qu'on m'a dit.

Irene le regarda pensivement.

– D'après ce qu'on m'a dit ! répéta M'shall.

– VERGERIN, rugit Paulin, imposant le silence à tous, doit être pris en considération le premier, car il est de la Lignée. C'est l'une des stipulations de la Charte, que j'entends suivre à la lettre. Il a disparu de la propriété où il a résidé tranquillement depuis que Chalkin a pris le gouvernement.

– Disparu ?

– Par la faute de Chalkin ?

– Où ? Pourquoi ?

– Vergerin a dû être formé à la gestion d'un Fort par son frère, reprit Paulin, et d'après les archives, Kinver était un Seigneur juste et compétent.

– Il jouait aussi, dit Irene à mi-voix.

– Mais il ne trichait pas, dit M'shall, avec un regard sévère à sa compagne.

– Nous adhérons tous, n'est-ce pas, poursuivit Paulin, à la Clause de Succession de la Charte, stipulant qu'un membre de la Lignée doit être considéré en priorité. Maintenant, si Vergerin est disponible...

– Et s'il est d'accord... ajouta M'shall.

– Et *capable*, renchérit d'une voix ferme G'don du Weyr des Hautes Terres.

– Capable et d'accord, répéta Paulin, nous appliquerons les dispositions de la Charte.

– Nous avons créé un précédent aujourd'hui, dit Bastom, alors pourquoi ne pas faire une faveur à Bitra en lui donnant un Seigneur formé et compétent ? D'autant plus qu'il y a beaucoup à faire pour préparer ce Fort au Passage.

– Bonne idée. Que diriez-vous d'une équipe ? Cela donnerait à certains de nos cadets de l'expérience dans l'expédition des affaires courantes, proposa Tashvi.

– Que tous ceux qui ont des fils et des filles disponibles pour cette mission lèvent la main, dit M'shall, moins facétieux qu'il ne le paraissait.

– Non, il faut remplacer Chalkin par quelqu'un de la Lignée, cria S'nan, martelant la table de ses deux poings.

– Alors, ce sera Vergerin.

– Si nous parvenons à le trouver...

– SILENCE ! SILENCE ! rugit Paulin, abattant son marteau sur la table pour rétablir l'ordre. Bon. Maintenant, nous pouvons réfléchir. Il faut d'abord enlever Chalkin...

– A quoi cela servira-t-il si nous n'avons personne pour le remplacer dans un Fort qui sera totalement démoralisé de se trouver sans chef ? dit S'nan, si déchaîné qu'il parlait plus vite que personne ne l'avait jamais entendu parler.

– Ah, mais nous pouvons installer un nouveau Seigneur si vite que personne n'aura le temps d'être démoralisé, suggéra Tashvi.

– Ce serait le mieux, dit Paulin. Mais Vergerin n'est pas dans son fortin habituel, et l'endroit semble avoir été déserté depuis longtemps.

S'nan en resta atterré.

– Chalkin l'a enlevé ?

– Et sans doute enfermé dans cette chambre froide, que la rumeur lui prête aux niveaux inférieurs du Fort, dit M'shall, lugubre.

– Il n'a pas pu faire ça !

A l'air désemparé de S'nan, tous purent penser que cette dernière preuve de perversité et de déshonneur de Chalkin sonnait le glas de ses dernières illusions. Sarai lui tapota la main pour le réconforter.

– Nous ignorons si ces soupçons sont fondés, dit Paulin avec tact. Alors, calmons-nous un instant. Chalkin doit être enlevé...

– Et qu'est-ce qu'on fera de lui après ? demanda S'nan d'une voix chevrotante.

– On l'exilera, dit Paulin, parcourant tous les visages du regard et y lisant leur accord complet sur cette proposition. C'est la mesure la plus sûre, et aussi la plus humaine. Il y a tant d'îles dans cet archipel qu'il pourra en avoir une toute à lui, dit-il d'un ton cocasse qui provoqua des gloussements.

– Oui, ce serait le mieux, dit le Chef du Weyr de Fort, sortant de son marasme et s'éclairant un peu.

– Nous trouvons Vergerin...

Comme les autres recommençaient à l'interrompre, Paulin abattit de nouveau son marteau.

– Et afin de préparer le Fort aux Chutes et de rassurer les vassaux, chacun de vous y enverra un membre de sa famille déjà versé dans la gestion d'un Fort. Il faudra beaucoup de temps et de travail pour préparer Bitra au Passage. C'est trop de responsabilité pour un seul homme ou une seule femme. Si nous trouvons Vergerin et qu'il accepte la succession, il aura besoin d'assistants de toute façon.

Cela provoqua de nombreux murmures, mais l'idée sembla plaire à tous, même à S'nan.

– On en revient au problème de l'enlèvement de Chalkin, dit M'shall. Et Bitra a plus de sorties qu'un tunnel de serpent. Si Chalkin soupçonne ce que nous venons de faire, il s'enfuira.

– Il ne peut pas ! Il a été déposé ! dit S'nan.

– Il ne le sait pas encore, S'nan, dit D'miel du Weyr d'Ista avec humeur.

– Considérant tout ce qu'il sait et qu'il ne devrait pas savoir, dit B'nurrin du Weyr d'Igen, il faut agir *immédiatement* ! Il ne peut pas me soupçonner de manœuvres tortueuses, poursuivit le jeune chevalier bronze, parcourant la table du regard avec un grand sourire. Je le connais à peine. Je me porte volontaire.

– Je crois qu'aucun chevalier-dragon n'est le bienvenu à Bitra, dit Bridgely, haussant un sourcil cynique.

– Tu as sans doute raison, dit Irene. Mais seul un chevalier-dragon peut entrer facilement à Bitra en ce moment. La neige a coupé toutes les routes. Alors il faut que cela soit l'un d'entre nous. Je me propose.

– Non, dit fermement M'shall. Je ne veux pas te savoir près de ce débauché.

– Mais je pourrais en amener d'autres avec moi, et les débarquer discrètement. Il serait moins bouleversé par l'arrivée d'une reine, gloussa-t-elle. Il ne nous trouve pas dangereuses, ajouta-t-elle, avec un clin d'œil à Zulaya.

– S'il y a tellement de neige à Bitra, où pourrait-il aller ? s'enquit Zulaya.

– Bien vu, mais il pourrait se cacher à l'intérieur du Fort et entraver l'action de nos envoyés quand ils voudront remettre les choses en ordre, dit Bastom.

– Iantine a passé là-bas plusieurs semaines, dit Zulaya. Il doit sans doute assez bien connaître les entrées et les sorties.

– Et Issony y a enseigné plusieurs années, dit M'shall en se levant. Ils sont encore là tous les deux, je crois ? Je vais les chercher.

Quand ils exposèrent le problème à Iantine et à Issony, ils sortirent tous les deux un crayon, mais c'est Iantine qui avait du papier.

– J'ai fait quelques explorations, dit Iantine, dessinant une forme irrégulière sur sa feuille.

– Il ne t'a pas surpris ? demanda Issony, les yeux rivés sur les mains de Iantine qui traçait d'un trait sûr les différents niveaux intérieurs de Bitra.

– J'avais l'excuse parfaite – j'étais perdu. Il m'avait logé au niveau des domestiques à mon arrivée, dit Iantine.

Issony eut l'air étonné.

– Personne ne t'avait mis en garde contre ses contrats ?

– Si, mais pas assez, je suppose.

– Je n'arriverais jamais à faire ça, dit Issony, admiratif. Et les proportions sont parfaites !

– Maître Domaize a insisté pour que nous apprenions tous les rudiments du dessin architectural, dit le jeune portraitiste.

– Il y a un autre niveau, dit Issony, tapotant le coin droit de la feuille. Tu as de la chance de ne pas l'avoir visité. Chalkin appelle ça sa chambre froide, ajouta-t-il avec un reniflement de dérision.

Il parcourut l'assemblée du regard et poursuivit :

– Un tas de petites cellules, certaines horizontales, certaines verticales, et aucune assez large ou assez haute pour les malheureux qu'on y enferme.

– Tu ne parles pas sérieusement ? dit S'nan, les yeux exorbités de détresse.

– Je n'ai jamais été plus sérieux, dit Issony. Un jour, une fille de cuisine a renversé une bassine d'édulcorant et elle été enfermée pendant une semaine. Elle en est morte, tant le cachot était froid et humide.

Puis, comme la main de Iantine ralentissait :

– Il y a un escalier qui descend de cette pièce. Il aboutit à la cuisine. Il se plaint tout le temps que les bons morceaux disparaissent, mais je sais que c'est lui qui dévalise le garde-manger. Un soir que j'essayais de trouver de quoi manger, ajouta Issony avec un grand sourire, il a failli me surprendre.

– Il y a un niveau supérieur au-dessus de cette section, dit Iantine, le crayon sur le papier. Mais la porte était cadenassée.

– Censément à cause d'un affaissement, dit Issony d'un ton sceptique. Mais il n'y avait pas autant de poussière dans le couloir qu'il y en a généralement dans ces endroits écartés. Je pense qu'il s'agit d'un accès aux panneaux solaires.

– Nous y posterons un dragon, dit Paulin

Il n'était pas le seul à regarder travailler l'artiste, debout derrière lui. Un vrai labyrinthe.

– Heureusement que tu as ouvert les yeux quand tu étais là-bas, Iantine, dit Paulin, lui tapotant l'épaule avec approbation. Alors, il y a combien de sorties... discrètes ?

– J'en connais neuf, en plus de la grande porte et de celle de la cuisine, dit Issony, les montrant sur le dessin.

Paulin se frotta les mains, et, faisant signe à tous de se rasseoir, il contempla longuement le plan du Fort.

– Bon. Ne perdons pas de temps et mettons-nous d'accord sur... euh... la stratégie. Irene, je te remercie de vouloir jouer les appâts, mais nous allons plutôt recourir à la surprise. Issony, Iantine, à quel moment le Fort est-il le plus vulnérable ?

Les deux hommes se regardèrent. Issony haussa les épaules.

– Très tôt le matin, vers quatre ou cinq heures. A ce moment-là, même les whers de garde dorment. Et la plupart des gardes.

Du regard, il consulta Iantine qui acquiesça de la tête.

– Il nous faudra des chevaliers-dragons...

– Tenons-nous-en à ceux qui sont dans cette pièce si possible, dit M'shall.

– Ça ne se fait pas d'aller pourchasser un homme jusque dans son propre Fort, dit S'nan, faisant mine de se lever.

G'don des Hautes Terres, assis à côté de lui, l'attrapa par le bras et le fit rasseoir.

– Laisse tomber, S'nan, dit G'don avec lassitude.

– Tu es dispensé de participer au détachement, S'nan, dit Paulin, tout aussi exaspéré.

– Mais... mais...

Même sa compagne le fit taire.

– Nous sommes plus qu'assez sans toi, dit Shanna d'Igen, foudroyant un S'nan atterré.

– Bien. Nous couvrirons toutes les sorties...

– Ils oublient toujours de fermer la fenêtre de la cuisine, dit Iantine. Et le wher de garde ne doit pas souvent manger à sa faim. Il n'a que la peau sur les os. Un bon morceau de viande détournerait sans doute son attention. Et la fenêtre est hors de portée de sa chaîne.

– Parfait, Iantine, dit Paulin. Nous entrerons donc par la fenêtre, et nous monterons immédiatement aux appartements privés de Chalkin par l'escalier de service.

– La porte secrète, c'est le panneau juste à côté du placard aux épices. Si vous m'emmenez, je vous la trouverai en un clin d'œil, dit Issony, les yeux brillants d'anticipation.

– Si tu es volontaire... dit Paulin.

– Moi aussi, ajouta Iantine.

– Je pensais bien que vous en seriez, dit Paulin, puis il exposa rapidement les détails de son plan.

A l'exception de S'nan, tous les Chefs de Weyrs et tous les Seigneurs devaient participer à l'expédition, et ils parvinrent même à persuader le jeune Gallian de les accompagner.

– Autant être pendu pour le vol du mouton que de l'agneau, dit-il, haussant les épaules avec philosophie.

– Tu n'auras pas à souffrir de l'action d'aujourd'hui, Gallian, l'assura Bastom. La décision est unanime, et notre présence à tous le fera comprendre à Chalkin. Il n'a aucun allié parmi nous, dit le Seigneur de Tillek, avec un regard réprobateur à S'nan, l'air si accablé que Bastom fut tenté de le plaindre.

– Nous sommes bien tous d'accord, Seigneurs, Dames et Chefs des Weyrs ? dit Paulin, quand il fut sûr que chacun connaissait son rôle. Eh bien, prenons un verre, puis allons nous reposer en attendant l'heure du départ.

Chapitre XII

FORT DE BITRA ET WEYR DE TELGAR

A part le fait que le wher de garde ne succomba pas à la tentation de la viande qu'on lui jeta, et que M'shall dut demander à Craigath de le tancer sévèrement, ils s'introduisirent avec facilité dans le Fort. Quiconque aurait dû entendre son unique rugissement ne l'entendit pas. Issony n'eut aucun mal à entrer par la fenêtre, puis à ouvrir la porte de la cuisine au premier contingent. Ceux qui devaient surveiller les issues étaient déjà en place. Iantine traversa vivement la cuisine puis monta aux pièces de réception d'où il ouvrit aux autres la porte principale. Pendant ce temps, Issony avait trouvé la porte secrète de la cuisine. L'escalier de service n'était éclairé que par des braises mourantes, mais la lumière était suffisante pour que puissent monter les Seigneurs et les Dames chargés d'arrêter Chalkin.

Arrivé en haut, Paulin ouvrit la porte et entra le premier dans les appartements privés de Chalkin. Derrière lui venaient huit autres Seigneurs et Dames, plus M'shall qui avait insisté pour représenter les Weyrs. A leur grande surprise, la pièce était brillamment éclairée, des torches brûlant dans toutes les appliques murales, de sorte qu'étaient clairement visibles les silhouettes endormies dans le grand lit couvert de fourrures. Toutes les trois. La grosse masse de Chalkin soulevait les fourrures, et un pli du drap blanc lui couvrait le visage.

L'une des deux filles s'éveilla la première. Elle ouvrit la bouche pour crier mais la referma sur un signe impérieux de Paulin. A la place, elle se coula jusqu'au bord du lit, le drap remonté jusqu'au menton, et tâtonna pour attraper une robe laissée en tas par terre.

Paulin lui fit signe de l'enfiler. Malgré son silence, ou peut-être parce que, ayant tiré le drap jusqu'à son menton, de l'air glacé était entré dessous, l'autre fille s'éveilla. Et elle, elle hurla.

– Aussi fort qu'une verte en chaleur, raconta M'shall par la suite, gloussant à ce souvenir. Mais Chalkin ne se réveillait toujours pas.

A ce stade, ses gardes alertés firent irruption dans la chambre, et restèrent interdits à la vue de tant de gens armés dans la partie la plus privée des appartements de Chalkin.

– Chalkin a été déposé pour manquement à préparer son Fort au Passage, abus de ses privilèges de Seigneur, et refus de respecter les droits garantis par la Charte de ses vassaux, dit Paulin d'une voix forte, épée dégainée. A moins que vous n'ayez envie de le suivre en exil, jetez vos armes.

Ils s'exécutèrent comme un seul homme, juste comme les renforts arrivaient, conduits par Iantine.

C'est ce qui tira enfin Chalkin de son sommeil d'ivrogne.

Par la suite, Paulin remarqua qu'il avait été déçu du dénouement si banal de leur invasion.

– S'nan sera rassuré, dit K'vin. Je crois qu'il était sûr que nous voulions humilier Chalkin.

– Mais nous l'avons humilié, gloussa Tashvi.

Chalkin donna toute la mesure de sa lâcheté, s'efforçant de corrompre un Seigneur après l'autre par ses allusions à des trésors cachés qu'il leur donnerait en échange de leur assistance. Si cela en tenta certains, leur résolution se trouva fortifiée quand ils libérèrent les malheureux enfermés dans « la chambre froide ».

– Les cellules étaient pleines, dit Issony, frissonnant au souvenir de ce qu'il avait vu. Des gardes-frontières pour la plupart, mais ils ne méritaient pas ça !

Même les plus vigoureux conserveraient des séquelles de leur incarcération jusqu'à la fin de leurs jours.

– Iantine ? As-tu apporté... ah oui. Fais un croquis rapide de ceux-là, dit Issony, montrant deux mourants : les deux gardes castrés pour viol.

On ne put que leur donner du jus de fellis pour adoucir leur fin.

– Pour montrer à S'nan, ajouta Issony. Au cas où il aurait encore des doutes sur la justice de notre intervention.

– Vous avez trouvé Vergerin ? demanda Paulin quand toutes les cellules furent vides.

– Pas trace de lui, dit sombrement M'shall. Ce qui n'est pas rassurant.

Il montra les brancardiers, encore naguère gardiens de cette prison.

– Ils disent qu'ils ont transporté en secret quatre cadavres dans les carrières de chaux avant hier. Nous arrivons peut-être trop tard pour Vergerin.

Paulin jura entre ses dents.

– Tu leur as demandé s'ils ont entendu son nom ?

– Ici personne n'avait de nom, grogna M'shall.

Paulin fit la grimace.

– Il faut réunir les vassaux.

– J'ai déjà envoyé des chevaliers-dragons chercher leurs représentants. Ils devraient être là dans...

A cet instant, des acclamations et des cris de bienvenue éclatèrent dans le couloir.

– Ils ne peuvent pas être déjà là, dit M'shall, étonné.

Il sortit avec Paulin pour aller aux nouvelles.

Un homme de haute taille ôtait une mince veste de fourrure, souriant aux chevaliers-dragons qui lui donnaient d'amicales bourrades dans le dos ou toute autre partie de sa personne qui leur tombait sous la main.

– Devinez qui vient d'arriver ? dit B'nurrin d'Igen, avisant les deux hommes.

– Vergerin ? fit Paulin.

– Optimiste, grommela M'shall.

Puis, regardant de plus près le visage que ne cachait plus un gros bonnet de fourrure, il s'écria :

– Mais c'est bien lui !

– Vraiment ? dit Paulin, s'avançant vivement.

– Il a les sourcils de la famille, gloussa M'shall. Où te cachais-tu ?

– M'shall ? dit l'arrivant, regardant autour de lui, un grand sourire éclairant graduellement son visage buriné par les intempéries.

Il avait une certaine ressemblance avec Chalkin, mais en plus fin et plus raffiné.

– Vous n'imaginez pas ma joie en voyant tous ces dragons sur les crêtes. J'ai pensé que vous aviez retrouvé la raison et que vous vous débarrassiez de lui, dit-il, montrant le plafond du pouce. Vous n'avez pas idée...

– Où te cachais-tu ? Et depuis quand ? demanda Paulin, serrant la main de Vergerin avec enthousiasme.

Le sourire de Vergerin se teinta d'ironie.

– Je me suis dit que l'endroit le plus sûr, c'était sous le nez de Chalkin.

Il eut un geste en direction des étables et des écuries.

– Il loge ses bêtes mieux que ses gens, alors je n'ai qu'une saine odeur de crottin de cheval. J'ai gagné ma vie comme palefrenier.

– Mais ton fortin était vide...

– A dessein, dit Vergerin, passant une main sale dans ses cheveux graisseux avec un sourire d'excuse. J'ai un instinct de conservation bien accroché, mes Seigneurs, et quand j'ai réalisé que mon neveu ne ferait rien pour préparer le Passage, je me suis dit qu'il valait mieux disparaître avant qu'il ne pense à moi comme successeur possible en cas de représailles.

Il s'était débarrassé de ses nombreuses couches de vêtements, et se tenait, avec une dignité tranquille, au milieu des chevaliers-dragons et Seigneurs chaudement vêtus. C'est cette dignité qui impressionna Paulin. Et il ne fut pas le seul.

– J'avoue avoir bêtement perdu mes droits à la succession, car j'aurais dû savoir qu'avec un tel enjeu, Chalkin tricherait plus que jamais. Il m'a fallu un certain temps pour comprendre comment il avait fait, car je ne suis pas sans connaître moi-même quelques tours, et la plupart de ceux qui trompent le joueur sans méfiance.

Il ajouta, avec un petit sourire d'autodérision :

– J'avais oublié à quel point Chalkin était avide du pouvoir qui incombe à un Seigneur.

– Mais tu as tenu ta parole, dit Paulin, hochant la tête avec approbation.

– C'était le moins que je puisse faire pour conserver ma propre estime. Puis-je espérer, poursuivit-il, s'inclinant légèrement devant l'assistance, que vous désiriez conserver la Lignée à Bitra ?

Il haussa un sourcil interrogateur, ses yeux acceptant leur décision par avance.

Paulin consulta rapidement du regard les quatre autres Seigneurs arrivés sur la scène.

– Ta candidature sera certainement considérée par le Conclave quand il se réunira à la Fin de la Révolution, dit-il en hochant la tête.

Les autres murmurèrent leur accord.

De bruyantes protestations d'innocence éclatèrent soudain, et l'on vit Chalkin descendre l'escalier principal, entre Bridgely et Bastom. Les larmes de sa femme et les glapissements effrayés de ses enfants ajoutaient encore au tumulte.

Au dernier palier, Chalkin fit une pause, libéra ses bras de l'emprise des deux Seigneurs, et dégringola les dernières marches pour se jeter sur Vergerin.

– Toi ! *Toi !* Tu m'as trahi ! Tu as renié ta parole ! C'est toi qui as tout fait ! Tout !

Bastom et Bridgely, intervenant avec une louable rapidité, parvinrent à le maîtriser et à l'empêcher d'attaquer Vergerin, qui n'avait même pas bougé.

– C'est toi qui as tout fait ! Tout ! glapit Chalkin, plus bruyant que ses enfants, quand Vergerin, impassible, lui tourna le dos.

Puis Dame Nadona aperçut Vergerin, et ses cris se transformèrent en hurlements de haine.

– Tu as pris mon mari, et maintenant tu viens prendre mon Fort et l'héritage de mes enfants... Franco, comment peux-tu laisser faire ça à ta sœur, dit-elle, se jetant au cou du Seigneur de Nerat.

L'air rien moins que repentant, Franco détacha de son cou les bras boudinés, avec l'aide de Zulaya et de Laura d'Ista. Nadona était encore en tenue de nuit, une robe de chambre jetée à la hâte sur sa fine chemise. Richud tenait les deux garçons par le bras, et son épouse, les deux filles en larmes, qui ne comprenaient pas ce qui se passait, mais qui étaient hystériques parce que leur mère l'était. Irene prit un certain plaisir à appliquer les gifles qui mirent fin à la comédie de Nadona.

Paulin prit Vergerin par le bras et le conduisit vers la porte la plus proche, qui se trouva ouvrir sur le bureau de Chalkin. Des carafes et des verres faisant partie de l'ameublement, Paulin en remplit deux. Vergerin prit le sien et le vida d'un trait, ce qui lui redonna quelques couleurs. Puis il expira à fond.

Paulin, impressionné par son sang-froid en une situation si difficile, lui serra vigoureusement l'épaule.

– Ça n'a pas dû être facile, dit-il.

Vergerin acquiesça d'un murmure, puis il se redressa.

– Le plus dur, dit-il avec un sourire ironique, c'était de penser que je m'étais conduit en parfait imbécile. On peut pardonner presque n'importe quoi, sauf ses propres idioties.

Malgré l'épaisseur des murs, on entendait encore les cris et les hurlements de Chalkin, qui s'atténuèrent un peu quand il arriva dans la cour. Dame Nadona était remarquablement silencieuse. Malgré son hystérie, elle avait rapidement décidé qu'elle ne pouvait pas abandonner ses chers enfants à la merci de ces cruels bourreaux, et qu'elle se sacrifierait en restant avec eux tandis que Chalkin partirait en exil. Elle connaissait parfaitement les droits que lui accordait la Charte, jusqu'aux numéros des articles et des paragraphes.

De nouveau, des cris et des ordres confus éclatèrent. Avec un soupir exaspéré, Paulin alla à la fenêtre, ouvrit brusquement les volets, et assista à une scène extraordinaire : cinq hommes vigoureux suaient et soufflaient pour hisser Chalkin sur le dos de Craigath, qui tournait la tête, curieux de voir ce qui se passait, roulant violemment des yeux teintés de rouge et d'orange. Brusquement, le corps de Chalkin se détendit, et put être calé entre deux crêtes de cou. M'shall sauta sur le dos de son dragon, puis il attendit que deux autres gaillards aient attaché sur Craigath d'abord Chalkin, et ensuite toute la collection de sacs et de besaces qui accompagneraient l'ex-Seigneur dans son exil.

Craigath décolla d'un puissant coup de rein, et battit une seule fois des ailes avant de disparaître dans l'*Interstice*.

– Exil sur une île ? demanda Vergerin, se servant un autre verre de vin.

– Oui, mais pas la même que celle où l'on a envoyé les gardes. Heureusement, il y en a tout un archipel.

– L'Ile de Young serait la plus sûre, dit Vergerin avec ironie en sirotant son vin.

Puis il grimaça en regardant son verre.

– D'où sort-il ses vins ?

– Il n'a aucun palais, dit Paulin, réprimant un éclat de rire. Tu aimerais mieux que ton neveu soit sur une île au volcanisme actif ?

– Il est assez malin pour y survivre. Est-ce que Nadona reste ici ?

– Ses enfants sont jeunes. Mais tu serais parfaitement dans ton droit de la reléguer dans un appartement écarté et de la remplacer dans l'éducation de ses enfants.

Vergerin eut un frisson de révulsion.

– Oh, il y a peut-être quelque chose à sauver en eux, dit Paulin, magnanime.

– Dans la progéniture de Chalkin et Nadona ? Peu probable.

Puis Vergerin marcha vers le placard où devaient se trouver les archives du Fort. Avant d'ouvrir la porte, il se retourna vers Paulin.

– Je peux commencer tout de suite ? Ou je dois attendre la décision du Conclave ?

– Comme nous ne savions pas si tu avais ou non échappé aux griffes de Chalkin, nous avions prévu de faire venir tout un contingent de nos cadets pour rétablir un peu d'ordre. Toutefois, puisque tu en sais plus qu'eux sur la situation de ce Fort, acceptes-tu de les chapeauter ?

Vergerin soupira, et un sourire d'intense soulagement éclaira son visage.

– Étant donné ce que je sais de l'état de ce Fort et de la démoralisation de ses habitants, j'aurai besoin de toute l'aide qu'on pourra m'apporter.

Il branla du chef et ajouta :

– Je ne prétends pas que feu mon frère était le meilleur Seigneur de Pern, mais il n'aurait jamais toléré tant de négligence, ni l'idée ridicule de Chalkin que les Fils ne reviendraient pas, parce que cela réduirait les bénéfices que lui procurent les jeux.

On frappa poliment à la porte, et quand Paulin l'ouvrit, Irene passa la tête par l'ouverture.

– Nous sommes parvenus à faire préparer quelque nourriture par le personnel de cuisine. Je ne peux rien vous garantir, sauf que le klah est chaud et le pain frais.

Vergerin baissa les yeux sur sa tenue.

– Je ne peux pas manger avant de me laver.

– J'y ai pensé, dit Irene avec un grand sourire, et je t'ai fait préparer une chambre et un bain. Et même des vêtements propres.

– Du pain frais et du klah chaud, ça va nous sembler bon, dit Paulin, faisant signe à Vergerin de le précéder.

– Non, Seigneur, après toi, dit Vergerin, lui cédant courtoisement le passage.

– Après toi, car tu seras bientôt Seigneur, toi aussi...

– Je ne réalisais pas que je sentais si mauvais, dit Vergerin d'un ton d'excuse en passant devant lui.

Il regardait autour de lui, comme si, remarqua Paulin, il évaluait l'état des lieux. Il s'immobilisa si brusquement que Paulin faillit le bousculer. Montrant le portrait de Chalkin par Iantine, exposé avec ostentation dans la lumière, il pivota vers Paulin, les yeux dilatés d'incrédulité.

– Mon neveu... n'a jamais... ressemblé... à ça... dit-il en riant.

Paulin rit aussi après avoir vu le portrait pour la première fois.

– Je crois que le peintre a mis longtemps à peindre un portrait... « satisfaisant » de ton neveu.

– Avec un si pauvre modèle... mais je ne peux pas laisser ça là, s'exclama Vergerin. C'est... c'est...

– Grotesque ? proposa Paulin.

Pauvre Iantine, qui avait prostitué son talent pour en arriver là !

– Ça ira pour commencer.

Paulin se pencha vers Vergerin, retenant son souffle, car la chaleur du Hall accentuait l'odeur de fumier émanant de ses vêtements.

– Je crois que tu ne blesseras pas les sentiments de l'artiste en l'enlevant d'un endroit si en vue.

– Accepterait-il de le retoucher pour le rapprocher du modèle ? Cela me rappellerait mes folies de jeunesse, et ce qu'il *ne faut pas faire* dans le gouvernement d'un Fort.

– Iantine est là. En fait, il nous a bien aidés. Tu pourras lui poser la question toi-même.

– *Après* que j'aurai pris mon bain dit Vergerin, montant vers la chambre et la propreté.

Filles et fils cadets des grands Forts arrivèrent à dos de dragons, vêtus et prêts pour le travail. S'ils furent déçus qu'on ait retrouvé Vergerin, ils n'en firent rien paraître, ce qui ne les desservit pas. Dès la fin du copieux déjeuner qui leur fut servi, Vergerin avait dit à chacun des huit jeunes hommes et femmes quelles responsabilités ils assumeraient.

Irene mit une escadrille de Benden à la disposition de Vergerin, pour contacter les grands fortins et leur annoncer la déposition et l'exil de Chalkin.

Entre-temps, M'shall était revenu.

– Lui et ses paquets, je les ai jetés sur l'Ile Trente-Deux. Détail qu'il te faut pour les archives. C'est un endroit superbe. Trop bon pour lui.

– Il t'a donné du fil à retordre ? demanda Paulin.

M'shall ouvrit sa veste de vol, l'air amusé.

– Après la torgnole de Bastom ? Il était encore inconscient quand je l'ai quitté. Près d'un ruisseau. J'aurais dû le jeter dedans, ajouta-t-il en faisant la grimace. Il l'aurait bien mérité pour ce qu'il a fait à ceux qu'il mettait dans la « chambre froide ».

Dès le milieu de la matinée, Vergerin semblait dominer la situation, et les membres du Conseil purent quitter Bitra.

– Quand viendras-tu au Fort de Benden ? s'enquit Bridgely, rattrapant le jeune portraitiste qui descendait le perron.

– Je suis désolé, Seigneur Bridgely, mais je ne suis pas disponible pour l'instant, dit Iantine.

Bridgely montra du doigt le portrait de Chalkin.

– Ce n'est pas *ça* qui te sert de prétexte, au moins ? dit-il fronçant les sourcils.

– Non, pas du tout, dit Iantine, reculant légèrement. Ça ne me prendra pas longtemps pour modifier le visage, ajouta-t-il en souriant. Mais c'est la dernière chose sur ma liste. Je dois d'abord terminer le portrait de K'vin, et ceux de quelques chevaliers-dragons de Telgar, puis je viendrai chez toi. Sans doute après la Fin de la Révolution.

– Bon, je te le donne jusque-là, jeune homme, mais pas plus, dit Bridgely, l'air ulcéré.

Puis il sourit pour calmer l'anxiété de Iantine.

– Ne t'inquiète pas, mon garçon. Je voulais juste savoir où nous figurons dans tes projets, moi et ma Dame.

Sur ce, il s'éloigna.

K'vin dissimulait un sourire derrière sa main gantée.

– C'est la rançon de la gloire, dit-il, faisant signe à Iantine de monter sur Charanth pendant qu'il lui tenait son matériel de dessin, qu'il lui rendit quand l'artiste fut installé. Je suis content que tu retouches ce portrait.

– Le Seigneur Vergerin me l'a spécifiquement demandé. Et je dois dire que je serai plutôt content de rendre justice au modèle.

– Justice ? dit K'vin, sautant entre deux crêtes de cou en riant. Je parie que c'est devenu un mot sale pour Chalkin.

Iantine grogna quand le dragon décolla brusquement. Non seulement il allait pouvoir rectifier ce portrait falsifié, – il avait l'impression d'avoir rabaissé l'Atelier Domaize et lui-même en cédant aux pressions de Chalkin, bien que n'ayant eu aucune alternative valable – mais il resterait encore un certain temps au Weyr de Telgar. Et la Fin de la Révolution approchait. La Fin de la Révolution, et toutes les festivités qui accompagnaient le solstice d'hiver. Peut-être qu'alors il pourrait arriver à un arrangement avec Debera.

Les dames et les chevaliers-dragons pouvaient prendre des partenaires n'ayant pas conféré l'Empreinte, et le faisaient souvent. Cela aurait été plus facile s'il avait eu une profession à offrir au Weyr en échange de son séjour définitif à Telgar. Mais dès que Morath commencerait à voler, Debera pourrait l'emmener partout où l'appelleraient ses commandes.

Enfin, si ses sentiments pour lui ressemblaient à ceux qu'il avait pour elle. Jamais, dans ses rêves les plus fous, il n'avait imaginé qu'il vivrait un jour dans un Weyr. Il aurait presque remercié Chalkin qui avait été le catalyseur de ce coup de chance. Presque. Car il n'oubliait pas les horreurs vues à la frontière et dans la « chambre froide ». Il frissonna.

– J'aurais cru que tu étais habitué depuis le temps, dit K'vin, se penchant en arrière pour lui parler à l'oreille.

– Ce n'était pas le froid, dit Iantine, secouant la tête en souriant.

Il adorait voler, et, après sa première expérience dans le froid et le néant de l'*Interstice*, il n'avait plus eu peur du transfert. Il resserra sa main sur les ficelles du tableau. Charanth était maintenant assez haut au-dessus de Bitra pour plonger dans l'*Interstice*. Meranath, transportant Tashvi et Salda en plus de Zulaya, surgit près de son aile droite, son corps doré scintillant au soleil du matin, tandis que ses passagers leur faisaient bonjour de la main.

Tout en leur retournant la politesse, Iantine s'étonna que ce fût encore le matin. L'invasion de Bitra ayant commencé aux petites heures, la journée n'était pas encore très avancée. Il se passait tellement de choses ces temps-ci !

Ténèbres ! Iantine ne sentit plus la ficelle du tableau ni ses fesses sur le cou de Charanth, puis ils émergèrent au soleil, au-dessus du cône familier de Telgar.

Très loin au-dessous d'eux, juste au-dessus de la proue du Fort de Telgar, une étincelle annonçait l'arrivée de Meranath. Le grand bronze vira gracieusement sur l'aile et amorça sa descente en direction du Weyr.

Elle se passait toujours trop vite au gré de Iantine, car il voyait tellement mieux le paysage en altitude qu'au niveau du sol : les dragons dormant au soleil sur les corniches de leurs Weyrs, les jeunes chevaliers-dragons s'entraînant à lancer et rattraper les sacs de pierre de feu, les apprentis occupés au bain matinal autour du lac. Debera devait être parmi eux. Il tenta de les distinguer, elle et Morath, mais à cette hauteur, les détails étaient indiscernables. Deux dragons, bruns tous les deux, dévoraient leurs proies un peu plus loin dans la vallée. Un autre dragon surgit au-dessus du chevalier de garde, qui lui indiqua à grands gestes qu'il pouvait atterrir. Puis Charanth, maintenant assez bas pour être identifié, fut aussi accueilli par signes de bienvenue. Iantine perçut un grondement dans le corps du bronze. Est-ce que les dragons se parlaient tout haut entre eux ? Il resserra sa main sur le tableau pour qu'il ne s'envole pas au vent de la descente.

– A la caverne ? demanda K'vin, tournant la tête.

– Oui, s'il te plaît, répondit Iantine, bataillant avec les remous qui menaçaient de lui arracher le portrait.

Non qu'il eût regretté sa perte, mais il aurait été obligé de gaspiller une autre planche.

Il balança sa jambe par-dessus le cou de Charanth et se laissa glisser à terre aussi vite qu'il le put.

– Merci, K'vin, dit-il en souriant, la main en visière sur le front pour protéger ses yeux du soleil.

– Pas de quoi. Tu as plus que mérité ton transport avec ce que tu as fait aujourd'hui.

Nouveau grondement intérieur de Charanth, roulant lentement des yeux bleus sur Iantine, qui le salua avec gratitude. Puis le bronze redécolla, battit deux fois des ailes, et atterrit sur la corniche du Weyr de Zulaya.

– Te revoilà, te revoilà sain et sauf !

Léopol sortit en courant de la Caverne Inférieure et se jeta sur Iantine qui dut l'écarter de la main pour qu'il ne se cogne pas au tableau.

– Qu'est-ce que tu as encore fait ? demanda Léopol, prenant soin de ne pas l'abîmer.

– C'est à refaire, dit Iantine, connaissant l'inutilité d'éluder ses questions.

– Oh, c'est le portrait de Chalkin ?

Léopol tendit le bras, et Iantine pivota, mettant son corps entre le portrait et les mains possessives de l'enfant.

– Alors, on fait le malin, hein ?

– Ouais, dit Léopol, sans la moindre trace de remords. Alors, qu'est-ce qui s'est passé quand vous l'avez déposé ?

Iantine s'arrêta pile et le regarda, stupéfait.

– Déposé qui ?

Léopol passa ses pouces dans sa ceinture, pencha la tête, gratifia Iantine d'un long regard dégoûté, et finalement branla du chef.

– Un, tu es parti sur un dragon du Weyr de Fort. Deux, vous avez passé la nuit dehors, et ça veut dire que quelque chose se préparait. Trois, nous savons tous que Chalkin était bon pour le couperet. Et quatre, tu reviens avec un portrait, et c'est un tableau que tu n'as pas fait ici.

Léopol écarta les mains.

– C'est évident. Les Seigneurs et les Chefs de Weyrs se sont débarrassés de Chalkin. Ils l'ont déposé et exilé. Exact ?

Il sourit, pencha la tête sur l'autre épaule, et répéta :

– Exact ?

Iantine soupira.

– Ce n'est pas à moi de confirmer ou démentir, dit-il avec tact, se dirigeant vers sa chambre.

Léopol sauta devant lui, ralentissant sa marche..

– Mais j'ai raison pour Chalkin, non ? Il ne veut pas se préparer au Passage, il a maltraité sa population, et la moitié des Seigneurs lui doivent des sacs de marks énormes en dettes de jeu.

Iantine s'immobilisa.

– Dettes de jeu ?

Il écarta Léopol, bien résolu à atteindre la sécurité toute relative de sa chambre sans rien révéler à cet incorrigible bavard de Léopol.

– Ah, Iantine !

Tisha l'aperçut, et, malgré sa corpulence, manœuvra entre les tables avec une vitesse et une agilité surprenantes pour l'intercepter.

– Ils ont bien attrapé Chalkin ? Il a lutté ? Et sa mégère de femme, elle l'a suivi en exil ? Ce qui, franchement, m'étonnerait. Ils ont trouvé Vergerin vivant ? Est-ce qu'il gouvernera tout de suite ou devra-t-il attendre le Conclave de Fin de Révolution ?

Léopol était plié en deux de rire à voir la tête de Iantine.

– Tu vois ? Je ne suis pas le seul, dit Léopol, se retenant d'une main à une chaise, pendant que de l'autre il essuyait ses larmes d'hilarité, enchanté de lui-même et de la réaction de Iantine.

– Tu vas tout me raconter, Iantine, dit Tisha, posant près de lui sur la table du klah et une assiette de biscuits encore chauds. Assieds-toi et mange. Tu as déjà travaillé dur, et le déjeuner est encore loin.

– Je prends ça et je le porte dans ta chambre, dit Léopol, prenant le tableau enveloppé et l'arrachant à la main que Iantine avait inconsciemment détendue. Et je ne regarderai pas ce que c'est tant que tu ne me diras pas que je peux.

– Non, attends, Léo, dit Tisha. Je voudrais voir ce que Chalkin considérait « satisfaisant ».

– Je ne peux donc pas avoir un peu d'intimité ? demanda Iantine, levant les bras en un geste d'impuissance. Il n'y a pas moyen de garder des secrets ?

– Dans un Weyr bien tenu, non, dit Tisha. Mange. Bois. Et, Léo, porte à K'vin le panier que je lui ai préparé. Je n'ai pas vu Zulaya et Meranath, alors elles se sont peut-être arrêtées au Fort de Telgar.

Les genoux aussi flageolants que sa résolution, Iantine s'effondra sur la chaise que Tisha avait tirée pour lui.

– Je peux ? demanda Léopol de son ton le plus enjôleur, une main sur le nœud de la ficelle.

– Je ne sais pas si je pourrais t'arrêter, dit Iantine, reprenant le carnet qu'il avait mis dans le papier, que Léopol ouvrit en un clin d'œil.

Iantine posa son carnet à l'écart. Il n'avait pas envie de montrer ses derniers dessins. Les deux violeurs castrés étaient morts peu après qu'il eut fini ses croquis. Maintenant, il se reprochait le plaisir intense qu'il avait éprouvé à l'audition de leur sentence. Avaient-ils idée des tourments supplémentaires que Chalkin leur infligerait quand ils avaient demandé à être ramenés dans leur fortin ? Non, sinon ils n'y seraient pas allés. Puis Iantine surprit l'œil pénétrant de Tisha fixé sur lui, et se demanda si elle avait compris ce qui se passait en lui, bien qu'il se soit efforcé de rester impassible. Heureusement, un Chalkin très embelli les regardait de son tableau, et, au premier coup d'œil qu'elle y jeta, Tisha se mit à hurler de rire, imitée en cela par Léopol, presque aussi bruyant qu'elle.

L'intendante avait un rire toujours contagieux : un simple gloussement de sa part faisait sourire tous ceux qui l'entouraient. Iantine avait grand besoin d'une pinte de bon sang, et si son angoisse intérieure l'empêcha de se joindre à leur hilarité, au moins il sourit.

L'amusement de Tisha avertit tous les autres du retour de Iantine, et la table fut bientôt entourée de rieurs, se gaussant de ce que Chalkin appelait un « portrait satisfaisant » de lui-même. Iantine satisfit leur curiosité par un bref récit des événements. Tous furent soulagés d'apprendre que, non seulement Chalkin n'était plus Seigneur de Bitra, mais aussi qu'il avait été exilé du continent.

– Encore trop bon pour lui, dit quelqu'un.

– Mais il est encore Seigneur de tout ce qu'il peut embrasser du regard ! Ça doit lui plaire.

– Personne n'a été blessé ?

– Qui va gouverner maintenant, avec tellement à faire avant le Passage ?

Iantine répondit avec le maximum de circonspection, tout en s'étonnant de l'exactitude de leurs hypothèses. Ils semblaient très au courant des affaires d'un Fort qui ne dépendait pas du Weyr de Telgar. Pourtant, il n'avait pas beaucoup parlé de son inconfortable séjour à Bitra ; ils devaient donc tenir leurs informations d'autres sources. Les gens des Weyrs voyageaient plus facilement que ceux des fortins, ils devaient donc être mieux informés.

Des chevaliers-dragons arrivaient peu à peu, très en avance pour le déjeuner, et aussi intéressés que les autres par ce qui s'était passé à Bitra. Les plus vieux se souvenaient du pari qui avait coûté la succession à Vergerin, et connaissaient certains détails sur la Lignée qui en faisaient aussi des gens bien informés.

Iantine fut reconnaissant à Tisha de lui avoir apporté du klah et des biscuits, puis mangea avec autant de plaisir le pain chaud, le fromage et la tranche de wherry prévue pour le déjeuner, que lui apporta Léopol. Il eut un instant d'anxiété en apercevant K'vin à la limite du cercle, et qui lui faisait signe. Peut-être qu'il n'aurait rien dû dire.

Il dit à Léopol d'emporter le célèbre portrait dans sa chambre, mit son carnet sous son bras – parce qu'il savait que rien n'aurait pu retenir Léopol de le regarder – puis fendit la foule pour rejoindre K'vin. Comme il avait dit tout ce qu'il leur dirait jamais, ils le laissèrent passer, avec des bourrades amicales.

– Je suis désolé, Chef du Weyr, d'avoir parlé alors que ce n'était pas à moi de le faire...

K'vin le regarda, étonné.

– Pas à toi ? Ha, ils avaient sans doute tout deviné par eux-mêmes. Que pouvais-tu leur dire qu'ils ne savaient pas déjà ?

– Combien de prisonniers Chalkin avait-il dans ses affreux cachots ? demanda Iantine, avant d'avoir réalisé ce qu'il disait.

K'vin lui entoura les épaules d'un bras compréhensif.

– J'en ferai moi-même quelques cauchemars, dit-il en frissonnant. Tu devrais peut-être te reposer...

– Non, j'aime mieux pas. Si tu as quelque chose à me faire faire... dit Iantine avec sincérité.

Il n'avait même pas besoin de s'arrêter à sa cellule, car ses tubes et ses brosses étaient déjà chez le Chef du Weyr.

Le visage de K'vin s'éclaira.

– J'ai un peu de temps à moi, et tu dois finir mon portrait... à moins que tu préfères retoucher celui de Chalkin...mais Bridgely ne m'a pas caché qu'il aimerait te voir à Benden à la Fin de la Révolution. Tu es très demandé, tu sais.

Iantine émit un grognement, embarrassé par sa notoriété. K'vin sourit de sa réaction, et lui donna une bourrade amicale dans le dos.

– Alors, lequel ce sera ? demanda le Chef du Weyr.

– Toi, naturellement. Est-ce que...

Il hésita, ne voulant pas avoir l'air de rechercher les compliments.

– Est-ce que le portrait de Zulaya t'a plu ?

K'vin eut un rire de gorge et détourna la tête

– Elle en est très fière, Iantine. Très fière.

– C'était facile. Elle est belle, dit Iantine.

– Oui, n'est-ce pas ?

Quelque chose dans le ton étonna Iantine. Ils étaient Chefs du

Weyr ensemble, non ? Ils donnaient toujours l'apparence d'une parfaite entente. Mais Iantine devenait aussi habile à entendre le non-dit qu'il l'était à voir le non-visible. Pourtant, ce n'était pas à lui de faire des commentaires, malgré son admiration croissante pour K'vin. Zulaya était un peu réservée, il le savait pour avoir passé tant d'heures avec elle à faire son portrait, mais elle était beaucoup plus âgée que Iantine. Et aussi plus âgée que K'vin.

– Cette robe lui allait à la perfection, dit Iantine, pour rompre un silence embarrassant.

– Oui. Elle l'avait fait faire pour la dernière Éclosion, dit K'vin, tournant vers Iantine un sourire naturel et détendu.

Iantine se demanda si ce qu'il avait vu ce jour-là n'avait pas faussé son jugement. Ils avaient atteint l'escalier du Weyr, et ils se mirent à monter. Après la montée abrupte, Iantine constata avec plaisir qu'il n'était même pas essoufflé.

– Tu es en forme, dit K'vin, le poussant amicalement dans le Weyr très haut de plafond.

– Heureusement pour moi, non ? répondit-il avec un rire cocasse.

Il s'immobilisa brièvement, cherchant du regard les apprentis au bord du lac. Oui, Debera était bien là, en train d'huiler Morath. Il aurait l'occasion de lui parler plus tard, peut-être même de dîner avec elle et de lui montrer le portrait de Chalkin avant qu'il le retouche. Pourrait-il ajouter à ce visage ce qui se passait dans cette âme misérable ? se demanda-t-il, tout en regardant K'vin se changer pour revêtir la tenue de son portrait. Avait-il assez de talent pour tenter cette gageure ?

Au milieu des préparatifs frénétiques de la Fin de la Révolution, Clisser brava le mécontentement de S'nan en demandant à être transporté à l'Atelier d'Ingénierie de Telgar, pour discuter de la faisabilité de l'installation de Stonehenge adaptée aux besoins de Pern. Toutefois, il se contenta de dire à S'nan qu'il devait discuter d'une question vitale avec Kalvi, car S'nan n'aurait pas approuvé, persuadé que tous ces signaux, cloches et sifflets seraient inutiles si les Weyrs restaient vigilants pendant les Intervalles.

Jemmy avait méticuleusement dessiné une reproduction du cercle de pierre préhistorique, et une reconstitution de ce qu'il était à l'origine, assorties de toutes les explications qui pourraient être utiles à Kalvi et à son équipe.

Kalvi jeta un coup d'œil, rapide et presque condescendant sur les dessins, puis un second, plus respectueux.

– Roche de l'Œil ? Roche du Doigt ? Solstice ?

Il gratifia Clisser d'un grand sourire.

– Je crois que cela suffira, et amplement.

Puis il fronça les sourcils.

– Tu n'aurais pas pu me donner un peu plus de temps ? Le Solstice est dans deux semaines !

– Je... commença Clisser.

– Désolé, mon ami, dit Kalvi avec un sourire de regret. Tu as été occupé par les répétitions et tout ça. Bon, fais-moi confiance. Je crois qu'on pourra bricoler quelque chose...

Il feuilleta les dessins de Jemmy.

– Il a du talent, ce garçon.

– Et surtout, ne va pas te mettre en tête de l'enlever à l'Université, dit Clisser, fronçant férocement les sourcils comme il le faisait avec les étudiants paresseux.

Kalvi sourit, feignant de reculer de terreur, mais sans quitter les dessins des yeux.

– On se débrouillera.

Il ajouta, avec un soupir exagéré :

– C'est ce qu'on fait le mieux.

Clisser le quitta, rassuré de ne pas se présenter sans rien devant le Conclave.

Chapitre XIV

FIN DE LA RÉVOLUTION AU FORT DE FORT ET AU WEYR DE TELGAR

Traditionnellement, les Seigneurs et les Chefs de Weyrs – et les Maîtres des différents Ateliers – se réunissaient en Conclave le jour précédant la Fin de la Révolution – le Solstice d'Hiver – pour discuter des questions à présenter à ceux qui viendraient participer aux festivités. Si un référendum figurait à l'ordre du jour, on en faisait circuler préalablement les modalités et il était lu également, le même soir, dans tous les grands fortins. Si un vote était requis, il avait lieu le matin du jour marquant la Fin de la Révolution, les voix étaient comptées, et les résultats transmis à la seconde session du Conclave, le jour suivant la Fin de la Révolution, qui était aussi le premier jour de la nouvelle année.

La tradition était encore plus importante en cette 258e année après l'Atterrissage, et avec l'imminence du Passage. Bien que Vergerin ne fût entré en fonction que vingt jours avant le Conclave, il était évident qu'il avait pris en main les affaires de Bitra, avec justice et fermeté. Ses assistants travaillaient dur sous sa direction, mais il les traitait bien. Aucun n'eut la moindre plainte à faire valoir quand leurs pères et leurs mères les interrogèrent adroitement. Le premier acte officiel de Vergerin avait été de dépêcher des chevaliers-dragons dans tous les fortins connus, pour annoncer que Chalkin avait été déposé, et que tous ceux qui le voulaient pourraient assister à la Fin de la Révolution à Bitra. Vergerin payait les vivres supplémentaires de sa poche. (Personne n'avait trouvé le trésor de Chalkin, et il n'avait pas pu l'emporter avec lui en exil. Nadona déclarait ignorer où il se trouvait, et gémissait qu'il l'avait laissée sans un mark à son nom.)

Revenant sur une décision précédente, l'Université avait décidé de donner un concert de Fin de Révolution à Bitra. Ils apporteraient les copies de la Charte que Vergerin avait demandées pour en donner une à chaque petit vassal. Cela réduirait à quelques douzaines les exemplaires imprimés restant à la Bibliothèque de l'Université, mais c'était pour une juste cause, pensait Clisser. Comme ils avaient mis au programme l'ambitieuse « Suite du Terminus » de Sheledon – qui mentionnait la Charte – l'auditoire comprendrait mieux la musique et la Charte. Et les Bitrans ne seraient plus tenus dans une ignorance insondable de leurs droits.

Conséquemment, quand le Conclave se réunit, il commença par confirmer Vergerin en tant que Seigneur de Bitra. On ne lui demanda pas de préparer ses jeunes parents, les fils de Chalkin, à la succession, quoiqu'il fût obligé, en conscience, de pourvoir à leurs besoins, de les éduquer, et de les préparer à gagner leur vie quand ils seraient adultes. On le délia de sa promesse de ne pas avoir d'héritiers, et il installa promptement à Bitra un fils de neuf ans et une fille de cinq ans. Personne ne savait qui était leur mère. Et il annonça son intention de prendre une épouse digne d'être la Dame du Fort.

Clisser fut invité à faire son rapport au sujet d'une méthode fiable et indestructible de confirmer un Passage, et il dit s'être mis d'accord avec Kalvi pour un appareil à installer sur la face est de chaque Weyr. Kalvi, passablement suffisant, hocha la tête d'un air entendu, ce qui rassura Paulin. Il ne voulait plus de problèmes comme celui de Chalkin. Jamais ! Et c'était le moment de les prévenir.

La création d'un nouveau Fort qui serait nommé Crom provoqua des discussions considérables.

– Écoutez, ils ont le droit de revendiquer leurs concessions, et cela fait une belle étendue de terre, dit Bastom, se rangeant inopinément au côté des candidats. Laissons-les appeler ça un Fort...

– Oui, mais ils demandent l'autonomie et, de plus, ils sont trop loin de tous les autres Forts, là-haut dans les montagnes, intervint Azury.

– Ce Fort devra prouver qu'il est autosuffisant..., dit Tashvi, hésitant à donner son accord.

Chose bien compréhensible, vu que Telgar était aussi un Fort minier.

– Ils devront suivre les règles comme tout le monde, dit Paulin d'un ton neutre. Et pourvoir aux besoins de tous leurs travailleurs sous contrat.

– Ils n'auront pas de mal, dit Azury, ironique, avec tous les profits qu'ils peuvent attendre de la fourniture de minerais au début d'un Passage.

– Considérons qu'ils sont en probation, suggéra Bridgely, et la motion fut adoptée.

Il y avait encore quelques propositions mineures à discuter, mais elles furent toutes acceptées. Et cette année-là, il n'y avait pas de référendum à présenter à la population.

– Toutefois, je veux que chacun de vous fasse un rapport complet des procès et de la déposition de Chalkin à vos rassemblements de Fin d'Année, rappela Paulin aux Seigneurs. Nous voulons que ce soit la vérité qui circule, et non pas des tas de rumeurs extravagantes.

– Comme le cannibalisme ! dit Bridgely, que cette rumeur avait fort indigné. Chalkin était peut-être sadique, mais pas à ce point-là. Il faut l'étouffer *immédiatement* !

– Comment diable un tel ragot a-t-il pu naître ? demanda Paulin, atterré.

S'nan, en état de choc, regardait le Seigneur de Benden d'un air incrédule.

– A cause de la « chambre froide », je suppose, dit Bridgely, écœuré.

– Nous n'avons pas inventé le terme, dit Azury, haussant les épaules.

– Il ne faut pas que ce bruit circule, dit M'shall avec colère. C'est déjà assez dur de vivre avec les faits sans avoir encore à dégonfler les rumeurs.

– Mais nous voulons faire connaître le prompt châtiment qu'ont subi les violeurs et les meurtriers, dit Richud.

– Ça, oui ! Les spéculations, non ! dit Paulin.

Il se leva et abattit son marteau sur la table.

– Je déclare fermée cette session du Conclave. Profitez bien des fêtes de Fin de la Révolution, et nous nous reverrons dans trois jours.

Et il avait bien l'intention d'en profiter lui-même, après l'année qu'il avait passée. Il nota une semblable détermination sur les autres visages, spécialement sur celui du jeune Gallian. Mise à part l'affaire Chalkin, Jamson ne pourrait rien trouver à redire à son administration des Hautes Terres. Et l'on pourrait rappeler discrètement ces accusations de « cannibalisme » en présence de Jamson, ce qui modifierait sans doute son point de vue sur la déposition. Cependant, Thea était toujours « souffrante » et avait persuadé son époux de rester à Ista pour la Fin de la Révolution. Ce qui donnait le temps à l'affaire Chalkin de mourir de sa belle mort.

La Fin de La Révolution fut un jour de repos pour tous, sauf pour les interprètes de la « Suite du Terminus », qui devait être jouée pour la première fois dans tous les Weyrs. Clisser était épuisé par les répétitions, les distributions, et la désignation des doublures pour ceux qui seraient enrhumés. De plus, il devait effectuer les calculs précis permettant l'installation du mécanisme infaillible devant annoncer un Passage. Partagé entre les répétitions musicales et l'installation de cet appareil avertisseur, Clisser avait opté pour cette dernière. Naturellement, il ne faisait que superviser, le choix de l'emplacement précis sur les crêtes orientales des six Weyrs incombant à des équipes d'astronomes et d'ingénieurs. Lui, Jemmy et Kalvi étaient chargés d'installer l'appareil à Benden, le premier Weyr à « voir » le phénomène, puis ils fileraient à dos de dragon vers chacun des cinq autres pour faire de même.

Il était impératif que la première installation à Benden fût parfaite, au cas où une légère erreur affecterait les autres. Chose peu probable, pensait Clisser, pas avec Kalvi qui vérifiait et revérifiait sans cesse ses composants. Clisser avait répété cent fois les différentes étapes nécessaires à la détermination du lever de l'Étoile Rouge. Une fois cet « œil » circulaire fixé sur la crête, ils pourraient installer le pointeur, le « doigt ». Mais l'œil devait être braqué exactement sur l'étoile. Les équipes étaient en place depuis une semaine, vérifiant la position de l'Étoile Rouge à l'aube. Tout ce qu'il leur fallait maintenant, c'était un ciel dégagé, et cela semblait possible sur tout le continent qui jouissait pour le moment d'un temps clair et ensoleillé. Le beau temps était d'une importance critique à Benden, car les autres Weyrs pourraient au besoin se régler sur ses observations.

Kalvi bricolait encore la forme définitive de ce qu'il appelait l'Œil du Roc, dans lequel l'Étoile Rouge s'encadrerait à l'aube du Solstice d'Hiver. Son principal problème était l'ajustement du pointeur... positionné à distance de l'œil proprement dit, et où se tiendrait l'observateur pour voir la planète. Ce pointeur devait convenir à des individus de tailles différentes. Les anciens diagrammes de Stonehenge et autres cromlechs préhistoriques avaient refait surface. En fait, les étudiants de Bethany les avaient retrouvés après des recherches intensives dans des documents délaissés depuis longtemps. Heureusement pour Clisser, Sallisha était allée à Nerat pour les fêtes de Fin de la Révolution, prête à honorer son contrat de l'année suivante. Cela lui épargna des sermons sur la nécessité de conserver ces antiques connaissances. Au cas où il recevrait une lettre d'elle, il avait répété ses arguments, insistant sur le fait qu'en situation de crise, quelqu'un *s'était* souvenu.

Il était passablement excité – bien que gelé – de se trouver sur les crêtes du Weyr de Benden avec les autres, télescopes en batterie, braqués dans la direction voulue, tandis que Kalvi et Jemmy continuaient à bricoler leurs composants. Kalvi avait choisi un cône en guise de pointeur, dans l'idée qu'une personne, posant le menton sur la pointe du cône, verrait la Planète Rouge encadrée dans l'Œil juste quand elle paraîtrait à l'horizon. Ils devraient faire des essais avec des personnes de tailles différentes pour s'assurer que ça fonctionnerait, mais techniquement, Clisser pensait que ça marcherait. Kalvi était le plus petit, lui-même le plus grand. M'shall avait une demi-tête de moins que lui, et Jemmy se plaçait entre le Chef du Weyr et Kalvi. S'ils pouvaient tous voir la Planète Rouge dans l'Œil, l'utilité de l'appareil serait prouvée.

Enfin, elle serait prouvée dans deux cent cinquante et quelques années, au début du Troisième Passage.

Mais ce moment était exaltant. Clisser se donna de grandes claques sur le corps pour se réchauffer : il ne sentait plus ses orteils malgré ses bottes de fourrure, et la buée de son haleine était si épaisse qu'il craignait qu'elle ne l'empêche de voir le phénomène.

– Voilà, dit Kalvi, bien que Clisser ne vît rien dans la grisaille de l'aube.

Kalvi regardait son instrument, pas le ciel.

Un point rouge parut juste en bas de l'Œil une ou deux

secondes plus tard. Une rougeur qui semblait pulser. Ce n'était pas une très grosse planète – normal à cette distance, pensa Clisser, bien qu'il connût ses dimensions par les observations du *Yokohama*. Elle avait approximativement la même taille que Vénus, la sœur de la vieille Terre. Et était à peu près aussi hospitalière.

Curieusement, pensa Clisser – tout en s'exhortant à respirer –, l'errante parvenait à sembler maléfique dans sa rougeur. N'appelait-on pas « planète rouge » l'un des autres satellites de Sol ? Ah oui, Mars. Ce qui lui allait bien, vu que Mars était le dieu de la guerre.

Et cette couleur allait tout aussi bien à une planète prête à provoquer des catastrophes chez eux. Comment un organisme si vorace avait-il pu se développer sur une planète qui, pendant la plus grande partie de son orbite, était trop loin de la chaleur de Rukbat pour entretenir la vie ? Naturellement, il savait que de très anciennes formes de « vie » avaient été découvertes par les premiers explorateurs spatiaux. Qui étaient tombés par hasard sur les Nathis, autre espèce redoutable !

Les rapports sur ce mycorhizoïde ne lui accordaient aucune intelligence. C'était une menace sans malice. Clisser soupira. C'était quand même une consolation : les Fils n'avaient pas l'intention de tout dévorer sur leur passage – hommes, animaux et plantes – mais ils ne pouvaient pas faire autrement.

Ce qui était plus que suffisant, pensa sombrement Clisser, se rappelant les films de certains incidents. Voilà autre chose qu'il aurait dû faire, des reproductions. Un simple dessin pouvait faire comprendre à quel point les Fils étaient dévastateurs. Les croquis que Iantine avait faits à la frontière de Bitra l'avaient beaucoup impressionné. Mais c'était dommage de gaspiller le talent de Iantine à faire des copies. N'importe qui pouvait copier ; très peu pouvaient créer.

Cependant, le point rouge montait sur l'horizon de Benden.

– ÇA Y EST ! cria Kalvi, donnant un dernier tour de vis au cercle de fer monté sur son piédestal. J'y suis. Cimentez-moi ça en place. En vitesse. Vous autres au Roc du Doigt, observez le phénomène. Vous devriez tous le voir encadré dans ce cercle.

Les observateurs s'étaient alignés à la queue leu leu, et chacun regarda à son tour tandis que Kalvi les rejoignait en courant pour jeter un coup d'œil de cet endroit.

– Ouais, ça va. Vous avez solidement cimenté ? Bon.

Puis le dynamique ingénieur se tourna vers M'shall.

– Pour l'amour de ton dragon, ne laisse rien ni personne approcher de ce cercle de fer. J'ai utilisé un ciment à prise rapide, mais même une imperceptible altération de l'alignement, et tout est perdu.

– Personne ne montera ici après notre départ, promit M'shall, lorgnant nerveusement le cercle de métal.

Il savait qu'il était en fer, mais ce cercle avait l'air fragile, avec la Planète Rouge qui montait maintenant lentement dans le ciel.

– Il sera remplacé, non ? Par de la pierre ?

– Oui, et tu peux être sûr que *nous* ne perdrons pas l'alignement, dit Kalvi avec une superbe assurance, se frottant les mains de contentement et souriant de son succès. Maintenant, nous avons rendez-vous avec d'autres aurores.

– Oui, mais vous avez le temps de déjeuner.

– Nous n'avons pas le temps de nous dorloter. Mais merci pour le klah.

Kalvi rassemblait son matériel, y compris cinq autres cercles de fer, faisant signe à son équipe de se presser.

– Pas avec cinq autres installations dans la matinée. Les situations où je vais me fourrer !

Il regarda autour de lui dans la pénombre de l'aube.

– Où sont nos transports ?

– Par ici, dit M'shall, lui montrant les dragons bruns attendant sur les crêtes avec leurs maîtres.

– Parfait. Merci, M'shall.

Et, les cercles de fer tintant sur son épaule, Kalvi ramassa ses outils et courut vers eux, ses aides sur les talons. Clisser suivit en soupirant.

Eh bien, se dit-il, je suis déjà habitué au froid de l'*Interstice*. Ils avaient une heure et demie entre l'aube de Benden et celle d'Igen, mais seulement une demi-heure d'Igen à Ista et d'Ista à Telgar, où ils auraient un peu plus d'une heure et le temps d'avaler un morceau avant de continuer sur Fort. Le Weyr des Hautes Terres viendrait en dernier, ce qui froissait l'amour-propre de S'nan, mais le soleil se levait quarante-cinq minutes plus tard dans le Weyr le plus septentrional à cause de la différence de longitude. S'nan ne pouvait pas contester l'argument que le Weyr de Benden devait être équipé le premier, vu qu'il était le plus oriental.

Clisser avait entendu parler du désarroi persistant de S'nan au sujet de la déposition de Chalkin. Le Chef du Weyr de Fort n'était pas le plus vieux des six – c'était G'don – mais personne ne discutait sa compétence à commander le Weyr. S'nan avait toujours été inflexible, littéral, didactique – ce n'étaient pas nécessairement des défauts pendant un Passage. Clisser soupira. Ce n'était pas son problème, mais celui du Weyr. Dieu merci. Il en avait assez comme ça.

Ils se reposeraient un peu après le Weyr de Fort, de sorte qu'il serait en forme pour la dernière répétition à l'Université. Si Sheledon avait encore modifié la partition durant son absence, il le tancerait vertement. Personne ne saurait plus quoi jouer avec tous ces changements. Il fallait donner le concert, et ensuite perfectionner l'œuvre. C'était sans doute, pensait Clisser, le chef-d'œuvre de Sheledon.

– Tu montes avec moi, Professeur, dit une voix. Et ne va pas tomber par-dessus le bord de la crête !

Clisser sortit de sa rêverie.

– Oui, oui, bien sûr.

Il sourit au chevalier brun qui lui tendait la main.

– Oh, merci, dit-il au dragon, qui non seulement avait tourné la tête, mais qui levait une patte antérieure en guise de marchepied.

Puis il se retrouva entre les crêtes de cou, et boucla son harnais.

– Je suis prêt.

Pourtant, Clisser eut le souffle coupé quand le dragon sembla tomber de la falaise dans la nuit du Bassin de Benden. Il se cramponna à son harnais, puis se cogna le menton sur la poitrine quand le dragon stoppa sa descente et remonta brusquement.

Ils volaient face à l'est, et la lueur maléfique de l'Étoile Rouge s'estompait dans le rayonnement de Rukbat qui se levait, la planète malfaisante devenant presque invisible, presque anonyme dans le ciel de l'aurore.

Étonnant ! pensa Clisser. *Il faut que je pense à noter cela*. Mais il savait qu'il ne le ferait jamais. Et un mémorialiste de plus serait épargné à la littérature pernaise, se dit-il. Clisser vit que le chevalier brun admirait aussi le magnifique spectacle. Il devait savourer ce voyage. Le dragon vira vers le nord, pivotant lentement sur l'aile gauche. Bientôt, les dragons auraient à faire des voyages plus importants. Clisser observa les majestueuses montagnes couronnées de neige de la Grande Chaîne du Nord, que le soleil levant colorait de délicats reflets orange. Ce que Iantine pourrait faire d'une telle scène ! Puis, brusquement, il ne vit plus que le néant noir de l'*Interstice.*

– Qu'est-ce qui se passera si tu finis par t'user les doigts ? demanda Léopol à Iantine.

L'Artiste n'avait même pas remarqué la présence de l'enfant, mais cette saillie – parce que Iantine dessinait les dragonets si vite qu'il en avait mal au coude – le fit éclater de rire, ce qui ne l'empêcha pas de continuer à dessiner.

– Je ne sais pas. Je n'ai jamais entendu dire que ce soit arrivé, si c'est une consolation.

– Pas pour moi, mais pour toi, dit Léopol, penchant la tête et le regardant avec son impudence habituelle.

– Tu me manqueras, tu sais, dit Iantine, souriant à l'enfant.

– J'espère bien, parce que ça fait des mois que je suis tes mains, tes pieds et ta bouche, répondit l'incorrigible impertinent. Tu pourrais m'emmener. Je te serais utile, poursuivit-il gravement, les larmes aux yeux. Je sais comment tu veux qu'on mélange tes peintures, qu'on nettoie tes brosses, et je sais même préparer le bois et la toile pour les portraits.

Plaidoyer pathétique qui aurait convaincu tout le monde.

Iantine gloussa en ébouriffant sa tignasse brune.

– Et que ferait ton père ?

– Lui ? Il se prépare pour les Chutes.

Une question discrète à Tisha lui avait appris qu'un chevalier bronze, C'lim, était le père de l'enfant, la mère étant morte peu après la naissance. Mais comme tous les enfants du Weyr, il était devenu le fils de tout le monde, aimé, cajolé et réprimandé selon le besoin.

– Il ne fait même plus attention à moi.

Ce qui était normal, pensa Iantine, vu qu'il était devenu *son* ombre.

– Tisha ?

– Elle ? Elle en trouvera un autre à materner.

– Eh bien, je demanderai, mais ça m'étonnerait qu'on accepte. Tout le monde pense que tu conféreras l'Empreinte à un bronze quand tu seras en âge.

Léopol écarta cet avenir d'un haussement d'épaules. Ce qu'il pouvait faire *maintenant* avait plus d'importance que ce qu'il ferait dans trois ou quatre ans.

– Tu es obligé de partir ?

– Oui, je suis obligé, étant en grand danger d'abuser de l'hospitalité du Weyr.

– Non, c'est pas vrai, dit Léopol avec un regard significatif vers le lac où les dragonets prenaient leur bain habituel. Et tu n'as pas encore dessiné *tous* les chevaliers-dragons.

– Quoi qu'il en soit, je suis attendu à Benden pour faire le portrait des Seigneurs. Et c'est un remerciement que je leur dois bien, vu que j'ai commencé mes études à l'Atelier Domaize.

– Quand tu auras fini avec eux, tu reviendras tout de suite ? Tu n'as pas refait Chalkin comme il est vraiment, et ce n'est pas comme si tu prenais le lit d'un autre.

Le visage de Léopol était maintenant tout plissé de chagrin.

– Et Debera aussi veut que tu restes, tu sais.

Iantine le regarda avec colère.

– Léopol ! dit-il avec sévérité.

– Ah, fit l'enfant, dessinant par terre du bout de sa botte, tout le monde sait que tu as le béguin pour elle, et les filles disent qu'elle en pince pour toi. C'est seulement Morath le problème. Mais elle devrait pas s'en faire. Dès que Morath pourra voler, elle aura un Weyr à elle et vous pourrez avoir un peu d'intimité.

– Un peu d'intimité ?

Iantine savait que Léopol était précoce, mais quand même...

Léopol pencha la tête et eut la bonne grâce de ne pas sourire.

– C'est comme ça dans les Weyrs. Tout le monde connaît les secrets de tout le monde.

Iantine était partagé entre l'irritation, le soulagement que lui apportait ce renseignement sur Debera, et l'amusement que son amour si soigneusement dissimulé fût si transparent. Il n'avait jamais pensé pouvoir aimer une femme au point que son absence lui causât un malaise physique. Il n'avait jamais pensé qu'il passerait des nuits sans sommeil à se répéter la conversation la plus insignifiante, qu'il saurait identifier une certaine voix dans la foule d'une caverne, qu'il devrait effacer des scènes de rendez-vous imaginaires que ses doigts dessinaient tout seuls. Il surveillait de près tous ses carnets de croquis, parce qu'il y en avait bien trop de Debera – et de l'omniprésente Morath. Morath l'aimait bien. Il le savait car elle le lui avait dit.

En fait, c'était le premier signe encourageant qu'il avait reçu. Il avait essayé, adroitement, de savoir l'importance de ce fait pour ses rapports avec Debera. Il avait posé la question en dessinant un autre chevalier-dragon, comme pour s'enquérir poliment de ce qui était le plus proche du cœur de son modèle. Apparemment, un dragon pouvait parler à qui bon lui semblait. Ils le faisaient pour des raisons à eux, dont parfois ils ne discutaient pas avec leurs maîtres. Aucun des autres dragonets, même les verts que Iantine connaissait bien maintenant, ne lui parlait. C'était Morath qui comptait. Non que la verte – qui était la plus grande de cette couleur parmi ceux de la dernière Éclosion – se fût jamais expliquée. Et Iantine ne lui avait pas posé de questions. Il chérissait simplement l'immense compliment que constituait sa conversation.

Morath avait demandé un jour à voir son carnet, et il vit les dessins reflétés dans toutes les facettes de ses yeux, qui étaient bleu-vert à ce moment-là, leur teinte normale, et tournoyaient lentement.

– Tu vois quelque chose ?

Oui, des formes. Tu mets les formes sur le carnet avec la chose dans ta main.

– C'est exact.

Comment un dragon pouvait-il voir avec ce genre d'équipement optique ? Quand même, Iantine supposait que ce devait être utile pendant les Chutes, quand les Fils tombaient de toutes les directions. Et comme les yeux des dragons leur sortaient de la tête, ils pouvaient aussi voir au-dessus d'eux. Bonne conception. Mais les dragons avaient été *conçus,* même si personne aujourd'hui n'était capable de cet exploit de bioingénierie. C'était une chose de croiser des animaux pour l'obtention de caractères spécifiques, mais créer un animal totalement nouveau à partir de la première cellule ?

– Tu aimes ce dessin de Debera en train de te huiler ? dit-il, tapotant son crayon sur un croquis du matin.

Ça ressemble à Debera. Ça me ressemble à moi ? dit plaintivement Morath de sa voix de contralto.

C'est alors que Iantine avait réalisé que Morath avait les mêmes inflexions que sa maîtresse. Mais c'était logique, vu qu'elles étaient inséparables.

Inséparables ! C'est ce qui le tracassait le plus. Il savait que son amour pour Debera ne prendrait jamais fin. Mais les miettes d'amour que Morath lui laisserait n'égaleraient jamais son engagement total. Pourtant, était-ce bien nécessaire ? Après tout, il était lui-même totalement obsédé par son travail. Pouvait-il lui reprocher d'être tout aussi obsédée ? Il y avait quand même une différence considérable entre aimer un dragon et aimer la peinture. Mais était-ce bien vrai ?

C'était peut-être aussi bien, pensa Iantine, mettant son crayon derrière son oreille et refermant son carnet, qu'il parte pour Benden après la Fin de la Révolution. S'il ne voyait plus Debera – et Morath – peut-être que son amour s'affaiblirait.

– Tu as déjà tes habits pour la Fin de la Révolution ? Tu as besoin que je les repasse ou autre chose ? demanda Léopol avec espoir.

– Tu les as repassés hier et je ne les ai pas encore portés, dit-il ébouriffant les cheveux de l'enfant.

Puis, entourant de son bras les frêles épaules, il le pilota vers la cuisine.

– Allons manger.

– Ah, il n'y a pas grand-chose, dit Léopol d'un ton dégoûté. Tout le monde se réserve pour ce soir.

– Ils sont prêts depuis une semaine, dit Iantine. Mais on a servi du pain et de la viande froide.

– Peuh !

Iantine nota que Léopol n'eut aucun mal à se faire plusieurs sandwichs à la viande, précédés de deux bols de soupe, et suivis de deux pommes. Il nota aussi qu'il n'avait aucun mal à manger, bien que les odeurs émanant des fours – et tous étaient utilisés – fussent plus appétissantes que le déjeuner. Il espérait bien s'amuser, ce soir.

Puis Léopol, les yeux dilatés d'excitation, se leva d'un bond.

– Regarde, regarde, les musiciens arrivent !

Jetant un coup d'œil dehors, Iantine les vit descendre d'une demi-douzaine de dragons. Ils criaient et riaient, tandis qu'on descendait les instruments avec précaution et qu'on leur passait leurs bagages. Tisha sortit, toutes voiles dehors, suivie de ses assistantes, et tous furent bientôt dans la caverne, devant un repas considérablement plus élaboré que de la soupe et des sandwichs.

Léopol se faufila parmi eux, le gredin, et fut l'heureux bénéficiaire d'une énorme part de gâteau. Iantine choisit une bonne place contre le mur, tailla son crayon avec son couteau, et ouvrit son carnet. C'était une scène intéressante à conserver. Et s'il les mettait sur le papier maintenant, peut-être qu'il pourrait écouter tranquillement la musique le soir, sans que les doigts lui démangent. Tout en travaillant, il réalisa que Telgar aurait certains des meilleurs musiciens, rappelés de partout où leurs contrats les avaient emmenés, pour les fêtes de la Fin de la Révolution. Il finirait à temps pour le concert, et ce serait tout pour la journée.

Il n'en fut rien, naturellement. Mais il avait du mal à ne pas croquer certaines scènes, d'autant plus qu'il ne voulait pas laisser son carnet n'importe où, où n'importe qui pourrait l'ouvrir. Il pouvait aussi bien écouter la musique en dessinant. Et pendant qu'il dessinait, ses mains n'étaient pas tentées de s'égarer où elles ne devaient pas être, autour des épaules de Debera ou sur son bras. Dessiner lui permettait aussi une certaine licence, car il pouvait toujours prétendre n'avoir pas réalisé qu'il avait la cuisse contre la sienne ou que leurs épaules se touchaient. Après tout, il était si occupé à dessiner que ces détails lui échappaient.

Si Debera avait trouvé ces contacts déplaisants elle aurait pu éloigner sa jambe ou s'écarter de lui. Mais elle ne semblait pas se formaliser qu'il la touche de temps en temps dans son zèle à saisir telle ou telle pose. La vérité, c'est qu'il était totalement enivré par sa proximité, par le parfum floral qu'elle utilisait, et qui ne masquait pas tout à fait l'odeur « nouvelle » de sa ravissante robe vert pâle. Le vert était sa couleur, et elle le savait sans doute, un vert tendre comme les jeunes pousses qui mettait son teint en valeur. Angie lui avait révélé la couleur de la robe que porterait Debera pour la Fin de la Révolution, alors il s'était acheté une chemise d'un vert plus sombre pour aller avec. Il aimait la façon dont elle avait coiffé ses longs cheveux, ramenés en couronne sur sa tête, et entrelacés de rubans vert clair qui se balançaient dans son dos. Même ses sandales étaient vertes. Il se demanda s'il y aurait de la musique de danse, mais il y en avait généralement à la Fin de la Révolution. Pourtant, il n'y en aurait peut-être pas ce jour-là, avec la « Suite du Terminus ». Il se pencha pour lui demander de lui réserver des danses, mais elle le fit taire.

– Écoute, Ian, murmura-t-elle en lui montrant son carnet. Les paroles sont aussi belles que la musique.

Iantine reporta son regard sur les musiciens, réalisant seulement qu'il y avait aussi des chanteurs. Était-il tellement transporté d'être près de Debera sans Morath ?

Je suis là. J'écoute aussi.

La voix de Morath, résonnant si inopinément dans sa tête, le fit sursauter. Il déglutit. Le dragon lirait-il toujours dans ses pensées ?

Il reposa la question mentalement, et plus fort. Il n'y eut pas de réponse. Parce qu'il n'y *avait* pas de réponse ? Ou parce que aucune n'était nécessaire tant elle était évidente ?

Mais Morath ne semblait pas se formaliser qu'il jouît avec délices de la proximité de Debera. Elle semblait très contente d'être là et d'écouter. Les dragons aimaient la musique.

Il jeta un coup d'œil vers le Bassin par-dessus son épaule, et vit le long du mur est de nombreuses paires d'yeux de dragons, comme autant de lanternes bleu-vert.

Alors, il commença docilement à écouter les paroles, et se trouva entraîné dans le drame qui se développait, même s'il connaissait l'histoire depuis l'enfance. Cette œuvre s'appelait la « Suite du Terminus », et ils en étaient au moment où les colons quittent pour la dernière fois les grands astronefs. Moment poignant, et la voix du ténor s'éleva en un adieu reconnaissant aux grands vaisseaux qui orbiteraient à jamais au-dessus du Terminus, leurs coursives vides, leur passerelle déserte, leurs hangars silencieux. Le ténor, par un magnifique contrôle du souffle, laissa la dernière note mourir graduellement, comme perdue dans l'immensité séparant les vaisseaux de la planète.

Un silence respectueux s'ensuivit, puis éclatèrent les ovations qu'avait bien méritées le soliste. Iantine le croqua vivement en train de saluer, avant qu'il ne reprenne sa place dans le chœur.

– Très bien, Ian. Il a été merveilleux, dit Debera, tendant le cou pour voir ce qu'il faisait.

Elle continua à applaudir, les yeux brillants.

– Il sera enchanté que tu l'aies dessiné.

Iantine en doutait, et il se força à sourire malgré le pincement de jalousie ressenti à cause de l'intérêt que Debera portait à un autre.

Elle t'aime, Ian, dit Morath, comme parlant de très loin, bien qu'elle fût avec les autres dragonets sur le sol du Bassin.

Ian ? répéta-t-il en écho, étonné. Tous les chevaliers-dragons lui avaient dit que, même s'ils pouvaient parler à d'autres qu'à leurs maîtres, les dragons se rappelaient rarement les noms humains. Morath *sait* mon nom ?

Pourquoi pas ? Je l'entends assez souvent, dit Morath avec quelque irritation. Morath ne saura sans doute jamais ce que cette remarque signifie pour moi, se dit Iantine, prenant une profonde inspiration qui lui dilata la poitrine. Maintenant, s'il pouvait juste être seul un moment avec elle...

Mais elle n'est jamais seule maintenant qu'elle est ma maîtresse.

Iantine étouffa un gémissement qu'il voulait cacher au dragon comme à sa maîtresse, et refoula ses pensées aussi profond qu'il le put dans sa tête. Est-ce que tout cela en valait la peine ? se demanda-t-il. Et il essaya de ne plus penser à Debera pendant le reste du concert.

Il n'écouta pas avec autant d'attention les deuxième et troisième parties de la « Suite du Terminus », qui racontaient les événements jusqu'au temps présent. Une partie cynique de son esprit nota que la déposition de Chalkin n'était pas mentionnée, mais l'incident était si récent que le compositeur et le librettiste n'en avaient peut-être pas eu connaissance. Il se demanda si elle ferait un jour partie de l'histoire. Chalkin en jubilerait. Ce qui était peut-être la raison pour laquelle on n'en parlait pas. Ce serait le châtiment final – l'anonymat.

On annonça le dîner dès la fin du concert, et la grande caverne fut rapidement réorganisée pour le repas. Dans la confusion régnant pour l'installation des tables et des chaises, il fut séparé de Debera. La panique qu'il en ressentit lui fit comprendre qu'il lui serait impossible de devenir indifférent à Debera. Quand ils se retrouvèrent, elle lui prit la main aussi vite qu'il prit la sienne, et ils ne se lâchèrent plus en faisant la queue pour remplir leur assiette.

Iantine et Debera trouvèrent finalement de la place à une longue table sur tréteaux où l'on discutait de la musique, des chanteurs et de l'orchestration, et de la chance qu'avait le Weyr d'avoir bénéficié de ce traitement préférentiel. Il y avait, bien sûr, une forte tradition musicale sur Pern, apportée par leurs ancêtres et encouragée non seulement par l'Université, mais par tous les Weyrs et les Forts. Chacun apprenait à lire la musique dès l'enfance, et était encouragé à apprendre à jouer au moins d'un instrument, sinon de deux ou trois. Il fallait vraiment qu'un fortin soit bien pauvre pour ne pas avoir une guitare, ou au moins un fifre et un tambour, pour égayer les soirées d'hiver et les fêtes.

Le repas fut très bon – mais Iantine fut obligé de se concentrer pour l'apprécier. Tous ses sens étaient occupés par le contact de sa cuisse contre celle de Debera. Elle se montra passablement volage, parlant à tous, avec quelque chose à dire sur les différents interprètes et les mélodies lui ayant plu particulièrement. Elle avait les joues rouges d'animation et les yeux brillants. Il ne l'avait jamais vue si transportée. Mais lui-même sentit la tête lui tourner et le souffle lui manquer en prévision de la danse. Alors, il la tiendrait dans ses bras, encore plus proche d'elle qu'il ne l'était maintenant. Il avait du mal à attendre.

Il le dut pourtant, car au Premier Jour de la Révolution on servait traditionnellement de la crème glacée au dessert, et personne ne voulait manquer ça. Cette année, c'était une glace aux fruits, crémeuse, riche et acidulée, avec des tas de petits bouts de fruits – et il était partagé entre le désir de la savourer lentement – ce qui signifiait qu'elle fondrait, car il faisait chaud dans la caverne – ou de l'avaler très vite pendant qu'elle était encore froide et ferme. Il remarqua que Debera la mangeait vite, et il l'imita.

Dès que les dîneurs eurent terminé, ils enlevèrent les tables et repoussèrent les chaises contre les parois pour faire place à la danse. Les musiciens se rassemblèrent en groupes plus petits pour que la musique soit continue, et se mirent à raccorder leurs instruments.

Quand tout fut prêt, K'vin conduisit Zulaya – resplendissante dans la robe rouge de son portrait – sur la piste, pour l'ouverture traditionnelle du bal. Iantine se surprit à désirer dessiner le couple distingué, mais il avait caché son carnet dans la pile des tables, et il dut se contenter d'engranger mentalement les détails. Il n'avait jamais vu Zulaya flirter ainsi avec K'vin, et le Chef du Weyr réagissait galamment. Il remarqua quelques chevaliers-dragons parlant entre eux, les yeux fixés sur les Chefs du Weyr, mais il n'entendit pas ce qu'ils disaient, et ça ne le regardait pas.

Puis les chefs d'escadrilles firent tournoyer trois fois leurs partenaires avant que les second d'escadrilles les rejoignent. Enfin, Tisha, avec pour cavalier Maranis, le médecin du Weyr, tournoya avec grâce au milieu des danseurs. La première danse se termina, et la piste appartint alors à tous. La danse suivante fut un two-step rapide.

– Me feras-tu l'honneur, Debera ? dit Iantine, s'inclinant cérémonieusement devant elle.

Les yeux brillants, la tête haute, et souriant à se fendre le visage en deux, Debera répondit d'une profonde révérence.

– Mais j'espérais bien que tu m'inviterais, Iantine !

– La prochaine est pour moi ! s'écria Léopol, apparaissant inopinément près d'eux, et levant sur Debera des yeux étincelants.

– Tu as chipé du vin ce soir ? demanda Iantine, soupçonneux.

– Qui irait m'en donner ? répondit l'enfant, maussade.

– Personne ne te donnerait rien que tu ne puisses prendre tout seul, dit Debera. Mais je te réserve une danse. Plus tard.

Et elle marcha vers la piste, Iantine l'entraînant loin de Léopol aussi vite qu'il le put.

– Même pour un enfant du Weyr, il est précoce, dit Debera, tendant les bras à Iantine qui l'enlaça.

– En effet, répondit Iantine, mais il n'avait pas envie de parler de Léopol alors qu'il la serrait dans ses bras en traversant la piste pour s'éloigner de l'enfant.

– Il nous suivra, tu sais, jusqu'à ce qu'il obtienne sa danse, dit-elle avec un grand sourire.

– Eh bien, on verra, dit-il resserrant des bras possessifs sur son corps mince et vigoureux.

Je danserai aussi quand je serai plus vieux ? entendit soudain Iantine.

Stupéfait, il regarda Debera et vit à ses yeux rieurs que le dragon leur avait parlé à tous les deux.

– Les dragons ne dansent pas, dit Debera, du ton affectueux qu'elle réservait à Morath.

– Ils chantent, dit Iantine, se demandant comment il allait éliminer Morath de la conversation assez longtemps pour pouvoir parler d'*eux*.

Elle écoutera tout ce que tu diras.

La voix de Morath, si semblable à celle de Debera, résonna dans sa tête.

Iantine fit la grimace, se demandant comment diable il parviendrait à parler en privé à sa bien-aimée.

Alors je n'écouterai pas. Le ton était contrit.

– Combien de temps passeras-tu à Benden, Ian ?

Il se demanda si Morath lui avait parlé, à elle aussi, mais décida de ne pas poser la question, malgré son peu d'envie de discuter de son départ. Et surtout avec Debera, la raison pour laquelle il désirait désespérément rester à Telgar.

– Oh, dit-il du ton le plus détaché possible, je vais faire l'impossible pour contenter le Seigneur Bridgely et sa Dame. Ils ont payé mes études, tu comprends, et je leur dois beaucoup.

– Tu les connais bien ?

– Moi ? Non, mes parents sont des fermiers de montagne.

– Les miens l'étaient aussi.

– Étaient ?

Debera eut un rire ironique.

– Ne parlons pas de nos familles, dit-elle.

– Je préfère de beaucoup parler de nous, dit-il, se reprochant aussitôt cette réponse banale.

Le visage de Debera s'assombrit.

– Bon, qu'est-ce que j'ai dit de mal ?

Il resserra sur elle des bras rassurants ; elle avait l'air si malheureux.

Hier, Tisha a dit aux apprentis quelque chose qui l'a bouleversée. Je sais que j'avais promis de ne pas intervenir, mais c'est parfois indispensable.

– Rien, dit Debera en même temps, de sorte qu'il ne savait pas qui avait dit quoi, tant les voix se ressemblaient.

– Mais quelque chose te tracasse ?

Elle ne répondit pas tout de suite, mais ses mains se resserrèrent sur les siennes.

– Allons, Deb, dit-il avec entrain pour l'égayer, j'écouterai tout ce que tu as à dire.

Elle le regarda bizarrement.

– C'est bien là le problème.

– Quoi ?

– Toi, qui veux parler avec moi, ne danser qu'avec moi et...

– Oooh, dit Iantine, frappé d'une intuition soudaine. Tisha vous a fait son laïus « ne-faites-pas-quelque-chose-que-vous-regretterez-plus-tard » ?

Elle leva sur lui des yeux stupéfaits, et il sourit.

– On m'a servi le même une ou deux fois, tu sais !

– Mais ce n'est pas pareil pour nous. Surtout pour ceux et celles qui ont des dragons verts immatures.

Elle lui lança un regard horrifié, comme regrettant d'en avoir trop dit.

Il l'étreignit plus étroitement, malgré sa résistance, et il gloussa. Toutes les questions qu'il avait posées aux chevaliers-dragons sans avoir l'air de rien expliquaient tout ce qu'elle ne disait pas.

– Les dragons verts sont... comment exprimer ça délicatement ? Impatients, affectueux, trop amoureux pour leur bien...

Elle leva les yeux sur lui, les joues colorées d'une rougeur diffuse, les yeux coléreux, son corps se raidissant contre le rythme de la danse. Ils étaient près d'un couloir menant aux entrepôts du Weyr. Il tournoya dans cette direction malgré sa résistance, lui parlant d'un ton compréhensif et persuasif.

– Tu es la maîtresse d'une jeune verte, beaucoup trop jeune pour ressentir des pulsions sexuelles. Je ne crois pas qu'un baiser lui fera grand mal, et *il faut* que je t'embrasse une fois avant d'aller à Benden.

Ce qu'il fit. Elle tenta de résister, mais à l'instant où leurs lèvres se touchèrent, leur attirance mutuelle rendit ce contact électrique. Elle ne put s'empêcher de lui rendre son baiser, même pour préserver l'innocence de Morath.

Finalement, hors d'haleine, ils s'écartèrent, juste de quelques centimètres pour laisser l'air pénétrer dans leurs poumons. Elle s'abandonna dans ses bras, le corps languissant, et c'est seulement parce qu'il était appuyé au mur que Iantine eut la force de la soutenir.

C'est très agréable, tu sais.

– Morath !

Elle se redressa brusquement, les mains quand même toujours crispées sur les épaules de Iantine.

– Oh mon Dieu ! Qu'est-ce que j'ai fait ?

– Moins à elle qu'à moi, dit-il d'une voix mal assurée. Elle n'a pas l'air choquée ou autre chose.

Debera s'écarta un peu pour le regarder – il ne l'avait jamais vue si ravissante.

– Tu as entendu Morath ?

– Euh, oui.

– Tu veux dire que ce n'était pas la première fois ? reprit-elle, encore plus stupéfaite.

– Euh... et elle sait mon nom aussi, dit-il, sachant qu'elle serait angoissée de cette information, mais se disant que c'était le moment d'être sincère.

Les yeux de Debera se dilatèrent un peu plus, et son visage pâlit dans la pénombre du couloir. Elle s'appuya contre lui, sans force.

– Oh, qu'est-ce que je vais faire ?

Il lui caressa les cheveux, soulagé qu'elle ne soit pas partie en fureur, brisant tous ses espoirs.

– Je ne crois pas que nous ayons bouleversé Morath avec ce petit baiser, dit-il doucement.

– *Petit* baiser ? dit-elle, atterrée. Je n'ai jamais été embrassée comme ça de ma vie.

– Moi non plus, dit-il en riant. Même si tu ne voulais pas me rendre mon baiser.

Il la serra plus fort contre lui, sachant que le moment critique était passé.

– Je t'aime, Debera. Je pense à toi sans discontinuer. Ton visage... et... ajouta-t-il avec tact, et aussi parce que c'était vrai... celui de Morath, décorent les marges de tous mes croquis. Tu vas me manquer comme... comme Morath te manquerait.

La seule idée d'une telle éventualité lui coupa le souffle.

– Iantine, que veux-tu que je te réponde ? Je suis dame-dragon. Tu sais que Morath passera toujours avant tout pour moi, dit-elle avec douceur, lui caressant la joue.

Il hocha la tête.

– C'est normal, dit-il, tout en regrettant du fond du cœur de ne pas pouvoir être son unique amour.

– Je suis contente que tu l'acceptes, mais Iant... je ne sais pas ce que je ressens pour toi, sauf que j'ai aimé ton baiser.

Son regard était tendre, et elle détourna pudiquement les yeux.

– Je suis même contente que tu m'aies embrassée. J'avais envie de savoir... dit-elle, d'une voix émue, mais toujours pudique.

– Alors, je peux te rembrasser ?

Elle lui posa la main sur la poitrine.

– Pas si vite, Iantine ! Pas si vite ! Dans mon intérêt comme dans celui de Morath. Parce que...

Et elle sortit la suite tout à trac.

– Parce que je sais que tu vas me manquer... presque... autant que Morath me manquerait. Je ne savais pas qu'une dame-dragon pouvait s'attacher ainsi à un autre humain. Pas comme ça. Et, poursuivit-elle, augmentant la pression de la main qui le tenait en respect, parce qu'il avait envie de l'embrasser pour cet aveu, je ne suis pas sûre que Morath ne m'influence pas, parce qu'elle t'aime beaucoup, elle aussi.

Non, je ne t'influence pas, dit Morath avec fermeté, presque avec indignation.

– Elle dit... commença Debera.

– J'ai entendu, dit-il en même temps.

Ils éclatèrent de rire et la tension sexuelle entre eux diminua. Il profita vivement de l'occasion pour l'embrasser, mais légèrement, afin de lui prouver qu'il comprenait ses scrupules au sujet de Morath. Il avait aussi posé autant de questions que la discrétion le permettait sur les liaisons amoureuses des dames et chevaliers-dragons. Ce qu'il avait appris était à la fois rassurant et inquiétant. Il y avait plus de ramifications qu'il ne l'avait soupçonné dans les amours humaines. Et celles entre humains normaux et maîtres de dragons pouvaient être très compliquées. Les plus complexes étant celles impliquant des dragons verts, si facilement impressionnables et amoureux.

– Je suppose que j'ai de la chance qu'elle me parle, dit Iantine. Écoute, mon amour, je t'ai dit ce que je voulais te dire. J'ai entendu ce que Morath avait à dire, et nous pouvons en rester là pour le moment. Il faut que j'aille au Fort de Benden, et il faut que Morath... mûrisse.

Il resserra doucement les bras autour de sa bien-aimée.

– Si l'on me revoit avec plaisir au Weyr... j'y reviendrai. Est-ce qu'on m'y reverra avec plaisir ?

– Oui, dit Debera, ce qui fut confirmé par Morath.

– Eh bien alors...

Il l'embrassa légèrement, interrompant le baiser avant que leurs émotions ne se remettent à flamber.

– ... dansons, et dansons, et dansons encore. Cela ne devrait pas causer de problème, non ?

Naturellement à peine avait-il prononcé ces paroles qu'il se rendit compte que la tenir dans ses bras toute la soirée mettrait son self-control à rude épreuve.

Ses lèvres frémissaient tandis qu'il la ramenait sur la piste, ses doigts enlacés aux siens. La danse se terminait quand il la prit dans ses bras, et il ne la fit tournoyer qu'une seule fois. Ayant beaucoup plus confiance en lui maintenant, il laissa Léopol danser une fois avec elle, sachant que sinon l'enfant le lui reprocherait jusqu'à la fin de ses jours. A part ça, lui et Debera dansèrent ensemble toute la soirée, cimentant ainsi leur nouveau lien, jusqu'à ce que les musiciens cessent de jouer.

Il lui serait dur de partir, et encore plus maintenant qu'ils avaient conclu un arrangement – si on veut – mais il n'y avait rien à faire. Il avait un devoir à remplir envers le Fort de Benden.

Chapitre XV

NOUVEL AN 258 APRÈS L'ATTERRISSAGE UNIVERSITÉ, FORT DE BENDEN, WEYR DE TELGAR

Le premier jour officiel de la nouvelle année 258 AA, Clisser eut le loisir de réfléchir aux quatre journées de la Fin de la Révolution. Frénétiques par moments, toujours trépidantes malgré ses plans les plus méthodiques et sa longue expérience. Les principaux concerts – la « Suite du Terminus » du Premier Jour, et les Ballades d'Enseignement du Second Jour – s'étaient bien passés.

Beaucoup mieux qu'il ne l'espérait, étant donné l'insuffisance des répétitions pour de nombreux interprètes. Le ténor de Fort, par exemple, n'avait pas été parfait dans son grand solo : il aurait dû tenir la note finale toute une mesure. Dans la section des vents, Sheledon roulait des yeux furibonds ; il aurait bien chanté la partie lui-même, mais il n'avait pas la voix requise. Il faut dire que les seuls solos auxquels Sheledon ne trouvait rien à redire étaient ceux de Sydra, son épouse, et effectivement ses interprétations étaient toujours parfaites. Les accompagnements à la flûte de Bethany avaient été remarquables, soutenant la voix de Sydra à la perfection.

Paulin s'était souvent levé pour applaudir, et, au finale, avait discrètement essuyé une larme. Même le vieux S'nan avait l'air satisfait, béat même, et dans l'ensemble, Clisser était content de l'accueil fait à ces œuvres. Il espérait que les deux concerts avaient plu partout ailleurs. Les interprètes, qui avaient bien d'autres choses à faire, avaient consacré beaucoup de temps aux répétitions.

Les Ballades d'Enseignement avaient été tout aussi bien reçues – les gens continuaient à en fredonner les airs toute la journée. Ce qui était exactement le but des compositeurs. Heureusement, les honneurs furent également partagés entre Jemmy et Sheledon pour leurs mélodies faciles à retenir. Il se surprit lui-même à fredonner le refrain de la Ballade du Devoir. Celle-ci serait particulièrement utile. Il n'aurait plus à faire faire de laborieuses copies de la Charte, quand les jeunes la connaîtraient par cœur. Cela faisait parfaitement son affaire. Des copies des nouvelles ballades étaient faites par les professeurs eux-mêmes, qui demanderaient à leurs élèves d'en faire d'autres, ce qui épargnerait beaucoup de travail à l'Université.

Vraiment, il faudrait mettre une presse à imprimer tout en haut de la liste des priorités de Kalvi. Ils étaient parvenus à fabriquer de petits moteurs pour les panneaux solaires, alors pourquoi pas une presse à imprimer ? Mais il faudrait du papier, et les forêts allaient être vulnérables pendant les cinquante prochaines années, quelle que soit la vigilance des Weyrs à les protéger.

Un paquet de Fils pouvait détruire une forêt dans le temps qu'il fallait pour amener une équipe au sol à pied d'œuvre.

Il soupira. Si seulement les machines fabriquant le plastique organique fonctionnaient encore... mais l'unique qui restait dans les entrepôts de Fort avait rouillé à la suite de l'inondation qui en avait détruit tant d'autres.

– « Ne jamais demander ce qui est juste dans la vie », cita-t-il. Voilà une sentence que je devrais faire imprimer pour rappeler à tous qu'on a ce qu'on a, et qu'il faut faire avec.

Malgré tout, il ne pouvait s'empêcher d'être un peu déprimé. Il avait vécu des moments exaltants ces derniers jours, et c'était dur de revenir à la routine quotidienne. Tous les professeurs n'étaient pas encore rentrés, mais ils devraient être tous là d'ici le soir. Et alors, il saurait comment les concerts s'étaient passés ailleurs. Il lui faudrait encore attendre pour savoir ce que donnaient les nouveaux programmes. D'ici le printemps, il saurait quelles modifications il faudrait y apporter. Il pouvait compter sur Sallisha pour ça. Et au printemps, les Fils tomberaient, et la vie heureuse et tranquille qu'ils avaient menée jusqu'alors ne serait plus qu'un souvenir.

Ah, voilà ce qu'il avait à faire et qu'il avait ajourné trop longtemps, rédiger la liste des participants aux équipes au sol, pris parmi les professeurs et les étudiants de plus de quinze ans. Il l'avait promis au Seigneur Paulin, mais avec toutes ses activités, il n'avait jamais eu le temps de s'y mettre. Il prit une feuille de papier dans le tiroir de son bureau, puis s'arrêta, la remit à sa place, et en prit une autre sur la pile de celles écrites au recto. Le verso lui suffirait. Il ne fallait pas gaspiller le papier, ou ils en manqueraient bientôt.

Dame Jane de Benden conduisit elle-même Iantine à son appartement, posant toutes les questions aimables que pose généralement une bonne hôtesse : où avait-il passé la Fin de la Révolution ? S'était-il amusé ? Avait-il eu l'occasion d'entendre les magnifiques compositions de l'Université ? De quel instrument jouait-il ? Avait-il des nouvelles de ses parents ? Il répondit de son mieux, étonné de la différence entre son accueil et celui qu'il avait reçu à Bitra. Dame Jane avait quelque chose de l'oiseau des îles, avec des mouvements évoquant les battements d'ailes, pas du tout le genre qu'il aurait attendu chez l'épouse d'un homme comme Bridgely. Mais elle devait être extrêmement efficace sous cette futilité apparente, se dit-il, comparant la grâce, l'ordre et la beauté des pièces de réceptions à celles de Bitra.

Et ici, pas question non plus de vivre aux niveaux inférieurs. Dame Jane le fit monter à l'étage de la famille, exhortant les deux servantes qui portaient son matériel à regarder où elles mettaient les pieds et à ne pas endommager ses affaires.

Elle ouvrit la porte dont elle lui donna la clé, et il la suivit, ébaubi, dans un grand salon, au moins dix fois plus grand que sa cellule de Bitra, donnant sur l'extérieur du Fort, de sorte qu'il avait une grande fenêtre ouvrant au nord-est. Pièce agréable, aux murs badigeonnés de blanc cassé vert, aux meubles de bois bien cirés tapissés de tissu beige et vert aux motifs géométriques.

– Je sais que les Artistes préfèrent la lumière du nord, mais c'est le mieux que nous ayons pu faire... dit la Dame de Benden, les mains papillonnantes.

C'étaient de jolies petites mains gracieuses, uniquement ornées d'un large anneau nuptial à l'annulaire. Nouvelle différence avec l'abondance ostentatoire de bijoux criards à Bitra.

– C'est beaucoup plus que je n'en attendais, Dame Jane, dit-il avec sincérité.

– Et beaucoup plus que tu n'avais à Bitra, j'en suis sûre, dit-elle avec un reniflement dédaigneux. Du moins à ce qu'il paraît. Tu peux être certain que le Fort de Benden ne logerait jamais un Artiste de ton rang et de ton talent au niveau des servantes. Les Seigneurs de Bitra s'enorgueillissent peut-être de leur Lignée, dit-elle avec un léger mépris, mais ils n'ont jamais eu beaucoup de savoir-vivre !

Elle remarqua que Iantine testait la solidité du chevalet.

– Il vient de nos réserves. Il appartenait à Lesnour. Tu connais son œuvre ?

– Lesnour ? Mais naturellement ! dit Iantine, lâchant le bois poli.

Lesnour, qui avait vécu jusque cent ans passés, avait conçu et exécuté les fresques du Fort de Benden, et était célèbre pour son utilisation de la couleur. Il avait aussi rédigé un glossaire des pigments disponibles à partir des matériaux indigènes, volume que Iantine avait étudié et qui lui avait bien servi à Bitra.

Dame Jane poussa la porte de bois ouvrant sur la chambre à coucher. Pas immense, mais de bonne taille, avec un grand lit dont les quatre colonnes sculptées représentaient des fleurs et des plantes inconnues, sans doute reprises à la botanique de la Terre. Dans le fond, elle lui montra la troisième pièce de l'appartement : une toilette et un salle de bains particulières. Et la suite était bien chauffée. Benden avait été construit avec tout le confort dont s'enorgueillissait le Fort de Fort.

– C'est beaucoup plus qu'il ne m'en faut, Dame Jane, dit Iantine, presque embarrassé, posant son sac dans le salon.

– Sottise. À Benden, nous savons ce qui est dû à un homme de ton talent. L'espace, dit-elle, englobant la pièce dans un geste gracieux, est nécessaire à l'esprit pour réfléchir et se détendre.

Elle exécuta une nouvelle arabesque compliquée de la main et lui sourit. Il lui sourit en retour, s'efforçant de prendre l'air plus reconnaissant qu'amusé devant ses manières inusitées.

– Le dîner sera servi dans le Grand Hall à huit heures, et tu t'assiéras à la table d'honneur, dit-elle avec fermeté pour prévenir ses protestations. Veux-tu que je mette quelqu'un à ta disposition pour t'aider dans ton travail ?

– Non, merci du fond du cœur, Dame Jane, mais j'ai l'habitude de travailler seul.

Peut-être aurait-il pu emprunter Léopol pour quelques semaines ? Il avait certainement assez de place pour prendre l'enfant avec lui.

Elle le quitta, après qu'il se fut de nouveau confondu en remerciements pour son accueil.

Il se familiarisa avec son appartement, se lava le visage et les mains, apprenant que l'eau sortait bouillante du robinet. La baignoire avait été taillée dans la roche, assez profonde pour qu'il s'y immerge totalement, et assez longue pour qu'il s'étende dans l'eau de tout son long. Même le Weyr n'avait pas des installations aussi élégantes.

Il suspendit ses vêtements, pour que sa belle chemise verte ait le temps de se défroisser, et commença à installer son matériel. Puis il s'assit dans un fauteuil rembourré, posa les pieds sur un tabouret, et se renversa en arrière en soupirant. Il s'habituerait facilement à ce genre de vie ! À part qu'il lui manquait le plus important – Debera.

Il se demanda brièvement si Dame Jane papillonnerait en posant pour lui. Et quelle pose il lui ferait prendre. Il faudrait qu'il s'arrange pour mettre ses papillonnements dans son portrait, mais aussi son charme et sa grâce. Il se demanda de quel instrument elle jouait avec ces petites mains. Si seulement Debera n'avait pas été si loin !

Iantine aurait sans doute été préoccupé s'il avait su qu'au même instant Debera était l'objet des inquiétudes de K'vin et Zulaya.

– Non, disait Zulaya, secouant la tête. Elle a trop de bon sens pour mettre Morath en danger. Et je crois que Iantine ne risquerait pas sa situation au Weyr par une telle imprudence. D'après ce que dit Léopol, j'ai cru comprendre qu'il voudrait bien revenir à Telgar. Tisha n'avait aucune inquiétude à propos de *ce* couple. Ils ont peut-être dansé jusqu'à ce que les musiciens s'arrêtent, mais ils étaient visibles tout le temps. Et puis, Debera a grandi dans un fortin. C'est plutôt Jule qui m'inquiète, surtout qu'elle a été la compagne de Weyr de T'red.

– Ils le sont toujours ? demanda sèchement K'vin.

– Bien sûr que non, dit Zulaya en souriant pour dissiper son anxiété. T'red attend son heure. Il sait que c'est ce qu'il a de mieux à faire.

K'vin soupira et raya la question de celles qu'il avait à discuter avec Zulaya.

– Voyons – une Éclosion du dixième mois, de sorte qu'au quatrième mois de la nouvelle année, les verts ne voleront pas encore.

– Peut-être que Morath en sera capable. Si elle continue à grandir à ce rythme, ses ailes seront assez fortes pour un vol d'essai vers la fin du printemps. Mais nous ne sommes pas obligés d'inclure la dernière Éclosion dans nos calculs, K'vin, dit-elle, se penchant vers les listes qu'il compilait. Ils ont encore à apprendre la reconnaissance des sites, et à faire des vols longue distance pour développer les muscles des ailes. Si nous ne sommes pas obligés d'accélérer leur formation, ne les pressons pas. Nous aurons cinquante ans pour nous servir d'eux.

– Tu crois ?

K'vin jeta son crayon sur la table et se renversa dans son fauteuil en soupirant.

Zulaya lui tapota le bras d'un air rassurant.

– Ne t'inquiète pas comme ça, Kev, dit-elle. Ça ne changera rien. À mon avis, ceux qui nous poseront des problèmes, ce ne sont pas les jeunes, mais les vieux. Ces vieux chevaliers-dragons qui vont insister pour être inclus dans des escadrilles de combat.

K'vin ferma les yeux, secouant la tête comme pour évacuer ce problème.

– Je sais, je sais, dit-il, trop conscient de ne pas pouvoir éluder une décision sur ce point. Ils seront plus dangereux que les jeunes à vouloir prouver qu'ils n'ont rien perdu avec l'âge.

– Les dragons n'auront rien perdu, eux, dit-elle, puis elle soupira à son tour. Mais nous ne pouvons pas les materner : ce ne serait pas juste. Et les réflexes des dragons sont aussi rapides que jamais. Ils protégeront leurs maîtres...

– Mais qui protégera le reste de l'escadrille de la lenteur de leurs réflexes ? Tu sais que T'lel et Z'ran ont frôlé le désastre hier matin ?

– Ils faisaient de l'épate, dit Zulaya. Meranath a chapitré les deux bruns comme des dragonets.

– Nous n'aurons pas de temps pour ça pendant les Chutes... dit K'vin, massant son cou douloureux. J'ai ordonné une revue des harnais de sécurité pour tout le Weyr.

– Kev, dit-elle avec douceur, tu en as fait une la semaine dernière. Tu ne te rappelles pas ?

– On n'en fera jamais trop, dit-il sèchement.

Puis il lui adressa un regard d'excuse.

– C'est l'attente qui te mine, dit-elle avec un sourire compréhensif. Comme nous tous.

K'vin émit un grognement.

– Faut-il prier pour que les Fils tombent en avance ?

– Je ne le souhaite pas, mais nous pourrions légitimement aller faire une excursion dans le sud...

– *Pas* une nouvelle expédition Siaav, objecta-t-il avec force.

– Non, non ! dit-elle, riant de sa véhémence. Mais nous pourrions voir où en sont les larves de Tubberman et jusqu'où elles ont pénétré. Nous devrons le faire bientôt de toute façon, puisque nous sommes censés vérifier leur avance. Un petit voyage loin du froid nous remonterait le moral. Après l'excitation de la Fin de la Révolution, le Premier Mois est toujours décevant. Qui sait ? Nous pourrons peut-être même trouver de ces pièces détachées que Kalvi continue à pleurer.

– Des pièces détachées ?

– Oui, perdues pendant la Deuxième Traversée.

– Alors ça, c'est vraiment une cause désespérée.

– Désespérée ou non, cela nous donnera le prétexte à un exercice d'entraînement loin du froid et de tout ça, dit-elle, montrant les listes et les rapports en désordre sur la table.

– Où irions-nous ?

K'vin se redressa dans son fauteuil, réfléchissant aux possibilités.

– Eh bien, nous pourrions examiner le site originel à Calusa...

Elle alla chercher la carte correspondante dans un placard et l'apporta à la table que K'vin dégagea à la hâte.

– Puis on pourrait longer la côte de Kahrain où l'Armada a fait un long arrêt pour réparations.

– On est passés par là si souvent...

– Sans retrouver grand-chose, c'est vrai. L'important n'est pas ce que nous trouverons, mais le voyage lui-même, dit Zulaya avec un sourire cocasse.

– Le Weyr entier ?

– Les escadrilles combattantes, en tout cas. En laissant ici celles qui sont en cours d'entraînement, et en leur donnant des responsabilités... et nous verrons si ça leur plaît.

– Il faudra confier le commandement à J'dar, dit K'vin regardant si elle était d'accord.

Elle haussa les épaules.

– J'dar ou O'ney.

– Non, J'dar.

Assez curieusement, elle eut un sourire approbateur. Il ne s'y attendait pas, vu qu'elle avait spécifiquement nommé O'ney, l'un des plus vieux chevaliers bronze. Il s'efforçait de déférer à son jugement le plus souvent possible, mais il avait remarqué qu'O'ney était inutilement attentionné.

– Maintenant, voilà jusqu'où les larves avaient migré lors de la dernière vérification, dit-elle, passant le doigt le long de la Rivière Rubicon.

– Et comment vont faire les larves pour traverser ça ? demanda K'vin, tapotant les contours des hautes falaises bordant le Rubicon avant de descendre en pente douce vers la Mer d'Azov.

– Les agronomes disent qu'elles les contourneront, ou qu'elles traverseront l'eau sous forme de larves dans l'appareil digestif des wherries ou de ce gibier sportif que nos ancêtres ont libéré en partant. Ils se sont reproduits, tu sais.

Zulaya le taquinait maintenant, sachant que Charanth avait dû le sauver des griffes d'un gros félin à rayures noire et orange. Charanth s'était senti hautement insulté, parce que cette créature l'avait attaqué, lui, un dragon bronze ! L'incident avait été dégrisant pour le dragon et son maître.

– Oh ! Comme si je ne le savais pas. Et on ne m'y reprendra pas à deux fois !

– Il avait une très belle fourrure, dit-elle, les yeux pétillant de malice.

– Attrape-la toute seule, Zu. Voyons donc... Faut-il demander si d'autres Weyrs auraient envie de venir ? En fait un exercice collectif ?

– Pourquoi ? contra-t-elle en haussant les épaules. L'idée, c'est de nous distraire un peu de la préparation des Chutes. Meranath, poursuivit-elle, se tournant vers sa reine nonchalamment allongée sur sa couche, tête tournée vers elle et yeux ouverts, veux-tu avoir la gentillesse de prévenir tout le monde que le Weyr part en exercice. Demain à l'aube ? ajouta-t-elle, consultant K'vin du regard. Cela devrait en étonner plus d'un.

– Sans aucun doute.

Puis, après en avoir demandé du regard l'autorisation à Zulaya, il ajouta une requête à la sienne.

– Et demande à J'dar et à T'dam de nous rejoindre ici, s'il te plaît.

Le soleil sera bien plus chaud dans le sud, et nous serons tous contents, K'vin, dit Meranath.

– Content que tu approuves, dit K'vin s'inclinant devant la reine dorée.

Il était content également qu'elle commence à se servir plus souvent de son nom. Cela signifiait-il que Zulaya pensait plus souvent à lui ? Il refoulait cette question au plus profond de son esprit, où même Charanth ne pouvait pas l'entendre. Approuvait-elle vraiment la façon dont il dirigeait le Weyr ? Zulaya ne lui en donnait jamais aucun indice, tout en étant très courtoise avec lui en public, ce qu'il appréciait beaucoup. Mais il ne semblait pas plus proche qu'au début de vivre avec elle sur un pied de véritable intimité, et c'est ce qu'il désirait par-dessus tout. Comprendrait-il jamais comment y parvenir ? Était-ce la raison pour laquelle elle avait proposé cette excursion ?

– À quand remonte la dernière vérification des larves ?

Elle haussa les épaules.

– Ce n'est pas la question. Nous avons besoin d'une diversion, et c'est un bon prétexte. De plus, les Agronomes en ont besoin pour leurs archives. Et nous devrons sans doute y aller pendant le Passage, pour voir si les larves font bien ce qu'elles sont censées faire.

– Tu veux nous priver de notre raison d'être ?

Zulaya secoua la tête.

– Tant que les Fils tomberont sur Pern, nous serons indispensables. Psychologiquement, il est impératif que nous en empêchions le plus possible d'atteindre le sol de la planète. Les larves ne sont qu'un moyen accessoire, pas la solution absolue.

Les Deux Chefs du Weyr avaient oublié de demander à leurs dragons de ne pas mentionner leur destination, qui était connue de tout le Weyr à l'heure du dîner. Les gens du Weyr les assiégèrent de requêtes pour venir avec eux, Tisha réclamant qu'on l'emmène à cor et à cri.

– Certains bronze devront transporter deux passagers, dit K'vin, effectuant de rapides calculs.

– Les apprentis doivent rester ici, dit Zulaya, jetant un froid dans l'euphorie générale. T'dam les emmènera là-bas quand ils pourront voler, mais ils resteront au Weyr cette fois.

– Ce sera donc après le commencement du Passage, dit K'vin d'un air dubitatif.

– Bien sûr. Nous connaissons les dates des Chutes dans le nord et dans le sud, alors une journée de vacances pour les auxiliaires ne nuira à personne. Il faudra la prévoir pour un jour où il pleuvra ici, dit Zulaya, et où ils apprécieront d'autant plus le soleil du sud.

La question fut donc réglée.

Tout le Weyr se rassembla, chargeant passagers et matériel pour une excursion prévue pour trois jours. K'vin avait décidé que c'était le temps minimum pour faire une estimation sérieuse de la pénétration des larves. Il emportait avec lui des cartes et de quoi écrire afin de prendre des notes précises.

Le départ eut ses moments comiques : hisser Tisha sur le brun Branuth fut une dure épreuve, à laquelle participèrent non seulement le maître de Branuth, T'tel (riant si fort qu'il en avait le hoquet) mais quatre autres chevaliers-dragons parmi les plus grands et vigoureux.

Branuth, l'air extrêmement perplexe, tourna si bien la tête pour regarder qu'il en attrapa une crampe dans le cou. T'lel et Z'ran durent le masser.

– Arrête ça, et monte, T'lel, criait Tisha, coincée entre deux crêtes de cou, ses grosses jambes presque écartées à l'horizontale. Je vais être fendue en deux. Et tu ne l'emporteras pas en paradis. Je n'aurais jamais dû demander à venir. J'aurais dû savoir que je ne dois pas quitter ma caverne quoi qu'il arrive. C'est très inconfortable. Et arrête de pouffer, T'lel. Arrête immédiatement. Je ne m'amuse pas là où je suis. Monte, et allons-y !

Hisser Tisha sur Branuth avait pris tant de temps que tout le monde était prêt à partir quand T'lel s'installa devant Tisha.

– Non seulement je suis fendue en deux, mais je suis coupée par ces crêtes. Tu les as aiguisées exprès, T'lel ? Pas étonnant que les chevaliers-dragons soient si maigres. C'est une nécessité. Les dragons n'ont donc pas de crêtes pour les gros ? J'aurais dû partir avec K'vin. Charanth est bien plus grand... Pourquoi ne m'as-tu pas prise sur ton bronze, K'vin ? lui cria Tisha.

K'vin s'efforçait de préserver sa dignité de Chef de Weyr en réprimant son envie de rire, mais il n'osait pas regarder dans sa direction. À la place, il fit pivoter son torse pour embrasser toute la scène, satisfait de voir tous les yeux fixés sur lui – ceux des dragons, de leurs maîtres et de leurs passagers. Il leva les yeux vers les crêtes où d'autres dragons attendaient le départ, à distance respectueuse des Rocs de l'Œil et du Doigt récemment installés. Puis il leva le bras.

Charrie, une fois en l'air, ils doivent se mettre en formation.

Ils savent, dit Charanth avec irritation, car c'était un exercice fréquent.

K'vin lui caressa affectueusement le cou d'une main, donnant de l'autre le signal de l'envol.

Tous les dragons décollèrent, soulevant la poussière du Bassin de leurs battements d'aile, puis ceux des crêtes décollèrent à leur tour, rejoignant en l'air leurs escadrilles respectives. Zulaya et les autres reines se positionnèrent au-dessus des autres.

Et en formation en un clin d'œil. Allons-y, Charrie.

Charanth prit son vol d'un bond puissant. Un coup d'aile l'amena à l'altitude des escadrilles, un autre devant les reines. Les têtes se levèrent, et Charanth vira docilement vers l'est, pour que tous puissent voir le Chef du Weyr.

Informe les escadrilles que nous allons à la Mer d'Azov.

C'est fait !

K'vin leva le bras, faisant le signal *dans l'Interstice !* Et tout le Weyr disparut en même temps.

Doucement ! dit-il à Charanth, satisfait de ce départ discipliné. *À nous !*

Il compta trois secondes, puis l'air de la Mer d'Azov le frappa au visage comme une serviette chaude. Charanth en gronda de plaisir.

K'vin fut beaucoup plus intéressé de constater que les dragons, escadrille après escadrille, étaient encore en formation à l'arrivée. *S'il te plaît, demande aux chefs d'escadrilles d'emmener leurs hommes à la destination prévue.*

Une par une, les escadrilles disparurent, sauf celle de T'lel qui devait faire son enquête sur place. Les reines planèrent vers le rivage, car elles transportaient une grande partie du matériel dont Tisha aurait besoin pour installer les foyers afin de préparer le dîner.

Attendons qu'elles aient atterri, dit K'vin, bien qu'une part de lui-même eût envie de voir comment Tisha parvenait à descendre de Branuth. Il fut donc surpris, et d'abord inquiet, quand il vit un dragon brun se détacher de son escadrille et se poser sur l'eau à courte distance de la plage. Charanth avait baissé la tête pour observer la scène.

Branuth dit que c'est elle qui l'a ordonné. L'eau la soulèvera de son dos. Charanth semblait amusé, et K'vin gloussa.

C'était beaucoup plus digne.

Branuth dit que c'était aussi plus facile pour lui, mais il ne pense pas pouvoir refaire la même chose à Telgar.

Pas avec l'eau glacée que nous avons en cette saison.

On peut atterrir maintenant ? Branuth dit que le soleil est chaud.

Je croyais que tu voulais chasser.

Plus tard. MAINTENANT j'ai envie d'avoir chaud partout.

La préférence de Charanth fut pratiquement unanime, les dragons se dispersant sur le rivage, couvert de galets ou d'arbustes, qui, écrasés par les grands corps des dragons émettaient des odeurs piquantes, pas du tout désagréables.

Tisha envoya une partie de ses assistantes chercher du bois et des pierres pour les feux de camp, et voir s'il y avait des fruits mûrs, et un autre groupe pêcher à un endroit où des rocs éboulés faisaient comme un petit barrage dans la mer.

– Je vais nager au large, cria-t-elle, quand Charanth et K'vin se posèrent.

Elle ôtait déjà sa veste.

– Meranath a envie de se baigner aussi.

Elle mit pied à terre le temps de se débarrasser de ses autres vêtements, qu'elle plia et posa sur un rocher avant de se diriger vers la mer.

– Et les larves ?

– Elles attendront, cria-t-elle par-dessus son épaule, marchant jusqu'à ce que l'eau soit assez profonde pour nager.

On n'est pas obligés de chercher les larves maintenant, non ? demanda plaintivement Charanth, tournant vers son maître des yeux jaunes d'anxiété.

– Non, dit K'vin. Les larves étaient un prétexte pour quitter le Weyr pendant quelques jours.

Il se déshabilla aussi, et, suivi de son dragon, rejoignit les autres dans les eaux chaudes de la Mer d'Azov.

K'vin aurait peut-être été mécontent de savoir que la plupart des chevaliers-dragons remettaient à plus tard la réalisation de l'objectif officiel du voyage : en fait, les larves étaient le dernier de leurs soucis. Passaient avant les bains de soleil et de mer, la chasse pour les dragons et la cueillette pour les humains. Et le temps et l'espace d'une intimité absolue.

P'tero et M'leng demandèrent à V'last, leur chef d'escadrille, la permission d'emmener leurs dragons chasser.

– N'oubliez pas ce que K'vin vous a dit du gibier sportif qu'il y a par ici, leur dit V'last, gratifiant du même avertissement tous ceux qui voulaient faire chasser leurs dragons.

P'tero et M'leng hochèrent docilement la tête, mais dès qu'ils eurent quitté la clairière où leur escadrille avait atterri, ils éclatèrent de rire à l'idée qu'une créature quelconque pût être dangereuse pour *leurs* dragons.

– Il fait vraiment chaud ici, dit M'leng, jetant un coup d'œil en arrière vers la rivière.

– Il fera encore plus chaud quand les dragons auront chassé, dit P'tero. Mais après ça, on n'aura plus rien à faire jusqu'au dîner.

– Alors revenons juste avant, dit M'leng, riant à gorge déployée. Ou on va nous envoyer chasser ou pêcher pour le repas.

– Il y a assez de gens du Weyr avec nous pour ça. Et ça les amusera en plus, dit P'tero, légèrement condescendant. Partons.

Il courut à Ormonth et sauta légèrement sur son dos bleu. M'leng monta en même temps sur le vert Sith.

– Quelles bêtes allons-nous chasser ? demanda M'leng.

– Celles qu'on verra les premières, répondit P'tero donnant le signal de l'envol.

M'leng préférait se laisser guider.

Ils n'eurent pas à aller loin pour voir un troupeau d'herbivores, plus petits que ceux des fortins. Mais ils virent aussi d'autres dragons dans le ciel, planant au-dessus de leurs proies, alors P'tero fit signe à M'leng de continuer vers le sud-ouest. Peu après, ils ressentirent le besoin d'ôter leurs vestes, puis leurs grosses chemises d'hiver. P'tero admirait le corps compact de M'leng. Le chevalier vert avait une petite ossature, qui avait toujours ravi P'tero, mais il était étonnamment agile et vigoureux. Il était aussi blanc comme un linge jusqu'au cou. P'tero pouffa. Il était si drôle, comme s'il avait deux peaux différentes.

Puis le chevalier bleu fut fasciné par la végétation qui l'entourait, subtilement différente des Forts tropicaux du Nord. Nerat avait des forêts vierges et de vastes étendues de jungles presque impénétrables, tandis qu'Ista était tout en hautes montagnes et profondes vallées, couvertes d'une végétation très dense. Mais ici, de grandes prairies rappelant un peu celles de Keroon s'étendaient dans toutes les directions, parsemées de rocs jaunes, de quelques bouquets d'arbres anguleux aux feuilles regroupées au faîte, et de gros arbres aux immenses branches qui formaient comme des îles. Le vol des dragons fit envoler des bandes de wherries et d'autres aviens en une fuite éperdue.

Je peux les manger ? demanda Ormonth, accélérant au cas où il serait autorisé à les chasser.

Quoi ? Cette viande dure ? dit dédaigneusement P'tero.

Puis, les mains en porte-voix, il cria à M'leng :

– Ormonth a assez faim pour manger des wherries !

– Sith aussi. On ferait bien de les nourrir, hurla M'leng en réponse. Tiens, là !

Et il montra un amas rocheux, ombragé d'un des gros arbres.

P'tero trouva que cette formation rocheuse ressemblait à la proue d'un bateau, Avec l'arbre formant un mât décalé.

M'leng approuva vigoureusement de la tête en levant le bras, et fit décrire à Sith une large courbe pour atterrir sur la proue. Une bonne brise soufflait du sud, séchant la transpiration sur leurs torses nus.

Dès qu'ils eurent atterri, les deux jeunes gens se débarrassèrent de leurs pantalons de vol et de leurs bottes. Mais ils durent remettre leurs chaussettes, car la pierre était trop brûlante sous leurs pieds.

M'leng, qui avait une bonne vue, mit sa main en visière sur ses yeux et regarda vers l'ouest, où une longue ligne sombre semblait bouger.

– Parfait, un troupeau d'herbivores.

Il tourna la tête de Sith dans leur direction.

– Tu vois. Ceux-là, tu peux les manger. C'est bien meilleur que du wherry. Allez, vas-y ! ajouta-t-il, le congédiant d'une tape sur la croupe.

– Ormonth, va avec Sith, dit P'tero, tournant la tête du bleu vers la droite. Chasse avec lui et vous n'aurez pas de problème. On vous surveille d'ici.

Ormonth déplaça sa masse d'un pied sur l'autre, roulant des yeux jaunes d'anxiété.

– Qu'est-ce que tu as ? demanda P'tero, souhaitant voir s'éloigner les dragons pour avoir un peu d'intimité avec M'leng.

S'ils étaient assez occupés à chasser et manger, ils ne feraient pas attention à ce que faisaient leurs maîtres.

Je sens quelque chose !

– M'leng, est-ce que Sith sent quelque chose ?

P'tero était contrarié, mais on n'ignore jamais son dragon.

– Les odeurs sont différentes ici, c'est tout.

M'leng haussa les épaules, son air impatient montrant qu'il avait autant envie que P'tero de voir s'éloigner les dragons.

– J'ouvrirai l'œil, assura-t-il à Ormonth, le congédiant d'une tape péremptoire.

Les deux dragons décollèrent en même temps, et P'tero regarda avec fierté le vol élégant du bleu qui prit de la hauteur avant de redescendre en planant vers sa proie.

M'leng se blottit sous le bras de P'tero.

– Oh, tu as la peau brûlante. Il faut faire attention de ne pas prendre de coups de soleil par cette chaleur.

– On ne risque rien si on bouge.

– Et on va bouger, non ?

Ils jouirent tant de leur compagnie respective qu'ils ne remarquèrent pas que le vent tournait à l'ouest. Il rafraîchissait encore leurs corps nus, séchant leur sueur. Ils n'eurent pas conscience de grand-chose quand deux événements survinrent en même temps : le cri furieux d'Ormonth résonna dans le crâne de P'tero, et il fut violemment précipité contre M'leng, au point de se cogner le menton sur le roc, tandis que des trucs pointus s'enfonçaient dans ses fesses.

ORMONTH ! hurla-t-il, vocalement et mentalement.

M'leng était évanoui sous lui, et il se débattait contre ce qui l'avait attaqué.

Au secours ! hurla-t-il, tentant de se retourner pour voir ce qui voulait le dévorer.

Une forme sombre, et l'air au-dessus de lui sembla se comprimer ; un rugissement terrifiant propulsa dans son dos nu une odeur de charogne et d'haleine fétide. Les griffes furent arrachées à sa chair, ce qui le refit hurler. Quelque chose de lourd et fourré fut arraché à ses jambes torturées. Il aperçut un éclair de cuir vert, puis bleu. Puis quelque chose de grand et fauve qui semblait sortir de nulle part. Une queue bleue s'enroula autour de lui, protectrice. Au-dessus de sa tête, il entendit rugir Ormonth, rugissement qui vira au glapissement de douleur et de colère, mais surtout de colère. Il fut mentalement assailli par des images violentes et des désirs de vengeance, en temps normal totalement étrangères à l'esprit d'un dragon.

Tandis que des ondes de souffrance presque intolérables déferlaient sur lui, il réalisa qu'Ormonth et Sith réduisaient en pièces ce qui l'avait attaqué, l'aspergeant de sang et de bouts de chairs chaudes. Puis il s'aperçut qu'il était couché sur M'leng qui fut brusquement tiré de dessous lui. Sous ses yeux horrifiés, une grosse patte fauve, aux griffes jaunes dégainées, s'enfonça dans l'épaule de son camarade qui se couvrit de sang. Malgré ses blessures aux jambes et au dos, il se jeta sur la patte et s'efforça de lui faire lâcher le corps de son amant.

Nouveaux bruits, nouveaux rugissements de dragons, et soudain, l'espace se libéra au-dessus de lui, lui permettant de respirer et de voir d'autres dragons. Deux d'entre eux attaquaient les créatures fauves qui escaladaient l'amas rocheux. Les dragons les attrapaient par la croupe et les balançaient en l'air, tandis que ces créatures se débattaient et rugissaient, se retournant pour attaquer les dragons. L'une s'était enroulée autour de la patte antérieure d'un dragon, et lançait ses griffes vers sa tête.

– M'leng, M'leng, réponds-moi ! criait P'tero, tournant vers lui le visage de son amant et le giflant.

Des pieds bottés s'arrêtèrent près de la tête de M'leng.

– Au secours ! Au secours ! supplia-t-il, entourant les bottes de ses bras. Aide-moi ! Je meurs !

La douleur dans ses jambes était épouvantable.

– Qui a le fellis ? Où est le baume antalgique ?

Tandis qu'il glissait dans l'inconscience, P'tero se demanda comment Zulaya était arrivée ici et s'il allait mourir.

Chapitre XVI

CATHAY, WEYR DE TELGAR, FORTS DE BITRA ET TELGAR

P'tero ne mourut pas, même s'il aurait parfois préféré être mort. La honte d'avoir été attaqué, d'avoir mis la vie de M'leng en danger, d'être responsable des blessures de neuf dragons – K'vin avait bien recommandé la prudence – était presque plus qu'il n'en pouvait supporter. M'leng pouvait bien dire que P'tero lui avait sauvé la vie – même s'il avait fallu lui recoudre l'épaule – P'tero savait que c'était un hasard dans la séquence des événements. Sith et Ormonth avaient souffert des crocs et des griffes des félins, car les créatures ne s'étaient pas laissé dompter facilement. Meranath guérissait d'une morsure au bras gauche et d'une estafilade à la joue. P'tero n'avait pas encore le courage de regarder Zulaya dans les yeux. Le Collith de V'last avait un bras antérieur ouvert jusqu'à l'os par les puissantes pattes postérieures de la femelle qui l'attaquait. La bataille lions-dragons avait été féroce, car les lions n'avaient pas peur des dragons, toute la bande des quatorze félins s'étant jointe à la bataille.

Meranath avait réagi instantanément au hurlement d'Ormonth, si vite qu'elle avait laissé Zulaya en arrière, à son grand étonnement : les dragons n'agissaient jamais ainsi. Mais plus tard, elle en avait ri, dit Léopol à P'tero. Comme elle était en train de nager, elle n'aurait pas apprécié de partir dégoulinante sur sa reine. Elle avait suivi assez vite, avec V'last, K'vin, et quelques autres qui avaient entendu l'appel au secours.

– Elle était un peu fâchée aussi, dit Léopol en souriant, ravi de ce détail, que les dragons aient mis en pièces les belles fourrures des lions... enfin, ce qu'ils n'ont pas mangé.

– Les dragons ont mangé les lions? dit P'tero, bouche bée.

– Bien sûr. Pourquoi pas? répondit Léopol, haussant les épaules. Toute la bande a attaqué les dragons. Mais ils ont laissé partir les lionceaux, même si certains trouvaient qu'on aurait dû s'en débarrasser aussi. Collith a dit à V'last que leur viande était savoureuse, mais un peu dure. Tu gaspilles rien, tu manques de rien. Mais Zulaya aurait quand même bien voulu une fourrure de lion pour son lit.

P'tero frissonna. Il espérait bien ne jamais revoir un lion de sa vie.

– Tu aurais dû te voir quand on t'a ramené, P'tero, ajouta Léopol, montrant les quartiers temporaires érigés pour les blessés. Charanth lui-même t'a rapporté dans ses bras.

– Vraiment?

Le profond désespoir de P'tero s'approfondit encore.

– Et Queth, le bronze d'O'ney, a ramené M'leng. Ton escadrille a aidé Ormonth et Sith à rentrer. En fait, ils sont revenus sur le dos de Gorianth et Spelth. Ils étaient drôlement secoués, tu sais.

P'tero avait eu des échos de ce retour par Ormonth, qui, béni soit-il, n'avait pas une seule fois critiqué son maître – autre cause de détresse pour P'tero. Le bleu était immensément reconnaissant de leur assistance à ses camarades de Weyr, car il ne pouvait pas quitter son maître du regard. Les autres dragons avaient eu un mal fou – mais Léopol passa ce détail sous silence – à persuader Sith et Ormonth que leurs maîtres ne mourraient pas.

Le Weyr avait monté un camp de fortune pour soigner les blessés, car certains, comme P'tero et Collith, ne pouvaient pas risquer le transfert dans l'*Interstice* avant que leurs blessures ne soient cicatrisées. K'vin avait envoyé chercher Corey à Fort pour suturer les plus graves. Maranis était plus que compétent pour soigner les blessures des dragons, mais il préférait faire confirmer son traitement des deux chevaliers-dragons blessés. On avait envoyé des messagers à Telgar, pour rassurer ceux auxquels les dragons avaient annoncé l'accident, et rapporter le matériel nécessaire à un séjour prolongé.

Dans leur innocence, les deux jeunes chevaliers-dragons avaient jeté leur dévolu sur un site placé juste au-dessus d'une caverne occupée par une bande de lions. P'tero n'avait même jamais entendu parler de « lions ». A l'évidence, c'est Tubberman qu'il devait remercier de leur existence, car ils s'étaient évadés de Calusa et s'étaient reproduits rapidement à l'état sauvage. C'étaient, lui dit Léopol avec délectation, les bêtes du « gibier sportif » sur lesquelles Tubberman faisait des expériences.

Piètre consolation pour P'tero, couché sur le ventre pour laisser cicatriser les morsures et les griffures des félins.

Il se minait d'inquiétude à l'idée que M'leng ne l'aimerait plus avec un corps imparfait couvert de cicatrices. Et M'leng, de son côté, chantait partout les louanges de P'tero, qui lui avait sauvé la vie en le couvrant de son corps, au point que P'tero décida de ne pas lui révéler que ça n'avait pas été tout à fait volontaire. M'leng était sans connaissance au moment de l'attaque, et avait une grosse bosse et une coupure à la tête en plus de sa blessure à l'épaule.

Zulaya était arrivée au moment où P'tero s'efforçait de retirer les griffes du corps de M'leng, de sorte que le chevalier bleu ne pouvait pas dire grand-chose pour contredire la version de la Dame du Weyr.

Tisha, arrivant un matin de bonne heure pour lui donner du fellis, le trouva en larmes, certain qu'il avait perdu l'amour de M'leng avec son corps couturé.

– Sottise, mon garçon, avait dit Tisha, lissant en arrière ses cheveux trempés de sueur tout en lui mettant entre les lèvres la paille pour boire son fellis. Il verra seulement ce que tu as enduré pour lui sauver la vie. Et tes blessures ne laisseront pas beaucoup de cicatrices, grâce à l'habileté de Corey.

La référence à l'habileté de la Doyenne des Médecins le refit fondre en larmes. Il avait causé tant de problèmes !

– C'est vrai, mais tu as mis beaucoup de piment dans notre vie, et tu as donné à certains quelques précieuses leçons.

– Vraiment ? dit P'tero, qui n'en demandait pas tant.

– Un, les dragons croient qu'ils sont invulnérables, et ils ne le sont pas. Bonne leçon pour eux avant le Passage, tu peux me croire. Ça refroidira quelques têtes brûlées qui croient qu'il n'y a qu'à souffler le feu dans la bonne direction. Et deux, le continent méridional a développé ses propres dangers...

– Au fait, le Weyr a enquêté sur les larves ? demanda P'tero, se rappelant soudain le but de l'excursion.

Tisha éclata de rire, puis reprit son sérieux pour ne pas déranger les blessés, bien que la tente de P'tero fût à distance respectable des autres.

– Tu as une bonne tête en même temps qu'un brave cœur, mon garçon. Oui, ils ont terminé l'enquête plus vite qu'aucune autre.

P'tero apprit plus tard que les larves avaient infesté quelques kilomètres de plus vers l'est et le sud, en direction de la Grande Barrière, en une vague d'expansion irrégulière. Leur progression dans les broussailles à l'est du Terminus s'était ralentie à quelques mètres, mais cela n'inquiétait pas les agronomes : ils préféraient de beaucoup que les forêts et les grasses prairies soient protégées.

– Alors, ce voyage n'a pas été tout à fait inutile ? dit P'tero, se détendant sous l'action du fellis.

Tisha le tapota maternellement, le couvrit de ses fourrures, s'assurant qu'elles ne touchaient pas son postérieur et ses jambes.

– Bien sûr, mon chéri. Dors maintenant...

Comme si je pouvais faire autrement, pensa P'tero tandis que le fellis le terrassait, effaçant les pensées conscientes en même temps que les douleurs.

Il fallut attendre trois semaines avant que les blessures de P'tero soient suffisamment cicatrisées pour le voyage de retour. L'infirmerie de fortune avait reçu d'autres patients, car, sur le Continent Méridional, il y avait d'autres dangers que les grands félins affamés, jaloux de leur territoire : la chaleur, les insolations, et une quantité d'autres blessures mineures. Léopol se planta une épine dans le pied qui s'infecta, et il rejoignit P'tero jusqu'à ce que le pus soit évacué.

Tisha et l'une de ses aides contractèrent une fièvre qui inquiéta Maranis, et il envoya chercher à Fort un médecin plus qualifié que lui en ce domaine. La femme guérit en quelques jours, mais Tisha se rétablit beaucoup moins vite, perdant de nombreux kilos, et restant si abattue que Maranis craignit pour sa vie. K'vin supplia Ista de lui prêter un bateau pour la ramener dans le Nord, car il ne pouvait pas lui imposer de nouveau l'épreuve de grimper sur un dragon.

Sa maladie déprima tout le monde.

– On ne connaît jamais l'importance d'une personne, jusqu'au moment où elle... n'est plus là, dit Zulaya, venue se rassurer sur l'état des convalescents.

Cette remarque démoralisa P'tero un peu plus. Tisha était partie et ne pouvait plus lui remonter le moral. Mais M'leng était là, et il passa la tête à l'intérieur de la tente.

– Comment oses-tu être si prétentieux ? dit le chevalier vert d'un ton outragé.

– Euh ?

– La maladie de Tisha *n'est pas* ta faute. Léopol n'avait pas mis ses chaussures comme on le lui avait dit, et son pied infecté n'est pas ta faute non plus. En fait, ce n'est même pas ta faute si nous avons choisi *ces* rochers parmi tous ceux qui s'offraient à nous. C'est la déveine, c'est tout. Et je ne veux pas qu'Ormonth continue à bouleverser Sith, tu m'entends ?

P'tero éclata en sanglots. C'est bien ce qu'il craignait : M'leng ne l'aimait plus.

Puis M'leng le prit dans ses bras, le serra contre lui, et le réconforta avec forces baisers et caresses.

– Ne sois donc pas si bête, idiot. Comment veux-tu que je ne t'aime pas ?

Plus tard, P'tero se demanda comment il avait pu douter de M'leng.

Quand les convalescents rentrèrent au Weyr de Telgar, Tisha avait repris son poste à la Caverne Inférieure. Ses vêtements flottaient encore un peu sur elle, mais elle avait bien bronzé au cours de son voyage de retour par la mer, et elle semblait complètement rétablie.

Certains chevaliers bleus et verts de l'escadrille de P'tero et M'leng avaient rafraîchi leurs Weyrs, avec un coup de peinture et quelques rideaux. Les oreillers aplatis avaient été remplacés par des coussins rebondis.

– Parce que Tisha a dit que tu devrais t'asseoir sur du *mou* pendant un bon moment, dit Z'gal, pouffant dans sa main, Dame Salda nous a donné les plumes des volailles de la Fin de la Révolution.

Puis l'amant de Z'gal, T'sen, sortit quelque chose de derrière son dos. P'tero considéra l'objet, perplexe. On aurait dit un coussinet avec deux longues lanières.

– Qu'est-ce que c'est ?

Z'gal éclata de rire, ce qui contraria T'sen, qui fronça les sourcils en tendant le cadeau à P'tero.

– Pour t'asseoir dessus, évidemment. Ça tient entre deux crêtes de cou. On a mesuré.

Avec un temps de retard, mais avec autant d'effusion qu'il le put, P'tero remercia T'sen d'un cadeau si attentionné. Ce n'était pas tant de rembourrage que son postérieur avait besoin, mais d'exercice et de massages pour en fortifier les muscles, et aussi ceux des cuisses. Bien sûr, M'leng avait assidûment participé aux massages, mais P'tero s'inquiétait maintenant de ne pas être prêt à combattre pour la première Chute. La blessure de M'leng était beaucoup mieux située. Il ne raterait pas un jour de combat.

Ils firent une petite fête dans son Weyr, avec du vin, des biscuits et du fromage. M'leng couronna la soirée en présentant à P'tero un paquet plat enveloppé dans du papier.

Se demandant ce que ça pouvait bien être, P'tero défit la ficelle, sous les yeux brillants d'anticipation de M'leng.

Les autres chevaliers-dragons étaient tout aussi excités, et P'tero s'irrita de voir qu'ils savaient tous ce que c'était et mouraient d'impatience de voir sa réaction.

Naturellement, le tableau était tête en bas quand il sortit du papier. P'tero le retourna, et resta comme assommé, les yeux hors de la tête, en voyant ce qu'il représentait.

– Mais... mais... Iantine n'était même pas là !

– Il est formidable, hein ? dit Z'gal. Tout est bien comme c'était ? M'leng n'arrêtait pas de lui décrire la scène.

P'tero ne savait pas quoi dire, tant il était accablé. Il aurait donné son bras droit pour que tout se fût passé comme sur ce tableau. Un lion lui labourait le dos, M'leng étendu sous lui, et d'autres félins grimpaient les rochers, leur férocité visible dans leurs attitudes, leurs gueules ouvertes pleines de crocs plus grands que ceux des dragons. P'tero était représenté en train de défendre son amant, la tête tournée, un bras levé, poing fermé, vers la tête du lion qui attaquait. Mais ce n'était pas là la pire des inexactitudes – les deux jeunes gens étaient tout habillés.

– P'tero ? dit M'leng d'un ton anxieux.

Le chevalier bleu déglutit.

– J'en reste sans voix !

Où je suis ? s'enquit Ormonth, qui voyait la scène par les yeux de son maître, comme pouvaient parfois le faire les dragons.

– Là ! dit P'tero, montrant les dragons dans le ciel, ailes repliées en configuration d'atterrissage, griffes dégainées, prêts à saisir l'attaquant, les yeux rouge et orange de fureur.

– Moi, j'étais sans connaissance, disait M'leng, mais c'est ce qu'Ormonth et Sith ont dû faire, non ?

Et il donna à P'tero un coup de coude avertisseur.

– Exact, dit vivement P'tero.

Et ce l'était sans doute, bien qu'il n'ait rien vu puisqu'il regardait dans l'autre direction.

– Tout s'est passé si vite... c'est presque magique la façon dont Iantine a tout traduit en une seule scène, dit-il avec une admiration et un respect qui n'étaient pas feints.

– Et maintenant, on a même apporté un clou pour le suspendre, dit M'leng, montrant le mur.

– Tu ne voudrais pas plutôt le prendre ? demanda P'tero avec espoir.

– J'en ai une copie à moi. Iantine a fait deux tableaux, un pour chacun, dit M'leng, souriant avec fierté à son amant.

P'tero dut donc suspendre ce misérable rappel du plus mauvais jour de sa vie à son mur, où il ne pourrait manquer de le voir tous les jours de sa vie en se réveillant.

– Tu ne sauras jamais ce que ce tableau signifie pour moi, dit-il, et là aussi, il était sincère.

Personne ne trouva bizarre qu'il rentre ivre mort ce soir-là.

Ianath arrive, dit Charanth à son maître.

– C'est ce que me dit Meranath, fit Zulaya, avant que K'vin n'ait pu parler. Il veut *tout* savoir sur notre séjour dans le Sud.

– Je croyais qu'il avait renoncé à l'idée de s'entraîner dans le Sud sur la première Chute, dit K'vin, s'efforçant de prendre un ton réprobateur.

Zulaya porta alors un index à ses lèvres, montrant Meranath qui dormait, signalant ainsi à K'vin de garder ses pensées de Charanth, qui dormait aussi sur la corniche extérieure. Il acquiesça de la tête.

– Tu ne m'abuses pas, Kev, dit-elle brandissant l'index. Toi et B'nurrin, vous donneriez un œil pour assister à la première vraie Chute – même si elle se produit dans le Sud où rien ne peut être détruit. Ni sauvé, d'ailleurs.

– Les larves ne se sont pas encore répandues sur tout le Continent Méridional, tu sais.

– Cela n'a aucun rapport avec le fait de *voir* les Fils pour la première fois depuis deux cents ans.

Il répondit à son sourire cocasse par un sourire interloqué.

– Nous n'aurions pas besoin d'approvisionner les dragons ni rien, tu sais.

– Non, mais as-tu envie que S'nan t'en rebatte les oreilles jusqu'à la fin de ta carrière ? Enfin, si tu as encore une carrière de Chef de Weyr après ce genre d'escapade.

K'vin la considéra longuement.

– Et ne viens pas me dire que ça te ferait plaisir que Saraï dirige l'escadrille des reines à ta place pendant les Chutes, rétorqua-t-il.

Zulaya remua dans son fauteuil, juste assez pour que K'vin comprenne qu'il avait touché un point sensible. Elle fut assez honnête pour lui sourire.

– Nous ne savons même pas ce que B'nurrin a en tête, dit-elle.

C'était pourtant exactement ce qu'il avait en tête, même quand Zulaya et K'vin lui eurent énuméré les problèmes rencontrés au cours de cette malheureuse expédition dans le Sud.

– Primo, dit B'nurrin, après avoir répété le signe de Zulaya l'avertissant de garder leurs pensées de leurs dragons, nous n'atterririons pas. Et nous n'emmènerions pas des escadrilles entières, ajouta-t-il vivement. Non que ce ne soit pas une bonne idée de combattre la première Chute, où qu'elle survienne...

– Et tu espères ainsi couper l'herbe sous le pied de S'nan, dit Zulaya avec un sourire malicieux.

– C'est bien vrai, répondit-il, acide. Il me gonfle, tu sais. Il n'y a pas de mal à aller jeter un coup d'œil. Je veux dire...

Il fit une pause, rassemblant son courage, puis regarda K'vin dans les yeux.

– Je vais être franc : j'ai peur d'avoir à changer de culotte une douzaine de fois pendant la première Chute que j'aurai à diriger.

– Je me suis posé la question moi-même, reconnut K'vin d'un ton cocasse.

Du coin de l'œil, il s'étonna de surprendre une approbation fugitive sur le visage de Zulaya. Pourtant, B'ner n'avait sûrement jamais envisagé cette possibilité.

– Alors je me dis que ce serait bien d'aller regarder *avant* d'être obligé de faire le brave...

– Quiconque n'a pas peur des Fils est un sacré imbécile, intervint Zulaya.
– Exact, dit B'nurrin. Alors, vous venez avec moi ?
– Parce que si nous partons à deux, le blâme sera partagé ? dit K'vin, un œil sur Zulaya.
– Je suppose que c'est l'idée, dit B'nurrin, se frictionnant le menton.
– Nous sommes les premiers à qui tu le demandes ?
B'nurrin émit un grognement.
– Je n'irais sûrement pas le redemander à S'nan après les deux savons qu'il m'a passés. Je me suis dit que vous accepteriez plus facilement que D'miel, mais je crois que M'shall ne dirait pas non. S'il fait très froid à Fort et aux Hautes Terres, c'est peut-être à Benden que nous combattrons la première Chute.
– M'shall se laisserait sans doute convaincre, dit Zulaya, quoiqu'il soit le dernier d'entre nous à douter de ses capacités.
– C'est assez vrai, dit B'nurrin, puis son enthousiasme reprit le dessus. Mais voilà comment je vois les choses : même si le vieux S'nan combat la première Chute du Passage au-dessus de Fort, nous en aurons quand même vu une avant lui.
Le Chef du Weyr d'Igen eut un sourire de ravissement si enfantin que K'vin ne put s'empêcher de rire.
– Combien de temps y aura-t-il entre les Premières Chutes du Sud et les nôtres ? demanda-t-il, s'étonnant que Zulaya soit déjà en train de dérouler sur la table le Calendrier des Chutes de Telgar.
– A peu près deux semaines, dit-elle.
– Alors, nous pourrions y assister sans préjudice pour la préparation de nos Weyrs, dit B'nurrin.
– La première Chute possible au-dessus de Fort est la numéro sept. La numéro quatre est au-dessus du Terminus, poursuivit Zulaya, suivant du doigt les différents couloirs de Chutes. La cinquième n'est pas intéressante, mais la sixième surviendra au large, en face de l'embouchure de la Rivière Paradis, non loin d'où nous étions.
– Et les trois premières ? demanda B'nurrin, étirant le cou pour regarder. Oh, pas vraiment bonnes au point de vue coordonnées, hein ?
Puis il défia K'vin du regard.

– Alors, vous venez ?
– J'aimerais bien, dit K'vin, évitant de regarder Zulaya.
– Moi aussi, dit-elle, les surprenant tous les deux.
Comme ils la regardaient avec stupéfaction, elle ajouta :
– Les escadrilles des reines volent plus bas et plus près du danger que le reste des Weyrs. J'irai plus vite à changer *ma* culotte, mais ça ne veut pas dire que la nécessité me plaise.
Puis, comme ils souriaient, soulagés, elle demanda :
– Alors, Shanna veut venir aussi ?
– Seulement si tu viens, dit B'nurrin, élargissant son sourire.
– Au moins il y a quelqu'un de bon sens au Weyr d'Igen, dit Zulaya. Laissons l'idée reposer quelques jours. Juste pour être sûrs.
– Qui la connaîtra, si nous n'en parlons à personne ? demanda B'nurrin, regardant Meranath endormie d'un air significatif.

Paulin emmena Jamson avec lui au Fort de Bitra. Le vieux Seigneur était encore furieux que son fils ait voté la déposition pour les Hautes Terres. Mais il n'avait pas pu trouver la moindre faute dans la gestion de son fils pendant les deux mois de sa convalescence. Ce séjour avait rendu sa vigueur à Jamson, mais n'avait en rien modifié son intolérance.
Les changements survenus à Bitra furent évidents dès l'instant où Magrith se posa dans la cour du Fort, et que Vergerin descendit vivement le perron pour accueillir ses hôtes. Il avait été prévenu de leur visite.
S'nan avait insisté pour convoyer les deux Seigneurs, car il avait été aussi stupéfait que Jamson par la rapidité de la déposition.
– Ça alors ! dit S'nan, examinant les lieux.
Magrith inspectait aussi l'environnement, et Paulin dut réprimer un sourire, car le dragon regardait dans une direction, et son maître dans l'autre.
La cour était propre, les neiges récentes avaient été balayées, dégageant les dalles et les joints de ciment. La route, dans les deux directions, n'était plus bordée d'épineux et d'herbes folles. Les rangées de fortins arboraient des toits d'ardoises neuves, des cheminées réparées et des volets fraîchement repeints, le tout apparemment en bon ordre de marche. Les volets des fenêtres

supérieures étaient déjà fermés, et la façade n'était plus festonnée de vigne vierge morte. Le soleil brillait sur des panneaux solaires nettoyés et rénovés.

Sous un nouveau hangar, les cylindres à HNO3 étaient soigneusement rangés, les lances et les embouts suspendus à des clous. Kalvi avait dit à Paulin que Vergerin lui avait demandé de les livrer une semaine après avoir assumé le gouvernement de Bitra. Et la semaine suivante, Kalvi avait envoyé ses meilleurs instructeurs pour leur en enseigner l'usage et la maintenance.

Vergerin portait une bonne tunique sur son pantalon, mais tous deux taillés dans un gros tissu très simple, et, à l'évidence, il avait travaillé jusqu'à l'arrivée de ses visiteurs. Il salua Paulin aimablement, et répondit courtoisement à la présentation de Jamson, dont la réaction fut glaciale.

– Tu as bien travaillé depuis que tu as pris la relève, Vergerin, dit Paulin, l'encourageant ainsi publiquement. Franchement, je n'aurais pas cru que ce soit possible.

– Eh bien, dit Vergerin avec un sourire charmeur, j'ai trouvé le trésor de Chalkin, alors j'ai pu engager des Artisans. Les vassaux les plus proches sont habitués à moi maintenant, mais restent... timides ?

– Effrayés, plus probablement, dit Paulin, ironique.

– Ça aussi, sans doute. Mais j'ai fait mon possible pour leur procurer les matériaux nécessaires aux réparations qu'ils peuvent effectuer eux-mêmes. L'état du Fort était consternant, vous savez.

Jamson émit un grognement, mais écarquilla les yeux devant l'ordre et la propreté régnant dans la première salle de réception. S'nan émit des grommellements approbateurs, passant le doigt sur la large table sculptée de baies et de feuillages. Une servante, en livrée si neuve que les plis en étaient encore visibles, traversait vivement la pièce avec un lourd plateau.

– Mon bureau sera plus confortable, dit Vergerin, leur faisant signe d'y entrer.

Paulin nota que la lourde porte de bois avait été bien cirée, et les plaques de protection en cuivre bien astiquées. L'intérieur avait été totalement transformé, avec les plans de travail, les étagères et les bibliothèques bien rangés. Une carte du Fort de Bitra était clouée à la cloison de bois intérieure ; au-dessous, se trouvait celle du Continent Septentrional, et, curieusement, celle de la

Vallée de Steng. Vergerin avait-il l'intention d'en rouvrir les mines ? Trois fauteuils rembourrés formaient un demi-cercle devant la cheminée où brûlait un bon feu, tandis qu'une table basse attendait le plateau. Sur l'appui de la fenêtre, des branches de sapin et de baies orange étaient disposées dans des vases de métal poli. Vergerin avait complètement métamorphosé la pièce.

– Voilà du klah, un excellent bouillon que je vous recommande, et du vin, chaud ou chambré, dit Vergerin, invitant ses hôtes à prendre place dans les fauteuils.

– Tu as aussi un nouveau cuisinier, Vergerin ? demanda Paulin.

Et comme Vergerin acquiesçait d'un sourire, il montra le pichet en disant :

– Dans ce cas, je vais goûter le bouillon.

Jamson l'imita, mais S'nan préféra du klah.

– Tu te rappelles l'escalier de service, Paulin ? dit Vergerin, se servant aussi du bouillon et approchant une chaise pour s'asseoir.

– Oui. C'est là que les marks étaient cachés ?

– Exactement. Dans une marche, gloussa Vergerin. Chalkin avait dû oublier que je connaissais aussi sa cachette. Elle m'a sauvé, à la fois pour restituer les dîmes excessives et pour acheter des fournitures. Une chose que Chalkin faisait bien, c'était la tenue des archives. J'ai su exactement ce qu'il avait extorqué à sa population.

Jamson s'éclaircit la gorge avec irritation.

– C'est un fait, Seigneur Jamson, dit carrément Vergerin. Ils n'avaient même pas assez de réserves pour tenir tout l'hiver, et encore moins pour les Chutes. Je suis encore en train de rendre ce que nous ne pourrons pas utiliser de tout ce que Chalkin avait amassé.

Il eut un rire sans joie.

– Chalkin aurait pu tenir pendant les cinquante ans du Passage avec toutes ses réserves, mais sa population n'aurait pas survécu à la première année, et n'aurait pas eu le matériel nécessaire à la protection des rares semis qu'ils auraient pu faire. Bitra ayant été fondé après le premier Passage, il n'y avait pas de serres hydroponiques, quoique j'aie trouvé les réservoirs entreposés aux niveaux inférieurs.

Jamson émit un nouveau grognement.

– Et les jeux ? Tu les as supprimés ?

– Ici et ailleurs, dit Vergerin, rougissant légèrement. Je n'ai pas touché un dé ou une carte depuis ce fameux pari avec Chalkin.

– Et ses croupiers ?

Vergerin eut un sombre sourire.

– Je leur ai donné le choix de signer de nouveaux contrats avec moi – car je n'honorerai pas les anciens – ou de partir. Peu ont choisi de s'en aller.

S'nan aboya un rire.

– C'est normal, considérés les dangers de se trouver sans fortin pendant un Passage. Tu as fait du beau travail, Vergerin, dit-il, hochant la tête avec approbation.

– Tu as eu une seconde chance, Vergerin, dit Jamson, brandissant l'index. Tâche de continuer à en profiter.

Ayant terminé son bouillon, il se leva.

– Nous allons procéder à une rapide inspection du Fort, si tu permets.

– Bien sûr, dit Vergerin, repoussant sa chaise et se levant vivement. A cheval...

– Non, non, dit Jamson. Et il est inutile que tu nous accompagnes. Ce serait même préférable de nous laisser seuls.

– Allons, Jamson, commença Paulin, car il était impoli de demander à Vergerin de rester en arrière.

– Certainement, si tu préfères, dit Vergerin, s'arrêtant devant la carte et leur indiquant les directions à suivre. Nous sommes parvenus à réparer tous les fortins proches ou peu éloignés des routes principales. Ceux des montagnes devront encore attendre les matériaux. Je ne peux pas lasser l'amabilité du Weyr de Benden, quoique M'shall ait été plus obligeant que je ne l'aurais cru.

– C'est son avantage de t'obliger, dit S'nan, se raidissant devant ce qui lui semblait une critique d'un Chef de Weyr.

Jamson avait ouvert la porte donnant dans le Hall, et, les yeux braqués sur le mur d'en face, s'immobilisa si brusquement que Paulin faillit lui marcher sur les talons. Jamson grommela quelque chose entre ses dents, et, montrant le mur, se retourna vers Vergerin.

– Pourquoi diable as-tu suspendu son portrait *ici* ? demanda-t-il, presque outragé.

Paulin et S'nan regardèrent dans la direction qu'il indiquait. Et Paulin éclata de rire.

– Quand Iantine a-t-il trouvé le temps de le... refaire ? demanda-t-il à Vergerin, qui souriait jusqu'aux oreilles.

– Je l'ai reçu hier, dit Vergerin, allant se placer dessous. La ressemblance est maintenant excellente.

En silence, ils examinèrent le portrait, devenu l'image honnête de l'ancien Seigneur de Bitra, avec ses yeux rapprochés, son teint cireux, ses cheveux rares et sa verrue au menton.

– Pourquoi as-tu envie de voir son visage toute la journée, Vergerin ? demanda S'nan avec un reniflement dédaigneux.

– Un, pour me rappeler d'améliorer ma gestion de Bitra, et deux, parce qu'il est traditionnel d'exposer les portraits des précédents Seigneurs, dit-il, montrant l'escalier à double révolution où étaient accrochés les portraits de ses prédécesseurs.

Jamson se racla la gorge plusieurs fois.

– Et Chalkin ? Qu'est-ce qu'il devient ?

Paulin haussa les épaules et regarda S'nan.

– On lui a fourni tout ce dont il avait besoin, dit le Chef du Weyr. Inutile d'aggraver son expulsion par des contacts répétés.

– Et ses enfants ? dit Jamson, le regard glacial.

Vergerin baissa la tête en souriant.

– Ils ont fait des progrès dans les domaines de la santé, de la politesse et de la discipline.

– Ils avaient grand besoin de la dernière, dit Paulin.

– Ils te surprendraient, Seigneur Paulin, dit Vergerin avec un sourire futé.

– Je ne demande que ça.

– Comme on courbe la branche, ainsi pousse-t-elle, déclara sentencieusement Jamson.

– Suivez-moi, dit Vergerin, portant l'index à ses lèvres pour leur recommander le silence.

Il enfila le couloir, vers ce qui était autrefois une salle de jeu, se rappela Paulin, entendant des accords étouffés où Paulin reconnut instantanément la mélodie d'une des dernières compositions de l'Université. Une fois un peu plus près, il distingua les paroles de la Ballade du Devoir. Jamson se racla la gorge une fois de plus et renifla.

Vergerin entrouvrit la porte sur une salle complètement métamorphosée. Les élèves – beaucoup plus nombreux que Paulin ne s'y attendait – étaient assis dos à la porte. Le professeur – Paulin vit avec surprise qu'Issony était de retour à Bitra – accusa leur présence d'un hochement de tête, tout en continuant à battre la mesure.

Les voix d'enfants – même pas toujours justes – sont toujours charmantes : peut-être à cause de l'innocence et de la naïveté de leur interprétation. Même Jamson sourit, mais il faut dire que les paroles parlaient des responsabilités d'un Seigneur.

– Où est la Lignée de Bitra ? demanda Paulin.

Vergerin tendit le doigt, et seulement alors Paulin les reconnut à la première rangée : les garçons d'un côté, les filles de l'autre. Ils étaient beaucoup mieux vêtus que les autres, mais pas moins attentifs à leur maître, et chantaient avec entrain. La fille aînée avait la voix la plus perçante. Un peu comme celle de sa mère, pensa Paulin.

Vergerin leur fit signe en souriant de se retirer.

– Issony prétendait que ces enfants avaient besoin de compétition, et il avait raison. Les enfants des fortins n'ont pas besoin de stimulation : ils ont soif d'apprendre, et Chaldon est bien résolu à ne pas avoir de plus mauvaises notes que de simples fermiers. Oh, il y a encore des pleurnicheries, des supplications et des colères, mais Issony a ma permission de les discipliner. Et il le fait. Très efficacement.

– Nadona ? demanda Paulin.

Vergerin haussa les sourcils.

– Elle fait à peu près les mêmes expériences que ses enfants, mais elle apprend beaucoup moins vite, comme dirait Issony. Elle a son propre appartement, dit-il, montrant de la tête les niveaux supérieurs. Elle n'en sort jamais.

– Et te laisse tout le travail ? demanda Paulin d'un ton cocasse.

– Exactement.

– Bon, eh bien, ça suffira pour ici, je crois, dit Paulin fermant sa veste de vol avec ostentation pour indiquer qu'il était prêt pour la tournée d'inspection. D'accord, Jamson ?

Jamson se racla la gorge, mais il ne posa pas de questions, ce qui était bon signe, pensa Paulin.

Quand ils sortirent, hommes et femmes du Fort s'affairaient à monter les lance-flammes.

– J'ai prévu un exercice. Il faut bien rattraper le temps perdu, dit Vergerin en guise d'explication.

Jamson et S'nan échangèrent un regard si béat que Paulin eut du mal à se retenir de rire. Vergerin saisit son regard et lui fit un clin d'œil. Puis il prit poliment congé de ses hôtes avant de rejoindre l'équipe au sol.

– Eh bien, il a manifestement appris une ou deux petites choses, dit Jamson d'un ton papelard en descendant le perron pour rejoindre le bronze en attente.

– Oui, à ce qu'il semble, dit S'nan. Mais, ajouta-t-il, fronçant les sourcils, il n'aurait pas dû lâcher dans la nature les croupiers de Chalkin. Ils vont causer des problèmes aux Fêtes, retenez bien ce que je vous dis.

– Pas plus que d'habitude, dit Paulin, aidant discrètement Jamson à monter sur la haute épaule de Magrith. Sans doute moins, sans Chalkin pour les exhorter à pressurer de naïfs paysans.

– Tous les jeux devraient être interdits sans exception dans tous les Weyrs, dit S'nan, aussi sentencieux que jamais.

Paulin monta en silence, espérant qu'un rapide survol leur en montrerait assez pour les rassurer sur la valeur de Vergerin – et la sagesse de la déposition de Chalkin. Cette brève visite l'avait satisfait. Surtout le portrait très amélioré de Chalkin. Il devait contacter Iantine au Weyr de Telgar – Bridgely lui avait dit que l'artiste y était retourné dès qu'il avait terminé sa commande au Fort de Benden – et lui demander quand lui-même et son épouse pourraient espérer poser pour lui.

Paulin se félicitait d'avoir pris la peine d'accompagner Jamson. Il espérait que Dame Thea pourrait bientôt lui dire que Gallian n'était plus sur la sellette.

– Tu *ne vas pas* sauver le monde entier des Fils à toi tout seul, P'tero, dit K'vin, foudroyant le jeune chevalier bleu.

Le total manque de bon sens du jeune homme l'avait mis hors de lui.

– M'leng *ne sera pas* impressionné. Si c'est ainsi que tu conçois ton rôle pendant les Chutes, tu resteras longtemps messager.

– Mais, mais...

– De plus, dit K'vin, lui brandissant l'index sous le nez avec fureur, Maranis me dit que tes blessures ne sont pas encore assez bien cicatrisées pour que tu reprennes le service.

– Mais... mais...

Et P'tero, les yeux dilatés de frayeur, recula devant son Chef de Weyr, et dut se retenir à une crête de cou pour ne pas tomber. C'est alors que le coussinet, présent de T'sen, glissa, les lanières s'étant cassées pendant l'exercice. Il était taché de sang.

– Viens ici, rugit K'vin, pointant le doigt devant lui. Immédiatement !

P'tero obéit aussi vite qu'il le put, mais il était raide d'être resté si longtemps assis pendant les manœuvres sur son postérieur encore mal cicatrisé.

K'vin le saisit par l'épaule et le fit pivoter dos à lui.

– Non seulement il y a des taches nouvelles, mais des anciennes, dit-il, la voix tremblante de fureur. Tu es dispensé de service...

– Mais... mais... les Fils vont bientôt tomber ! s'écria P'tero avec angoisse, pleurant presque de frustration et de peur de ne pas pouvoir montrer à M'leng comme il était brave.

Pas de la bravoure bidon de l'attaque du lion, mais de la vraie bravoure des chevaliers-dragons pendant les Chutes.

– Les Fils vont tomber pendant cinquante ans, jeune homme. Largement le temps qu'ils apprennent à vous craindre, toi et Ormonth ! Va te présenter à Maranis immédiatement ! Tu es interdit de vol !

– Mais je veux participer à la première Chute ! s'écria P'tero avec angoisse.

– Ce n'était pas la bonne façon de t'y prendre. Va voir Maranis !

K'vin n'attendit pas pour voir si P'tero obéissait. Il traversa le Bassin en coup de vent, la tentation de secouer le chevalier bleu était si forte qu'il éprouvait le besoin de mettre une bonne distance entre eux.

Ormonth a essayé de le dissuader de voler aujourd'hui, dit Charanth.

K'vin s'arrêta net, foudroyant maintenant son bronze qui s'installait sur sa corniche pour se chauffer au soleil déclinant.

Tu ne vaux pas mieux qu'eux ! K'vin eut la satisfaction de voir son bronze reculer devant sa furie.

A partir de maintenant, tu dois me prévenir – instantanément – quand un dragon ou son maître n'est pas cent pour cent bon pour le service. Tu m'as compris ?

Les yeux bleus de Charanth se mirent à tournoyer, tintés du jaune de l'anxiété.

Je ne te faillirai plus, dit-il d'un ton repentant.

S'ils avaient couru un réel danger, je leur aurais interdit de voler, dit Meranath, entrant dans la conversation.

Je ne t'ai rien demandé !

K'vin était si courroucé qu'il ne se souciait plus d'offenser Meranath et sa maîtresse. Mais il *ne perdrait pas* des chevaliers-dragons à cause de leur gloriole ! Ils avaient cinquante ans de Chutes devant eux, et il *ne voulait pas* perdre des partenaires. Ou risquer qu'ils se fassent blesser à cause d'idées farfelues sur le courage.

Si tu crois que je mettrais en danger un seul chevalier-dragon...

K'vin monta quatre à quatre l'escalier du Weyr de la reine, s'efforçant de calmer sa rage avant d'affronter Zulaya et de lui expliquer pourquoi il avait parlé à Meranath d'un ton si péremptoire.

Je dois être informé n'importe où, n'importe quand, de TOUT *chevalier ou dragon impropre au service, Meranath, et tu devrais le savoir, sinon, par le premier œuf, pourquoi es-tu la première reine ?*

- Parce que je suis sa maîtresse !

Zulaya sortit en coup de vent sur la corniche, les yeux étincelants d'indignation.

– Comment oses-tu parler ainsi à ma reine ?

– Comment ose-t-elle *me* cacher des informations ?

Zulaya le regarda, surprise, car K'vin ne leur avait jamais parlé ainsi, à elle ou à Meranath, bien qu'il eût eu quelques occasions de le faire légitimement, s'avouait-elle avec sincérité.

– Tu connaissais la condition de P'tero ? demanda-t-il, et elle s'écarta de lui, rentrant dans le Weyr à reculons.

Il était magnifique ainsi, furieux, les yeux lançant des éclairs, le visage sévère : l'indignation incarnée.

– Tisha m'avait dit que Maranis n'était pas d'accord pour qu'il reprenne le service. Le tissu cicatriciel est encore mince...

– Et tu ne m'as rien dit ?

– Ce n'est qu'un chevalier bleu...

– CHACUN DE MES CHEVALIERS EST IMPORTANT POUR MOI ! rugit K'vin, serrant les poings, parce que ses mains avaient envie de casser quelque chose pour donner libre cours à sa rage. La première Chute surviendra dans deux jours. Le Weyr doit être prêt. Je dois être sûr de tous ceux qui devront affronter les Fils. Pas de secrets, de faux-fuyants ou de...

– K'vin, commença Zulaya, tendant une main vers lui, tout va bien, Kev. Le Weyr est prêt – peut-être un peu tendu, mais c'est d'autant mieux...

– *D'autant mieux?* dit K'vin, écartant sa main d'une tape. Quand nous avons des chevaliers-dragons impropres au service prenant des postes qu'ils ne peuvent pas assumer dans leur état ?

Il se mit à marcher de long en large, et Zulaya le regarda, souriant de soulagement et de fierté. Il serait un splendide Chef de Weyr, bien meilleur que B'ner ne l'aurait été.

Il s'arrêta devant elle, ses yeux flamboyant de frustration et de colère fixés sur elle.

– Bon sang, qu'est-ce qui peut bien te faire sourire là-dedans ? dit-il, soupçonneux, car son sourire avait une expression qu'il ne lui avait jamais vue.

– Le fait que tu domines totalement la situation, dit-elle, souriant toujours.

– Ah, tu crois ?

Et, comme elle l'avait toujours souhaité, il la prit dans ses bras, et se mit à l'embrasser avec toute l'autorité de sa virilité et de sa situation de Chef de Weyr, sans aucune trace d'hésitation ou de déférence. Exactement comme elle avait toujours espéré qu'elle le pousserait à le faire.

K'vin dominait toujours la situation à l'aube du lendemain, quand Meranath leur dit que B'nurrin et Shanna les attendaient.

– Ils attendent pour quoi faire ? demanda K'vin, s'écartant à regret de Zulaya pour attraper son pantalon.

Il est temps de partir, ajouta Charanth.

– Partir où ? demanda-t-il d'un ton querelleur.

– Partir où ? répéta Zulaya d'une voix endormie.

Dans le Sud, ils disent, répondirent en chœur Meranath et Charanth.

Soudain, K'vin se rappela. C'était le jour où ils allaient voir les Fils. Il se le dit tout bas, tout au fond de son esprit où Charanth ne pouvait pas l'entendre. Les deux dragons dormaient lors de la visite de B'nurrin. Ce qui était aussi bien, sinon tout le Weyr auraient été au courant de cette avant-première.

– B'nurrin nous demande de le rejoindre, dit K'vin, avec un regard avertisseur à Zulaya.

Elle fronça les sourcils, puis son visage s'éclaira, et elle dit :

– Oh !

Avec un sourire de conspirateur, elle sortit du lit et traîna son drap après elle vers sa tenue de vol.

Quand ils se croisèrent pendant l'habillage, elle lui murmura à l'oreille :

– Et si j'emportais mon lance-flammes ?

– Autant écrire ta destination sur ton front, murmura-t-il en réponse. Nous allons seulement *regarder.*

– Oui, regarder. Et où devons-nous rencontrer B'nurrin, Meranath ? ajouta-t-elle tout haut.

– Nous le savons aussi, souviens-toi ! dit K'vin, la secouant par le bras.

Puis il articula sans parler :

– Le Terminus !

– Mais oui. Comment ai-je pu oublier ?

Le dragon et son maître de garde sur les crêtes se demandèrent peut-être pourquoi les Chefs du Weyr s'éclipsaient longtemps avant l'aube, mais ils ne posèrent pas de questions, et le chevalier leur fit joyeusement de grands signes quand ils passèrent au-dessus de lui.

Ianath dit de compter jusqu'à trois, et puis, go ! dit Charanth, toujours perplexe.

Nous allons au Terminus, répondit K'vin, regardant vers Meranath. Zulaya leva le pouce, indiquant qu'elle avait reçu le même message. Visualisant l'aride étendue désolée de cendres volcaniques s'étendant du Mont Garben à la Baie de Monaco, K'vin hocha la tête trois fois.

Go !

Brusquement, un sourd grondement roula dans le ventre de Charanth, tandis qu'il émettait mentalement un « *Oh !* » choqué, et K'vin le sentit se déplacer sous lui. En conséquence, il fut moins surpris qu'il aurait pu l'être en constatant que l'espace aérien autour d'eux était passablement encombré. Avec le sixième sens qu'avaient les dragons, lui et Meranath venaient d'éviter une collision. K'vin embrassa la scène du regard, et les deux seuls Chefs de Weyr qu'il ne vit pas, ce furent S'nan et Sarai, mais ils faisaient peut-être partie de ceux qui venaient de disparaître dans l'*Interstice* pour ne pas être reconnus. Avant qu'elles ne disparaissent, K'vin saisit quelques éclairs de peaux bleues, brunes, et même vertes luisant au soleil. Et ce rassemblement ne comprenait pas uniquement les Chefs de Weyr et leurs dragons; il y avait aussi une trentaine de bronze et de bruns.

C'en fut trop pour son sens du ridicule, et il se félicita d'être retenu par son harnais, car il fut pris d'un tel accès de fou rire qu'il se balançait d'avant en arrière entre les crêtes de cou de Charanth. Tous les chevaliers-dragons de Pern avaient-ils donc éprouvé le besoin irrésistible de venir ici ce matin ? Bien sûr, le site du Terminus était connu de tous. Mais qu'ils aient été si nombreux à décider indépendamment de venir ici... chacun sans doute persuadé qu'il serait le seul à avoir cette audace.

Et K'vin n'était pas le seul à s'esclaffer. Pour le moment, il risquait davantage de mouiller sa culotte par hilarité que par peur de voir les Fils pour la première fois. Ce qui lui rappela pourquoi il était là. La même idée sembla frapper tous les autres, et les rires s'évanouirent peu à peu à mesure que tous les dragons et leurs maîtres se tournaient irrésistiblement vers le nord-est.

Et elle était là, cette brume gris argent si souvent décrite dans les hauteurs du ciel. Pas une aile, pas un chevalier ne bougea quand les fils d'argent commencèrent à pleuvoir dans la mer. *Les Fils !* Si bien nommés.

Les Fils !

Comme un roulement sourd, le mot sembla passer de dragon en dragon, et K'vin dut se cramponner à une crête de cou quand Charanth fonça vers ce qu'il savait être son adversaire depuis sa naissance.

Je n'ai pas de pierre de feu ! Comment les calciner ? Qu'est-ce qui ne va pas ? Pourquoi m'as-tu amené ici où il y a des Fils si je n'ai rien pour les brûler ?

Ne t'inquiète pas, Charanth. Nous sommes là pour voir. Pour regarder.

Mais les Fils sont là ! Je veux de la pierre de feu. Pourquoi je ne peux pas cracher des flammes alors qu'il y a les FILS ?

K'vin regarda autour de lui, éperdu, et constata qu'il n'était pas le seul à avoir des problèmes avec un dragon frustré trop zélé, cherchant à rejoindre l'ennemi.

J'en ai vu assez, Charanth. Ramène-nous à Telgar.

Mais les FILS? dit le bronze, d'un ton pitoyable, troublé et horrifié.

Nous partons. Immédiatement!

Partir? Mais nous n'avons pas combattu les Fils.

Pas ici et pas maintenant, Charanth.

K'vin dut faire appel à toute sa force morale, à toute sa volonté, et à toute la foi que Charanth avait en lui pour surmonter les protestations passionnées de son dragon. Et soudain, Charanth cessa de voler vers les Fils.

Oh, très bien! Le ton était celui d'un enfant boudeur forcé d'exécuter à contrecœur l'ordre d'un adulte.

Quoi?

Les reines disent qu'on doit aller à la Butte Rouge.

Alors, allons-y. K'vin ne discuta pas cet ordre, trop heureux que son dragon veuille bien y obéir.

La Butte était un dôme de pierre du bas Keroon, utilisé comme repère, si visible qu'il figurait au programme d'entraînement de tous les apprentis. C'est là que les observateurs dégrisés finirent par faire atterrir leurs dragons. Même les yeux des reines, virant au rouge-orange, tournaient à un rythme inquiétant; certains bronze étaient tellement furieux que leurs yeux pulsaient violemment, et tournoyaient à une vitesse incroyable. K'vin fut presque soulagé de mettre pied à terre. Mais lui et les autres Chefs de Weyrs gardèrent une main sur le cou, l'épaule ou la jambe de leur dragon, pour maintenir un contact. Les bruns et les autres bronze, tirés de ce mauvais pas, restèrent en selle, flattant leurs dragons de la main pour les calmer, et formèrent un vaste cercle extérieur, laissant le centre à leurs chefs pour discuter.

Ce fut M'shall qui parla le premier.

– Eh bien, voilà une bonne idée qui a failli mal tourner, dit-il d'un ton cocasse. Les grands esprits se rencontrent, hein?

– Sauf que nous avons tous oublié une règle très simple, dit Irene, ôtant son casque de vol, livide.

K'vin regarda Zulaya qui s'épongeait le visage, et il sut que les Dames des Weyrs avaient eu du mal à obtenir que leurs reines renoncent à l'engagement.

– Les dragons savent ce qu'ils doivent faire quand tombent les Fils, dit M'shall, acquiesçant de la tête.

Puis il éclata de rire.

K'vin sourit, puis entendant le gloussement grave de G'don, ne vit plus aucune raison de refouler son hilarité. B'nurrin était plié en deux et dut s'appuyer sur K'vin pour garder son équilibre. Même D'miel était hilare, et Laura pouffait de façon si contagieuse que le volume des rires augmenta encore. Au-delà du cercle intérieur, les autres chevaliers-dragons saisirent le comique de la situation et éclatèrent de rire à leur tour. Cela détendit les nerfs après la chaude alerte qu'ils venaient de subir.

– Quelqu'un a-t-il remarqué un chevalier-dragon de Fort battant honteusement en retraite dans l'*Interstice* ? demanda M'shall quand les rires se calmèrent.

– Ils seraient les derniers à avouer qu'ils sont venus, dit Irene.

– J'en doute, dit G'don. S'nan est un chef très strict, mais je parierais bien qu'il y a quelques contestataires parmi ses chefs d'escadrille.

– Je sais qu'il y en a, dit Mari, essuyant ses larmes d'hilarité. Mais c'est vraiment impayable que nous ayons tous eu l'idée de venir jeter un coup d'œil, dit-elle, englobant du geste toute l'assemblée.

– Ça ne va pas inhiber les dragons, au moins ? demanda Laura, pâlissant à cette idée. Les empêcher de combattre ?

D'miel ne fut pas le seul à écarter cette idée avec dérision.

– Au contraire ! La crédibilité des chevaliers-dragons s'en trouve multipliée par cent. Ils savent maintenant que ce que nous leur répétons depuis l'Éclosion est vrai !

– Oui, c'est exact, dit-elle, soulagée.

– Personnellement, je voudrais remercier les Dames des Weyrs d'avoir exercé leur puissante influence sur nos bronze, dit G'don, s'inclinant devant elles, la main sur le cœur.

– C'est l'avantage d'avoir trois Dames expérimentées, et deux jeunes de caractère, dit Zulaya.

Laura rougit et Shanna se redressa.

– Très bien, dit M'shall, ayant remarqué que les yeux des dragons avaient repris leur couleur et leur vitesse normales.

Il s'avança au centre du cercle, et, mettant ses mains en porte-voix, il cria :

– Très bien. Cette réunion n'a jamais eu lieu et ne doit pas être mentionnée dans les Weyrs pour quelque raison que ce soit. Vous m'avez compris ?

Tous crièrent leur accord. Il hocha la tête et rejoignit Craigath.

– Nous nous retrouverons, dit-il aux autres Chefs de Weyrs, là où les Fils tomberont en premier – officiellement – dans le Nord.

– Nous faisons des patrouilles incessantes, lui rappela G'don.

– Et nous sommes certains que S'nan en fait aussi, intervint B'nurrin avec un grand sourire.

– Nous savons donc tous où et quand nous nous retrouverons.

– Une minute, G'don, dit K'vin. Pourquoi ne pas instituer une rotation des escadrilles lors de cette première Chute, où qu'elle se produise ?

Des acclamations du cercle extérieur approuvèrent instantanément cette suggestion.

– Ainsi il y aurait davantage de chevaliers-dragons ayant l'expérience des Chutes avant que les Weyrs soient obligés de les combattre individuellement.

G'don fit une pause près de Chakath, évaluant du regard les réactions de l'assemblée.

– A intervalles d'une heure ? demanda-t-il.

– Disons plutôt deux heures, dit M'shall. Pour permettre aux escadrilles de bien se mettre dans le mouvement.

– Mais nous ne sommes pas des chevaliers verts ! protesta B'nurrin.

– Deux heures, ça me semble préférable à un changement horaire, dit pensivement D'miel.

– Alors, va pour deux heures, dit G'don. Il faudra en parler à S'nan. Nous lui devons bien ça. Je lui proposerai l'idée.

Il sourit, car S'nan l'écouterait, lui, le plus âgé des Chefs de Weyrs, alors qu'il écarterait sommairement la proposition d'un homme plus jeune.

– Je vous ferai savoir quand nous nous rencontrerons pour officialiser les changements sur lesquels nous sommes d'accord.

Un nuage de poussière rouge s'éleva de la Butte quand tous les dragons s'envolèrent simultanément.

Chapitre XVII

PREMIÈRE CHUTE

Un froid pénétrant et des vents violents descendus des pôles glacials de Pern balayaient la planète le jour que S'nan avait fixé pour la réunion avec les cinq autres Chefs de Weyrs, afin de discuter de la rotation des escadrilles que lui avait proposée G'don. Ce froid polaire priverait sans doute le Weyr de Fort de toutes ses chances d'être le premier à combattre la première Chute de ce Passage.

S'nan en était amèrement déçu, c'était évident. Pendant toute la réunion, il ne cessa d'arpenter la salle, s'arrêtant dans le couloir pour regarder la neige qui tombait sans discontinuer dans le Bassin de Fort. Il avait l'esprit ailleurs. B'nurrin refoulait son hilarité, et seuls les coups de pied que K'vin lui donnait sous la table l'empêchaient d'éclater de rire. Non que K'vin le blâmât, car ce meeting n'était qu'une comédie, chacun présentant gravement ses raisons d'approuver les rotations toutes les deux heures, tandis que S'nan répondait par monosyllabes, le visage impassible. Seul l'air irrité de Sarai n'était pas feint.

– Elle mourait d'envie de nous prendre toutes sous son aile, chuchota Zulaya à K'vin quand la Dame du Weyr de Fort tourna la tête vers son compagnon qui faisait nerveusement les cent pas.

– Je ne crois pas qu'elle réalisera son vœu, ma chérie, dit K'vin, les mots tendres lui venant facilement aux lèvres depuis peu.

Il soupira.

– Tu sais, dit-il, se rapprochant de l'oreille de Zulaya, je plaindrais presque ce vieux S'nan.

– Pas moi, chuchota Zulaya en réponse avec un petit reniflement dédaigneux.

Puis elle reprit un air attentif quand Sarai les regarda de travers parce qu'ils bavardaient.

Les Fils tombèrent sous forme de poussière noire mélangée à la neige. Les patrouilleurs de Fort en rapportèrent des seaux entiers à S'nan, qui les écarta morosement de la main. Le Weyr des Hautes Terres fut encore plus diligent dans sa recherche de Fils vivants et dangereux. Certains chevaliers-dragons souffrirent de gelures à force de surveiller la réapparition de l'ancien ennemi, et l'on apporta même à G'don un long Fil gelé pour qu'il l'examine. La puanteur qu'il dégagea en fondant suffit pour qu'on le jette immédiatement.

Au jour de la première Chute prévue sur Benden – en fait la dixième –, le temps s'était suffisamment réchauffé sur la côte est pour qu'une grande partie de cette Chute fût considérée « vivante » et dangereuse. L'alarme fut donnée dans tous les Weyrs.

K'vin et les deux escadrilles de Telgar se rassemblèrent dans le quadrant supérieur droit du ciel de Benden, en formation parfaite. Au-dessous de lui, le Weyr rayonnait de lumières dans la pénombre de l'aube, éclairant les ventres des dragons. Il ne savait pas si le contingent de Telgar était arrivé avant les unités des autres Weyrs, mais ils étaient tous là et en position à l'heure dite. Tous auraient préféré combattre de jour, mais les Fils n'avaient pas besoin de voir pour tomber. Et, d'après les rapports de Sean sur les Chutes de l'aube ou du soir, les Fils étaient assez lumineux pour qu'on puisse les calciner dans le noir.

Cette Première Chute du Deuxième Passage commencerait au-dessus des montagnes encore couvertes des neiges hivernales, et ne ferait donc pas de dégâts. La plus grande partie tomberait sous forme de poussière noire inoffensive dans le froid polaire de ce secteur, et, en d'autres occasions, on se contenterait de l'observer dans sa progression inexorable vers les régions habitées. Aujourd'hui était une exception.

La décision des Weyrs avait été unanime quand M'shall avait demandé à S'nan de la mettre aux voix : ils combattraient toute la

Chute, même au-dessus des montagnes, « pour se rendre compte par eux-mêmes ». Tous les nerfs étaient trop tendus après les trois Chutes « ratées » pour attendre plus longtemps d'entrer en action. Bien sûr, certains pics culminaient à une altitude où l'oxygène commençait à manquer, même pour les dragons. Mais ils pourraient observer la descente de la Chute et juger de son aspect général.

La rotation des escadrilles aurait lieu toutes les deux heures pour donner au plus grand nombre l'occasion d'observer une « vraie » Chute. K'vin pensa brièvement à la tentative de P'tero pour être inclus dans le contingent de Telgar. Peut-être aurait-il dû accepter le chevalier bleu, postérieur endolori et tout, pour lui prouver que le courage ne suffisait pas pour combattre les Fils. Mais prendre P'tero aurait eu pour conséquence d'exclure un chevalier-dragon en forme parfaite et moins erratique. Du coup, il n'avait pas sélectionné M'leng parmi les chevaliers verts. Cela éviterait toute discorde entre eux, prévisible si l'un avait participé et l'autre pas. Fondementalement, c'étaient de bons chevaliers-dragons, qui avaient une relation raisonnablement stable depuis que P'tero, qui était le plus jeune, avait conféré l'Empreinte à Ormonth.

Un mouvement et un changement dans la pression de l'air attirèrent l'attention de K'vin et il baissa les yeux sur les crêtes de Benden.

Craigath donne le signal, dit Charanth. *Trois, deux, un...*

GO !

L'ordre fusa de tous les esprits et de toutes les gorges dans la nuit de Benden. Les ténèbres de l'*Interstice* furent plus intenses et à peine moins froides que l'atmosphère au-dessus des pics où les escadrilles rentrèrent dans l'espace réel. K'vin se félicita d'avoir noué un foulard de laine sur son nez et sa bouche, qui pourtant ne réchauffait pas l'air raréfié qu'il respirait. Au-dessous de lui, la neige des pentes émettait une lumière irréelle. Belior se couchait à l'ouest, et, regardant vers l'est, K'vin vit l'orbe maléfique de la Planète Rouge scintiller parmi les étoiles.

Les dragons crachotèrent des étincelles dans le noir. Panses trop pleines de pierre de feu, se dit K'vin, avec un détachement tout professionnel, mais il ne pouvait guère blâmer les dragons ou leurs maîtres de leur zèle excessif.

Ils attendaient ce moment depuis deux siècles : deux siècles d'entraînement et de vies consacrés au combat, pour que les dragons – et leurs maîtres – soient là, aujourd'hui, prêts à défendre Pern.

Et c'était aussi une première. Car Pern n'avait pas de dragons la première fois que les Fils étaient tombés, et que la planète avait frôlé l'extinction, avant que les dix-huit premiers dragons n'émergent de l'*Interstice* au-dessus du Fort de Fort pour calciner les parasites dans le ciel et rendre l'espoir aux défenseurs assiégés. K'vin avait toujours été frappé par le courage de l'Amiral Benden dans cette situation désespérée – il devrait faire lire à P'tero ces pages du journal de l'amiral ayant immédiatement précédé ce triomphe extraordinaire. Lors de sa récente lecture, sa gorge s'était encore serrée en lisant ces mots :

« Et ce jeune impudent eut la témérité de saluer en disant : “ Amiral Benden, j'ai l'honneur de vous présenter les chevaliers-dragons de Pern. ” »

Nouveaux crachotements enflammés, et tous les dragons tournèrent la tête vers le nord.

Ils arrivent, dit Charanth, un sourd roulement dans la poitrine dont K'vin sentit la vibration dans ses jambes. Il réalisa que la seule partie de sa personne qui n'était pas gelée était celle en contact avec son dragon. Il ne sentait plus son nez sous le foulard. Ils devraient peut-être descendre d'un millier de pieds... il regarda vers le bloc central des escadrilles massées, où M'shall et Craigath attendaient. C'était au Chef du Weyr de Benden de décider, pas à lui.

Puis il les vit, ou plutôt il vit la masse de quelque chose de satiné sur le noir de la nuit, qui se déployait comme une bannière, une bannière qui frémissait et ondulait. Son cœur s'accéléra. Un froid bizarre lui serra les entrailles, mais c'était peut-être parce qu'il faisait très, très froid à cette altitude.

Le grondement de Charanth s'amplifia, et une flamme s'échappa de sa gueule.

Du calme, mon ami !

Je ne bouge pas ! C'est eux ! Et je peux les calciner cette fois !

K'vin ne pouvait pas reprocher à Charanth cette allusion perfide. Et, assez curieusement, il ne ressentit aucune crainte en observant l'avance des Fils. Il avait l'impression que tout cela était inévitable, qu'il était destiné à être là, à ce moment, pour observer le phénomène, pour participer à la défense.

Sous les yeux des escadrilles massées, les vagues de Fils se rapprochaient de plus en plus. Le front de Chute se détachait maintenant sur le fond des montagnes et dans cet air glacial, même la vapeur de la dissolution des Fils était invisible.

Les Fils pleuvaient en un rideau continu. Un rideau continu, sans amas, sans brèches.

Craigath dit de nous regrouper au deuxième point de rendez-vous.

D'accord.

Curieusement, l'idée de ce regroupement déplut à K'vin, et pourtant, les Fils ne pouvaient rien détruire sur ces versants neigeux, et il était stupide de perdre ici son temps et ses flammes. Mais il avait *l'impression* d'une retraite.

Charanth avait répercuté l'ordre, et plongea dans l'*Interstice.*

L'air était considérablement moins froid à l'altitude de la deuxième position. Il se frictionna le nez et les joues pour rétablir la circulation. Même le bout de ses doigts était engourdi par le froid.

Le jour se leva à l'est, l'Étoile Rouge pâlissant dans la grisaille de l'aube. Et soudain, les Fils parurent plus menaçants. Les dragons se mirent à cracher les flammes, et il dit à Charanth de leur ordonner de conserver leur souffle.

Soudain, l'attente devint insupportable. Ils avaient si longtemps attendu ce moment ! Deux cents ans ! Quand le combat allait-il commencer ?

MAINTENANT !

L'ordre de Craigath résonna dans l'esprit de K'vin à l'instant où Charanth rugissait, crachant une longue flamme et battant des ailes pour prendre de la hauteur. K'vin se cramponna d'une main à son harnais, tâta frénétiquement la corde du sac de pierre de feu attaché devant lui, et resserra autant qu'il put les genoux sur les flancs de son bronze. Il pointa le bras droit devant lui, comme si ses escadrilles avaient pu manquer d'entendre l'ordre de Craigath ou les rugissements que poussaient tous les dragons dans le ciel.

Ils volaient à différents niveaux, Telgar occupant le second, au-dessous et un peu en arrière des escadrilles les plus hautes, qui étaient celles des Hautes Terres, avec une distance suffisante entre deux niveaux pour que les flammes de l'un n'atteignent pas le suivant, et avec un couloir entre les escadrilles. Chaque Weyr avait entraîné ses escadrilles à cette stratégie, jusqu'à ce qu'elle devienne instinctive.

L'instant où l'haleine enflammée de Charanth calcina les premiers Fils fut un moment transcendant pour les deux partenaires. Charanth soutint magnifiquement sa flamme, traversant le rideau des Fils, puis ils se retrouvèrent derrière et pivotèrent. K'vin jeta un coup d'œil sur ses escadrilles, et les vit en train de pivoter simultanément, manœuvre parfaite due à leurs si longues heures d'entraînement. Son cœur faillit exploser de fierté. Au-dessus et au-dessous de lui, d'autres escadrilles faisaient demi-tour, les dragons crachant les flammes pour calciner le rideau suivant de Fils. Et le suivant. Et le suivant.

Meranath et les autres sont là, annonça Charanth, baissant la tête pour regarder en bas.

Elles sont là ? Tourne. K'vin regarda aussi, et vit la flèche des corps dorés en formation, les lance-flammes que leurs maîtresses utilisaient pour désintégrer les Fils ayant échappé aux rangs supérieurs.

Est-ce que Meranath vole bien ?

Meranath vole très bien, répondit fièrement Charanth.

Dis aux escadrilles que le moment est venu d'effectuer la première rotation, fit K'vin.

Il se retourna pour regarder la manœuvre, levant le bras droit et balayant du regard les escadrilles de Telgar. Il baissa le bras, et compta neuf ou dix dragons qui crachaient encore les flammes. Puis eux aussi disparurent. Il compta jusqu'à cinq, et soudain, deux escadrilles entières se trouvèrent derrière lui. Il leva le bras droit en signe d'accueil, mais il n'eut pas le temps de faire plus car le mur de Fils était à portée de flammes, et Charanth était prêt à cracher. Jusqu'à maintenant, il ne trouvait rien à redire aux escadrilles de Telgar.

Il lui sembla qu'un seul instant s'était écoulé quand il constata que ses sacs de pierre de feu étaient vides. Il en fit demander par Charanth. K'vin remarqua avec étonnement que le jour s'était levé car, volant vers l'est, il avait le soleil en plein dans les yeux. Il y avait une bonne raison d'utiliser du verre teinté pour les lunettes de protection.

Z'gal et le bleu Tracath s'acquittèrent de la livraison, planant juste au-dessus de sa tête et déposant les nouveaux sacs sur le cou de Charanth. K'vin tira sur les nœuds des sacs vides et vit Tracath plonger sous le ventre de Charanth, Z'gal attrapant adroitement les sacs vides et disparaissant instantanément dans l'*Interstice.*

Dis à Tracath qu'il a bien manœuvré, dit K'vin.

Maintenant, ils étaient au nord de Benden, au-dessus de vastes prairies, de forêts et de petits fortins fermiers, où la nécessité de la précision et de la destruction complète des Fils était encore plus cruciale. L'escadrille des reines se voyait mieux, l'or des dragons détaché sur le vert sombre des forêts et le brun des champs où la germination n'avait pas encore commencé.

Les sacs durent être encore renouvelés. Il ordonna la deuxième rotation des escadrilles, réalisant seulement alors qu'il commençait à se fatiguer.

Ça va, Charanth?

Je crache bien le feu. Mes ailes fonctionnent bien. On est ensemble. Il n'y a pas de problème. La calme autorité de son bronze lui fit l'effet d'un tonique. Ils étaient ensemble, et ils faisaient ce pour quoi ils étaient nés.

Meranath dit que nous sommes maintenant au-dessus de Bitra. Ils viraient de nouveau vers l'ouest pour une nouvelle attaque. K'vin remarqua que les Fils tombaient en moindre abondance, qu'il y avait même des trouées entre les rideaux. *Cette Chute est presque terminée?*

K'vin ne put déterminer si Charanth était content, surpris, ou déçu. Pour sa part, il était immensément soulagé. Il avait triomphé de l'épreuve finale du Chef de Weyr.

Ils effectuèrent encore un passage vers l'est, puis il n'y eut plus de Fils visibles dans le ciel. Des acclamations se propagèrent d'un chevalier-dragon à l'autre, et ils agitèrent tous les bras en signe de jubilation.

Nous allons atterrir à Bitra au cas où l'on aurait besoin de nous pour des Fils qui nous auraient échappé, dit K'vin à Charanth. *Dis aux escadrilles qu'elles ont bien combattu, et qu'elles peuvent rentrer, sauf J'dar. Il attendra avec nous le signal du départ. C'est à M'shall de le donner. Des blessés?*

C'était la question traditionnelle du Chef de Weyr, mais on devait aussi lui annoncer les blessures pendant les Chutes, afin qu'il puisse juger des remplacements à effectuer.

Aujourd'hui, il n'y a que des brûlures mineures. Rien d'assez grave pour t'en avoir informé.

K'vin ne fut pas trop content qu'on l'ait tenu dans l'ignorance, mais il comprenait qu'un chevalier-dragon ait répugné à se retirer de la Chute de ce jour pour un simple bobo. Il remarqua alors qu'il avait quelques trous de brûlures sur sa tenue de vol, mais aucune n'avait pénétré jusqu'à la chair. Si seulement toutes les Chutes pouvaient se terminer aussi bien ! Et la prochaine à laquelle participerait Telgar révélerait les têtes brûlées. Il faudrait qu'il passe un savon préventif à ses hommes pour protéger les téméraires du désastre.

Aujourd'hui, l'escadrille des reines rejoindrait les chefs d'escadrilles à Bitra, mais selon les plans, elles devraient continuer à voler pour aider les équipes au sol.

Zulaya rejoignit K'vin dès qu'elle eut mis pied à terre et l'étreignit, cherchant sa bouche pour l'embrasser avec enthousiasme.

– Nous avons réussi. Nous avons réussi.

– Cette fois, dit K'vin, resserrant son étreinte.

Il aurait presque remercié P'tero de l'avoir mis dans une telle rage. Cela avait fait merveille dans ses rapports avec Zulaya. La façon dont elle le regardait, dont elle le touchait... bref, ils étaient vraiment compagnons de Weyr maintenant.

M'shall, le visage fendu d'un grand sourire, circulait parmi les chevaliers-dragons, distribuant les bourrades amicales et remerciant chaque Chef de Weyr d'avoir participé à cette Chute presque sans blessures,.

– Je dirais que c'était une Chute normale, disait sentencieusement S'nan.

– Comment pouvons-nous le savoir ? dit G'don.

– Les archives, mon ami, les archives, dit S'nan, le foudroyant du regard. C'est exactement ainsi que Sean décrit la Chute numéro 325 dans ses rapports de l'an Cinquante-huit AA. Exactement.

– La Chute numéro 325 ? dit B'nurrin, les yeux pétillant de malice. Personnellement, je trouve qu'elle ressemblait davantage au numéro 499 en Soixante AA.

– B'nurrin ! dit M'shall, haussant les sourcils pour indiquer à l'incorrigible jeune homme qu'il devait cesser de taquiner S'nan.

– Ce fut beaucoup trop facile, dit D'miel d'Ista, branlant du chef. Nous étions tous comme en transe, je veux dire. Personnellement, je m'attendais à pire.

– N'est-ce pas heureux d'être déçu de cette façon ? dit K'vin, mais il était d'accord avec D'miel.

Tout s'était trop bien passé.

– Sottises ! dit G'don. Nous avions tous choisi nos meilleurs hommes. Nous étions tendus et nerveux depuis des semaines. Et moi aussi, je n'hésite pas à l'avouer, ajouta-t-il, regardant autour de lui et adressant un clin d'œil à K'vin et B'nurrin.

Les autres acquiescèrent de la tête.

– Alors, nous avons été très prudents. C'est quand nous serons habitués au danger que nous commettrons peut-être des imprudences, que nous prendrons des risques inutiles, que nous cesserons de regarder avec des yeux derrière la tête.

Des murmures d'acquiescement accueillirent ces remarques.

– Nous ne devrons jamais relâcher notre vigilance, déclara S'nan, toujours sentencieux. Jamais !

– Nous devrons redoubler de prudence pendant la deuxième Chute sur Keroon et le sud de Benden, dit Zulaya à K'vin.

– Pour ma part, je suis très satisfait du comportement des escadrilles. Entre les niveaux supérieurs et l'escadrille des reines, seuls quatre Fils se sont enterrés, et ils ont été neutralisés très rapidement. Grâce à Vergerin...

Le Seigneur de Bitra dirigeait la distribution du vin pétillant d'Hegmon à tous les assistants.

– Pensons seulement à ce qui serait arrivé si Chalkin était toujours là ! dit Irene, portant un toast à Vergerin.

– Qui a envie de penser à ce qui se serait passé ? demanda Laura du Weyr d'Ista, riant nerveusement de soulagement.

– Pour commencer, nous n'aurions pas eu ce champagne, répondit Irene. Et ça, c'est une certitude !

– Comment as-tu obtenu ce pétillant d'Hegmon ? s'enquit G'don, dorlotant amoureusement son verre.

– Disons que nous sommes de vieux amis, répondit Vergerin avec un sourire cocasse.

– Les escadrilles ont-elles signalé des blessés ? demanda M'shall, redevenant grave.

– Seulement quelques légères brûlures dans les miennes, dit K'vin.

Et c'est ce que déclarèrent tous les autres Chefs de Weyrs les uns après les autres.

– Nous avons été sacrément veinards s'il n'y a rien de plus sérieux. Mais je frémis à la pensée des imprudences que le chevalier moyen peut commettre, dit M'shall. Il faut absolument qu'ils restent sur leurs gardes.

– Et sur leurs dragons, ajouta sa compagne.

– Considérons les choses ainsi, dit B'nurrin, avec un sourire jusqu'aux oreilles. Nous n'avons plus que 6 649 Chutes à combattre, un peu plus un peu moins, avant d'en avoir fini pour deux autres siècles.

Un silence interdit suivit ces paroles tandis qu'ils digéraient le fait, puis B'nurrin s'éclipsa devant la colère de ses pairs.

– Mais les Chutes ont commencé, dit K'vin à Zulaya, qui se tenait fièrement à son côté. Et nous avons de nouveau vaincu l'ennemi.

– Quelle époque passionnante à vivre...

– Et pour monter un dragon !

Et ainsi commença sur Pern le Deuxième Passage des Fils.

POCKET - 12, avenue d'Italie - 75627 PARIS CEDEX 13
Tél. : 01-44-16-05-00

Imprimé en France par la
Société Nouvelle Firmin-Didot en août 1998
Dépôt légal : septembre 1998
N° d'impression : 41807